NEBEL ÜBER DER UCKERMARK

Richard Brandes ist Psychotherapeut mit eigener Praxis und arbeitet hauptsächlich mit Paaren und Jugendlichen. Er schrieb bereits zahlreiche Drehbücher für Krimiserien als Storyliner und Dialogautor. Richard Brandes lebt in Berlin.

RICHARD BRANDES

NEBEL ÜBER DER UCKERMARK

Kriminalroman

emons:

Bibliografische Information der Deutschen Nationalbibliothek
Die Deutsche Nationalbibliothek verzeichnet diese Publikation
in der Deutschen Nationalbibliografie; detaillierte bibliografische
Daten sind im Internet über http://dnb.d-nb.de abrufbar.

© Emons Verlag GmbH
Alle Rechte vorbehalten
Umschlagmotiv: arcangel.com/Dirk Wustenhagen
Umschlaggestaltung: Nina Schäfer, nach einem Konzept
von Leonardo Magrelli und Nina Schäfer
Umsetzung: Tobias Doetsch
Gestaltung Innenteil: DÜDE Satz und Grafik, Odenthal
Lektorat: Carlos Westerkamp
Druck und Bindung: CPI – Clausen & Bosse, Leck
Printed in Germany 2023
ISBN 978-3-7408-1839-5
Originalausgabe

Unser Newsletter informiert Sie
regelmäßig über Neues von emons:
Kostenlos bestellen unter
www.emons-verlag.de

Dieser Roman wurde vermittelt durch die
Verlagsagentur Lianne Kolf, München.

Das Schönste, was wir erleben können,
ist das Geheimnisvolle.

Albert Einstein

Es gibt mehr Dinge zwischen Himmel und Erde,
als Eure Schulweisheit sich träumen lässt.

Shakespeare, »Hamlet«

Prolog

Krankenhaus Gransee, im Winter 1996

Es war eine finstere Nacht, stürmisch und bitterkalt. Lore Kaiser fuhr jedes Mal zusammen, wenn heulende Böen um das Gebäude fegten und das kleine Fenster erbeben ließen. Sie hatte ihren Wollmantel anbehalten, denn trotz aufgedrehter Heizung fror sie in dem winzigen Zimmer. Als wehe der Hauch des Todes, dachte sie.

Nun hatte es auch noch zu schneien begonnen, es waren die ersten Flocken in diesem Jahr. Sie tanzten im Lichtkegel einer Laterne, setzten sich auf die Fensterscheibe und flogen beim nächsten Windstoß wieder fort. Unterhalb der Laterne, am gegenüberliegenden Gebäude, war ein rundes, bullaugenartiges Fenster, das im Schneesturm so aussah wie eine Fratze. Lore schauderte bei dem Anblick. Schon als Kind hatte sie eine lebhafte Phantasie gehabt.

Sie saß bei Opa Bertram, ihrem Schwiegervater, der zum Fenster gewandt lag und ihr den Rücken zugedreht hatte. Ihre Hand ruhte auf dem steif gemangelten Oberbett, das den alten Mann zudeckte. Es ging zu Ende mit ihm. Eine Infusion tropfte ruhig und gleichmäßig, über dem Kopfende brannte eine Röhrenlampe, die ein kühles Licht abgab.

Jenseits des Bettes saß Lores Tochter Maria. Sie drückte die Hand ihres Großvaters und schluchzte herzzerreißend. Es schmerzte Lore, wie sehr ihr Kind unter dem drohenden Verlust des Opas litt. »Du darfst dich nicht so aufregen«, sagte sie. »Der Tod gehört zum Leben. Wir müssen damit umgehen, dass es irgendwann einmal vorbei ist.«

»Nein, Opa darf nicht sterben«, sagte Maria und sah flehend zu Lore in der Hoffnung, sie könne etwas tun, um den Tod abzuwenden.

Lores andere Tochter Lene, mit zehn Jahren nur ein Jahr

älter als Maria, ging gefasster mit der Situation um. Sie stand am Fußende und verfolgte das Sterben mit mehr Zurückhaltung. Ihre Bindung zu Opa Bertram war nicht so eng, wie es bei Maria der Fall war; außerdem war sie von ihrem Charakter her nüchterner und pragmatischer als Maria. Die Mädchen hätten unterschiedlicher nicht sein können. Lene war die Hübschere und Klügere von beiden; sie war selbstbewusst, durchsetzungsfähig und im Sommer zur Klassensprecherin gewählt worden. Maria war leicht übergewichtig und nicht besonders gut in der Schule. Wegen ihrer sensiblen und oft auch weinerlichen Art hatte sie es schwer bei ihren Mitschülern, die sie oft hänselten.

Lores Gedanken wurden unterbrochen, weil Opa Bertram plötzlich etwas Unverständliches flüsterte. Sachte erhob sie sich und beugte sich über den alten Mann, der den Blick starr zum Fenster gerichtet hatte.

»Da draußen ist jemand«, sagte er schwach. »Er schaut zu mir rüber.«

Zugleich begann Maria so heftig zu atmen, als hyperventilierte sie. Lore nahm ihren Stuhl, setzte sich zu ihrer Tochter, legte den Arm um sie und streichelte ihren Kopf. »Er phantasiert«, flüsterte Lore. »Das ist ganz normal, wenn der Tod naht. Bei Uroma Lotte war es genauso gewesen und bei Oma Christa auch.«

Doch Maria konnte sich nicht beruhigen, sie schnappte unentwegt nach Luft. »Da draußen ist wirklich jemand«, sagte sie. »Ein Mann. Er will Opa holen. Ich hab ihn auch gesehen.«

»Du meinst bestimmt das runde Fenster da drüben. Durch den Schnee sieht es aus wie ein Gesicht.«

Maria drehte den Kopf und schaute nach draußen. »Nein, ich meine den Mann. Er winkt Opa zu.«

»Aber das ist unmöglich«, sagte Lore und sah zu Lene hinüber, die genervt mit den Augen rollte. »Wir sind hier im ersten Stock. Wie soll da jemand am Fenster stehen.«

Lore seufzte. Das Verhalten ihrer Tochter beunruhigte sie. Was war nur los mit dem Kind? Seit dem Autounfall, der Opa Bertram in diese fürchterliche Lage gebracht hatte, war Maria auf eine seltsame, fast unheimliche Weise verändert. Sie faselte etwas von Toten, die nachts in ihr Zimmer kämen, und dass sie in Träumen Dinge erlebte, die sich tatsächlich ereigneten. Lore dachte ernsthaft darüber nach, ärztliche Hilfe hinzuzuziehen, für das Kind, aber auch für sich. Es schien, als verliere Maria den Verstand. Konnte der Tod eines nahen Angehörigen eine solche Geisteskrankheit auslösen? Vielleicht glaubte Maria plötzlich an jenseitige Dinge, weil sie ihrem Opa auf diese Weise für immer nah sein konnte. Er war für sie die wichtigste Bezugsperson seit dem Tod von Lores Mann Peter, dem Vater der Kinder. Er war an Leukämie gestorben, da war Maria fünf Jahre alt gewesen.

Lore drückte Maria fest an sich, während sie ihr durch die braunen Locken strich. Dabei warf sie einen Blick zu Lene, die gereizt den Kopf schüttelte. Sie glaubte, dass Maria mit ihrem theatralischen Benehmen bloß Aufmerksamkeit erlangen wollte.

»Bitte helft mir«, sagte Opa Bertram, und Lore horchte auf. So laut und deutlich hatte sie ihn seit Tagen nicht sprechen gehört. Sie stand auf und streichelte ihm über die eingefallenen Wangen.

»Was können wir für dich tun?«, flüsterte sie, während ihre Augen nass wurden. Der Tod ihres Schwiegervaters schmerzte auch sie. Sie vergaß es nur manchmal, weil Marias Trauer so übermächtig war.

Opa Bertram stierte noch immer zum Fenster. Er hob eine Hand, sie zitterte. »Bitte helft mir«, sagte er. »Ich muss auf die andere Seite.«

»Sollen wir dich umdrehen?«, fragte Lore und überlegte, wie sie es am besten bewerkstelligen konnten, ohne ihrem Schwiegervater wehzutun.

»Ich muss auf die andere Seite«, sagte Opa Bertram erneut und mit Nachdruck.

Lene kam hinzu, um Lore beim Umlagern zu helfen. Sie schlugen die Decke zurück und nahmen die Stützkissen beiseite, die zwischen den Beinen und am Rücken des alten Mannes lagen.

»Ihr braucht ihn nicht umzudrehen«, sagte Maria, die auch

aufgestanden war und mit einem Mal eine ungewöhnliche Ruhe und Beherrschtheit ausstrahlte. »Er meint etwas anderes. Er will, dass wir ihm über den Fluss helfen.«

»Was für ein Fluss?« Lore verstand nicht, wovon Maria sprach, und auch Lene zuckte mit den Schultern. Es war wieder eine dieser rätselhaften Äußerungen des Mädchens.

Vorsichtig drehten sie den Sterbenden, wobei Lore darauf achtete, den Infusionsschlauch mitzunehmen. Als sie es endlich geschafft hatten und Opa Bertram zudeckten, merkte Lore, dass es merkwürdig still im Raum geworden war. Ihr Schwiegervater atmete nicht mehr. Lore hielt ihre Hand unter seine Nase und fühlte seinen Puls, aber sie spürte kein Lebenszeichen.

»Er ist auf der anderen Seite angekommen«, sagte Maria, und Lore war zu verwirrt, um etwas erwidern zu können.

1

Jeta schreckte schreiend aus dem Schlaf.

Als sie die Augen öffnete, brauchte sie eine Weile, um sich zu orientieren. Sie lag im Laub und blickte an Bäumen hoch, die von Nebel eingehüllt waren, sie hatten ihre Herbstblätter bereits verloren. Kein Windhauch wehte, es war totenstill. Die Luft war kühl, aber der Wollmantel, den sie trug, wärmte sie. Wie war sie in diesen Wald gekommen? Sie musste bewusstlos gewesen sein, in ihrem Kopf herrschte eine seltsame Leere.

Verwirrt setzte sie sich auf und zupfte sich das Laub aus den Haaren, die bis über ihre Schultern reichten. Wie viele Stunden sie hier wohl gelegen hatte? An ihrem Mantel fehlten zwei Knöpfe, sie waren abgerissen worden, die Fäden hingen noch heraus. Auch war ihre Handtasche nicht da, ohne die sie normalerweise nie das Haus verließ. Sie kniete sich hin und tastete mit beiden Händen das Laub ab, aber sie konnte die Tasche nirgends finden. Was war geschehen, wie kam sie hierher?

Sie ließ sich zurück auf ihren Po fallen und versuchte, sich mit geschlossenen Augen zu konzentrieren. Wann war sie von zu Hause fortgegangen, und wo hatte sie hingewollt? Was hatte sie letzte Nacht, am Tag zuvor oder vergangene Woche getan? Es fiel ihr nicht ein, die Erinnerung war ausgelöscht. Sie musste ihr Gedächtnis verloren haben. Lediglich ihre Identität war ihr bekannt. Dass sie Jeta Seferi hieß, sechsundzwanzig Jahre alt war und aus Albanien stammte. Und dass sie in Fürstenberg an der Havel lebte, in einer Wohngemeinschaft mit Tilly, einer guten Freundin und Kollegin.

Tilly, sie musste sie anrufen.

Hastig kramte sie nach ihrem Smartphone, das in ihrem Mantel stecken musste, aber sie fand es nicht, auch in den Hosentaschen war es nicht. Wahrscheinlich hatte sie es in ihre Handtasche getan. Nun war sie nicht einmal in der Lage, Hilfe zu holen. Einer von zwei Ohrringen war verschwunden, ein silbernes Kreuz. Es musste einen Kampf gegeben haben. War sie angegriffen worden? Hatte sie sich mit jemandem gestritten? Sie wusste es nicht, und es fühlte sich schrecklich an, es nicht zu wissen.

Der Nebel um sie herum war so dicht, dass sie nur wenige Meter weit schauen konnte. Sie stand auf, schloss ihren Mantel mit den noch verbliebenen Knöpfen und stolperte verunsichert über Wurzeln und heruntergefallene Äste in eine beliebige Richtung. Irgendwo musste es einen Ausgang aus dem Wald geben. Sie beruhigte sich damit, dass die Wälder in Brandenburg zwar riesig sein konnten, aber sie dennoch früher oder später auf eine Ortschaft, eine Landstraße oder zumindest einen Spazierweg stoßen musste.

Doch warum war sie so sicher, in Brandenburg zu sein? Vielleicht war sie ganz woanders, weit weg von zu Hause. Solange sie unter dieser Amnesie litt, konnte sie nichts wissen.

Als sie eine Weile durch den Wald geirrt war, hörte sie plötzlich in der Ferne eine Stimme.

»Jack!«

Sie blieb stehen, ihr Herz schlug bis zum Hals. Gott sei Dank war sie nicht allein in diesem Wald.

»Jack! Wo steckst du denn? Hierher! Jack!«

Es klang, als riefe eine Frau nach ihrem Hund. Jeta lief in Richtung der Rufe, aber sie kam nur schwer voran, weil die Bäume dicht beieinanderstanden und ihr die Zweige ins Gesicht schlugen.

»Jack! Wo bist du? Jack!«

Es tat ungemein gut, diese Stimme zu hören, die immer lauter wurde, die sich immer mehr näherte.

»Jack, hierher! Bei Fuß!«

Jeta erreichte einen umgestürzten Baum, dessen Stamm feucht und glatt war. Vorsichtig versuchte sie, darüberzuklettern, doch sie rutschte aus und stürzte ins Laub. Als sie hochsah, erschrak sie so sehr, dass sie einen Schrei ausstieß. Vor ihr stand ein wolfsgroßer schwarzer Hund und knurrte sie an. Es musste Jack sein, nach dem gerufen wurde.

Jeta wagte es nicht, sich auch nur einen Millimeter zu bewegen, denn der Hund fletschte seine Zähne. Normalerweise fürchtete sie keine Hunde, ganz gleich, wie aggressiv sie sich zeigten, denn sie taten ihr nichts. In ihrem Heimatdorf in den albanischen Alpen lebten zahlreiche Hunde. Sie gehörten niemandem, liefen frei herum und wurden von den Dorfbewohnern gefüttert. Jeta hatte schon früh gelernt, den Tieren zu vertrauen, so wie man Geschwistern oder seinen besten Freunden vertraute. Auch hatte sie mit ihnen kommuniziert, gedanklich und indem sie mit ihnen gesprochen hatte. Auf diese Weise hatte sich immer eine Beziehung zu den Tieren herstellen lassen.

Nachdem sich der erste Schrecken gelegt hatte, hatte sie keine Angst mehr vor Jack, vielmehr erkannte sie, dass er Angst vor ihr hatte. Er duckte sich, wich zurück, dann kam er wieder ein paar Schritte auf sie zu, als sei er noch unschlüssig, ob er sie beschnuppern, angreifen oder vor ihr flüchten sollte. Jeta sah ihm liebevoll in die Augen.

»*Ju jeni një qen i bukur*«, sagte sie leise. »*Pse keni frikë nga unë?*«

Sie wollte ihn streicheln, aber er machte einen Satz zurück und fiepte. »*Më ndihmo të dal nga këtu. Më sillni zonjën tuaj.*«

»Jack! Komm her! Jack!«, schallte es aus dem Nebel, der so dicht geworden war, dass Jeta keine drei Meter weit schauen konnte. Die Stimme war jetzt sehr nah, und auch die Schritte der Hundebesitzerin raschelten im Laub. Inzwischen hatte Jack vollends Vertrauen gefasst. Er wedelte mit dem Schwanz und bellte Jeta freundlich an. Doch als sie ihn erneut streicheln wollte, drehte er sich plötzlich weg und stob davon.

»Da bist du ja«, rief die weibliche Stimme, und Jeta konnte das Klirren von Jacks Geschirr hören. Vermutlich knuddelte ihn seine Besitzerin, während er an ihr hochsprang.

»Hilfe«, sagte Jeta und stand auf. »Bitte helfen Sie mir.«

Doch die Frau reagierte nicht. Ihre Schritte entfernten sich in rasantem Tempo.

Jeta eilte hinterher, so schnell sie konnte. »Bitte kommen Sie zurück!«, rief sie. »Wo bin ich hier? Ich weiß nicht, wie ich aus diesem Wald rauskomme. Bitte, ich brauche Hilfe.«

Doch die Frau antwortete nicht, stattdessen verschwanden ihre Schritte und das Laufen des Hundes im Nebel, bis es irgendwann wieder totenstill wurde.

Die Frau und ihr Hund waren fort.

2

Es war ein grauer und regnerischer Novembernachmittag, als Oguz Demir sein Einfamilienhaus in der Wagnerstraße am Rande von Velten betrat. Seine Stimmung war gedrückt, denn er hatte sich über einen unverschämten Fahrgast geärgert, wie so oft in der letzten Zeit. Verbale Attacken gegen Busfahrer nahmen zu, und ganz besonders bei ihm, da er türkischer Herkunft war. Dennoch war er froh, den Job bei der Oberhavel Verkehrsgesellschaft bekommen zu haben, denn sie brauchten das Geld. Kristin, seine Frau, war mit ihrem Imbiss an der B 96 pleitegegangen, und sie mussten den Kredit für das Haus abzahlen. Ohne seine Schwiegereltern wüsste er ohnehin nicht, wie sie die finanzielle Last stemmen sollten.

Er hängte seine Jacke an die Garderobe und wunderte sich, dass ihm Taner nicht entgegenlief, so wie er es sonst immer tat, wenn Oguz nach Hause kam. In der Küche brannte das Deckenlicht, eine Kinderzeichnung und Filzstifte lagen auf dem Tisch; Taner hatte einen Bauernhof gemalt. Im Wohnzimmer, das sich an die Küche anschloss, lag der Staubsauger mitten im Raum, während die Möbel beiseitegerückt worden waren, als sei seine Frau beim Reinemachen gestört worden. Seltsamerweise war die Terrassentür geöffnet, und ein kalter Luftzug wehte herein. Oguz trat nach draußen und blickte auf einen klitschnassen Rasen, kahle Sträucher und welke Stauden, während es noch immer regnete. Wo war Kristin? Wo war Taner? Und warum stand die Terrassentür so sperrangelweit auf?

Zurück in der Wohnküche holte Oguz sein Handy aus der Hosentasche und wählte Kristins Nummer. Als das Freizeichen erklang, vibrierte es gleichzeitig auf der Küchenzeile. Es war Kristins Telefon, sie musste im Haus sein, vielleicht oben.

Oguz ging zurück in den Flur.

»Taner? Kristin?«

Weil niemand antwortete, eilte er die Treppe hinauf, um im

Schlafzimmer nachzusehen. Das Ehebett war ordentlich mit einer Tagesdecke überzogen, und es war kühl im Raum, aber Taner und Kristin waren nicht da. Auch nebenan im Kinderzimmer war niemand.

Oguz wurde unruhig, und er begann, sich Sorgen zu machen. Vielleicht war Kristin zu den Nachbarn gegangen, mit Gregor trank sie oft einen Kaffee. Er wollte gerade noch das Badezimmer überprüfen, da klingelte es an der Tür. Er lief nach unten und öffnete.

»Das ist Gedankenübertragung«, sagte er, als er Gregor erblickte, der einen aufgespannten Schirm in der einen und ein Glas Marmelade in der anderen Hand hielt. Sein Bauch lugte durch den offenen Reißverschluss seines Anoraks.

»Hallo, Oguz«, sagte er fröhlich. »Ich habe Kristin versprochen, was von der Marmelade vorbeizubringen. Brombeeren, selbst gemacht.« Er schüttelte sich. »Bah, was für ein Mistwetter!«

Oguz nahm ihm das Glas ab. »Dank dir, Gregor. Kristin ist nicht da. Ich dachte, dass sie vielleicht bei euch ist …«

»War sie auch, aber am Vormittag. Wir haben ein bisschen gequatscht, und dabei habe ich ihr von der Marmelade erzählt, aber sie hat vergessen, sie mitzunehmen.«

»Willst du nicht reinkommen?«

»Lieb von dir, aber ich muss noch schnell zum Supermarkt. Beate müsste gleich von der Frühschicht zurück sein, und wenn sie nicht sofort was zu essen kriegt, wird sie knurrig. Du kennst sie ja.« Er legte die Stirn in Falten. »Was ist? Du wirkst besorgt. Stimmt was nicht?«

Oguz zögerte. »Ich frage mich, wo Kristin und Taner sind. Die Terrassentür steht auf, und Kristins Handy liegt in der Küche … Es ist so gar nicht ihre Art, ohne ihr Handy aus dem Haus zu gehen.«

»Ach, mach dir keine Gedanken. Taner hatte heute Morgen Halsweh. Wahrscheinlich ist sie mit ihm zum Arzt, und das Handy hat sie vergessen.«

Oguz biss sich auf die Unterlippe. Er war sehr zeitig zur

Arbeit gefahren, deshalb hatte er von Taners Halsschmerzen nichts mitbekommen. »Das wird es sein«, sagte er und quälte sich ein Lächeln ab. Gregors Erklärung beruhigte ihn nicht. Wenn Kristin zum Arzt gegangen wäre, hätte sie nicht das Deckenlicht an und die Terrassentür offen gelassen. Ein flaues Gefühl breitete sich in ihm aus, auch wenn ihm der Verstand sagte, dass er möglicherweise übertrieb. Was sollte schon geschehen sein?

»Also dann … bis demnächst«, sagte er, als Gregor sich verabschiedete, und schloss die Haustür. Auf dem Weg zurück in die Wohnküche stutzte er. In der Gästetoilette wimmerte jemand. Verdutzt blieb er stehen.

»Taner?«

»Papa!«

Oguz war irritiert. Warum hockte sein Sohn auf der Toilette und meldete sich nicht, obwohl Oguz nach ihm gerufen hatte? Als er die Toilettentür öffnen wollte, merkte er, dass sie abgeschlossen war.

»Mach auf!«, sagte er.

Taner weinte.

Oguz rüttelte an der Klinke. »Du sollst die Tür aufmachen!«

»Ich kann nicht. Ich hab keinen Schlüssel.«

»Was heißt das, du hast keinen Schlüssel? Wer hat dich denn da eingeschlossen? Wo ist Mama?«

Taner schluchzte.

»Bitte erzähl mir ganz genau, was passiert ist. Wieso bist du auf dem Klo?« Oguz hatte Schwierigkeiten, ruhig zu bleiben. Er bekam es mit der Angst zu tun.

»Der Mann hat mich eingeschlossen.«

»Der Mann? Welcher Mann?«

»Er ist reingekommen, als Mama und ich –«

Plötzlich spürte Oguz etwas Kühles an seiner Schläfe. Es dauerte einige Sekunden, bis er begriff, dass es der Lauf einer Pistole war. Er hob die Hände und ließ das Marmeladenglas los. Es zersplitterte auf dem Steinfußboden. Als er zur Seite schielte, um zu sehen, wer ihn mit der Waffe bedrohte, versetzte ihm der Unbekannte einen Stoß, sodass er in die Wohnküche stolperte.

Am Esstisch angekommen wurden ihm die Hände auf dem Rücken mit Handschellen gefesselt. Dann spürte er einen Druck auf den Schultern. Er sollte sich hinknien. Oguz gehorchte, was blieb ihm auch anderes übrig?

»Wo ist meine Frau?«, hörte er sich fragen, aber der Unbekannte antwortete nicht.

Oguz geriet in Panik. Sein Herz pochte, und er zitterte am ganzen Körper, denn allmählich dämmerte ihm, was hier geschah. Der Kerl war ein gemeingefährlicher Killer. Oguz kannte ihn nicht persönlich, aber er hatte von ihm gehört. Man sprach über ihn, tuschelte, dass er Verräter hinrichten würde, so wie er es mit den anderen aus der Gruppe auch getan hatte. Hätte er doch geschwiegen! Nun war es zu spät.

Als der Mann die Terrassentür schloss und per Knopfdruck die Jalousien in Küche und Wohnzimmer herunterließ, sah Oguz, dass er einen schwarzen Sweater trug, die Kapuze tief ins Gesicht gezogen. Nun wusste er, was ihm bevorstand. Es war so grässlich, dass er es nicht wagte, den Gedanken zu Ende zu führen.

3

Die Stimmung war ausgezeichnet, nur sorgte sich Carla ein wenig um ihren Dezernatsleiter Rolf Hallinger. Er sah schlecht aus, hatte Ringe unter den Augen und geschwollene Tränensäcke. Außerdem hatte er von dem wunderbaren Büfett noch nicht einen einzigen Bissen genommen, stattdessen nippte er die ganze Zeit an einem stillen Wasser. Was war mit ihm los? Nun wollte er auch noch eine Rede halten! Ob das mal gut ging?

Carla beobachtete ihn, wie er aufstand und sich mit einem Blatt Papier an den Kopf der Tafel begab. Dass gerade Hallinger sie ehren wollte, rührte sie, verwunderte sie aber auch ein wenig, denn in all den Jahren, in denen sie sich kannten, hatten sie sich mehr gezankt als vertragen. Dabei fand sie eigentlich, dass er einen hervorragenden Dezernatsleiter abgab. Allerdings stellte sich bei Differenzen meistens heraus, dass sie und nicht er recht hatte. Aus diesem Grund widerstrebte es ihr, sich von ihm etwas vorschreiben zu lassen. In fachlicher Hinsicht nahm sie ihn nicht so ernst, wie es eigentlich sein sollte.

Sie winkte Tino Rosen heran, den hübschen Kellner mit dem aparten Muttermal über der Oberlippe, und trug ihm auf, die Musik auszustellen, während Hallinger noch unschlüssig sein Manuskript überflog. Kurz darauf versiegten die Jazz-Klänge, und es war nur noch das Gemurmel der Gäste zu hören. Dass so viele zu ihrem sechzigsten Geburtstag erschienen waren, freute Carla nicht nur, es ergriff sie regelrecht. Damit sich alle wohlfühlten, hatte sie wie bei einem Staatsbankett auffahren lassen. Es gab Wein, Bier, Sekt, Likör, Schnaps, Kaffee in allen Variationen, für die Kinder Limonade, Saft und Kakao, und im Raum nebenan war ein Büfett aufgebaut, das keine Wünsche offenließ. Obwohl Maria Kaiser und ihr Mann Milan Babic, denen der Gasthof »Seeblick« gehörte, hervorragend gekocht hatten, hatte Carla zu Hause noch kräftig mitgeholfen. Schweine- und Rinderbraten, scharf gewürzter Hackbraten, Linsensuppe mit Bauchspeck,

Kartoffelsalat und gebackener Mozzarella in ausgehöhlten Zitronen gingen auf ihr Konto. Ach ja, und der Tomatensalat mit dem frischen Basilikum natürlich auch, und nicht zu vergessen die gefüllten Avocado-Hälften und das in Olivenöl geschwenkte Gemüse, denn es waren auch Veganer zu Gast.

Sie wäre unruhig geworden, hätte sie sich bei der Essenszubereitung allein auf die Wirtsleute verlassen. Schließlich waren Braten aller Art ihre Spezialität. Auch hatte sie das Risiko ausschließen wollen, dass es an irgendetwas mangelte. Stieftochter Leonie hatte das Engagement mit den Worten kommentiert, dass Carlas Massen schließlich auch irgendwoher kommen mussten. Die Bemerkung war gemein gewesen, doch Carla entschuldigte sie damit, dass Pubertierende ihr schlechtes Körpergefühl mit dem Lästern über andere kompensieren mussten.

Während Hallinger in die Runde sah, als würde er jeden Moment mit seiner Rede anfangen, brachten die Wirtsleute und Kellner Tino Getränke zur Tafel. Carla musste verwundert und mit einem Anflug von Eifersucht mit ansehen, dass Bruno die ganze Zeit hinter Maria Kaiser herlief. Schon vor vier Jahren, als Carla den Gasthof entdeckt hatte, hatten sich ihr Hund und die Wirtsfrau auf Anhieb gut verstanden. Brunos Verhalten war merkwürdig, denn Rauhaardackel verhielten sich Fremden gegenüber reserviert. Bruno war in dieser Hinsicht keine Ausnahme, ganz im Gegenteil. Menschen außerhalb der Familie waren es normalerweise nicht wert, auch nur eines Blickes gewürdigt zu werden.

»Liebes Geburtstagskind, liebe Gäste«, sagte Hallinger und rückte seine dicke Brille zurecht, während es im Raum augenblicklich still wurde. Hallinger trug eine edle auberginefarbene Krawatte zu einem dunklen Anzug und einem weißen Hemd. Seine Hand, in der er das Manuskript hielt, zitterte, auf seiner Stirn perlte Schweiß. Er schien Kreislaufprobleme zu haben, denn Nervosität konnte nicht der Grund sein. Hallinger war ein Alphatier und mit dem Sprechen vor Gruppen vertraut.

»Es ist mir eine Ehre, dass ich heute Abend einer von Ihnen sein darf«, sagte er, »denn ich erachte es nicht als selbstverständlich, dass ich eingeladen wurde. Frau Stach und ich haben ein – gelinde gesagt – spannungsreiches, kontroverses und zuweilen auch zugewandtes und vertrautes berufliches Verhältnis.«

Das trifft es, dachte Carla und trank einen Schluck Bier. Auf den Gesichtern der Gäste zeichnete sich ein Lächeln ab.

»Ich erinnere mich noch gut an Frau Stachs Anfangszeit bei der Neuruppiner Polizeidirektion. Zum Einstieg hatte sie mich und einige Kollegen aus dem Dezernat zu einem Kegelabend eingeladen. Es war schön, wir hatten Spaß, und als ich an der Reihe war und zur Bahn wollte, kam ich nicht durch, weil Frau Stach mitten im Durchgang stand und einen Plausch hielt. Ich bat sie, ein Stück zur Seite zu treten, doch sie reagierte nicht. Ich berührte sie zögerlich an der Schulter, drückte ein wenig, räusperte mich, bat noch einmal, flehte fast, doch es endete damit, dass ich mich an ihr vorbeiquetschen musste.«

Gelächter brandete auf.

»Da könnte ich auch noch ein paar Geschichten erzählen«, brüllte Kathrin über die Tafel hinweg und klatschte laut lachend in die Hände. »Meine Frau zeigt gerne mal, wo der Hammer hängt, hahaha.«

Selbst Leonie, pubertätsbedingt cool, konnte sich ein schiefes Grinsen nicht verkneifen.

Obwohl es viele Jahre zurücklag, erinnerte sich Carla noch gut an die Situation. Sie hatte Hallinger demonstrieren wollen, dass sie sich nicht von ihm einschüchtern ließ. Dass er sich ebenfalls erinnerte, hieß, dass die Botschaft angekommen war.

»Aber es gab eben auch diese anderen Momente«, fuhr Hallinger fort, nachdem es im Raum wieder still geworden war. »Als meine Frau vor einigen Jahren starb … da … da haben sich Frau Stach und ihre Ehefrau Kathrin rührend um mich …« Hallinger presste plötzlich die Hand vors Gesicht und begann zu weinen. Auch Carla schossen Tränen in die Augen. Was er sagte, berührte sie.

»Der macht aber keinen so fitten Eindruck«, flüsterte Kathrin ihr ins Ohr. Sie trug ein zartblaues Kleid, das wunderbar zu ihren dunkelbraunen Locken passte.

»Es scheint ihm aus irgendeinem Grund nicht gut zu gehen«, flüsterte Carla zurück und tupfte sich mit einem Taschentuch die Augen trocken. »Die Blässe und das Zittern sind nicht normal.«

Sie sah besorgt zu Julia rüber, die sich an Ruben gelehnt hatte und Carlas Blick ebenso besorgt erwiderte. Auch ihr schien Hallingers Befinden aufzufallen. Für Carla war sie der Hingucker des Abends. Das eng anliegende knallgelbe Kleid sah auf ihrer dunklen Haut phantastisch aus. Die krausen Haare waren kurz geschoren, zwei riesige goldene Kreolen baumelten an den Ohren. Ruben schien Julias Attraktivität zu genießen, denn er hatte einen Arm um sie gelegt und sah sie verliebt an. Die beiden waren ein schönes Paar, auch wenn Ruben mit Mitte fünfzig ein ganzes Stück älter als Julia war. Vor wenigen Tagen hatte er Carla gestanden, dass er mit noch keiner Frau so glücklich gewesen war wie mit Julia.

»Aber ich will nicht lange um den heißen Brei herumreden«, sagte Hallinger, nachdem er sich wieder gefangen hatte. »Frau Stach ist eine hervorragende Kommissarin …«

Die Gäste schauten gebannt nach vorne und warteten darauf, dass Hallinger weitersprach, doch er starrte nur auf sein Blatt Papier. Seine Atmung war flach, und er hielt sich eine Hand an den Oberbauch.

»Wir brauchen einen Krankenwagen«, rief Carla und sprang auf, noch ehe die Gäste begriffen, was gerade geschah. Kathrin schnappte sich ihr Smartphone und wählte den Notruf, während Carla an den Kopf der Tafel stürmte. Doch es war zu spät. Noch ehe sie bei ihm war, stürzte Hallinger zu Boden und blieb reglos liegen.

4

Nachdem Hallinger in ein Krankenhaus gebracht worden war, war die Atmosphäre zunächst bedrückt gewesen, doch inzwischen hatten sich alle wieder gefangen. Kurz nach Mitternacht steuerte die Stimmung auf einen Höhepunkt zu. Aus den Boxen dröhnte Rockmusik der siebziger und achtziger Jahre, es wurde wild getanzt. Schweißnass kamen Carla und Julia von der Tanzfläche und setzten sich an einen kleinen Tisch.

»Ich frag mich, wo die Kinder sind«, sagte Carla und meinte damit Julias Sohn Nehemie, Rubens Sohn Joshua und ihre eigenen beiden, die eigentlich Kathrins leibliche waren.

»Alles, was pubertiert, ist vor der Musik geflohen«, sagte Julia und schenkte Mineralwasser in zwei Gläser. »Die hocken nebenan und daddeln auf ihren Handys. Ruben, das älteste Kind von allen, mittendrin.«

Beide lachten.

Da näherte sich die Wirtin Maria Kaiser, zog einen Stuhl heran und setzte sich dazu. Sie war recht schlicht gekleidet mit T-Shirt und Birkenstocksandalen. Carla mochte sie. Sie trug das Herz am rechten Fleck, wie es so schön hieß, hörte sich die Sorgen der Gäste an und war sofort zur Stelle, wenn jemand Hilfe benötigte.

»Störe ich?«, fragte sie fröhlich.

»Ganz und gar nicht«, sagte Carla und rückte ein Stück näher an Julia heran, sodass sie alle drei Platz hatten. »Ich bin Ihnen ja so dankbar, wie liebevoll Sie alles arrangiert haben.«

Bruno trottete herbei und sprang auf Maria Kaisers Schoß. Carla machte Anstalten, ihn wegzuscheuchen, doch Maria winkte beschwichtigend ab. »Lassen Sie ihn nur, er darf das. Wir verstehen uns prima, nicht wahr, Bruno?«

Als hätte der Hund Maria verstanden, leckte er ihre Hand. Carla musste sich sehr zusammenreißen, um den Hauch von Eifersucht, der in ihr aufkeimte, zu unterdrücken. Am liebsten hätte sie den treulosen Kerl sofort ins Auto gebracht.

»Was mit Ihrem Chef, dem Herrn Hallinger, passiert ist, tut mir sehr leid«, sagte Maria Kaiser, wobei sie abwechselnd Carla und Julia anschaute. »Ich hoffe, dass er durchkommt.«

»Im Augenblick sieht es zumindest danach aus«, sagte Carla mit giftigem Blick zu Bruno. Sie hatte vor einigen Stunden im Krankenhaus angerufen und von einem behandelnden Arzt erfahren, dass Hallinger am Morgen wieder nach Hause könne, sofern die Werte über Nacht stabil blieben.

»Es steht nicht gut um ihn«, sagte Maria und kraulte Brunos Kopf. »Sein Magen ist krank. Sorgen Sie dafür, dass er eine gute Behandlung erhält, sonst schafft er es nicht.«

Carla und Julia warfen sich einen verdutzten Blick zu. »Woher wissen Sie das?«, fragte Carla und runzelte die Stirn. »Kennen Sie und Herr Hallinger sich persönlich?«

»Nein, es ist nur so ein Gefühl. Sagen Sie … Kann ich mal im Vertrauen mit Ihnen sprechen?«

»Selbstverständlich«, sagte Julia.

»Es ist mir etwas unangenehm, weil es ja eigentlich Ihr Geburtstag ist«, sagte Maria zu Carla, die grinsend auf ihre Armbanduhr schaute.

»Mein Geburtstag ist Geschichte«, erwiderte sie. »Sie können also ruhig sagen, was Ihnen auf der Seele brennt.«

»Bevor ich anfange, habe ich eine Bitte: Halten Sie mich nicht für verrückt. Natürlich könnte ich auch zu jeder x-beliebigen Polizeidienststelle gehen. Ich fürchte nur, dass man mich da hochkant rauswerfen würde.«

»Sie machen es aber spannend«, sagte Carla und schenkte sich und Julia ein Glas Rotwein ein.

Marias Mann Milan Babic kam hinzu und stellte ein Tablett mit einer Flasche Sliwowitz und randgefüllten Schnapsgläsern auf den Tisch. »Das geht aufs Haus«, sagte er, verteilte die Gläser und setzte sich dazu. Er war ein unscheinbarer Typ mit lichten dunkelblonden Haaren, blasser Gesichtsfarbe und einem fliehenden Kinn. Carla mochte ihn ebenfalls, denn wie seine Frau hatte er ein freundliches, zugewandtes Wesen. Oft spielte er bis spät in die Nacht mit den Gästen Karten, und zweimal jährlich organisierte er ein Skatturnier, das äußerst beliebt war. Dass der Gasthof »Seeblick« so gut lief, lag nicht nur an der phantastischen Lage am Großen Stechlin. Es war vor allem auch der Herzlichkeit der Wirtsleute zu verdanken.

Sie hoben die Schnapsgläser. »Auf Carla!«, erklang es im Chor.

»Auch von mir noch mal aaaaa… alles Gute für Sie«, sagte Milan.

Dass er stotterte, hatte Carla am Anfang als beklemmend empfunden, doch mittlerweile hatte sie sich daran gewöhnt, zumal Milan mit seinem Sprachfehler recht souverän umging. Er redete unbeirrt drauflos, statt verschämt zu schweigen.

»Sie wollten uns gerade etwas erzählen«, sagte sie zu Maria Kaiser.

Maria knallte ihr leeres Schnapsglas auf den Tisch. »Wissen Sie, was ein Klartraum ist?«, fragte sie.

»Ein Traum, bei dem Träumende wissen, dass sie träumen«, sagte Julia. »Ich habe so was hin und wieder.«

»Ich habe das auch«, sagte Maria. »Allerdings ist es bei mir so, dass mir ein solcher Traum die Zukunft vorhersagt. Das, was ich in einem Klartraum sehe, geschieht irgendwann in Wirklichkeit. Zumindest ist das meine Erfahrung.«

»Leider, muss man ergänzen«, sagte Milan, »denn für Maria ist es oft eine große Belastung. Sie sieht Dinge voraus, die sie nicht äääää… ändern kann. Und es sind nicht immer schöne Dinge.«

Carla und Julia warfen sich einen skeptischen Blick zu.

»Können Sie hellsehen?«, fragte Julia, und Maria sah verlegen zu Boden.

»Ich bin eine Hellseherin. Schon als Kind hatte ich einen Hang dazu, es hat sich bis heute nicht geändert.«

Carla verdrehte innerlich die Augen. Sie bezweifelte zwar nicht grundsätzlich, dass es mehr Dinge zwischen Himmel und Erde gab, als wissenschaftlich zu erklären waren, doch als Polizistin hatte sie derart schlechte Erfahrungen mit angeblicher Hellseherei gemacht, dass sie dem Phänomen zutiefst misstrauisch gegenüberstand. Manchmal kamen Menschen mit vermeintlich hellseherischen Fähigkeiten ungefragt auf sie zu und boten ihre Hilfe an, bei einer Entführung oder wenn ein Kind vermisst wurde. In einigen ausweglos erscheinenden Situationen hatten Polizeikollegen Hellseher um Hilfe gebeten. Jedoch hatte Carla es nie erlebt, dass es sie weitergebracht, geschwcigc denn einen Fall gelöst hätte. Die Vorhersagen hatten sich ausnahmslos als falsch und abwegig entpuppt.

»Wie sehen Sie in die Zukunft?«, fragte Julia, die nicht ganz so argwöhnisch zu sein schien wie Carla. »Nur im Traum?«

»Nein«, sagte Maria, und ein Lächeln huschte über ihr Gesicht. »Ich mache das professionell. Wenn Kunden kommen, lass ich mich in eine Art von Trance fallen. Mir erscheinen dann Bilder über das Leben der Person, die mich um Rat fragt. Anschließend besprechen und interpretieren wir diese Bilder.«

»Ich war mal Marias Kunde, da haben wir uns kennengelernt«, sagte Milan und grinste. »Es war eine ppppppp… peinliche Sitzung. Maria hat nichts, aber auch wirklich gar nichts vorhergesehen.«

»Das ist richtig«, sagte Maria lachend und sah Milan liebevoll an. »Im Nachhinein wussten wir, warum. Wir hatten uns ineinander verliebt, bald darauf wurde Milan mein Mann. Dinge, die mich persönlich betreffen, kann ich nicht erkennen.«

Carla sah an den Gesichtern des Paares, wie glücklich sie waren, Milan strahlte wie ein kleiner Junge. Er stand auf und schenkte allen Sliwowitz nach. Der Alkohol stieg ihnen allmählich zu Kopf, vor allem Carla hatte zu viel durcheinandergetrunken. Mit dem Auto konnte vermutlich keiner der Gäste mehr nach Hause fahren.

»Aber warum ich Ihnen das alles erzähle«, sagte Maria, nachdem sie den Schnaps hinuntergekippt hatte. »Ich hatte neulich wieder so einen Klartraum. Jemand verfolgt eine Frau in einem Wald. Er spürt sie auf, zwingt sie in die Knie – und tötet sie mit einem Kopfschuss. Es war furchtbar. Ich habe die Frau so deutlich vor mir gesehen, sie hatte Angst, weinte, schrie um Hilfe. Alles war so real.«

Carla bekam eine Gänsehaut, sie rieb sich die Arme. Die Geschichte machte sie sprachlos. Was Maria Kaiser erzählte, klang so authentisch, und doch war es eben nur ein Traum gewesen. Den anderen schien es ähnlich zu gehen, denn alle schwiegen betreten.

»Würden Sie die Frau oder ihren Verfolger wiedererkennen?«, fragte Julia nach einer Weile und schaute dabei zögerlich zu Carla, als wolle sie sich das Einverständnis für die Befragung holen.

»Den Verfolger habe ich nur schemenhaft gesehen, wie einen Schatten. Ich könnte ihn nicht beschreiben. Aber die Frau … Sie war noch jung, Mitte zwanzig vielleicht, hatte lange, dunkle Haare und stammte aus Südeuropa. Am Oberarm hatte sie ein Jesuskreuz als Tattoo, in einem Ohr steckte ein silbernes Kreuz. Sie muss ein sehr gläubiger Mensch sein.«

Carla war verblüfft, wie detailliert Maria die Frau beschreiben konnte. Die Hellseher, mit denen sie Kontakt gehabt hatte, hatten vagere Aussagen getroffen. Doch manche Träume waren eben realistisch und detailreich. Es hieß noch lange nicht, dass sie ein Ereignis voraussagten.

»Wissen Sie, wo das Ganze geschehen soll?«, fragte Julia.

»Nein, ich weiß nur, dass es sich in einem Wald abspielt. Ich habe Bäume gesehen und viel Laub auf dem Boden.«

»Ich vermute, dass Sie der Frau noch nie in Wirklichkeit begegnet sind«, sagte Carla.

Maria schüttelte den Kopf. »Jedenfalls ist es mir nicht bewusst. Das Gesicht kam mir zwar bekannt vor, aber das kann auch Einbildung sein. Ich fühle mich meinen Traumfiguren innerlich immer sehr verbunden.«

Carla fragte sich, was sie mit der Geschichte anfangen sollten. Sie stellte sich gerade Rolf Hallinger vor, wie sie in sein Büro marschierte und ihn um ein paar Hundertschaften bat, um Brandenburgs Wälder zu durchsuchen. Hallinger würde fragen: »Aber wie kommen Sie darauf, dass ein Mord geschehen ist?«, und Carla würde antworten: »Frau Kaiser, die Wirtin aus dem ›Seeblick‹, hat es geträumt.« Sie musste schmunzeln, als sie Hallingers Gesicht vor sich sah, den entgeisterten Blick unter der dicken Brille und den Mund, der vor Sprachlosigkeit nicht mehr zuging.

»Meine Frau erzählt Ihnen das alles, weil sie ihre Hilfe anbieten will«, sagte Milan zu Carla. »Für den Fall, dass Sie eine Tote finden, auf die die Beschreibung zutrifft. Nicht wwwww... wahr, Liebes?«

Maria nickte. »Vielleicht kann ich Sie bei der Aufklärung unterstützen, so kann ich wenigstens etwas tun. Es ist bedrückend, all diese Dinge zu wissen, ohne sie beeinflussen zu können. Glauben Sie mir, ich hätte diese Gabe lieber nicht.«

Es war Carla ein Bedürfnis, nicht durchscheinen zu lassen, wie abwegig sie Marias Aussage fand. Es wäre respektlos, und sie wollte Maria nicht kränken. »Ich verspreche Ihnen, dass wir uns bei Ihnen melden, wenn wir von einem derartigen Verbrechen erfahren«, sagte sie.

Maria nickte nachdrücklich. »Danke für Ihr Vertrauen«, sagte sie, und Carla hoffte, das Thema nun abschließen zu können. Die Stimmung war gekippt, und so wollte sie ihr Geburtstagsfest eigentlich nicht enden lassen.

5

Es war ein nebliger Morgen, als der Schupo Heinz Böttcher das Auto in der Wagnerstraße in Velten parkte. Carla, die auf dem Beifahrersitz saß, trank noch schnell einen Schluck Kaffee, den sie in einer Thermoskanne mitgebracht hatte. Ihre Laune war an einem Tiefpunkt angelangt, denn den Sonntag nach ihrem Fest hatte sie sich eigentlich anders vorgestellt. Bis zum Mittag hatte sie ausschlafen, dann ausgiebig frühstücken und später mit Kathrin und den Kindern Waffeln backen wollen. Stattdessen würde sie Schlaf nachholen oder arbeiten müssen, je nachdem, was die Ermittlung ergab und wie lang sie dauerte.

Ihr Schädel brummte, trotz der zwei Aspirin, die sie schnell noch eingeworfen hatte. Als sie die Sonnenblende herunterklappte und in den Spiegel blickte, wich auch das letzte bisschen Lebensenergie. Tiefe Furchen an der Nase und um den Mund herum, glasige Augen und eine weiße Kurzhaarfrisur, die am Kopf klatschte, als hätte ihr jemand einen Eimer Wasser drübergeschüttet. Es war kein guter Zeitpunkt, um einen Mordfall aufzuklären.

»Ich bleibe hier, wenn's genehm ist«, sagte Böttcher und kurbelte den Sitz zurück, um ein Nickerchen zu machen.

Carla kroch aus dem Wagen und schlug die Autotür mit Karacho zu, weil sie Böttcher um seine Möglichkeit zu schlafen beneidete. Die Blende konnte er selbst wieder hochklappen.

Das Einfamilienhaus, ein moderner, weiß gestrichener Fertigbau, war weitläufig mit einem rot-weißen Flatterband abgesperrt. Ein Grüppchen schaulustiger Nachbarn stand mitten auf der Straße und spähte zum Grundstück. Zahlreiche Polizeiautos und Zivilfahrzeuge säumten den Straßenrand.

Carla öffnete ein kleines Tor und betrat einen gepflegten Vorgarten. An der Haustür wartete ein weiterer Schupo, er hieß Henri Pöhl. Carla hatte gelegentlich mit ihm zu tun; er war ein noch junger Kollege mit roten Haaren und einem kantigen Kinn.

»Dann können wir ja loslegen«, sagte er durch einen Mundschutz und reichte Carla einen Tyvek-Schutzanzug, den sie sich rasch überstreifte. Er selbst trug auch einen.

»Wir haben zwei Mordopfer«, begann er seine Einweisung, während Carla in die Überziehschuhe schlüpfte und dabei dachte, dass sie beim nächsten Fest ein neues Rezept ausprobieren sollte: glasierter Schweinebraten in einem Salzbett. Sie war mal in einer Zeitungsbeilage darauf gestoßen, es hatte äußerst lecker geklungen. Der Gedanke daran hob ihre Laune ein wenig.

»Oguz Demir und seine Frau Kristin Demir«, fuhr Pöhl in einer Lautstärke fort, als wäre Carla schwerhörig. Sie hatte sein furchtbar lautes Organ vergessen. »Sind vor vier Jahren von Berlin nach Velten gezogen.«

Carla legte sich ebenfalls einen Mundschutz an und betrat hinter Pöhl den Flur. Auf dem Boden lag ein zersplittertes Marmeladenglas, das bereits von der Spurensicherung markiert wurde.

»Vorsicht!«, schrie Pöhl, und Carla hätte fast aufgeschrien vor Schreck. Vielleicht sollte sie ihm erklären, dass sie das erste Mal an einem Tatort war und keinen blassen Schimmer hatte, was hier so ablief. Aber sie unterließ es, weil ihr nicht nach Scherzen zumute war.

»Eine Spaziergängerin hat uns informiert«, sagte Pöhl. »Als sie heute früh mit ihrem Hund hier vorbeiging, hörte sie die Hilferufe eines Kindes. Die Kollegen sind sofort herbeigeeilt und haben die Tür aufgebrochen.«

Carla hielt sich eine Hand ans Ohr. »Bitte, Herr Pöhl, ich bin noch nicht taub. Das könnte sich allerdings ändern, wenn Sie weiterhin so rumbrüllen.«

»Entschuldigung!« Es klang gedämpfter. »Jemand hat den kleinen Sohn auf dem Gästeklo eingeschlossen, Taner, sechs Jahre alt.«

Carla verdrängte den Gedanken, dass der Junge soeben seine Eltern verloren hatte.

»Wo ist er jetzt?«, fragte sie.

»Wir haben ihn ins Krankenhaus gebracht, obwohl er körperlich nichts zu haben scheint. Aber er steht unter Schock.«

»Hat man ihn befragen können?«

»Noch nicht. Eine Psychologin soll ihn sich zuerst ansehen.«

Carla blickte in eine winzige Toilette mit einem Oberlicht in Kippstellung. »Eingeschlossen«, murmelte sie mehr zu sich selbst, ohne ein inneres Bild zu bekommen, was sich hier zugetragen haben könnte. Schweigend folgte sie Pöhl in eine Wohnküche, wo es unangenehm süßlich roch. Die Jalousien waren heruntergelassen, das Licht brannte. Auf dem Boden lag bäuchlings ein Toter, seine Hände waren mit Handschellen gefesselt, der Teppich war voller Blut. Vor seinem Mund war etwas, das Carla nicht identifizieren konnte. Ihr war auch nicht danach, es näher zu untersuchen. Später vielleicht.

Eine Beamtin der Spurensicherung zwängte sich an Carla vorbei aus dem Zimmer. Sie hatte den Tatort fotografiert.

»Die Notärztin ist schon wieder weg«, sagte Pöhl, der wieder in seine gewohnte Lautstärke verfallen war. »Sie schätzt, dass der Tod vor fünfzehn bis zwanzig Stunden eingetreten ist, also irgendwann zwischen gestern Nachmittag und gestern Abend. Er wurde mit einem Kopfschuss getötet. Außerdem hat man ihm die Zunge …«

Carla wandte sich angeekelt ab, ihr wurde übel. Ein Stück Zunge lag vor dem Mund des Toten. Sie hatte es befürchtet. »Das ist ja das gleiche Muster wie bei den anderen Morden. Habt ihr das LKA informiert?«

»Schon geschehen. Die Ermittler müssten gleich eintreffen.«

Carla dachte mit Erleichterung daran, dass ihr Dienst bald beendet sein würde. Die Zungenmorde, wie die Taten unter vorgehaltener Hand genannt wurden, fielen in den Aufgabenbereich des LKA. Genau genommen ermittelte Ruben Weiß, Julias Partner und Carlas langjähriger Freund.

»Die Notärztin vermutet, dass dem Mann die Zunge vor seinem Tod –«

»Es reicht, vielen Dank, Herr Pöhl«, sagte Carla, die nicht an Einzelheiten interessiert war, zumindest nicht in ihrer Verfassung. »Wo ist die Ehefrau?«, hörte sie sich fragen.

»Oben im Bad. Ebenfalls Kopfschuss, aber die Zunge ist

noch drin, falls Sie das jetzt wissen wollen. Möchten Sie sie sehen?«

»Nachher. Kennt man schon den Tathergang?« Ihr Blick fiel ins angrenzende Wohnzimmer, wo einige Möbel hochgestellt waren und ein herumliegender Staubsauger den Eindruck erweckte, als sei jemand beim Putzen unterbrochen worden. Auf dem Teppich in der Nähe der Terrassentür prangten dreckige Fußspuren.

»Der Tathergang ist noch unklar«, sagte Pöhl. »Im oberen Stock wurde ein Arbeitszimmer durchwühlt, Computer und Handys wurden entwendet. Als wollte der Täter Spuren verdecken. Das gleiche Vorgehen wie bei den anderen Morden.«

»Wie kriegt man die Dinger da hoch?«, fragte Carla und zeigte auf die Jalousien.

Pöhl drückte einen Knopf an der Wand, und die Jalousien fuhren summend nach oben. Es wurde augenblicklich taghell im Raum.

Carla trat nach draußen, während Pöhl im Haus blieb und durch die geöffnete Tür spähte. Auf der Terrasse, die von einem Glasdach überspannt wurde, haftete ebenfalls Dreck von Schuhen, in einem Beet waren Fußabdrücke zu erkennen. »Der Täter ist von hier gekommen«, rief sie Pöhl zu. »Vielleicht stand die Terrassentür auf, weil die Frau sauber gemacht hat und lüften wollte. Die Spurensicherung soll sich das gleich mal anschauen.«

Zurück in der Wohnküche besah sich Carla die Kinderzeichnung auf dem Esstisch. »Er hat sie beide überrascht«, sagte sie. »Der Junge hat gemalt, die Mutter gesaugt. Vermutlich hat er sie mit einer Pistole bedroht. Die Frage ist: Wo war der Vater des Jungen? Und warum wurde die Frau oben im Bad erschossen und nicht hier unten wie ihr Mann?«

»Vielleicht hat sie zu fliehen versucht«, sagte Pöhl.

»Nein, das tut eine Mutter nicht. Sie überlässt ihr Kind nicht einem Killer. Wahrscheinlich hat sich der Kerl den Jungen von hinten geschnappt und die Mutter mit der Pistole gezwungen, in den Flur zu gehen, wo er den Jungen in die Toilette gesperrt hat. Er hatte von Anfang an nicht vor, ihn zu erschießen. Das heißt, dass wir es wahrscheinlich mit einem Killer zu tun haben, der selbst Kinder hat.«

Carla ging in den Flur, wo die Luft ein wenig besser war, weil die Haustür aufstand.

Pöhl kam hinterher. »Ein Killer mit Herz, meinen Sie.«

»Wenn Sie es so nennen wollen.« Carla schaute erneut in die Toilette und versuchte, den Hergang zu rekonstruieren. Erst nachdem der Junge hier eingeschlossen worden war, war die Mutter nach oben gelaufen. Vielleicht hatte sie aus dem Badfenster um Hilfe rufen wollen. Doch der Täter war schneller und hatte sie erschossen.

»Aber warum die heruntergelassenen Jalousien?«, fragte Pöhl.

Carla stützte sich auf einer Kommode ab. Ihr war schwindelig. »Der Täter wollte verhindern, dass die Schreie des Opfers zu hören waren.«

»Verstehe«, sagte Pöhl betreten. »Bleibt nur noch die Frage, wo der Vater die ganze Zeit war.«

»Vielleicht kam er später. Als die Frau schon tot und der Junge eingeschlossen war.«

»Sie meinen, dass der Täter hier im Haus auf ihn gewartet hat?«

»Möglich wäre es. Was machte Demir beruflich?«, fragte sie.

Pöhl zückte einen kleinen Notizblock und blätterte darin. »Busfahrer. Nachbarn haben ausgesagt, dass er die Linie 816 von Borgsdorf-Schule bis Velten-Süd gefahren ist.«

Carla merkte, dass sie immer wackeliger auf den Beinen wurde.

»Alles in Ordnung?«, fragte Pöhl besorgt.

Carla holte tief Luft. Jetzt bloß nicht ohnmächtig werden, dachte sie und verfluchte zugleich ihr Übergewicht. Ein paar Kilos weniger täten ihrem körperlichen Wohlbefinden sicherlich gut. Kalter Schweiß bildete sich auf ihrer Stirn, ihr Herz raste. Wo verflucht noch mal blieb Ruben? Warum konnte er nicht ein einziges Mal pünktlich an einem Tatort erscheinen? Diese olle Schlafmütze!

Pöhl holte einen Stuhl heran und half Carla mit einem Griff

unter die Achseln, sich zu setzen. Sie kam sich vor, als hätte sie nicht ihren sechzigsten, sondern ihren achtzigsten Geburtstag gefeiert.

Nachdem sie ein Glas Wasser getrunken hatte, das Pöhl ihr gebracht hatte, fühlte sie sich besser. Zugleich war sie beunruhigt, weil ihr Kollege Maik im Fall dieser grausamen Morde verdeckt ermittelte. Er war in ein Sammelbecken aus Verschwörungsanhängern und Rechtsextremen geschleust worden – alles Leute, die im Verdacht standen, für diese brutalen Morde verantwortlich zu sein. Carla fürchtete, dass Maik auffliegen und ein ähnliches Schicksal erleiden könnte wie der Ermordete in der Küche. Sie hatte alles versucht, um ihn von dem Einsatz abzuhalten, leider vergeblich.

Durch die geöffnete Haustür sah sie einen schwarzen BMW mit Ruben auf dem Beifahrersitz vorfahren, am Steuer saß eine Kollegin vom LKA, die Carla nicht kannte. Sie würde beide kurz in den Fall einweisen, dann hatte sie frei.

6

Dichter Nebel hatte sich über die Wälder der Uckermark gelegt. Maik steigerte sein Tempo, obwohl er achtgeben musste, nicht über Wurzeln zu stolpern, die sich unter der dicken Laubschicht verbargen. Es war nicht nur der Marathon, der ihn antrieb, er wollte sich auch das Heimweh von der Seele laufen. Seit drei Wochen lebte er mit einer neuen Identität in einer kleinen Wohnung in Stegelitz, einem Kaff in der Uckermark, getrennt von seinen Kollegen, seinen Freunden – und von Lydia und Anna. Er hieß nun Kevin Hässler, so stand es zumindest in seinem Ausweis, und war vierzig Jahre alt. Das Geburtsjahr stimmte mit seinem wirklichen Alter überein, nur den Tag hatte man geändert.

Kevin Hässler, der Name fühlte sich fremd und unsympathisch an, auch wenn er ihn täglich hörte und sich allmählich daran gewöhnt haben müsste. Doch er passte zu der Umgebung, in der er nun leben musste. Die Menschen um ihn herum waren verbissen, kalt und voller spinnerter Ideen. Am liebsten hätte er seine Koffer gepackt und wäre noch heute zurück nach Neuruppin gefahren, nach Hause, zu seiner Familie. Doch es galt durchzuhalten, denn er hatte Pläne. Er wollte in den Höheren Dienst aufsteigen und eine Leitungsfunktion übernehmen. Man würde sich an ihn erinnern, wenn er die Sache erfolgreich hinter sich gebracht hatte. Wenn er ein Attentat verhindert hatte – oder was auch immer diese Menschen, mit denen er verkehren musste, im Schilde führten. Es herauszufinden, war seine Aufgabe.

Er zuckte zusammen, als ein Knistern im Unterholz die frühe Morgenstille durchbrach, dann verkrampfte sich sein Herz. Ein Wildschwein schreckte hoch und stob polternd davon. Maik bremste ab und blieb einen Augenblick keuchend stehen, um den Schock zu verdauen. Seine Nerven waren angespannt. Die Menschen, bei denen er als verdeckter Ermittler eingeschleust worden war, begegneten ihm mit Misstrauen und Skepsis. Sie gingen mit äußerster Brutalität gegen Verräter vor und solche, die sie dafür hielten. Möglicherweise beobachteten sie ihn, postierten sich vor seiner Haustür, folgten ihm beim Autofahren oder versteckten sich just in diesem Moment hinter einem der zahlreichen vom Nebel verschluckten Bäume. Er durfte nicht allzu intensiv darüber nachdenken, sonst wurde er nervös und machte Fehler.

Er lief erneut los, beschleunigte, hob die Beine an und achtete auf eine aufrechte Körperhaltung. Vielleicht war seine Angst unbegründet, vielleicht entsprang sie lediglich einem schlechten Gewissen, denn was er an diesem Morgen vorhatte, war brandgefährlich. Es konnte ihn das Leben kosten. Aber er musste es tun. Es half ihm, die Menschen und das Milieu um ihn herum besser zu ertragen. Nur noch wenige Meter, und er würde mit Lydia sprechen.

Er wurde langsamer, schlenderte, schaute sich um. Es war totenstill. Dann ging er auf einen Baum zu. Der abgefallene Ast war riesig, er hatte beim Brechen ein Loch im Stamm hinterlassen. Maik spähte noch einmal in alle Richtungen, dann griff er in das Loch und holte sein Handy heraus, ein kleines von Siemens aus den frühen 2000er Jahren, das C25. Es lag regengeschützt in einem Plastikbeutel. Der Akku war nur noch zu einem Viertel voll.

Er war vom Laufen durchgeschwitzt und fror etwas, als er Lydias Handynummer eintippte. Nach dem dritten Freizeichen meldete sie sich mit einem verschlafenen »Maik?«. Es tat so gut, ihre Stimme zu hören. Bis er zurück nach Hause durfte, konnte es noch Monate dauern.

»Hey«, flüsterte er. »Hast du gut geschlafen?« Er sah sie vor sich, ihren wunderschönen Körper in cremeweißer Unterwäsche, wie sie sich im Bett aufsetzte und die langen lockigen Haare hinter das Ohr strich. Im Hintergrund lief leise Popmusik, die vermutlich aus dem Radiowecker kam.

»Hey. Meinst du, dass es gut ist, wenn wir so oft sprechen? Ist das nicht zu gefährlich?«

»Kein Problem, glaub mir. Wie geht es euch?«

Sie seufzte. »Wir vermissen dich. Anna fragt jeden Tag nach dir.«

Es brach ihm das Herz. Seine Tochter war diesen Sommer eingeschult worden, er dachte ständig an sie. Seine Augen wurden feucht. »Ich vermisse euch auch.« Hoffentlich merkte Lydia nicht, dass er weinte. Sie sollte nicht wissen, dass er litt, es würde sie nur unnötig belasten.

»Willst du nicht zurückkommen?«, fragte sie.

»Ich kann das LKA nicht hängen lassen. Aber keine Angst. Wenn alles glattgeht, bin ich in ein paar Wochen wieder da.«

»Wenn alles glattgeht! Maik, ich mache mir so furchtbare Sorgen um dich. Gestern Nachmittag war ich bei Carla. Ich glaube, sie ist auch besorgt.«

»Carla? Wie war das Fest?«

»Wunderschön. Du kannst dir nicht vorstellen, was sie an Essen aufgefahren hat.«

»Doch, das kann ich mir vorstellen.«

Sie kicherten.

»Anna war auch mit, sie hatte einen Riesenspaß. Und dein Chef ist zusammengeklappt. Bei einer Rede.«

»Hallinger? Was Ernstes?«

»Keine Ahnung, aber er ist wohl wieder raus aus dem Krankenhaus. Maik, ich muss dir was sagen. Ich war gestern Nachmittag bei Carla, weil ich mein Handy auf dem Fest vergessen hatte. Carlas Familie und ich haben Kaffee getrunken, es gab frische Waffeln. Dabei hat sich Carla eingehend nach mir und Anna erkundigt. Ich hatte den Eindruck, als suche sie nach einem Weg, um dich wieder nach Hause zu holen.«

»Was? Hat sie das gesagt?«

»Nein, es ist nur so ein Gefühl. Jedenfalls hat sie durchscheinen lassen, dass sie am Morgen bei einem Tatort wegen eines Tötungsdelikts war. Sie steht ja unter Schweigepflicht, deshalb kenne ich die Einzelheiten nicht. Aber weißt du, was sie eben in den Nachrichten gebracht haben?«

»Nein.«

»In Velten wurde ein Ehepaar ermordet, Eltern eines kleinen Jungen.«

»Schrecklich. Aber warum beschäftigt dich das?«

»Sie haben nichts Genaues gesagt, aber ich glaube, dass der Mord ziemlich brutal war. Und dass er was mit diesen Leuten zu tun hat, bei denen du ermittelst. Deshalb war Carla auch so beunruhigt.«

Maik ließ seinen Blick durch den Nebel schweifen. An einem Baumstamm war eine Wölbung zu erkennen. Er war sich nicht sicher, ob er sich täuschte oder ob dort jemand stand.

»Ach, Lydia. Das bildest du dir bestimmt alles nur ein.« Er behielt die Wölbung im Auge. »Ruben wird nicht zulassen, dass ich von dem Fall abgezogen werde. Es wäre fatal, jetzt, da wir schon so weit sind.«

Es entstand eine Redepause, und Maik fragte sich, was in Lydia vorging.

»Ich hab so ein komisches Gefühl bei der Sache«, sagte sie nach einer Weile. »Das geht nicht gut aus, glaube mir. Bitte komm nach Hause.«

Maik wurde es mulmig zumute, denn Lydia fühlte oft das Richtige. Wenn er ein Problem hatte, dann gab es keine bessere Ratgeberin als sie. Doch er konnte aus der Ermittlung, die von langer Hand so gründlich vorbereitet worden war, nicht einfach aussteigen. Es war besser, das Gespräch zu beenden, es verunsicherte ihn nur. »Hör zu, ich muss aufhören«, sagte er. »Ich liebe dich.«

»Ich liebe dich auch.«

Maik drückte das Gespräch weg. Die Wölbung war verschwunden, sofern es sie jemals gegeben hatte. Der Nebel war so dicht, dass er sich alles Mögliche herbeiphantasieren konnte. Er wickelte das Handy in die Plastiktüte und legte es zurück in den Stamm. Dann stakste er durch Laub und Unterholz zu dem Baum, bei dem er die Wölbung zu sehen geglaubt hatte. Er wollte nachschauen, ob dort jemand stand.

7

Der Verkehr auf der B 167 war ruhig an diesem trüben Montagmorgen. Julia hing ihren Gedanken nach, während herbstbunte Bäume an ihr vorüberzogen. Im Radio lief ein Schlager von Michelle. Julia hatte oft den Schlagersender eingeschaltet, wenn sie zur Arbeit fuhr, weil es die einzige Möglichkeit war, diese Musik zu hören, ohne dass sich Nehemie demonstrativ die Ohren zuhielt oder Ruben genervt fragte: »Könnten wir bitte etwas anderes anmachen?« Auch wenn sie kein Fan war, so liebte sie Schlager beim Autofahren, weil sie die Texte verstand, mitsingen konnte und die Lieder im Großen und Ganzen harmlos waren. Schwerwiegendes erlebte sie bei ihrer Arbeit zur Genüge.

Als sie sich durch einen Baustellenstau in Neuruppin gequält hatte, parkte sie ihr Auto vor einem riesigen Backsteingebäude in der Fehrbelliner Straße 4c, der Polizeidirektion Nord. Sie stieg aus und lief die Treppe hinauf in den zweiten Stock, wo sich die Vermisstenstelle befand.

»Guten Morgen«, sagte sie mit einem strahlenden Lächeln, als sie den Raum betrat, denn es ging ihr ausgezeichnet. Das Wochenende inklusive Carlas Fest war wunderschön gewesen. Auch mit Ruben lief es wunderbar, sie hatten vor Kurzem ihr Einjähriges gefeiert. Am meisten freute sie sich darüber, dass sie endlich eine Familie für Nehemie gefunden hatte. Ihren vierzehnjährigen Sohn ohne männliche Bezugsperson aufwachsen zu sehen, hatte ihr permanent ein schlechtes Gewissen bereitet.

Ihr Kollege Uli Rösler saß mit einer Frau am Besuchertisch und hob lässig eine Hand zum Gruß, in der anderen hielt er einen Personalausweis. Der ernste Blick hinter seinen Brillengläsern verriet, dass er eine Vermisstenmeldung aufnahm. Er war ein untersetzter Mann, Ende fünfzig und mit lichtem Haar, das sorgfältig zur Seite gekämmt war. »Ihr Name ist Ottilie Wiechert, und Sie sind einundfünfzig Jahre alt«, sagte er.

»Tilly wäre mir lieber«, erwiderte die Frau mit einer tiefen Stimme. »Ottilie klingt so nach Strafe Gottes.«

Uli reichte ihr den Ausweis zurück. »In Ordnung, also Tilly Wiechert. Dann bitte noch mal von vorne. Warum glauben Sie, dass Ihrer Untermieterin etwas zugestoßen ist?«

Tilly Wiechert war recht dick und erinnerte Julia von der Figur her an Carla. Sie trug einen hennaroten Pagenschnitt und goldene Ohrringe, ihre Haut war leicht gebräunt, als besuche sie regelmäßig ein Solarium.

»Sie müssen mir glauben«, sagte Tilly Wiechert mit Nachdruck und schnaufend, als fiele ihr das Atmen aufgrund ihres Gewichtes schwer. »Jeta wäre niemals weggefahren, ohne sich zu verabschieden. Das passt einfach nicht zu ihr, dafür ist sie viel zu gewissenhaft. Warten Sie, ich zeige Ihnen ein Foto.« Sie kramte hektisch ihr Smartphone aus einer Handtasche und reichte es Uli.

Um nicht zu stören, schlich Julia möglichst leise zu ihrem Spind, zog die Jacke aus und hängte sie hinein. Der weite Arbeitsweg strengte sie an. Seit sie und Nehemie zu Ruben gezogen waren, fuhr sie die Strecke zwischen Neuruppin und Eberswalde zwei Mal täglich, eineinhalb Stunden hin, eineinhalb Stunden zurück. So konnte es nicht ewig weitergehen. Deshalb hatte sie eine kleine Wohnung in Neuruppin gemietet, und zwar in dem Block, in dem sie vorher mit Nehemie gewohnt hatte. Wenn es spät wurde oder sie am Morgen sehr früh zur Arbeit musste, blieb sie dort. Zum Glück hatte sich Nehemie mit Ruben und dessen Sohn Joshua so gut eingelebt, dass sie ihn beruhigt in seinem neuen Heim lassen konnte, ohne ständig das Gefühl zu haben, sich um ihn kümmern zu müssen. Ruben und sie hatten schon laut darüber nachgedacht, ein Haus zu kaufen, das näher an Neuruppin lag, aber auch nicht zu weit weg vom LKA in Eberswalde, wo Ruben arbeitete. Im Löwenberger Land vielleicht, wo sie ursprünglich herkam, oder im berlinnahen Oranienburg, das sich genau in der Mitte befand. Doch bis es so weit war, hatten sie noch einiges zu tun. Heiraten zum Beispiel. Sie musste unwillkürlich lächeln, als sie daran dachte.

»Ich wiederhole«, sagte Uli und las von dem Protokoll ab. »Ihre Untermieterin heißt Jeta Seferi, ist sechsundzwanzig Jahre alt, und Sie haben sie am Freitagvormittag gegen elf Uhr das letzte Mal gesehen. Sie stammt aus Albanien, hat schulterlange, dunkelbraune Haare, eine schlanke Figur, ist etwa einen Meter siebzig groß und trägt ein tätowiertes Jesuskreuz am Oberarm. Korrekt?«

»Das ist richtig«, sagte Tilly Wiechert. »Und silberne Ohrringe in Form eines Kreuzes. Jeta ist sehr gläubig. Ihre Familie gehört einer katholischen Minderheit in Albanien an.«

Julia horchte auf, als sie gerade Wasser in den Kocher füllte, um sich einen Kaffee im Drücker zuzubereiten. Hatte die Frau etwas von silbernen Kreuzohrringen und von einem Kreuz-Tattoo gesagt?

»Aus Südeuropa«, sagte Uli nachdenklich und tippte mit dem Kuli auf den Tisch. »Wie lange lebt sie denn schon in Deutschland?«

»Seit zwei Jahren, sie hat ein Visum mit Arbeitserlaubnis. Hin und wieder reist sie nach Albanien, um ihre Familie zu besuchen. Vor einiger Zeit ist ihr Bruder an Leukämie erkrankt. Seitdem fährt sie regelmäßig jeden Monat für ein paar Tage dahin. Es ist belastend für sie.«

Julia war so verwirrt, dass sie wie angewurzelt dastand und die Zeugin anstarrte.

Uli bemerkte es, und er sah irritiert zu ihr herüber. »Alles in Ordnung?«, fragte er.

Der Wasserkocher begann zu rauschen.

Julia schnappte sich einen Stuhl und setzte sich dazu. »Entschuldigung, aber ich würde die Geschichte gerne noch einmal hören«, sagte sie und holte sich bei Uli durch einen Blick sein Einverständnis ein. Er nickte, aber runzelte die Stirn.

»Ihre Freundin ist verschwunden, sagen Sie.«

Tilly Wiechert reichte Julia das Smartphone mit einem Foto der vermissten Jeta. Darauf war eine junge Frau zu sehen, die auf einer Parkbank saß und in die Kamera lachte. »Freundin trifft es nicht so ganz. Jeta bewohnt ein Zimmer bei mir, wir leben in einer Art WG. Außerdem arbeiten wir zusammen. Über persönliche Dinge sprechen wir nicht allzu viel.«

»Gut, aber wie kommen Sie darauf, dass Jeta verschwunden ist?«

»Wir haben uns am Freitagvormittag das letzte Mal gesehen, als ich zur Arbeit fuhr. Jeta wollte noch ein paar Dinge erledigen, weil sie vorhatte, am nächsten Morgen für eine Woche zu ihrer Familie nach Albanien zu reisen. Als ich abends nach Hause kam, war sie nicht mehr da. Ihre Koffer waren futsch, auch ihre Bad-Utensilien und ihr Make-up.«

»Aber wo ist das Problem?«, fragte Julia. »Dann hat sie sich vielleicht entschieden, früher zu fahren. Oder sie hat bei jemand anderem übernachtet.«

Tilly Wiechert zuckte mit den Schultern. »Klar, das ist möglich. Aber wissen Sie, was komisch ist? Dass sie sich nicht mehr bei mir gemeldet hat. Wir hatten noch was Berufliches zu regeln, und Jeta ist immer absolut zuverlässig. Ich habe mehrere Male versucht, sie anzurufen, aber sie ging nicht an ihr Handy. Am nächsten Tag, also am Sonnabend, war das Handy plötzlich ausgeschaltet. Jeta klebt sonst ständig an dem Ding. Sie hätte sich vor ihrer Abreise bestimmt noch einmal bei mir gemeldet, vor allem, wenn sie gesehen hätte, dass ich angerufen habe.«

»Vielleicht war der Akku leer«, brummte Uli.

»Und wenn, das Ladekabel hat sie mitgenommen. Jedenfalls ist es nicht in ihrem Zimmer, im Übrigen kriegt man doch überall so ein Teil. Mein Bauchgefühl sagt mir, dass da was nicht stimmt.«

Normalerweise hielt Julia nicht viel von Bauchgefühlen, wenn es um vermisste Personen ging. Angehörige und Freunde irrten sich oft in dieser Hinsicht.

»Sie sagen, dass Jeta nach Albanien reisen wollte«, sagte Uli. »Womit? Mit dem Auto?«

»Jeta leidet unter Flugangst. Sie nimmt immer den Zug bis Italien und von dort die Fähre rüber nach Albanien.«

Unter normalen Umständen wäre Julia geneigt anzunehmen, dass Jeta nach Albanien gefahren war, zumindest gab es Indizien, die dafürsprachen und die untersucht werden müssten. Doch die Umstände waren nicht normal. Maria Kaiser hatte den Tod einer Frau vorhergesagt, auf die die Beschreibung der Vermissten exakt passte. So etwas hatte Julia in ihrer gesamten Polizeilaufbahn noch nicht erlebt.

8

Das Landeskriminalamt Brandenburg war in einem kasernen-
artigen Gebäude in Eberswalde untergebracht. Carla schritt
durch das Eingangsportal und stieg die Stufen hinauf in den
dritten und zugleich obersten Stock, wo die Abteilung Zentraler
Staatsschutz und Terrorismusbekämpfung ihre Räume hatte.
An der gläsernen Tür, die zu einem langen Flur führte, wartete
Ruben auf sie. Er trug ein braunes Jackett zu einem dunklen
Rollkragenpullover. Seine silbergrauen Haare waren penibel
nach hinten gegelt, die Augen verquollen. Er sah am Morgen
immer elend aus, ganz gleich, ob und wie lange er geschlafen
hatte. Schon in jüngeren Jahren, als sie gemeinsam die Polizeihochschule besucht hatten, war Ruben stets als Letzter im Semi-
narraum erschienen, weil er nicht aus dem Bett gekommen war.
    Sie umarmten sich flüchtig und machten sich auf den Weg
zum Besprechungszimmer. Ruben zu berühren, erzeugte noch
immer ein Kribbeln in Carla. In der Anfangszeit ihrer Freundschaft hatten sie sexuell miteinander verkehrt. Eine Liebesbe-
ziehung hatte sich jedoch nicht entwickelt, wohl aber eine tiefe
Verbundenheit, die bis heute hielt.
    »Warum bist du hergekommen?«, fragte Ruben, während
ihre Schritte über den leeren Gang hallten. Er arbeitete als Fall-
analytiker beim LKA.
    »Weil Velten in meinem Bereich liegt.«
    »Aber der Doppelmord ist unsere Sache.«
    »Das ist mir klar«, sagte Carla. »Aber ich will auf dem Lau-
fenden bleiben. Schließlich habt ihr mir meinen geliebten Kollegen Maik geklaut.« Dass sie versuchen wollte, Ruben dazu zu
überreden, Maik von dem Fall abzuziehen, verschwieg sie.
    »Höre ich da kritische Untertöne?«, fragte Ruben schmun-
zelnd und öffnete die Tür zu Raum 331.
    Carla trat vor ihm ein. Die Jalousien waren heruntergelassen,
das Deckenlicht brannte schwach, auf einem stehpultartigen

Tisch summte ein Beamer, der an einen Laptop angeschlossen war. Es roch nach Büro.

»Das ist meine Kollegin Kriminalhauptkommissarin Christiane Hahn«, sagte Ruben, als eine sportliche Frau mit kurzen dunklen Haaren auf Carla zukam und ihr mit einem freundlichen Lächeln die Hand drückte. »Sie ist neu bei uns.« Die niedliche runde Brille weckte bei Carla eher die Assoziation einer Buchhändlerin als einer Beamtin des Landeskriminalamtes.

»Bitte bedienen Sie sich«, sagte die Kollegin mit einer Handbewegung zu einem Serviertisch, der mit Kaffee und Mineralwasser bestückt war. Nachdem sich Carla ein Glas Wasser genommen und neben Ruben an einen Besprechungstisch gesetzt hatte, knipste Hahn die Deckenbeleuchtung aus und stellte sich an den Laptop. Auf einer Leinwand erschien das Bild eines Tatorts. Ein Mann lag nackt und mit blutüberströmtem Gesicht in der Duschtasse seines Badezimmers.

»Dann wollen wir mal loslegen«, sagte Hahn. »Das ist Kai Wendland, zweiundvierzig Jahre alt. Wurde vor etwa zwei Monaten auf die gleiche Weise ermordet wie Oguz Demir am Sonnabend in Velten. Zunge raus, Kopfschuss. Journalist, arbeitete als Freier für diverse Zeitungen und Online-Magazine, unter anderem für die Süddeutsche. Laptop und Smartphone wurden mitgenommen, die Wohnung durchsucht. Sein journalistisches Interesse galt Verschwörungsanhängern, Klimawandelleugnern und der rechtsextremen Szene. Wir konnten ermitteln, dass er sich undercover in eine Gruppe eingeschlichen hat, von der wir gleich noch reden werden.«

Ein anderes Bild erschien. Eine Frau mit langen blonden Haaren lag bäuchlings auf ihrem Bett, das mit einer Tagesdecke überzogen war. Sie war bekleidet, das Gesicht in einer Blutlache, an der Schläfe prangte ein Einschussloch. Auf ihrem Rücken döste eine grau getigerte Katze.

»Hella Gerstenberg, IT-Spezialistin, siebenunddreißig Jahre. Wir vermuten, dass sie für ebendiese Gruppe gearbeitet hat. Auch hier: Zunge raus, Kopfschuss, Wohnung durchsucht und technische Geräte entwendet.«

»Was ist mit der Katze?«, fragte Carla.

Im Schein des Beamers war zu erkennen, dass Hahn ihr Gesicht verzog. »Ein Kater. Warum ist denn das jetzt wichtig?«

»Die Schwester der Ermordeten hat ihn zu sich genommen«, sagte Ruben und streichelte Carlas Oberschenkel. Er wusste um ihre Tieraffinität.

Klick, ein weiteres Foto wurde aufgerufen. Carla kannte den Toten.

»Opfer Nummer drei, Oguz Demir, fünfunddreißig Jahre alt, Busfahrer. War bei den Grauen Wölfen, einer türkischen rechtsextremen Organisation.« Klick, das nächste Bild. Zu sehen war eine Frau, die mit einem Kopfschuss getötet auf einem Badezimmerboden lag. »Kristin Demir, geborene Keller, zweiunddreißig Jahre alt, Oguz Demirs Ehefrau. Unseres Wissens gehörte sie keiner Organisation an, auch war sie politisch unauffällig. Sie musste wahrscheinlich sterben, weil man eine mögliche Mitwisserin ausschalten wollte. Alle Opfer hatten eines gemein: Sie wussten etwas, das sie hätten ausplaudern können. Kurzum: Wir glauben, dass sie hingerichtet wurden, weil sie reden wollten. Das Abtrennen der Zunge soll abschreckend wirken, außerdem symbolisiert es Verrat.«

»Weiß man, was Oguz Demir verraten wollte?«, fragte Carla.

Hahn stieß einen Seufzer aus, der signalisierte, dass sie zu dieser Frage noch nicht viel sagen konnte. »Um es mal so zu formulieren: Wir haben einen Anhaltspunkt. Demir hatte offenbar vor, aus dieser Gruppe auszusteigen. Seine Frau hatte bei den Nachbarn eine vage Andeutung gemacht, ohne Einzelheiten auszuplaudern. Wir vermuten, dass er die IT-Angelegenheiten der Gruppe geregelt hatte, denn er kannte sich ausgezeichnet mit Computern aus. Man hätte ihn nicht einfach laufen lassen können, dafür war er mit zu vielen Interna vertraut.«

»Aber wer ist denn die Gruppe?«, fragte Carla. »Was haben diese Leute vor?«

»Dazu komme ich jetzt.« Hahn startete im Laptop ein Video, das eine Kundgebung zeigte. Die Sonne schien, zahlreiche Menschen standen sommerlich gekleidet vor einer Bühne, einige hielten Schilder hoch, auf denen zu lesen war: »Fossile Brennstoffe, ja bitte!« oder »Fuck Greta«. Auf der Bühne schrie ein Mann in ein Mikrofon. Er trug einen Vollbart, sein Bauch wölbte sich unter einem cremeweißen Hemd.

»Es mag ja sein, dass sich das Klima erwärmt«, rief er, und die Menge war mucksmäuschenstill. »Nein, wir leugnen den Klimawandel nicht. Was wir leugnen, ist, dass der Mensch daran schuld sein soll.« Raunen, verhaltener Applaus. »Und da frage ich: Wo sind die Beweise dafür? Wo sind die Argumente, die evaluiert wurden und so schlagend sind, dass sie uns überzeugen? Die Kernaussagen der Forschung, Verzeihung, der ernst zu nehmenden Forschung, sind seit Jahren dieselben: Der Mensch hat keinen Einfluss auf die Klimaerwärmung. Zahlreiche Wissenschaftler sagen das. Aber was uns vonseiten der Politik und bestimmten gesellschaftlichen Gruppen suggeriert und als Klimaschutz verkauft wird, das ist eine Lüge, meine Damen und Herren! Eine dreiste Lüge!«

Die Menge jubelte und klatschte, der Sprecher wurde zunehmend lauter. »Liebe Teilnehmer dieser Kundgebung, lasst euch sagen: Wir steuern auf eine Ökodiktatur zu! Das ist es, was diese Menschen wollen. Sie wollen uns zu Sklaven machen! Unser Leben kontrollieren, Flugreisen, Fleischessen, Autos verbieten.« Die Menge brüllte so laut, dass der Redner kaum mit der Stimme durchkam. »Es fließen Milliarden in ihre Projekte und die Propaganda, die sie verbreiten. Gelder, die wir dringend brauchen, für Arbeitssuchende, alleinerziehende Mütter, Rentner und alle, die nicht mehr wissen, wie sie ihre Miete zahlen sollen. Wir dürfen nicht länger zulassen, dass diese Gelder verschwendet werden. Wir müssen aufstehen, Widerstand leisten, uns wehren. Es geht um unsere Freiheit! Freiheit! Freiheit!« Die Menge schrie, applaudierte, einige streckten Fäuste in die Luft.

»Dr. Rüdiger Krone«, sagte Christiane Hahn und stoppte den Film. »Diplom-Meteorologe beim Europäischen Institut für Klima und Energie, auch EIKE genannt. Ein pseudowissenschaftlicher Verein, eigentlich eine Lobbyorganisation der

Klimawandelleugner. Krones Doktortitel ist ein Fake, genauso wie seine Behauptung, er hätte jahrelang beim Potsdamer Institut für Klimafolgenforschung gearbeitet. Die Aufnahme stammt von einer Anti-Klimaschutz-Demo in Halle diesen Sommer.«

Carla war fassungslos über den Unsinn, den Krone von sich gab. Insbesondere die Menge, die ihm an den Lippen klebte, besorgte sie.

»Sie glauben wirklich an das, was da behauptet wird«, sagte Ruben. »Wir haben es hier mit paranoid-narzisstischen Persönlichkeiten zu tun. Menschen, die sich von der Politik, der Wissenschaft oder bösen Mächten bedroht fühlen. Menschen, die sich abgehängt, nicht wahrgenommen, nicht gehört fühlen. Sie suchen nach einfachen Antworten auf schwierige Fragen, weil ihnen die Welt zu komplex geworden ist. Natürlich mischt die rechte Szene da kräftig mit.«

»Aber Oguz Demir hatte einen türkischen Kulturhintergrund«, sagte Carla. »Wie passt das mit den Rechten zusammen?«

»Neonazis und Graue Wölfe ähneln sich in ihren Ansichten«, sagte Ruben. »Beide schwelgen in Größenphantasien. Die einen wollen das großdeutsche, die anderen das großtürkische Reich. Es hat immer wieder Versuche der Zusammenarbeit gegeben, aber bisher ist nicht viel daraus geworden.«

Hahn zoomte ein weiteres Gesicht aus der Menge heran. Es war ein Mann um die sechzig mit seitengescheitelten graublonden Haaren und einem Schnäuzer. »Benjamin Rückert, Oberst a. D.«, sagte sie. »Bei der Bundeswehr gefeuert wegen Verbindungen zu den Reichsbürgern. Seit einem Jahr untergetaucht. Wir vermuten, dass er eine wichtige Rolle bei diesen Verschwörungsleuten spielt.«

Rückert unterhielt sich mit einem bulligen Glatzkopf, der dem Klischee eines rechten Schlägers entsprach. »Der Mann daneben ist Karsten Rakow, auch Racko genannt. Mitte dreißig, arbeitet in einer Tankstelle, war im Knast wegen Körperverletzung. Impulsiv, labil, Borderline-Persönlichkeit. Trainiert eine Kampftruppe. Ihr Kollege Maik Frosch wurde auf ihn angesetzt.

Die beiden sollen sich inzwischen angefreundet haben, wenn man es so ausdrücken kann.«

Hahn schaltete die Deckenbeleuchtung an und klappte den Laptop zu, während Ruben aufstand, eine Hand in die Hosentasche steckte und durch den Raum schlenderte. »Das sind die Leute, mit denen wir es zu tun haben«, sagte er und sah Carla dabei an. »Wir vermuten, dass sie etwas planen, sonst müssten sie sich nicht so vor Verrätern fürchten. Aber wir wissen nicht, was. Ein Attentat vielleicht, eine Entführung oder die Ermordung einer in der Öffentlichkeit stehenden Person. Auch ist uns nicht klar, wer außer Rückert, Rakow und vielleicht auch Krone noch zu dieser Gruppe gehört. Wir stehen ganz am Anfang.«

»Wie kommt ihr auf diese Leute?«, fragte Carla.

»Durch den ermordeten Journalisten. Wir fanden im Computer einer Redaktion Hinweise.«

»Aber was den Mörder der Demirs und der anderen beiden Opfer betrifft, tappen wir noch völlig im Dunklen«, sagte Hahn, die sich auf die Kante des Besprechungstisches gesetzt hatte. »Der Täter hinterlässt keine Spuren, außer seinen Fußabdrücken. Da wir an den Tatorten nur die Abdrücke einer Person gefunden haben, gehen wir von einem Einzeltäter aus, vermutlich männlich, Schuhgröße 43. An den Projektilen ist zu erkennen, dass er immer dieselbe Waffe benutzt.«

»Hat der kleine Sohn der Demirs eine Aussage gemacht?«, fragte Carla.

Hahn nickte. »Der Killer hat sich den Jungen geschnappt, als er durch die Terrassentür eingedrungen ist. Taner hat ihn nicht zu Gesicht bekommen, auch hat der Täter kein Wort gesprochen. So konnte der Junge keine Täterbeschreibung liefern, leider.«

»Es muss einen Kopf geben, jemanden, der im Hintergrund die Fäden zieht«, sagte Ruben. »Maik wurde als verdeckter Ermittler eingeschleust, um das herauszufinden. Er ist perfekt geeignet für den Job, jung, klug und extrem sportlich. Außerdem hat er Informatik studiert, bevor er zur Polizei kam. Wenn wir Glück haben, brauchen sie ihn, denn ihre IT-Fachfrau haben sie ermordet.«

Carla stand auf und holte sich einen Kaffee, den sie mit einem Schuss Milch und viel Zucker anreicherte. Sie stellte ihre Tasse auf den Tisch und beschloss, im Stehen zu reden. So ließ es sich besser argumentieren.

»Ich will, dass ihr Maik von dem Fall abzieht«, sagte sie. »Es ist zu gefährlich für ihn. Seit diesem Doppelmord in Velten habe ich die schlimmsten Befürchtungen. Ich bin mir außerdem nicht sicher, ob er wirklich so geeignet ist, wie ihr glaubt.«

Es widerstrebte ihr, schlecht über Maik zu sprechen, aber sie musste es tun, um ihn und seine Familie zu schützen.

»Was spricht gegen ihn?«, fragte Ruben.

»Er ist ein Sensibelchen. Was, wenn er die Nerven verliert?« Ihre Sorge war nicht unbegründet, auch wenn Maik der Richtige sein mochte, was seine IT-Kenntnisse und sein sportliches Talent betraf. »Du kennst ihn, Ruben. Habe ich recht?«

Ruben und Hahn warfen sich einen Blick zu, der Carla signalisierte, dass ihr Einwand zumindest von Interesse war.

»Es geht nicht nur um Maik«, sagte sie. »Der Killer ist skrupellos. Er hat Demirs Frau ermordet, obwohl sie nicht einmal diesem Klima-Idioten-Verein angehörte. Das gleiche Schicksal droht Lydia, wenn Maik auffliegt.«

Ruben kniff die Lippen zusammen. Carlas Worte schienen ihn nachdenklich zu stimmen. Hahn bemerkte es.

»Es wäre unklug, Maik von dem Fall abzuziehen«, sagte sie in scharfem Ton zu Ruben. »Er hat sich ausgezeichnet da reingefuchst. Jemand anderen hineinzubringen, würde Monate dauern. Dann ist es womöglich zu spät.« Sie blickte zu Carla, ihre Augen funkelten. »Wollen Sie das wirklich riskieren, Frau Kollegin?«

Carla konnte Rubens und Hahns Argumente gut nachvollziehen. Rational betrachtet hatten sie recht. Doch ein dumpfes Gefühl sagte ihr, dass die Sache nicht gut für Maik enden würde. Ruben würde sie vielleicht überzeugen können, nicht aber diese Christiane Hahn, die, so wünschte sich Carla, lieber Buchhändlerin geworden wäre.

»Meine Bedenken sind folgende«, sagte Carla in Hahns Richtung. »Es sind vier Menschen ermordet worden. Das heißt, dass diese Klima-Leute gewarnt sind. Sie werden jeden Neuen auf Herz und Nieren prüfen. Ich kenne Maik seit vielen Jahren, wir sind beruflich und auch privat miteinander verbunden, er … er ist wie ein Sohn für mich. Ich glaube, dass ich ganz gut beurteilen kann, dass er für diese Art von Ermittlung absolut nicht geeignet ist. Wenn irgendetwas Unvorhergesehenes passiert, hat Maik nicht die Nerven, es durchzustehen. Er errötet, stottert im falschen Moment oder tut irgendetwas Unwillkürliches, das ihn entlarvt.«

»Aber Frau Stach«, sagte Hahn, »für wie naiv halten Sie uns? Wir haben ihn ebenfalls überprüft, haben ihn einem Test unterzogen. Wenn er nicht geeignet wäre, hätten wir ihm nicht eine solche Aufgabe zugewiesen.«

»Wir können ihn nicht abziehen«, sagte Ruben, die Augen gesenkt, weil es ihm vermutlich widerstrebte, Carla so hartnäckig zu widersprechen. »Es ist, wie meine Kollegin sagt. Wir würden um Monate zurückgeworfen. Außerdem hat sich Maik freiwillig gemeldet. Er ist ehrgeizig und äußerst motiviert.«

»Ruben, du bist sein Verbindungsmann«, sagte Carla. »Du hast Einfluss auf ihn, er bewundert dich, eifert dir nach. Auf dich hört er. Nimm ihn da raus.«

»Ich muss unser Gespräch jetzt beenden«, sagte Hahn und erhob sich von der Tischkante. »Die Entscheidung wurde getroffen, sie lässt sich nicht mehr rückgängig machen. Bitte erlauben Sie mir eine persönliche Bemerkung: Vielleicht muss Ihr Sohn lernen, erwachsen zu werden. Und Sie müssen ihn loslassen, Sie sind nicht seine Mutter. Bitte entschuldigen Sie mich.«

Carla wusste vor Empörung nicht, wo sie hinschauen sollte, als Hahn den Raum verließ. Was bildete sich diese Person bloß ein? Möglicherweise traute sie Maik tatsächlich zu wenig zu, aber diese Hahn hatte kein Recht, es ihr auf den Kopf zuzusagen. Respektlos war das. Warum hatte Carla ihre Gefühle auch so offen ausgeplaudert? Normalerweise hatte sie sich besser im Griff.

Sie ließ sich auf einen Stuhl fallen und holte ihr Handy hervor, weil es während des Gesprächs einige Male gesummt hatte.

Ruben setzte sich zu ihr und ergriff ihre Hand. »Er schafft das schon«, sagte er.

Carla lächelte gequält, während sie auf dem Display sah, dass Julia versucht hatte, sie zu erreichen.

9

Sie schlenderten durch einen Wald nahe dem Großen Stechlin, nicht weit vom Gasthof »Seeblick« entfernt. Die Luft war dunstig, und es roch nach feuchtem Holz. Bruno zockelte neben ihnen her, die Nase schnüffelnd am Boden.

Carla fiel kein Begriff ein, der ihre Gefühle treffend beschrieb, als sie auf das Foto auf dem Smartphone starrte. Verblüfft? Entgeistert? Fassungslos? Verwirrt? Sie war zu realistisch und den Naturwissenschaften zu sehr zugeneigt, als dass sie glauben konnte, Maria Kaiser hätte ein Verbrechen vorhergesehen. Doch bei den Ohrringen handelte es sich zweifelsfrei um zwei silberne Kreuze, genau wie Maria Kaiser es beschrieben hatte. Obwohl sie eigentlich nur von *einem* Ohrring gesprochen hatte, wenn Carla sich recht erinnerte. Doch dies war vermutlich nur ein unbedeutendes Detail. »Und was ist mit dem Tattoo?«, fragte sie.

»Vorhanden«, sagte Julia. »Auch ein Kreuz, am Oberarm, wie von der Wirtin behauptet.«

Carla steckte ihr Smartphone zurück in die Jacke. Sie hatte keine Erklärung für das Phänomen, sosehr sie sich auch den Kopf zerbrach.

»Vielleicht haben wir es wirklich mit Hellseherei zu tun«, sagte Julia. »Es soll ja wohl Menschen geben, die solche Fähigkeiten besitzen.«

»Das will ich auch gar nicht bestreiten«, sagte Carla, die die Hundeleine um den Hals gelegt hatte und nervös mit dem Karabinerhaken spielte. Dass es Dinge gab, die sich nicht immer rational erklären ließen, konnte sie gelten lassen, obwohl sie selbst keinen inneren Bezug dazu hatte. Doch es war ihre Aufgabe, die Angelegenheit nüchtern zu betrachten und sich nicht von Emotionen leiten zu lassen. »Als Kriminalhauptkommissarin würde ich lieber nach weltlichen Ursachen suchen, bevor ich Kristallkugeln und Kaffeesatz in Betracht ziehe. Fakt ist, dass Maria Kaiser behauptet hat, von der Ermordung einer Frau geträumt zu haben. Und dass die Beschreibung dieser Ermordeten zu einer Frau passt, die heute Morgen als vermisst gemeldet wurde. Ich kann es mir nicht erklären, du? Wenn man Hellseherei mal außer Acht lässt.«

Julia seufzte. »Dann kann es nur Zufall sein, dass Maria Kaiser von einer Frau geträumt hat, auf die zufällig auch die Beschreibung einer Vermissten zutrifft.«

»Ja, das ist im Moment das Naheliegendste«, sagte Carla, hob ein Stöckchen auf und warf es Bruno, der hinterherhechtete. »Menschen träumen viel, wenn die Nacht lang ist. Warum nicht auch von einer Frau mit Kreuzohrringen und einem Jesus-Kreuz-Tattoo.«

Carla dachte an ihren ersten Besuch im Gasthof »Seeblick« vor vier Jahren, als sie mit Kathrin und den beiden Kindern nach einem langen Spaziergang dort eingekehrt war. Sie konnte sich noch so gut erinnern, weil Toni auf dem gesamten Spaziergang eine Flappe gezogen hatte. Da war er elf gewesen, am Beginn seiner Pubertät. An jenem Abend waren sie die einzigen Gäste gewesen. Nach dem Essen hatten sich Maria Kaiser und ihr Mann zu ihnen an den Tisch gesetzt und erzählt, dass sie den Gasthof von den Eltern übernommen hatten und dass Maria zuweilen als Lebensberaterin arbeitete. Damals hatte Carla nicht nachgefragt, aber nun wusste sie, was es mit der Lebensberatung auf sich hatte. Maria Kaiser orakelte.

»Es kommt ja noch verrückter, wenn ich dir jetzt sage, wo die vermisste Jeta beschäftigt ist«, unterbrach Julia Carlas Gedanken. »Bei astrologia.tv.«

»Astrologia.tv?«

»Ich hab's mal gegoogelt, ein Esoteriksender. Hellsehen, Kartenlegen, Sterndeutung und all so was. Zuschauer rufen an und werden live beraten. Jeta hat eine eigene Sendung, ›Jeta's Orakel‹, mit falschem Apostroph. Außerdem erledigt sie Sekretärinnen-Kram für ihren Chef. Im Internet steht, sie sei die Assistenz der Geschäftsführung.«

»Also ist die Vermisste auch eine angebliche Hellseherin?«

»Immerhin arbeitet sie in diesem Bereich, genau wie ihre Mitbewohnerin, diese Tilly Wiechert. Die im Übrigen auch bei dem Sender angestellt ist.«

Carla wusste nicht, was sie mit all diesen Aussagen anfangen sollte. Ihr schwirrte der Kopf. In was für ein Nest von Esoterikerinnen war sie da geraten? Da musste es einen Zusammenhang geben, und sei es, dass sich Maria Kaiser und die vermisste Jeta kannten. Doch selbst das erklärte nicht, warum Maria Kaiser Jetas Tod vorhergesehen haben sollte.

»Was täten wir, wenn uns Maria Kaiser nicht von diesem Traum erzählt hätte?«, fragte sie. »Wenn wir gar nichts von der Geschichte wüssten?«

»Nicht viel«, sagte Julia. »Ich würde davon ausgehen, dass Jeta nach Albanien gereist ist, würde mir aber sicherheitshalber mal ihr Zimmer anschauen und den Sender aufsuchen und ein paar Leutchen interviewen. Außerdem würde ich versuchen, die Familie in Albanien ausfindig zu machen und in Erfahrung zu bringen, ob Jeta dort angekommen ist.«

»Und ich als Leiterin einer Mordkommission wäre aus der Sache raus, weil wir keinen Hinweis auf ein Verbrechen haben«, sagte Carla.

»Was wollen wir jetzt tun?«, fragte Julia.

»Wir machen es so, wie du vorschlägst. Du ermittelst im Fall der Vermissten, und ich werde Maria Kaiser einen Besuch abstatten.«

Carla musste sich eingestehen, dass sie das Thema gepackt hatte. Auch wenn sie nicht an Hellseherei glaubte, so wollte sie unbedingt in Erfahrung bringen, wie Maria Kaisers Prophezeiung und Jetas Verschwinden zusammenhingen. Es musste eine rationale Erklärung geben, aber welche?

***

Zumindest in diesem Punkt hatte sich Maria Kaiser geirrt.

Carla legte auf und stieg aus dem Wagen, es war diesig und kühl. Soeben hatte sie mit Hallinger telefoniert. Er war aus dem

Krankenhaus entlassen worden, ohne Befund. Weitere Untersuchungen sollten zwar noch folgen, doch die behandelnde Ärztin hatte sich vorsichtig optimistisch geäußert, dass sein Zusammenbruch lediglich einer Kreislaufschwäche geschuldet war. Die Blutwerte waren in Ordnung, auch schienen keine Entzündungen im Körper zu sein, und von einer Magenerkrankung war schon gar nicht die Rede gewesen. Hallinger hatte erleichtert geklungen, und Carla war es auch. Es ginge ihr nahe, wäre Hallinger ernsthaft erkrankt.

Der »Seeblick« befand sich in einem wunderschönen alten Brandenburger Landhaus mit roten Ziegeln und echten Sprossenfenstern. Im Erdgeschoss war das Restaurant mit den Veranstaltungsräumen untergebracht, die Zimmer im ersten und zweiten Stock wurden vermietet. Die Eheleute Kaiser und Babic hatten es geschafft, über die Grenzen Brandenburgs hinaus bekannt zu werden, sodass Gasthof und Pension immer gut besucht waren, auch in den Wintermonaten. Carla bedauerte es ein wenig, im November Geburtstag zu haben, denn ein Fest in dem zauberhaften naturnahen Garten, der sich bis zum Seeufer erstreckte und im Sommer auch Gästen offenstand, wäre sicherlich ein noch größeres Ereignis geworden.

Als sie das Restaurant betrat, war hinter dem Tresen eine Frau zugange. Es musste Marias Schwester sein, denn sie war auf einem der Familienfotos abgebildet, die im Gastraum über einer runden Sitzecke in einem Separee hingen. Carla war ihr noch nie persönlich begegnet. Sie trug kurze weißblonde Haare und erinnerte Carla an Annie Lennox von den Eurythmics. Carla war in den 1980er Jahren ein Fan der Gruppe gewesen, allein schon wegen der Lennox, die sie ausgesprochen sexy fand. Die Frau hinter dem Tresen hatte die gleiche drahtige Figur, allerdings war das Gesicht grober. Sie hatte kaum Ähnlichkeit mit Maria Kaiser, die eher der Typ Hausfrau war, die man im Supermarkt übersah, während die Schwester für Carlas Geschmack äußerst attraktiv war.

»Wir haben geschlossen«, blaffte die Schwester, die gerade damit beschäftigt war, die Zapfanlage zu putzen. »Haben Sie das Schild nicht gesehen?«

An einem der Tische saß ein etwa vierjähriges Mädchen und legte ein Holzpuzzle. Es hatte lange glatte Haare und einen französischen Zopf, der an der Seite herabhing. Carla mutmaßte, dass es Marias und Milans Tochter war. Sie zückte ihren Dienstausweis und stellte sich an den Tresen. »Kriminalpolizei, Stach mein Name. Ich würde gerne mit Frau Kaiser sprechen.«

Die Mimik der Schwester hellte sich augenblicklich auf. »Oh, entschuldigen Sie bitte, dass ich so motzig war.« Sie ließ ihren Lappen fallen, trocknete die Hände ab und reichte Carla über den Tresen hinweg die Hand. »Ich bin Lene Kaiser, Marias Schwester. Sind Sie nicht die … die Kommissarin, die am Sonnabend hier ihren Geburtstag gefeiert hat?«

»Doch, das bin ich.«

Lene Kaiser runzelte die Stirn. »Aber Sie sind nicht hier, um sich zu beschweren, oder? War irgendwas nicht in Ordnung?«

Carla lachte. »Nein, ganz im Gegenteil. Ich muss mich tausendmal bedanken, auch bei Ihnen. Schließlich haben Sie einen Anteil daran, dass es so ein schöner Abend geworden ist.«

»Mein Anteil war die Kleine, auf die ich immer aufpasse«, sagte die Schwester mit einer Kopfbewegung zu dem Mädchen, das in sein Puzzle vertieft war. »Das ist Bea, Marias und Milans Tochter. Süß, nicht wahr?«

»Hallo, Bea«, sagte Carla, und das Mädchen piepste ein »Hallo« zurück.

»Bea ist oft bei mir. Ich kümmere mich um sie, damit der Betrieb hier weiterlaufen kann. Möchten Sie einen Kaffee?«

»Gerne, vielen Dank.« Carla hatte auf ein solches Angebot gehofft.

»Meine Schwester ist im Keller«, sagte Lene Kaiser und bediente einen Kaffeeautomaten, der summende und zischende Geräusche machte. »Sie müsste jeden Moment hochkommen. Sie hat doch wohl nichts verbrochen?«

»Nein«, sagte Carla lachend und hoffte, die Wartezeit mit einer verdeckten Befragung überbrücken zu können. »Maria Kaiser hat den Ruf einer Hellseherin. Darüber wollte ich mit ihr sprechen.«

Lene Kaiser stellte laut klappernd eine gefüllte Kaffeetasse mit Untertasse und Löffel auf den Tresen. »Wollen Sie etwa ihren Rat einholen?«

Carla zuckte mit den Schultern. »Eventuell. Aber ich bin mir noch nicht so sicher, was ich von Hellsehen halten soll.«

Die Schwester stemmte einen Arm in die Seite und sah Carla unverhohlen an. »Ach ja? Dann sind wir ja schon zwei.«

»Wieso? Zweifeln Sie an der Gabe Ihrer Schwester?« Carla nippte an dem Kaffee. Er war italienisch zubereitet, gefilterten mochte sie lieber.

Lene Kaiser fuhr mit dem Wienern der Zapfanlage fort. »Ach wissen Sie, das Thema begleitet mich seit meiner Kindheit. So-sehr ich meine Schwester auch schätze und liebe – was die Hell-seherei betrifft, da hat sie einen Knall. Es fing an, als unser Opa starb. Maria glaubte plötzlich, mit Toten reden zu können und die Zukunft vorauszusehen. Angeblich hatte sie ein Schlüssel-erlebnis, aber das soll sie Ihnen lieber selbst erzählen, mir ist das zu blöd. Meine Mutter war sogar bei einem Psychiater mit ihr, nur hat der leider nichts ausrichten können.«

»Wie erklären Sie sich diesen ›Knall‹?«

»Wenn Sie mich fragen: Sie hat den Tod unseres Opas nicht verkraftet. Er war ihre wichtigste Bezugsperson, wichtiger noch als unsere Mutter.«

»Was hat die beiden verbunden?«

»Genau kann ich Ihnen das nicht sagen. Aber sie haben viel über den Tod gesprochen, weil unser Opa beruflich mit dem Thema zu tun hatte. Sein Name war Friedhelm Kaiser, viel-leicht haben Sie schon einmal von ihm gehört. Er war Neuro-wissenschaftler und fand heraus, dass das Gehirn im Moment des Todes eine enorme Aktivität entfaltet. Das brachte ihn zu der Erkenntnis, dass die Nahtoderlebnisse, von denen seit den 1970er Jahren die Rede ist, durch das Gehirn erzeugt werden. ›Wir träumen gewaltig, bevor wir sterben‹, hat er immer gesagt. Maria war fasziniert von diesen Themen, und mein Opa war froh, dass sich jemand für seine Arbeit interessierte. So erkläre ich mir das.«

Lene Kaiser unterbrach das Putzen, weil hinter dem Tresen eine Tür aufgestoßen wurde. Drei Personen traten ein: Maria Kaiser, Kellner Tino und ein kräftiger Mann mit Glatze, den Carla ebenfalls nur von einem Foto im Gastraum kannte. Er war der Koch und Lene Kaisers Ehemann, wenn sie es richtig in Erinnerung hatte. Er und Tino schleppten Kästen mit Limonade und Fritz-Cola. Nachdem sie die Getränke abgestellt hatten, folgte eine herzliche Begrüßung.

»Ich hoffe, dass Sie zufrieden waren«, sagte Tino und schüttelte überschwänglich Carlas Hand.

»Oh, Frau Stach, hoffentlich habe ich Sie mit meinem Traum nicht belästigt«, sagte Maria. »Milan meinte hinterher, dass ich besser meine Klappe hätte halten sollen. Es war so unhöflich von mir und tut mir furchtbar leid. Das ist übrigens Hanno Plock, Lenes Mann. Er wuppt die Küche hier im Gasthof.«

Carla und Hanno Plock begrüßten sich mit Handschlag. »War das Essen denn zu Ihrer Zufriedenheit?«, fragte er. »Ein bisschen hab ich auch dazu beigetragen.«

»Quatschkopp!«, sagte Maria Kaiser und boxte ihn auf den Oberarm. »Du hast doch das meiste gemacht. Willst ja nur Lob einheimsen.«

Alle lachten.

»Können wir unter vier Augen sprechen?«, fragte Carla Maria Kaiser. »Irgendwo, wo wir ungestört sind?«

»Aber ja«, sagte Maria. »Kommen Sie mit.«

Sie landeten in einer netten Küche, die neben dem Gastraum lag und vermutlich als Pausenzimmer genutzt wurde. Am Fenster baumelte ein goldener Taler, in den ein Engel mit einem roten Stein gestanzt war. Carla dachte an Kathrin, die ebenfalls die Neigung hatte, allen möglichen esoterischen Krempel anzuschaffen. In ihrem Wohnzimmerregal ganz oben stand sogar eine Kristallkugel. Aber meistens konnte Carla erfolgreich ihr Veto einlegen.

Sie nahmen an einem kleinen Tisch vor einem Fenster Platz.

Carla holte ihr Smartphone hervor und rief das Foto der vermissten Jeta auf.

»Kennen Sie diese Frau?«, fragte sie und reichte Maria das Telefon.

»Gewiss kenne ich sie«, sagte Maria, ohne sich das Bild näher anzusehen. »Das ist die Frau, von der ich geträumt habe. Was ist mit ihr? Haben Sie sie gefunden? Ist sie tot?«

»Bitte sehen Sie sich das Bild genau an. Ich muss sichergehen, dass wir dieselbe Person meinen.«

Maria Kaiser betrachtete das Bild. »Ja, das ist sie, eindeutig.«

»Kann es sein, dass Sie sie kennen?«, fragte Carla. »Dass Sie sich schon einmal irgendwo begegnet sind?«

Maria Kaiser gab Carla das Handy zurück. »Nein, nicht dass ich wüsste. Aber selbst wenn, würde es keinen Unterschied machen. Ich habe von ihrem Tod geträumt. Es muss ihr was passiert sein, sonst wären Sie nicht hier.«

Carla widersprach innerlich. Es machte sehr wohl einen Unterschied. Wenn Maria Kaiser die Vermisste kannte, dann nahm dies dem Traum das Außergewöhnliche, das Unheimliche. Es war schlichtweg normal, von Menschen zu träumen, denen man irgendwann schon einmal über den Weg gelaufen war.

»Frau Kaiser, ich will offen zu Ihnen sein. Ich bezweifle nicht grundsätzlich, dass es unerklärliche Dinge zwischen Himmel und Erde gibt, auch wenn ich mich noch nie eingehend damit befasst habe. Aber ich bin Polizistin. Von mir wird erwartet, dass ich mich an Fakten halte. Fakt ist, dass Sie mir vom Mord an einer Frau erzählt haben und dass eine Frau, auf die Ihre Beschreibung des angeblichen Mordopfers passt, seit Freitag vermisst wird. Sie werden verstehen, dass ich überprüfen muss, ob zwischen Ihnen und dieser Frau eine Verbindung besteht.«

»Die Frau wird also vermisst«, sagte Maria und starrte auf die Tischplatte. »Ich fühle, dass sie noch lebt und dass sie Hilfe braucht.«

Das esoterische Getue befremdete Carla, es ging ihr gehörig auf die Nerven. »Gut, dann nehmen wir mal an, dass Ihre Vorhersage stimmt. Haben Sie irgendeinen Anhaltspunkt für mich, wo der Mord geschieht? Wo sollen wir suchen?«

»Es geschieht in einem Laubwald«, sagte Maria Kaiser. »Aber

wo, das weiß ich nicht. Es kommen keine Bilder in mir hoch. Ich fürchte, dass ich Ihnen im Moment nicht weiterhelfen kann. Vielleicht sehe ich zu einem späteren Zeitpunkt mehr.«

Es kommen keine Bilder in mir hoch, wiederholte Carla in Gedanken. Sie hatte das Gefühl, verschaukelt zu werden. Irgendetwas wusste Maria Kaiser über das Verschwinden Jeta Seferis. Aber nicht, weil sie hellseherische Fähigkeiten hatte, sondern weil sie in den Fall verstrickt war.

»Da ist noch eine Kleinigkeit«, sagte Carla. »Bei meinem Fest erwähnten Sie nebenbei, dass die Frau nur einen Ohrring getragen hätte. Auf dem Foto sind aber zwei zu sehen.«

Maria Kaiser schloss die Augen, als konzentriere sie sich. »Ich versuche, mir noch einmal die Traumbilder hochzuholen«, flüsterte sie. »Ja, ich sehe es. Es findet ein Kampf statt, bei dem sie einen Ohrring verliert. Dann flieht sie, und erst danach wird sie aufgespürt und erschossen.«

Das esoterische Gequassel drohte Carla vollends zu verwirren. Zum Teufel mit den Ohrringen! Was sagte ihr Verstand, welche vernünftige Erklärung mochte es für diesen merkwürdigen Fall geben? Der Zufall könnte eine Rolle spielen, so wie es Julia bereits in Erwägung gezogen hatte. Maria Kaiser hatte von einer Frau geträumt, die zufällig so aussah wie eine Vermisste. Wahrscheinlicher aber war, dass Maria Kaiser etwas mit dem Verschwinden dieser Frau zu tun hatte und den Traum nur als Vorwand benutzte. Vielleicht litt sie unter Schuldgefühlen, die sie zu lindern versuchte, indem sie Carla auf Umwegen auf das Verbrechen aufmerksam machte. Dann wäre ihr Verhalten vergleichbar mit einem Täter, der an den Tatort zurückkehrt, in der unbewussten Hoffnung, entlarvt und bestraft zu werden. Der Gedanke mochte weit hergeholt sein, aber er war im Moment eine der wenigen Deutungen, die Carla halbwegs plausibel erschienen.

»Ich spüre Ihre Zweifel«, sagte Maria. »Sie glauben, dass ich Ihnen etwas vormache, richtig?«

Carla schwieg, weil sie Maria nicht belügen wollte.

»Kommen Sie mit, ich zeige Ihnen etwas.«

Sie gingen durch eine Tür in den Garten, wo sich hinter immergrünen Ligustersträuchern eine hübsche Laube verbarg. Es war eines dieser naturbelassenen Holzhäuschen, wie man sie häufig in Kleingärten sah.

»Hier empfange ich meine Kunden«, sagte Maria und öffnete eine Tür.

Carla hatte sich den Sitzungsraum einer Hellseherin esoterischer vorgestellt, mit mehr Firlefanz, Duftkerzen und allerhand bunten Tüchern an den Wänden. Doch die Laube war schlicht und gemütlich eingerichtet. Eine schicke Stoffcouch und zwei Cocktailsessel gruppierten sich um einen kleinen Glastisch herum, der Boden war mit einem Wollteppich ausgelegt, eine elektrische Heizung konnte für Wärme sorgen. Es gab einen alten Bücherschrank und eine kleine Kommode. Über der Couch hing das Foto eines älteren Herrn, der, so mutmaßte Carla, Marias Großvater war.

»Die Laube ist gut isoliert, sodass man es auch im Winter aushalten kann«, sagte Maria und bat Carla mit einer Handbewegung einzutreten. »Vielen meiner Kunden ist Diskretion sehr wichtig, deshalb habe ich die Laube bauen lassen.«

Maria nahm auf dem Sofa Platz, während sich Carla in einen der Sessel setzte. »Sie haben auch prominente Kunden, die sicherlich gut zahlen«, sagte sie. »Ich will nicht indiskret sein, aber lohnt sich die Arbeit finanziell?«

Maria Kaiser huschte ein Lächeln übers Gesicht. »Ich weiß nicht, ob Sie meine Website kennen. Ich nehme nur eine winzige Aufwandentschädigung. Wenn Kunden zufrieden sind, dann zahlen sie von sich aus mehr. Aber ich will das Geld nicht, sondern bitte sie, es an eine gemeinnützige Organisation zu spenden.«

»Warum?«

»Weil das Hellsehen eine Gabe ist, die mir mitgegeben wurde, um Menschen zu helfen. Es wäre unethisch, würde ich mich finanziell daran bereichern.«

Die Antwort irritierte Carla. Wenn es stimmte, dass das Geldverdienen keine Rolle spielte, dann sprach es dafür, dass Maria Kaiser tatsächlich diese Gabe besaß.

»Wann haben Sie das erste Mal bemerkt, dass Sie hellsehen können?« Sie dachte an das Schlüsselerlebnis, von dem die Schwester gesprochen hatte.

»Mit neun Jahren, in der Schule. Unsere Klassenlehrerin hatte einen Ausflug angekündigt, der zwei Wochen später stattfinden sollte. Ich meldete mich und sagte, dass ich an diesem Tag nicht könne, weil mein Opa da beerdigt würde. Ich erinnere mich noch gut an das verdutzte Gesicht der Lehrerin und wie ich vor meinem inneren Auge die Trauergemeinde sah, die Kapelle, die Blumen und das Grab. Gleichzeitig erschrak ich über meine eigenen Worte, denn mein Opa lebte noch, auch wenn er kurz zuvor einen Autounfall gehabt hatte und im Krankenhaus lag. Bald darauf starb er. Die Beerdigung fand genau an jenem Tag statt, als meine Klasse einen Ausflug machte.«

»Aber sagten Sie nicht, dass Sie Dinge, die Sie persönlich betreffen, nicht vorhersehen können?«, fragte Carla.

»Das ist richtig, eigentlich kann ich das auch nicht.« Maria Kaiser zuckte mit den Schultern. »Ich habe keine Erklärung dafür. Vielleicht, weil es ein Schlüsselerlebnis war.«

Carla schüttelte innerlich den Kopf. Die Geschichte klang mysteriös und wenig überzeugend. Was Maria schilderte, war eines dieser paranormalen Ereignisse, die zur Genüge in US-amerikanischen Fernsehserien verbreitet wurden. In den allermeisten Fällen ließen sich solche Phänomene auf natürliche Weise erklären. Möglicherweise lag bei Maria Kaiser eine Erinnerungsverfälschung vor, weil der Tod des Großvaters eine traumatische Erfahrung für sie gewesen war.

Carla war gedanklich abgelenkt gewesen. Erst jetzt bemerkte sie eine bleierne Müdigkeit, die von ihr Besitz ergriffen hatte. Maria Kaiser schien es ähnlich zu gehen. Sie hatte die Augen geschlossen und atmete tief.

»Bitte, Sie müssen den Fall abgeben«, sagte sie nach einer Weile wie in Trance. »Hören Sie auf, nach dieser Frau zu suchen. Ich höre Schüsse, sehe, wie Sie zusammenbrechen. Sie überleben die Ermittlung nicht.«

Carla wollte protestieren, doch sie war nicht in der Lage dazu.

Es fühlte sich an wie in einem Traum, in dem man schreien wollte, aber keinen Ton hervorbrachte. Erst als Maria Kaiser die Augen aufschlug, wurde auch Carla wieder wach.

»Geht es Ihnen gut?«, fragte sie.

»Ich war in Trance. Was habe ich gesagt? Ich erinnere mich vage.«

»Es ist alles in Ordnung, Sie waren nur weggetreten.«

»Manchmal passieren diese Dinge, ohne dass ich sie beeinflussen kann. Habe ich etwas über Sie gesagt?«

Carla hatte keine Lust, das Geschehen zu kommentieren. Sie musste einen klaren Kopf behalten und aufpassen, sich nicht von diesem esoterischen Gehabe vereinnahmen zu lassen, sonst konnte sie die Ermittlung nicht leiten. Wahrscheinlich spielte Maria Kaiser ein Spiel mit ihr, weil sie in den Fall verwickelt war.

10

Fürstenberg an der Havel lag im Norden Brandenburgs und wurde wegen seiner Vielzahl an Flüssen und Seen auch Wasserstadt genannt. Tilly Wiechert hatte eine Wohnung in einer schmalen Straße in der Altstadt.

Julia parkte ihren Wagen vor dem Haus, einem dreigeschossigen Gebäude mit schwarzem Fachwerk, Ziegeln und doppelverglasten Fenstern. Sie platzte vor Neugier herauszufinden, was es mit der Vorhersage Maria Kaisers auf sich hatte. Zwar stand sie Hellseherei grundsätzlich nicht so skeptisch gegenüber wie Carla, doch was hier geschah, war ihr mehr als unheimlich. Ständig fragte sie sich, warum Maria diese Geschichte hätte erzählen sollen, wenn sie nicht wirklich davon überzeugt war, im Traum einen Mord vorhergesehen zu haben. Das Naheliegendste war, dass sie etwas über Jetas Verschwinden wusste. Ihre Aussage könnte der verzweifelte Versuch sein, ihnen als Polizistinnen eine Botschaft zu übermitteln, die sie, aus welchen Gründen auch immer, nicht offen aussprechen konnte oder wollte. Doch verhielt es sich tatsächlich so kompliziert? Möglicherweise mussten sie akzeptieren, dass Maria Kaiser zu jenen wenigen Menschen gehörte, die das zweite Gesicht hatten.

Julia stieg aus dem Wagen. Hinter den Häusern brummte der Straßenverkehr der viel befahrenen B 96, die zum Leid der Anwohner mitten durch den Ort führte.

Nachdem sie geklingelt hatte, ertönte ein Summer, und sie stieg hinauf in den ersten Stock, wo sie von Tilly Wiechert an der Tür begrüßt wurde. Sie trug eine hellblaue Stoffhose zu einem orangefarbenen Pullover, dazu zwei große goldene Kreolen mit einem eingestanzten Sonnensymbol. Sie war eine bunte Erscheinung, und Julia versuchte sich vorzustellen, wie sie kartenlegend in einem Fernsehstudio saß. Gewiss fühlten sich die Zuschauer gut bei ihr aufgehoben, denn sie strahlte etwas Mütterliches und Sympathisches aus.

Sie begrüßten sich, und Julia betrat einen Flur mit blanken Dielen. Die Wohnung war großzügig geschnitten und machte den Eindruck, als sei sie vor nicht allzu langer Zeit saniert worden.

»Bitte sehr, das ist Jetas Reich«, sagte Tilly, als sie Julia in ein großes, mit Parkett belegtes Zimmer führte. Es war mit Holzmöbeln bestückt, die so aussahen, als seien sie beim Trödler gekauft worden, und wirkte mit allerhand bunten Tüchern, Decken und Nippes ein wenig überladen. Es gab einen großen Gründerzeit-Kleiderschrank, ein Singlebett, diverse Tischchen und einen Rattan-Schaukelstuhl, auf einer Kommode standen gerahmte Fotos, über dem Bett hing ein Jesus-Kreuz.

»Sie denkt oft darüber nach, wieder zurück nach Albanien zu gehen«, sagte Tilly. »Wegen ihrem Bruder, sie hängt sehr an ihm. Ständig spricht sie von ihm, erst recht, seit er diese furchtbare Krankheit hat.«

Julia nahm eines der Fotos von der Kommode. Es zeigte das Porträt eines etwa fünfundzwanzigjährigen Mannes mit einem südländischen Äußeren. »Ist das der Bruder?«, fragte sie.

»Ja, das ist Luan. Er hat Jeta häufig besucht. Ein netter Kerl, die beiden sind Zwillinge.«

Julia schmunzelte. Auch sie hatte einen Zwillingsbruder, der Martin hieß und als Arzt in der Berliner Charité arbeitete. Ihr Verhältnis zu ihrem Bruder war nicht besonders innig, wie man es bei Zwillingen normalerweise annahm. Martin war im Gegensatz zu Julia ein äußerst ehrgeiziger Typ. Unterschwellig ließ er sie spüren, »nur« Polizistin geworden zu sein, während er sich darin sonnte, wie die Eltern Medizin studiert zu haben.

Tilly öffnete den Kleiderschrank, der recht leer aussah. »Sehen Sie, sie ist verreist«, sagte sie. »Drei Wochen wollte sie fortbleiben. Im Bad ist auch alles weg. Aber sie ist nicht gefahren, glauben Sie mir.«

»Wieso sind Sie sich da so sicher?«

Tilly Wiechert stieß einen lauten Seufzer aus. »Jeta ist für die Sendungsbesetzung zuständig. Am Morgen, als wir uns das letzte Mal gesehen haben, bat ich sie, mich ein paarmal vertreten zu lassen. Ich muss zu meiner Mutter, sie ist schwer krank. Jeta wollte es mit unserem Chef besprechen und mir dann Bescheid geben. Aber sie hat sich nicht mehr gemeldet. Das passt nicht zu ihr. Sie ist absolut zuverlässig, eine Zweihundertprozentige, zumal sie wusste, wie dringend das Ganze für mich war.«

»Haben Sie denn eine Vertretung bekommen?«

»Nein. Der Chef wollte mich nicht gehen lassen. Meine Sendungen ›Tilly's Tarot‹ und ›Stille Runde‹ haben hohe Quoten und sind ganz auf mich zugeschnitten.«

Möglicherweise hatte Jeta vergessen, Tilly anzurufen, weil sie gedanklich mit ihrem kranken Bruder beschäftigt gewesen war, dachte Julia. Oder es war ihr unangenehm gewesen, Tilly die enttäuschende Nachricht zu überbringen. Aber natürlich war es auch möglich, dass ihr etwas zugestoßen war.

Tilly riss das Fenster auf, denn es war stickig im Raum. Wegen ihres Übergewichtes hatte sie einen leicht wankenden Gang.

»Kennen Sie das Restaurant ›Seeblick‹ am Großen Stechlin?«, fragte Julia, um das Thema auf Maria Kaiser zu lenken. Es wunderte sie, dass sich Jeta und Maria niemals begegnet sein sollten, obwohl beide der esoterischen Szene zuzuordnen waren und Maria von Jeta geträumt hatte. Konnte das Zufall sein? Julia bezweifelte es. Sie glaubte, dass es eine Verbindung zwischen den beiden Frauen gab, nur welche?

»Warum fragen Sie das?«, sagte Tilly. Kalte Luft drang ins Zimmer, ein Auto fuhr holpernd über das Kopfsteinpflaster. »Wenn Sie wissen, wo sich Jeta aufhält, dann sagen Sie es mir bitte. Ich bin wirklich in Sorge.«

»Ich weiß es nicht«, sagte Julia. »Bitte beantworten Sie meine Frage.« Sie durfte Maria Kaisers Prophezeiung aus ermittlungstaktischen Gründen nicht erwähnen. Solange sie die Zusammenhänge nicht verstanden, mussten sie diskret vorgehen.

»Ich kenne das Restaurant ›Seeblick‹«, sagte Tilly. »Es gehört Maria Kaiser.«

»Sie kennen Maria Kaiser?«

»Nur vom Hörensagen. Sie ist eine bekannte Hellseherin.«

»Kennt Jeta sie?«

»Ob persönlich, weiß ich nicht, aber der Name wird ihr geläufig sein, weil man die Kaiser in unseren Kreisen eben kennt. Warum wollen Sie das denn alles wissen? Was hat Frau Kaiser damit zu tun, dass Jeta vermisst wird?«

Julia ließ die Frage unbeantwortet im Raum stehen. Es hatte keinen Zweck, weiter in diese Richtung zu ermitteln. Allerdings interessierte es sie, wie glaubhaft die Vorhersage einer Hellseherin grundsätzlich war. »Ich kenne mich so gar nicht mit Hellseherei aus«, sagte sie. »Vielleicht erzählen Sie mir ein bisschen darüber. Können Sie und Jeta wirklich hellsehen?«

Tilly schloss das Fenster mit einem Knall. »Ich weiß nicht, warum Sie das alles fragen«, sagte sie verärgert, wankte durch das Zimmer und stellte sich in den Türrahmen. »Natürlich können wir hellsehen, sonst würden wir ja nicht bei astrologia.tv arbeiten. Wenn Sie hier sind, um unsere Arbeit in Frage zu stellen, dann sollten wir das Gespräch besser beenden.«

»Nein, so habe ich das nicht gemeint«, sagte Julia, die über die harsche Reaktion irritiert war. »Aber ich kann mir vorstellen, dass in dem Gewerbe viel Lug und Trug herrscht.«

»Überall herrscht Lug und Trug«, schimpfte Tilly. »Ich bin es leid, mich ständig für meine Gabe rechtfertigen zu müssen. Ich ernte ja doch nur abfällige Bemerkungen. Glauben Sie es, oder glauben Sie es nicht. Es ist mir egal.«

Sie verschwand im Flur, was Julia als Rauswurf interpretierte.

»Ich weiß nicht, was ich glauben soll«, sagte Julia und folgte ihr. »Es gibt einen Zusammenhang zwischen meinen Fragen und Jeta, aber darüber kann ich mit Ihnen aus dienstlichen Gründen nicht sprechen. Sie würden mir helfen, wenn Sie mir erläuterten, wie Sie arbeiten. Sehen Sie Bilder, haben Sie Eingebungen, wie funktioniert das alles?«

Tilly musterte Julia, als überlege sie, ob sie ihr trauen konnte, dann ging sie in ein Wohnzimmer. »Kommen Sie mit.«

Alte Möbel dominierten den Raum, eine Wanduhr tickte. Tilly führte Julia zu einem runden Tisch, der von einer Lampe angestrahlt wurde. Auf einem Spitzendeckchen lag ein Kartendeck. Es war beschriftet mit »Tarot de Marseille«. »Setzen Sie sich.«

Julia kannte sich vage mit Tarotkarten aus. Als Jugendliche hatte sie mit ihren Freundinnen oft Karten gelegt. Damals hatte sie an die hellseherische Kraft der Karten geglaubt, vor allem, wenn sie die Gefühle eines Jungen hatte erfragen wollen. Heute lächelte sie darüber.

Nachdem beide Platz genommen hatten, nahm Tilly die Karten aus der Verpackung und legte die drei obersten auf den Tisch, die ersten beiden offen, die dritte verdeckt.

»Hellsehen ist eine Form der außersinnlichen Wahrnehmung«, sagte sie. »Hellseher bedienen sich übernatürlicher, paranormaler Kräfte. Sie erkennen Ereignisse, die räumlich entfernt oder in der Zukunft stattfinden. Wenn ich spüre oder sehe, dass jemand in diesem Moment oder morgen früh einen Unfall hat, dann spricht man von Hellseherei. Auch vergangene Ereignisse können hellseherisch erscheinen. Wahrsagen hingegen bedeutet, Hilfsmittel hinzuzuziehen, also Karten, Astrologie, eine Kristallkugel oder Handlesen. Maria Kaiser ist eine Hellseherin, während Jeta und ich zu den Wahrsagerinnen zählen.«

»Was ist mit Träumen?«, fragte Julia. »Kann man auch in Träumen Dinge vorhersehen?«

»Selbstverständlich. Es gibt viele Möglichkeiten der Vorhersehung. Manchen erscheinen innere Bilder, andere hören Stimmen oder empfangen Gedanken. Mein Medium sind die Karten. Wenn ich sie lege, dann erfahre ich etwas über die Vergangenheit, die Gegenwart und die Zukunft. Sehen Sie hier.«

Tilly zeigte auf die beiden aufgedeckten Karten. Auf einer war eine Königin zu sehen, auf der anderen sieben Schwerter. Die Symbole wirkten grob und waren in den Farben Blau, Rot und Gelb gehalten. Julia hatte als Jugendliche ein anderes Tarotdeck gehabt. Es hatte schöner ausgesehen, bunter, bildhafter und nicht so alt.

»Das habe ich gestern für Jeta gelegt«, sagte Tilly. »Ich wollte wissen, wie es ihr geht. Die Königin der Stäbe steht für die Vergangenheit und verkörpert eine aktive, lebendige Frau, die zu Hitzigkeit neigt. Diese Karte passt zu Jeta und ihrem lebhaften Temperament. Die Sieben Schwerter zeigen die Gegenwart an und symbolisieren Heimtücke und Verrat. Ich deute es so, dass Jeta in eine Falle gelockt wird. Sie ahnt nicht, dass jemand ihr Böses will, vermutlich jemand aus ihrem Umfeld. Glauben Sie mir, sie befindet sich in großer Gefahr.«

»Haben Sie eine Ahnung, wer die Falle auslegt, warum und wo?«

»Leider nicht, die Karten geben darüber keine Auskunft.«

»Können Sie es mit einem anderen Legesystem erfragen?«

»Ich habe es versucht, aber ich erhalte keine Antwort.«

Julia zeigte auf die dritte Karte. »Und was ist hiermit?«

Tilly drehte die Karte um, und Julia lief ein Schauder über den Rücken. Es war ein Skelett zu sehen, das mit einer riesigen Sense über ein Feld mit abgetrennten Köpfen schritt.

»Das ist der Tod«, sagte Tilly. »Er bedeutet nicht notwendigerweise, dass jemand stirbt, er kann auch für Abschied und Veränderung im Allgemeinen stehen. Aber in Jetas Fall ist es anders. Als ich die Karte zog, wusste ich intuitiv, dass sie zu Tode kommen wird. Jemand lockt sie in einen Hinterhalt und bringt sie um. So einfach und so grausam ist die Botschaft dieser drei Karten.«

Julia lehnte sich in ihrem Stuhl zurück. Die Karten schienen eine eindeutige Sprache zu sprechen, doch wie ernst waren solche Weissagungen zu nehmen? Ihr Verstand sagte, dass sie es mit Hexenwerk zu tun hatten, mit spirituellen Spielereien, esoterischem Unsinn. Doch ihr Gefühl war anderer Ansicht. Tilly Wiechert machte nicht den Eindruck einer Spinnerin, sie wirkte seriös. Julia glaubte ihr.

11

Maik hatte ein bieder möbliertes Zimmer in einem alten Brandenburger Landhaus mit niedrigen Wänden und einem hohen Spitzdach gemietet. Es gehörte einer älteren Frau namens Gudrun Grimme, die fünf Katzen besaß. Obwohl die Tiere Freilauf hatten, verrichteten sie ihre Notdurft in Katzentoiletten, die aufgereiht im Flur einen intensiven Geruch verströmten. Auf gut Deutsch: Es stank. Maik lüftete ständig sein Zimmer, doch der Geruch ließ sich nicht vertreiben, er schien sich in den Möbeln, im Teppich und in Maiks Nase festgesetzt zu haben. Selbst wenn er unterwegs war, roch alles nach Katzenpisse.

Bevor er das Fenster schloss, vergewisserte er sich mit einem Blick die Straße hinunter, dass er nicht beobachtet wurde. Dann zog er sich die braune Lederjacke mit dem Fellkragen über, verließ das Haus und schwang sich in seinen schnittigen weißen BMW, der ihm von der Polizei zur Verfügung gestellt worden war.

Der Weg nach Berlin führte über ruhige, laubbedeckte Alleen, das Wetter war trübe. Maik hätte auch die Autobahn nehmen können, aber er liebte die waldreiche Gegend, deshalb hatte er sich für die Landstraße entschieden. Es war sein freier Tag, er hatte Zeit. Im Rahmen seiner neuen Identität hatte er einen Job bei einem Computerservice in Angermünde angenommen. Sein Chef, der zehn Jahre jüngere Jonas Wächter, hatte nicht die leiseste Ahnung, mit wem er es zu tun hatte, sonst würde er nicht so offenherzig zahlreiche Aufträge am Finanzamt vorbeischleusen.

Maik musste schmunzeln, als er an Wächter dachte. Zugleich sah er in den Rückspiegel, um sich zu vergewissern, dass er nicht verfolgt wurde. Er fuhr in gemäßigtem Tempo, deshalb überholten ihn gelegentlich ungeduldige Brandenburger. Als linker Hand der Werbellinsee zwischen den Bäumen hindurchschimmerte, erspähte er im Außenspiegel einen silbergrauen Mini, der sich bereits kurz hinter Flieth-Stegelitz an ihn geheftet hatte und in großem Abstand folgte. Maik mahnte sich innerlich, gelassen zu bleiben, auch wenn ihn der Doppelmord in Velten beunruhigte. Natürlich sollte er aufpassen, aber er durfte nicht hysterisch werden – so wie er die Wölbung an einem Baum am frühen Morgen für einen Verfolger gehalten hatte. Auch der Mini entpuppte sich als harmlos, denn nachdem Maik in Zerpenschleuse auf die L 100 eingebogen war, war der Wagen verschwunden. Er schien auf der B 167 geblieben zu sein.

Je mehr sich Maik Berlin näherte, desto befahrener wurden die Straßen. Kurz hinter der Stadtgrenze wurde es so voll, dass er von einem Stau in den nächsten schlich. Es dauerte noch einmal eine kleine Ewigkeit, bis er endlich den Hauptbahnhof erreichte und in der Tiefgarage parkte. Nachdem er sich vergewissert hatte, dass ihm niemand hinterhergefahren war, betrat er das offene und mehrstöckige Bahnhofsgebäude, wo Trubel herrschte. Fahrgäste eilten zu den Gleisen, es lag ein Stimmengewirr in der Luft, Zugansagen tönten über die Bahnsteige.

Maik nahm die Rolltreppe hoch ins Erdgeschoss, bestellte sich bei McDonald's einen doppelten Cheeseburger und setzte sich an einen der Tische, wo er aß und so tat, als starrte er auf sein Smartphone. In Wirklichkeit beobachtete er die Menschen, die sich vor und in dem Restaurant aufhielten, um sicherzugehen, dass er auch wirklich nicht überwacht wurde. Aber ein Mann mit Hut und langem Mantel, der verstohlen über eine aufgeschlagene Zeitung schielte, war nirgends zu sehen.

Nach dem Essen eilte er hinauf ins erste Obergeschoss, wo sich die Schließfächer befanden. Der Raum war leer, nur eine Frau in einem Trenchcoat bugsierte einen Koffer in einen der größeren Schränke. Sein Fach war klein und hatte die Nummer 458. Er schaute sich um, dann schloss er es auf und holte ein Smartphone heraus. Es war ausschließlich für Telefonate zwischen ihm und Ruben bestimmt. Erwischt zu werden, konnte ihn von nun an das Leben kosten. Sein Herz schlug bis zum Hals, als er es in die Brusttasche seiner Jacke steckte und zurück in das Bahnhofsgetümmel und die Tiefgarage hastete, wo er am Automaten sein Ticket bezahlte, den Motor startete und losfuhr.

Der Verkehr in der Berliner Innenstadt hatte sich etwas beruhigt. Maik passierte den Reichstag, ließ das Brandenburger Tor linker Hand liegen und bog auf die breite und prächtige Straße des 17. Juni ein, die schnurstracks an der Siegessäule vorbei zum Kaiserdamm und zur Auffahrt auf die Stadtautobahn führte. Dort fädelte er sich in den Fließverkehr ein, nahm den Abzweig zur Avus, der er einige Kilometer folgte, und verließ die Autobahn an der Abfahrt Hüttenweg, wo er einen Parkplatz ansteuerte und den Motor ausstellte. Abgesehen vom Verkehr, der über die Brücke donnerte, war es still um ihn herum, denn er befand sich mitten im Berliner Forst Grunewald.

Er hatte sich so hingestellt, dass er den Parkplatz und den von Wald umgebenen Hüttenweg gut im Blick hatte. Das Wetter verschlechterte sich, die Luft war feucht, Nebel zog auf. Er holte sein Smartphone aus der Brusttasche und wählte Rubens Nummer. Nach wenigen Sekunden antwortete Ruben.

»Wie geht es dir?«, waren seine ersten Worte.

»Danke, es gab schon coolere Phasen in meinem Leben.« Sie hatten die Abmachung, dass sich Maik mindestens einmal in der Woche meldete.

»In Velten hat es einen Doppelmord gegeben«, sagte Ruben. »Das gleiche Muster. Kopfschuss, Zunge raus.«

»Ich glaube, in der umgekehrten Reihenfolge«, sagte Maik, während er einen silbergrauen Mini bemerkte, der in einiger Entfernung am Hüttenweg parkte. Er stand mit der Schnauze in Maiks Richtung und war so weit weg, dass Maik weder das Nummernschild erkennen konnte noch sah, ob jemand im Wagen saß. Es war zu diesig.

»Das Opfer hieß Oguz Demir«, fuhr Ruben fort. »Verkehrte bei den Grauen Wölfen. Kennst du ihn?«

»Nein«, sagte Maik, ohne den Mini aus den Augen zu lassen. Vielleicht ein Hundespaziergänger. Sie parkten oft am Hüttenweg.

»Hör zu, Maik. Die Sache ist brandgefährlich. Der Killer hat

Demirs Frau erschossen, weil sie eine Mitwisserin hätte sein können. Aber wir haben ermittelt, dass sie nichts mit der Verschwörungsszene zu tun hat. Wenn dir das zu heiß wird, kannst du jederzeit aussteigen.«

Maik vergaß den Mini für einen Moment. »Du meinst wegen Lydia?«

»Ja. Außerdem will auch Carla, dass du zurückkommst.«

»Ich treff bald jemanden. Einen von ganz oben. Es wäre idiotisch, jetzt aufzuhören. Dann war alles umsonst.«

»Ich hatte gehofft, dass du das sagst. Wir sollten Lydia und Anna an einen anderen Ort bringen, zur Sicherheit.«

Maik dachte an sein Elternhaus. Nach dem Tod seines Vaters hatten er und sein Bruder es eigentlich verkaufen wollen, aber sie konnten sich nicht dazu durchringen. Maik spielte mit dem Gedanken, im Alter selbst dorthin zu ziehen. »Bring sie nach Rädikow«, sagte er. »Wenn ich auffliege, kommt niemand auf die Idee, sie da zu suchen.«

»Das ist aber ganz schön weit draußen«, erwiderte Ruben. »Ich fürchte, dass sich Lydia weigern wird.«

Rädikow lag im Osten Brandenburgs, in Höhenland, etwa zwanzig Kilometer von der polnischen Grenze entfernt. Maik würde es schon schaffen, Lydia davon zu überzeugen, dorthin zu ziehen. Dass er mit ihr telefonierte, durfte Ruben allerdings nicht wissen. »Versuch es!«, sagte er. »Ich melde mich in ein paar Tagen wieder.«

Er legte auf und spähte zu dem Mini, der noch immer am Hüttenweg stand. Als er den Motor startete und losfuhr, leuchteten auch die Scheinwerfer am Mini auf. Nun ging alles sehr schnell. Der Fahrer wendete mit einem rasanten U-Turn und brauste davon. Maik heftete sich an die roten Rücklichter, die immer tiefer im Nebel verschwanden. Ihm wurde heiß und kalt bei der Vorstellung, dass er verfolgt worden war. An der nächsten Kreuzung sprang eine Ampel auf Gelb, dann auf Rot. Maik hielt an und schaute in alle Richtungen. Es war neblig und still, die Rücklichter waren fort.

12

Weil Kathrin den ganzen Tag in ihrem Bioladen arbeitete, war Carla in der Mittagspause schnell nach Hause nach Linum gefahren, um die Kinder zu bekochen. Gewiss, sie hätten sich auch allein versorgen können, schließlich waren beide bereits in der Pubertät. Aber Carla war der Anlass nur recht. Sie musste sich ablenken, denn sie war stinkewütend. Dass Maria Kaiser ihr den Tod vorhergesagt hatte, war ungeheuerlich. Wenn Carla nicht innerlich so stabil wäre, hätte sie eine solche Aussage in Angst und Panik gestürzt. Was führte die Frau im Schilde, warum sagte sie so etwas? Hatten sich nicht auch Hellseher an eine Art Berufsethik zu halten? Hätte sie doch nie von diesem seltsamen Traum erfahren, dann hätten sie jetzt lediglich einen Vermisstenfall, um den sich Julia kümmern würde. Stattdessen musste sich Carla mit Hokuspokus und vagen Todesvorhersagen herumschlagen.

Ungeduldig riss sie die Spirelli-Tüte auf und schüttete den Inhalt in das sprudelnde Salzwasser, allerdings so fahrig, dass ein Drittel danebenfiel. »Mist!«, fauchte sie, pickte Nudel für Nudel vom Herd und warf sie in den Topf.

Sie sollte sich besser beruhigen, denn der Ärger brachte sie nicht weiter, außerdem brauchten die Kinder sie. Glöckchen, der Kater, war seit zwei Tagen verschwunden, und deshalb war die gesamte Familie in Sorge. Er war morgens früh zu seiner gewohnten Runde aufgebrochen und nicht mehr zurückgekommen. Leonie saß mit ihrem Smartphone am Tisch und recherchierte, welche Möglichkeiten der Suche sie noch in Angriff nehmen konnten. Tasso, den Haustiersuchdienst, hatten sie bereits informiert, und eine freundliche Mitarbeiterin hatte angekündigt, nach einer Wartezeit von weiteren ein bis zwei Tagen in Linum Zettel aufzuhängen. Sie hatte Leonie zu beruhigen versucht, indem sie behauptet hatte, dass entlaufene Katzen in den meisten Fällen wieder auftauchten.

Als Carla gerade den Tomatensalat zubereitete, kam Toni zur Tür herein und warf seine Schultasche in die Ecke. Er verströmte den Geruch eines herben Parfüms.

»Ist Glöckchen wieder da?«, fragte er, und noch ehe Carla antworten konnte, ergriff Leonie das Wort.

»Der kommt nicht zurück, das spüre ich«, sagte sie weinerlich. »Vielleicht hat ihn jemand geklaut, weil er so schön rot ist.«

Carla stellte die Nudeln, die sie mit Pesto vermengt hatte, auf den Tisch, Toni brachte den Salat. »Das ist unwahrscheinlich«, sagte sie, nachdem sich beide gesetzt hatten. »Glöckchen würde sich niemals einfangen lassen, dafür ist er viel zu scheu. Außerdem ist es normal, dass Katzen mal für längere Zeit wegbleiben. Da hat die Tasso-Tante recht.«

Leonie stocherte appetitlos in ihren Nudeln, an ihren Augen war zu sehen, dass sie geweint hatte.

»Was ist denn eigentlich mit der Wirtin aus dem ›Seeblick‹?«, fragte Toni. »Sie kann doch hellsehen. Vielleicht findet sie raus, wo Glöckchen ist.«

Carla schrie innerlich auf. Nicht schon wieder dieses Thema! »Wie kommst du darauf, dass sie angeblich hellsehen kann?«, fragte sie, wobei sie Wert darauf gelegt hatte, das Wörtchen »angeblich« hinzuzufügen.

»Haha, voll lustig!«, blaffte Leonie. »Weil sie das vielleicht mal bei deinem Fest gesagt hat?«

Carla erinnerte sich, dass Leonie irgendwann hinzugekommen war und sich an einen Nebentisch gesetzt hatte, als Maria Kaiser von ihrem Traum erzählt hatte. Sie hatte mit ihrem Smartphone gespielt, und Carla war davon ausgegangen, dass sie nichts mitbekommen hatte, aber da schien sie sich gewaltig getäuscht zu haben.

»Nein«, sagte Carla. »Ich möchte nicht, dass ihr Frau Kaiser hinzuzieht.«

»Und warum nicht?«, fragte Toni.

»Weil wir gerade in der Sache ermitteln. Mehr kann ich dazu nicht sagen. Schweigepflicht, ihr wisst schon.«

»Dann nehmt ihr die Geschichte mit ihrem Traum also ernst«, sagte Toni.

Carla hatte das Gefühl, jeden Moment zu platzen. Konnten die Kinder nicht aufhören, über dieses Thema zu reden? »Ich will und kann mich dazu nicht äußern, und jetzt Schluss, aus!«

»Aber wenn sie wirklich hellsehen kann, dann kann sie uns vielleicht helfen«, sagte Leonie.

Carla schüttelte nachdrücklich den Kopf. »Nein, verflucht noch mal! Dienst ist Dienst, und privat ist privat. Ich will nicht, dass sich Frau Kaiser in unsere Angelegenheiten mischt. Und könntet ihr jetzt bitte aufhören, mir ein Ohr abzukauen?«

Leonie knallte ihre Gabel so laut auf den Teller, dass Carla zusammenzuckte. »Das ist voll mies von dir! Wir machen uns Sorgen um Glöckchen, und du blockst alles ab. Weil es dir scheißegal ist, was mit ihm ist.«

Auch Carla legte ihre Gabel hin, sie verlor den Appetit. Dieses Hellseher-Thema ging ihr derart auf die Nerven, dass sie sich die Haare raufen könnte. Aber ihr tat auch Leonie leid. Natürlich war es ihr nicht egal, was mit dem Kater war. »Du glaubst doch nicht allen Ernstes, dass Frau Kaiser in der Lage ist, Glöckchen zu finden«, sagte sie. »Das mit der Hellseherei ist doch alles Unsinn.«

»Mama war auch mal bei einem Hellseher«, sagte Toni. »Der hat mit allem recht gehabt. Sagt Mama jedenfalls.«

Kathrin hatte tatsächlich ein Faible für Esoterik. Bevor sie mit Carla zusammengekommen war, hatte sie sich den Rat eines Wahrsagers eingeholt. Dieser Mensch hatte wohl in den Karten gesehen, dass Carla und Kathrin ein glückliches Paar werden und sich die Kinder ausgezeichnet mit Carla verstehen würden. Da beides eingetroffen war, fühlte sich Kathrin in ihrem Glauben an Paranormales bestätigt. Carla hingegen vermutete, dass der Mann nur das gesagt hatte, was Kathrin zu hören erwartet hatte, schließlich hatte sie über zweihundert Euro für die Sitzung bezahlt.

»Hör zu«, sagte Carla und drückte Leonies Hand. »Wir warten den Tag noch ab. Wenn Glöckchen heute Abend nicht zu

Hause ist, dann klappern wir den ganzen Ort ab. Wir gehen von Tür zu Tür und bitten die Nachbarn, in Schuppen, Garagen und Kellern nachzusehen. Einverstanden?«

Noch ehe Leonie antworten konnte, erschien eine Textnachricht auf Carlas Handy. Sie kam von Julia. »Haben um drei einen Termin bei astrologia.tv. Hol dich gleich ab. LG«.

13

Der Sender war in einem schmutzig-gelben, mehrstöckigen Flachbau aus den 1960er Jahren in der Werderstraße in Templin untergebracht, nur wenige Schritte von der Altstadt entfernt.

Carla und Julia nahmen einen kleinen ruckelnden Fahrstuhl bis in den zweiten Stock, wo ein metallenes Schild darauf hinwies, dass sich hinter einer Etagentür astrologia.tv befand. Eine aparte junge Dame in einem kleinen Schwarzen öffnete. »Sie wollen sicher zu Herrn Kaltenberg«, sagte sie mit einem sächsischen Akzent, nachdem Carla ihren Dienstausweis gezückt hatte. »Kommen Sie bitte rein.«

Im Gegensatz zu dem schäbigen Gebäude wirkte der Sender modern und gepflegt. Die Wände eines langen Flurs waren schneeweiß gestrichen und mit zahlreichen Bildern aus einem Tarotdeck behangen. Sie schritten unter anderem am Magier, an der Herrscherin, am Tod und am Teufel vorbei. Über einer Tür leuchtete ein rotes Schild mit der Aufschrift: »Sendung – bitte Ruhe«.

Die Empfangsdame führte Carla und Julia in ein großes Büro, wo ein sportlich gekleideter, recht attraktiver Mann um die vierzig an seinem Schreibtisch mit einer Pizza in einer Pappschachtel zugange war. Es roch nach Knoblauch und Wurst.

»Entschuldigung«, sagte er kauend und sprang auf. »Ein Termin jagt den nächsten. Ich komme kaum zur Mittagspause.« Er trug ein blaues Hemd mit einem Tomatenfleck auf Brusthöhe, dazu eine locker sitzende Krawatte, Jeans und weiße Turnschuhe. »David Kaltenberg. Was kann ich für Sie tun?«

An der Wand hing ein riesiger Fernseher, der eine Sendung von astrologia.tv ausstrahlte, allerdings war der Ton ausgestellt. Auf dem Bildschirm war ein blonder, sonnengebräunter junger Mann zu sehen. Er saß an einem Moderationstisch und schien mit jemandem zu sprechen, wahrscheinlich telefonisch über Ohrhörer. Vor ihm lag ein ausgebreitetes Tarot-Kartendeck, am unteren Bildschirmrand war eine Rufnummer eingeblendet.

»Wir fassen uns kurz«, sagte Carla, während sich David Kaltenberg wieder in seinen Drehsessel fallen ließ und die Pappschachtel mit dem Rest Pizza zuklappte. »Ihre Mitarbeiterin Frau Seferi wird seit Freitag vermisst. Vielleicht können Sie uns weiterhelfen.«

»Ich fürchte nicht«, sagte Kaltenberg und schwenkte in seinem Sessel hin und her, während er nervös mit den Fingern spielte. »Frau Seferi ist nach Albanien gefahren, weil ihr Bruder schwer krank ist. Dass ihr irgendetwas zugestoßen ist, glaube ich nicht.«

»Wieso sind Sie da so sicher?«, fragte Julia stirnrunzelnd.

»Weil ich nicht wüsste, was passiert sein sollte«, sagte Kaltenberg etwas undeutlich, da er gerade damit beschäftigt war, einen Essensrest zwischen den Zähnen hervorzuholen. Wenigstens war er so höflich, sich eine Hand vor den Mund zu halten. Als er ihn endlich erwischt hatte, friemelte er ihn zwischen den Fingern und schnippte ihn weg. »Freitagnachmittag war sie noch mal hier, weil sie ein paar freie Tage für Tilly Wiechert rausschlagen wollte. Die ich im Übrigen nicht genehmigen konnte, sonst kann ich mich bald selbst mit einer Kristallkugel in den Senderaum setzen, wenn Sie verstehen, was ich meine. Wir haben nämlich Personalmangel. Jedenfalls sollte Jeta am Sonnabendmorgen wie geplant am Berliner Hauptbahnhof in den Zug gestiegen sein. Wo also ist das Problem?«

Carla wusste nicht so recht, wie sie Kaltenberg finden sollte. Irgendetwas an ihm war ihr unangenehm. »Das Problem ist, dass sie nach dem Gespräch mit Ihnen nicht mehr gesehen wurde«, sagte sie. »Auch in der Nacht war sie nicht zu Hause.«

Kaltenberg zuckte mit den Schultern. »Die Frau ist jung, die Frau ist schön. Sie wird einen Freund haben.«

»Aber an ihr Handy geht sie auch nicht«, sagte Carla.

»Klaro. Frau Seferi ist nach Albanien gereist, sagt Ihnen das was? Al-ba-ni-en. Da hat man nicht unbedingt den besten Empfang.«

»Auf jeden Fall einen besseren als in Brandenburg«, sagte Julia scharf. »Das sollten Sie mal googeln.«

Kaltenberg räusperte sich. »Ich glaube, dass Sie auf dem falschen Dampfer sind. *You are barking up the wrong tree*, wie man im Englischen so schön sagt. Das wirkliche Problem ist nicht, dass Jeta verschwunden ist. Das wirkliche Problem ist Tilly Wiechert, die uns alle verrückt macht. Angeblich hat sie Jetas Tod in den Karten gesehen. Was für ein Bullshit!«

»Das verstehe ich nicht«, sagte Carla, und sie musste aufpassen, nicht sarkastisch zu klingen. »Glauben Sie etwa nicht an die Fähigkeiten Ihrer Mitarbeiterinnen?«

Kaltenberg lächelte schief. »Sollte ich?«

»Immerhin beschäftigen Sie Leute, die behaupten, wahrsagen zu können. Man sollte meinen, dass Sie diese Leute dahingehend überprüft haben.«

Kaltenberg lehnte sich in seinem Stuhl zurück, griff nach einem Kuli und tippte damit an seine Lippen. »Und wie soll ich das bitte schön anstellen? Mir aus dem Kaffeesatz lesen lassen? Fragen, wie es in meiner Ehe aussieht? Nein, ob die Leutchen hier wahrsagen können oder nicht, ist mir vollkommen wurscht. Unser Geschäftsmodell ist ein anderes. Wir achten darauf, dass unsere Moderatoren optisch was hermachen; dass sie aussehen wie jemand, dem man sich gerne anvertraut. Ruhig auch ein bisschen schrill, so wie die – Entschuldigung – bekloppte Tilly Wiechert. Und sie müssen sich natürlich souverän vor einer Kamera zeigen können.«

Carla spürte ein Gefühl von Abneigung in sich aufsteigen. Nun wusste sie, warum sie Kaltenberg nicht mochte. Er vertrat keine Werte, ihm ging es lediglich ums Geld. Sie schielte zum Bildschirm, wo die Rufnummer mehrere Male aufblinkte. Wahrscheinlich forderte der Moderator die Zuschauer gerade zum Anrufen auf. Das Geschäftsmodell, das astrologia.tv praktizierte, war perfide, so hatte sie es zumindest in kritischen Zeitungsartikeln und Blogs gelesen. Die Anruferinnen waren zumeist ältere, verzweifelte Frauen, die glaubten, dass man sich im Sender ihrer Sorgen annähme. In Wirklichkeit wurden sie nur geschröpft. Jeder Versuch, bei dem Sender telefonisch durchzukommen, kostete fünfzig Cent. Es sollte Menschen geben, die sich auf diese Weise verschuldet hatten. Ein Jammer, dass man solche Geschäftspraktiken nicht unterbinden konnte.

»Hören Sie, bevor Sie uns Betrug unterstellen«, sagte Kaltenberg und beugte sich nach vorne. Ihm schien Carlas Blick zum Bildschirm nicht entgangen zu sein. »Wir haben die Telefonkosten unten eingeblendet. Die Zuschauer sehen, was sie für einen Anruf bezahlen. Und wer es nicht sieht, ist selbst schuld.«

Carla hätte entgegnen können, dass die Zuschauer vermutlich nicht wussten, dass ihnen die zahlreichen Fehlanrufe auch berechnet wurden. Aber sie wollte keine weitere Diskussion. Wegen dieses Themas war sie nicht hier. »Kennen Sie eine Frau namens Maria Kaiser?«, fragte sie stattdessen.

Kaltenberg glotzte blöd drein. »Maria Kaiser, klar kenn ich die. Sie meinen die Hellseherin. Gehört hab ich von ihr, aber mehr auch nicht.«

»Kennt Jeta Seferi sie?«, warf Julia ein.

»Vom Namen nach gewiss. Aber persönlich, keine Ahnung. Da müssen Sie sie schon selbst fragen. Frau Seferi ist meine Angestellte, was sie privat treibt, denkt oder fühlt, weiß ich nicht.«

»Also zwischen Maria Kaiser und dem Sender besteht keinerlei Kontakt«, wiederholte Carla, um ganz sicherzugehen.

»*Jesus*, nein.« Das »*Jesus*« hatte er englisch ausgesprochen. »Jedenfalls nicht, dass ich wüsste. Warum interessiert Sie das? Was hat Frau Kaiser mit Jetas vermeintlichem Verschwinden zu tun?«

»Ein Letztes noch«, sagte Julia nach einer kurzen Pause, denn sie hatten nicht vor, Kaltenbergs Frage zu beantworten. »Wissen Sie, ob Jeta Seferi Feinde hat? Hier im Sender vielleicht. Irgendjemand, der ihr Böses will.«

Kaltenberg lachte auf, lehnte sich in seinem Sessel zurück und streckte sich. »Da fragen Sie was. Was meinen Sie, mit was für einem Zickenhaufen ich es hier zu tun habe?« Er nahm wieder eine normale Sitzhaltung ein. »Hier hackt die Krähe der anderen gleich beide Augen aus. Alle wollen die Beliebtesten beim Publikum sein. Und alle sind davon überzeugt, dass sie die Einzigen im Team sind, die wahrsagen können. Jeta ist da anders, deshalb habe ich sie auch als Sekretärin zu mir in die Leitungsebene geholt. Meine Lieblingsmitarbeiterin, wenn Sie es genau wissen wollen. Natürlich neiden ihr die anderen die Position.«

»Auch Tilly Wiechert?«, fragte Julia.

»Tilly? Die ist die Schlimmste, eine falsche Schlange ist das. Redet schlecht über andere, wo sie nur kann.«

»Auch über Jeta?«

Kaltenberg senkte den Blick, als überlegte er. Nach einer Weile schüttelte er den Kopf. »Dazu kann ich nichts sagen, ich glaube, eher nicht. Tilly und Jeta verstehen sich ganz gut. Jedenfalls hat Jeta nie ein schlechtes Wort über Tilly verlauten lassen.«

Carla hatte den Eindruck, dass sie genug gehört hatten. Möglicherweise war Jeta Seferi tatsächlich nach Albanien gereist. In Kürze müsste der richterliche Beschluss vorliegen, der eine Auswertung ihrer Handydaten erlaubte, dann wussten sie hoffentlich, wo sie sich zuletzt aufgehalten hatte. Carla mochte die Atmosphäre in diesem Sender nicht. Aus allen Ecken roch es nach Selbstinszenierung und Betrug.

14

Einige Wochen zuvor

Gramzow lag im äußersten Nordosten Brandenburgs in der Uckermark, dem Landkreis mit der größten Fläche und der dünnsten Besiedlung Deutschlands. In den »Eichenstuben« war nichts los an diesem Abend, und Maik fragte sich, wie es die Kneipen und Restaurants in dieser Ecke schafften zu überleben. Am Tresen saß ein älteres Ehepaar bei einem Bier nebeneinander, während sich an einem der separierten Tische ein bulliger Glatzkopf über ein Schnitzel mit Kartoffelsalat hermachte. Er trug ein T-Shirt, das seine Muskeln betonte, und hatte gänzlich tätowierte Unterarme. Der Wirt, ein etwa fünfzigjähriger Mann mit Schnäuzer und Haarkranz, putzte hinter der Theke Gläser. Es war totenstill im Raum, keine Musik, kein Gespräch, nur das Besteck des Glatzkopfs klapperte.

Maik saß an einem der Tische am Fenster, behielt den Glatzkopf im Auge und wartete. Er hatte sich eine Frikadelle mit Gartengemüse und Kartoffelbrei bestellt, doch das Essen war noch nicht serviert worden. Er hatte auch kaum Hunger, weil er aufgeregt war. Es durfte nichts schiefgehen, die Aktion zu wiederholen, könnte schwierig werden.

Als sein Essen von einer mies gelaunten hageren Köchin, vermutlich der Ehefrau des Wirts, gebracht wurde, zeigte seine Armbanduhr an, dass es kurz nach halb acht war. Er nahm einen kleinen Bissen von dem Gemüse und dem Kartoffelbrei, das Fleisch ließ er liegen, weil es unangenehm roch.

Wenige Minuten später wurde die Tür aufgestoßen, und drei Männer in Lederjacken und mit kurz geschorenen Haaren traten ein. Zwei von ihnen hatten in etwa die Körpermaße des Glatzkopfs, einer war drahtig wie Maik.

Sie hängten ihre Jacken an die Garderobe und setzten sich an einen der Tische, wo sie lautstark drei Bier bestellten. Gelegentlich schauten sie zum Glatzkopf rüber und begannen, über ihn zu tuscheln.

Der Glatzkopf merkte es nicht, weil er während des Essens auf sein Smartphone glotzte. Er hatte bis vorhin gearbeitet; Maik war ihm gefolgt, als er von der Tankstelle, wo er hinter der Kasse stand, bis hierher in dieses Lokal gegangen war.

Der Wirt brachte den drei Männern ihr Bier, sie stießen an, prosteten sich zu und tranken. Als sie die Gläser abgestellt und sich mit dem Handrücken die Lippen abgewischt hatten, drehte sich einer der bulligen Typen zu dem Glatzkopf und rief: »Hey! Wir finden deine Fresse scheiße.« Gelächter brandete auf.

Der Glatzkopf ignorierte die Beleidung und aß scheinbar unbeirrt weiter. Plötzlich stand der Pöbler auf, baute sich vor dem Glatzkopf auf und schlug ihm gegen die Schulter. »Hey! Sind wir taub oder was? Ich hab gesagt, dass uns deine Fresse nicht gefällt.«

Die Eheleute sprangen von ihren Barhockern hoch, knallten ein paar Münzen auf den Tresen, schnappten sich ihre Anoraks und huschten aus dem Restaurant. Der Wirt beugte sich über den Tresen und beobachtete das Geschehen.

»Hey, alles cool, Alter«, sagte der Glatzkopf mit vollem Mund. »Kennen wir uns?«

Nun standen auch die beiden anderen Männer auf und reihten sich am Tisch des Glatzkopfs auf.

»Ob wir uns kennen?«, fragte der Pöbler und legte eine Hand auf die Schulter des Glatzkopfs. Die zwei hinzugekommenen Männer lachten.

Eine Weile standen alle drei so da und schienen sich zu amüsieren; der Glatzkopf schubste die Hand von seiner Schulter. Plötzlich holte der drahtige Mann aus und boxte den Glatzkopf so heftig ins Gesicht, dass er zuerst gegen die Wand des Separees krachte und dann vom Stuhl fiel. Die Gabel, die er in der Hand gehalten hatte, landete in einer Pflanze auf der Fensterbank. Noch ehe der Glatzkopf aufstehen konnte, packte ihn einer der Angreifer am Kragen und zog ihn hoch und aus dem Separee heraus. Nun fielen sie zu dritt über ihn her, zwei hielten ihn fest, und der dritte wollte auf ihn einprügeln, doch dazu kam es nicht.

Denn dies war der Moment, als Maik eingriff.

Er riss den Schläger herum und versetzte ihm einen Hieb in die Magengegend, sodass er laut brüllend in die Knie sackte. Dann eskalierte die Situation. Einer der beiden anderen Männer schlug Maik ins Gesicht, sodass er hintenüberfiel. Dann stürzte sich der Angreifer auf Maik und würgte ihn so sehr, dass ihm die Luft wegzubleiben drohte. Mit allerletzter Kraft schaffte es Maik, den Mann wegzustoßen und blitzschnell aufzustehen. Es schepperte und klirrte, als die Fäuste flogen. Ein alter Holzschrank mit verglasten Türen ging zu Bruch, künstliche Blumen wurden von den Tischen gefegt und Gläser, die über dem Tresen hingen, zersplitterten. Auch der Glatzkopf mischte sich ein, nachdem er sich wieder gefangen hatte. Gemeinsam gelang es ihnen, die drei Kerle aus dem Restaurant zu treiben. Fluchend und unter allerhand Drohungen traten sie den Rückzug an.

»Wir kriegen dich, Arschloch!«, brüllte einer der Typen und trat krachend vor die Tür, bevor er verschwand.

Der Glatzkopf, der aus Mund und Nase blutete, streckte Maik die Hand entgegen. »Echt cool, Alter, vielen Dank«, sagte er und drückte Maiks Hand so fest, als wolle er sie nie mehr loslassen. »Ich bin der Karsten. Aber sag ruhig Racko zu mir. So nennen mich alle meine Kumpels.«

Für einen Moment hatte Maik das Gefühl, dass ihm Racko vor Dank in die Arme fallen wollte.

**

Sie trafen sich zum Training auf einer kleinen Insel im Schlosssee, der zur Gemeinde Tantow gehörte, einem Grenzort zu Polen. Eigentlich stand die Insel unter Naturschutz, doch die Gegend war so einsam und abgelegen, dass sie nicht befürchten mussten, erwischt zu werden. Auch drückte die Polizei ein paar Augen zu, denn einige Beamte sympathisierten mit ihnen.

Der Frühnebel dampfte auf dem Wasser, als sie in der Morgendämmerung über die kleine historische Brücke gingen, die auf die Insel führte. Sie waren etwa dreißig Kämpfer, darunter Maik und Racko, der die Gruppe anleitete.

Maik musste oft daran denken, wie er Racko vor einigen Wochen kennengelernt hatte. Die Schlägerei in den »Eichenstuben« war eine Inszenierung gewesen, geplant und durchgeführt vom LKA in Brandenburg, um Maik bei den Verschwörungsanhängern einzuschleusen. Der Coup war geglückt – Racko hatte nicht den leisesten Schimmer, dass er sich mit kampfsporterprobten Polizisten geprügelt hatte. Er war so beeindruckt, begeistert und ergriffen von Maiks Unterstützung, dass sich im Nu ein enger Kontakt zwischen ihnen hatte herstellen lassen. Nun waren sie Freunde, zumindest aus Rackos Sicht, und es war beinahe rührend, mit welcher Hingabe sich dieser rechte Schläger an Maiks Seite geheftet hatte.

Als alle Mann auf der Schlossee-Insel angekommen waren, gingen sie zu einer Lichtung, ihrem Trainingsplatz. Sie trugen Kampfsportkleidung und windgeschützte Jacken gegen die Kälte. Es waren düstere Gestalten darunter, bullige, kahl rasierte Männer, die dem Klischee des Neonazis entsprachen, aber auch unscheinbare Typen, die bei einer Bank oder im Supermarkt an der Kasse arbeiten könnten. Allen gemein war, dass sie wütend und voller Hass waren, auf den Staat, aber auch auf linke und andere Gruppierungen, von denen sie sich verfolgt glaubten.

Maik bildete sich ein, dass er diesen Hass in den Augen lesen konnte, selbst in friedlichen Situationen wie beim abendlichen Bier in der Kneipe, wenn sie lachten oder von ihren Freundinnen erzählten. Es ging ihm nicht gut in dieser Gesellschaft, er fror innerlich, fühlte sich einsam und hatte eine unbändige Sehnsucht nach Lydia und seiner kleinen Anna. Manchmal glaubte er, es nicht mehr auszuhalten, und dann dachte er darüber nach, alles hinzuwerfen und nach Hause zurückzukehren. Wenn er die heimlichen Telefonate mit Lydia nicht hätte, hätte er es längst getan.

Für diesen Morgen hatten sie sich vorgenommen, einige Kicktechniken zu vertiefen, und sie begannen wie immer mit dem

Warm-up. Racko schritt durch die Reihen und bellte Kommandos, während die Kämpfer die Schultern und Arme kreisten. Auch Maik machte mit. Er war Teil der Gruppe und wurde von einigen für seine Wendigkeit und Kraft bewundert, besonders von Racko.

Nachdem sie den gesamten Körper durchbewegt hatten, folgte die explosive Belastung.

»Los, ihr Arschlöcher«, schrie Racko, »ich will euch leiden sehen!«

Die Männer sprangen in eine Liegestützposition, machten einen Stütz und richteten sich wieder auf. Das Ganze fünfzehnmal wiederholt, trieb den Puls in die Höhe. Danach kam der Frontstütz an die Reihe, eine Halteübung, bei der in starrer Liegestützposition minutenlang die gesamte Muskulatur angespannt wurde.

Maik konzentrierte sich auf jeden einzelnen Muskel, den Blick zu Boden gerichtet. Aus dem Augenwinkel bemerkte er, dass zwei Männer die Lichtung betraten. Sie postierten sich am Rand und gaben Racko ein Zeichen, dass sie mit ihm sprechen wollten. Einer der beiden war kahl geschoren, mit einer schwarzen Lederjacke bekleidet und recht groß, der andere kompakt gebaut, mit einem blonden Seitenscheitel und einer Narbe an der Schläfe.

»Hochkommen und seilspringen«, befahl Racko der Gruppe und begrüßte die beiden Männer mit Abklatschen, während sich die Kämpfer aus einer Sporttasche Seile holten. Maik schwang das Seil und beobachtete, wie sich Racko und die Männer in den Wald zurückzogen. Zu Maiks Entsetzen sahen sie mehrere Male zu ihm herüber, besonders der Kompakte schien über ihn zu reden.

Maik merkte, dass ihm flau wurde, und er hatte sofort den Verdacht, dass das Treffen der Männer etwas mit dem Mini zu tun hatte, der ihn möglicherweise verfolgt hatte.

»Hey, Kumpel, komm mal rüber«, rief Racko und winkte Maik zu sich.

Maik ließ sein Seil fallen und joggte auf die Gruppe zu. Seine Beine fühlten sich an wie Gummi.

»Das sind Chris und Andy.«

Maik spuckte ein lockeres »Hey!« aus.

Die beiden Männer musterten ihn misstrauisch. Vor allem Chris, der Kompakte, zog ein finsteres Gesicht.

»Die Kumpels hier meinen, dass du nicht ganz sauber bist«, sagte Racko zu Maik, der sich alle Mühe gab, seine Nervosität zu verbergen, indem er auf der Stelle trabte. Wenn er jetzt auflog, war es aus mit ihm.

Racko fixierte ihn mit einem bohrenden Blick. »Die Kumpels haben gesehen, dass du zum Hauptbahnhof nach Berlin gedüst bist. Und dann hast du auf einem Parkplatz ewig lang telefoniert.«

Maik versuchte, seine Gedanken zu ordnen. Diese beiden Typen waren ihm also tatsächlich gefolgt. Doch Maik war sich sicher, im Bahnhof niemanden bemerkt zu haben, weder in der Tiefgarage noch an den Schließfächern oder bei McDonald's. Das ließ vermuten, dass sie vor dem Bahnhof geparkt und lediglich die Einfahrt zur Tiefgarage im Auge behalten hatten. Das Bahnhofsgebäude hatten sie nicht betreten. »Ey, Leute, habt ihr sie noch alle? Spioniert ihr mir hinterher?«

»Wenn du glaubst, dass du uns verscheißern kannst, dann träum weiter, du Wichser!«, sagte Chris. Seine Stimme klang unangenehm hell, fast blechern.

Maik packte Chris am Kragen und holte drohend mit der Faust aus. »Noch ein Wort, Kleiner, und du träumst schneller, als dir lieb ist.«

»Hey, auseinander!« Racko ging dazwischen und drückte beide voneinander weg. »Also, was hattest du am Bahnhof verloren? Ich will, dass die Scheiße jetzt aufgeklärt wird.«

»Ich hab mich nach einer Zugfahrt nach Norwegen erkundigt. Danach war ich bei McDonald's.«

Chris lachte auf. »Klar doch!«

»Hör zu, du kleiner Bumsbiber. Wenn ich dir sage, dass ich bei der Reiseauskunft und danach bei McDonald's war, dann war ich bei der Reiseauskunft und danach bei McDonald's!«

Maik wollte sich erneut auf Chris stürzen, doch Racko hielt

ihn zurück. »Klingt gut«, sagte er. »Und mit wem hast du telefoniert?«

»Mein Chef hat angerufen. Es gab ein Problem mit einem Computer. Eigentlich wollte ich spazieren gehen. Den Burger ablaufen.«

»Du redest Scheiße!«, zischte Chris. »Dann zeig dein verdammtes Handy. Mal sehen, ob dein Chef wirklich angerufen hat.«

Maik hatte befürchtet, dass Chris das sagen würde. Während die Norwegen-McDonald's-Nummer noch halbwegs einleuchtend klang, drohte ihn das Telefon zu verraten. Er hatte mit seinem geheimen Diensthandy telefoniert, nicht mit seinem auf Kevin Hässler zugelassenen Smartphone.

Doch plötzlich mischte sich Andy ein, der sich bisher zurückgehalten, Maik jedoch die ganze Zeit angestarrt hatte.

»Irgendwie kommt mir deine Fresse bekannt vor«, sagte er und musterte Maik skeptisch. »Kann es sein, dass wir uns mal über den Weg gelaufen sind?«

Maik erwiderte den Blick und hatte schlagartig das Gefühl, Andys Gesicht ebenfalls schon einmal gesehen zu haben. Es war ihm nicht aufgefallen, doch nun, da Andy es ansprach, schwante es ihm. Aber wo? Da Maik in seinem privaten Umfeld nichts mit Rechten oder Verschwörungsanhängern zu tun hatte, gab es nur eine einzige Möglichkeit: Es musste in einem dienstlichen Zusammenhang geschehen sein. Wahrscheinlich war er diesem Andy irgendwann schon mal als Polizist begegnet.

15

Als Jeta am frühen Morgen aufwachte, war sie voller Zuversicht. Schon bald würde sie aus diesem Wald hinauskommen. Sie richtete sich mühsam auf und dachte, dass die Muskeln eigentlich schmerzen müssten, denn die Bank, auf der sie die Nacht verbracht hatte, war knochenhart. Doch sie fühlte sich leicht und gelöst, schwang die Beine zu Boden, legte den Mantel, mit dem sie sich zugedeckt hatte, beiseite und stand auf. Die Hütte, in der sie gelandet war, hatte die Form eines großen Iglus. Eine Tür fehlte, man trat durch eine Aussparung im Holz ein, auch Fenster gab es nicht. An der Wand hingen Fotos von Bäumen und Waldtieren. Es schien, als sei sie auf eine Waldlehrhütte gestoßen.

Es war eine erholsame Nacht gewesen, angenehm warm und vom Wetter geschützt. Sie musste Gott danken, dass sie hierhergefunden hatte, denn sie hatte unablässig gebetet, dass er ihr für die Nacht einen Unterschlupf zeigen möge.

Sie kniete sich hin, faltete die Hände und bedankte sich. Gott beschützte sie, auch vor dem Mann, der versucht hatte, sie zu töten, und der ihr womöglich noch immer auf den Fersen war. Und doch wurde sie die Angst vor ihm nicht los, trotz ihres festen Glaubens und der Gewissheit, erhört zu werden.

Sie reckte sich, zog den Mantel an und trat vor die Hütte. Es roch würzig nach Holz, von den Blättern tropfte Regenwasser. Der Nebel war dicht, er ließ nur wenige Meter Sicht zu und hielt sich hartnäckig. Jeta konnte sich nicht vorstellen, dass es jemals wieder aufklarte. Aber dennoch hatte sie allen Grund zu Optimismus. Eine Waldlehrhütte befand sich dort, wo Spaziergänger waren, und in der Nähe eines Parkplatzes. Sie musste nur dem Weg folgen, dann würde sie auf Menschen treffen, in einem Dorf vielleicht oder an einer Landstraße, wo ein Bus fuhr oder sie von einem Autofahrer mitgenommen werden konnte.

Dass sie überhaupt einen Weg gefunden hatte, gab Anlass zu

Hoffnung. Seit sie in diesem Wald gelandet war, schleppte sie sich durch Unterholz und Tannenwälder, ohne auf ein Anzeichen von Zivilisation zu stoßen. Die letzte Begegnung, die sie gehabt hatte, war die Frau mit ihrem Hund gewesen. Zwischendurch hatte sie schon befürchtet, in einem dieser unbewirtschafteten Brandenburger Naturwälder unterwegs zu sein. Doch mit Gottes Hilfe konnte sie nun endlich wieder Mut schöpfen.

Sie schlug den Kragen ihres Mantels hoch und marschierte los. Der Weg führte durch einen Kiefernwald, der grün im Nebel schimmerte. Beim Gehen kam die Erinnerung zurück, wenn auch lückenhaft. Am Morgen des Überfalls war sie zu einer Bushaltestelle gegangen, es war noch dunkel gewesen. Woher sie gekommen war, wusste sie nicht, nur, dass sie ihren Koffer und ihre Handtasche dabeigehabt hatte. Auch hatte sie den Namen des Ortes vergessen, es musste im Nordosten Brandenburgs gewesen sein, irgendwo in der Uckermark. Die Haltestelle war ein wenig außerhalb gelegen, an einer einsamen Straße mit einem Wald dahinter.

Was dann geschehen war, wusste sie nur noch bruchstückhaft. Jemand hatte sie angegriffen, und sie glaubte sich zu erinnern, dass es ein dunkel gekleideter Mann gewesen war. Der fehlende Ohrring und die abgerissenen Knöpfe an ihrem Mantel ließen auf einen Kampf schließen. Sie musste versucht haben, ihrem Angreifer zu entkommen, und war in den Wald gelaufen. Er war ihr hinterhergerannt, aber sie musste es geschafft haben, ihn loszuwerden, bevor sie vor Erschöpfung zusammengeklappt war. Sonst wäre sie jetzt nicht hier.

Nun irrte sie durch diesen riesigen Wald, ohne den Ausgang zu finden und immer in der dumpfen Furcht, aufgespürt und getötet zu werden. Zugleich wusste sie, dass der Alptraum bald ein Ende haben würde. Nicht weit von hier musste eine Straße verlaufen. Jeta musste nur auf dem Weg bleiben, ohne Zögern und immer geradeaus.

16

Nehemie und Joshua lagen noch im Bett, als Julia am Küchentisch saß und für die beiden Pausenbrote schmierte. Wegen einer Schulkonferenz mussten sie erst später zum Unterricht.

Ruben kam herein und knöpfte sich das Hemd zu. Seine behaarte Brust lugte hervor, und die Kurzhaarfrisur stand in alle Richtungen. »Guten Morgen«, sagte er, obwohl sie zusammen aufgestanden und sich schon mindestens zehnmal über den Weg gelaufen waren. Er sah völlig verschlafen aus, vermutlich lag sein Blutdruck bei fünfzig zu zehn. Eigentlich wollte ihm Julia von Maria Kaisers Prophezeiung und der Vermisstenmeldung Jeta Seferis erzählen, aber sie war sich nicht sicher, ob Ruben schon zu einem klaren Gedanken in der Lage war. Bei Carlas Fest hatte er von der angeblichen Vorhersehung nichts mitbekommen, weil er mit den Jungs in einem Nebenraum gezockt hatte. Und bisher hatte ihn auch niemand darüber in Kenntnis gesetzt, soviel Julia wusste.

»Bist du schon aufnahmefähig?«, fragte sie, während sie die Brote und etwas Obst in zwei Frischeboxen packte.

»Kommt drauf an«, knurrte er, schloss den Hosenbund und zog den Gürtel zu.

Julia schenkte ihm eine Tasse Kaffee ein. Um ihn nicht zu überfordern, gab sie sich alle Mühe, die Prophezeiung und die Meldung von Jeta Seferis Verschwinden in wenigen Worten zusammenzufassen. »Und jetzt stell dir vor«, sagte sie. »Die Vermisste trägt ein Kreuz-Tattoo und zwei silberne Kreuz-Ohrringe. Genau wie Maria Kaiser es im Traum gesehen haben will. Der Hammer, oder?«

Ruben drehte den Wasserhahn auf, hielt die Hände darunter und strich die Haare nach hinten. Dann nahm er seine Kaffeetasse, lehnte sich an die Küchenzeile und blinzelte Julia mit kleinen Äuglein an. Verblüffung sah anders aus.

Julia nahm eine Scheibe Brot und bestrich sie mit veganer

Butter und Marmelade. Die Botschaft des Schweigens kam an, sie sollten ein andermal über die Sache reden. Ihre Gedanken wanderten zu den Dingen, die sie am heutigen Tag zu erledigen hatte. Da eine Zugfahrt nach Albanien nicht im Internet gebucht werden konnte, hatte Jeta Seferi wahrscheinlich ein Reisebüro oder ein Reisezentrum am Bahnhof aufgesucht. Julia wollte sich im Laufe des Vormittags darum kümmern. Vorher wollte sie im Internet über Hellseherei recherchieren. Mit Ruben konnte sie auch am Abend noch reden, wenn er im Leben angekommen war.

»Es muss einen Trick bei der Sache geben«, sagte er unvermittelt mit der Kaffeetasse in der Hand, als Julia gerade von ihrem Marmeladenbrot abgebissen hatte. Fast hätte sie sich verschluckt. »Wir wissen bei der Kripo, dass Hellseher bestimmte Techniken anwenden, um den Anschein zu erwecken, sie hätten übernatürliche Fähigkeiten.«

»Aha. Und wie, zum Beispiel?« Sie kaute noch.

»Sagt dir der Barnum-Forer-Effekt etwas?«

»Nie gehört.«

Ruben sah plötzlich wacher aus. Das Thema schien ihn doch mehr zu interessieren als gedacht. »Heißt, dass Menschen die Neigung haben, vage und allgemeingültige Aussagen über die eigene Person als für sich selbst zutreffend zu interpretieren. Wenn ich dir eine Tarot-Karte lege und sage: Ich sehe hier einen stabilen, gefestigten Charakter, dann münzt du das automatisch auf dich. Weil du davon ausgehst, dass die Karten magisch sind und etwas über dich ausdrücken wollen. In Wirklichkeit könnte ich auch den US-Präsidenten gemeint haben.«

»Äh … ja, aber Maria Kaiser hat keine vage Aussage gemacht, sondern eine ziemlich konkrete. Und sie hat auch nicht über mich geredet, sondern über Jeta Seferi.«

»Richtig, aber weil du empfänglich für übernatürliche Dinge bist, lässt du dich von einer solchen Aussage schnell überzeugen. Carla reagiert bestimmt anders. Ich kann mir nicht vorstellen, dass sie glaubt, diese Kaiser hätte einen Mord vorhergesehen.«

Julia stimmte innerlich zu. Bei Carla griff dieser Barnumschlag-mich-tot-Effekt nicht, sie war nüchtern und skeptisch geblieben.

Ruben nippte an seinem Kaffee. »So eine Hellseherin hat eine bestimmte Art zu arbeiten«, sagte er. »In der Regel wendet sie ein Cold- oder Hot-Reading an. Cold bedeutet, dass sie ihre Inhalte möglichst offen formuliert und deine Körpersprache, deine nonverbalen Signale und deine Reaktionen dabei genau beobachtet und in die Deutung einfließen lässt. Sie wird nicht sagen: Ich sehe, dass Ihnen vor wenigen Tagen gekündigt wurde, sondern: Es ist vor nicht allzu langer Zeit etwas geschehen, das Sie noch immer belastet. Damit liegt sie in neunundneunzig Prozent der Fälle richtig. Denn Menschen, die eine Hellseherin aufsuchen, haben in der Regel etwas erlebt, das ihnen Sorgen bereitet. Wenn du dann noch kaum merkbar nickst oder mit den Lidern klimperst, weiß sie, dass es zutrifft. Beim Hot Reading hingegen wird sie konkret, weil sie sich vorher im Internet oder wo auch immer über dich informiert hat. Mit Hellseherei hat das alles nichts zu tun, eher mit Betrug.«

Julia warf ihr Marmeladenbrot, in das sie gerade beißen wollte, auf den Teller. Für den Moment war ihr der Appetit vergangen. Es klang zwar einleuchtend, was Ruben sagte, aber es passte ihr nicht. Ruben ging zu rational an die Sache ran.

»Nur weil einige Hellseher Tricks anwenden, heißt das noch lange nicht, dass es nicht trotzdem übernatürliche Dinge gibt«, sagte sie. »Wenn ich dich richtig verstehe, glaubst du, dass Maria Kaiser ein Hot Reading mit uns veranstaltet hat; mit einer konkreten Information, die sie uns als Hellseherei verkauft hat. Ruben, bitte entschuldige, aber das ist absoluter Unsinn!«

Ruben huschte ein Lächeln übers Gesicht. »Okay, der Vergleich mit dem Hot Reading hinkt etwas, das gebe ich zu. Aber ich bin mir sicher, dass sie euch was vormacht. Sie weiß mehr, als sie vorgibt zu wissen.«

»Und was, bitte schön?«

»Keine Ahnung. Wenn mir jemand eine solche Story auftischen würde, dann stünde diese Person sofort und automatisch bei mir unter Verdacht. Zumindest würde ich recherchieren, ob sie eine Diagnose hat. Sorry, aber Misstrauen gehört nun mal zu unserem Job.«

»Um es gleich klarzustellen: Ich glaube nicht, dass sie die Vermisste umgebracht hat. Das sagt mir mein Bauchgefühl.«

Bei »Bauchgefühl« verdrehte Ruben die Augen. »Dann war es jemand aus ihrem nahen Umfeld, zum Beispiel ihr Mann. Vielleicht hat sie belastendes Material in seinem Handy oder Computer gesehen, ohne dass ihr die Bedeutung so richtig bewusst war. Aber weil die Wahrheit zu bedrohlich ist, spinnt sie sich diese Geschichte zusammen.«

Julia schüttelte den Kopf. »Sie hat behauptet, einen luziden Traum gehabt zu haben. Ich kenne das. Ich weiß auch manchmal im Traum, dass ich träume, und kann die Dinge nach Belieben steuern.«

»Aber du siehst dabei nicht in die Zukunft. Ich bezweifle ja gar nicht, dass sie diesen Traum gehabt hat. Aber nicht, weil sie hellsichtig ist, sondern weil ihr Unbewusstes über den Mord Bescheid weiß, Stichwort ihr Ehemann. Ihr solltet die Frau unter die Lupe nehmen und ihren Mann gleich mit.« Ruben sah auf seine Armbanduhr. »Verdammt, ich muss los! Hab noch nicht mal die Zähne geputzt.«

Nachdem er aus der Küche geeilt war, schenkte sich Julia noch einen Kaffee ein. Sie hätte wissen müssen, dass Ruben sich die Dinge so zurechtlegte, wie sie in sein Weltbild passten. Er war ein Anhänger der Wissenschaft, ähnlich wie Carla. Auch wenn es zwischen den beiden auf Dauer sexuell nicht geklappt hatte, so waren sie sich in ihrer Rationalität und ihrem Pragmatismus recht nah.

Julia stand auf, räumte den Tisch ab und setzte sich ins Wohnzimmer an den Computer. Als sie »Hellseher« und »Polizei« in die Suchmaschine tippte, erschienen zahlreiche Artikel. Einer erregte ihre Aufmerksamkeit, er wirkte gründlich recherchiert. Sie vertiefte sich in den Text und begriff sukzessive, dass sie sich auf ihr Gefühl verlassen sollte. Es war durchaus möglich, dass Maria Kaiser einen Mord vorhergesehen hatte.

17

Was für ein Spiel spielte Maria Kaiser?

Es war der erste Satz, der Carla durch den Kopf ging, als sie am Morgen aufwachte. Der Platz neben ihr war leer, Kathrin musste schon aufgestanden sein. Bruno kam auf sie zu und wollte sie lecken, aber sie wehrte ihn ab, er hatte am Fußende gelegen. Bis spät in den Abend war sie mit Leonie und Toni durch Linum gelaufen, um die Nachbarn zu bitten, in Schuppen und Garagen nach dem Kater zu suchen, leider ohne Erfolg. Als sie sich dann weit nach Mitternacht todmüde ins Bett gelegt hatte, hatte sie kein Auge zugetan, weil Kathrin lauter geschnarcht hatte als der Wolf in »Rotkäppchen«. Es war eine grausliche Nacht gewesen, voller unnötiger Gedanken und Grübeleien.

Auf dem Nachttisch vibrierte ihr Smartphone. Der Nummer zufolge rief jemand aus der Polizeidirektion an.

»Ja?«

»Guten Morgen, Carla, Uli hier. Bist du schon ansprechbar?«

Uli war Julias Kollege aus der Vermisstenstelle. Carla fragte sich, was er wohl von Maria Kaisers Vorhersage hielt, schließlich war er wie Carla ein rationaler Mensch, der mit beiden Füßen auf dem Boden stand. Statt eines Grußes brachte sie nur ein Stöhnen hervor.

»Oje, hab ich dich aus dem Koma geholt?«, fragte er.

»Koma trifft es ganz gut. Was gibt es denn?« Dass sie heiser klang, wäre geschmeichelt gewesen.

»Wir haben die Handydaten dieser Jeta Seferi ausgewertet. Das letzte Signal wurde aus Petersdorf gesendet.«

»Aus wo?« Carla richtete sich auf, während sie Brunos Kopf streichelte.

»Petersdorf. Ein Kaff in der Uckermark. Gleich nebenan vom Fuchs. Die Frage ist, was sie da verloren hatte, wenn sie doch eigentlich zum Berliner Hauptbahnhof wollte.«

Das war tatsächlich merkwürdig. Carla biss sich auf die

Unterlippe. »Schick ein paar Leute dahin, sie sollen sich in der Gegend mal umsehen. Ich mach mich sofort auf den Weg.«

Petersdorf gehörte zur Gemeinde Milmersdorf und lag in der Nähe des Lübbesees, weitab vom Schuss. Die Straße, die Carla entlangfuhr, hieß Petersdorfer Siedlung und führte durch ein Waldgebiet. Als sie eine Bushaltestelle erreichte, trat sie auf die Bremse, weil sie Julia und Uli dort stehen sah. Sie mussten etwas entdeckt haben, denn die Gegend war zu beiden Seiten der Fahrbahn mit rot-weißem Flatterband abgesperrt. Am Straßenrand parkten Polizeiautos, ein Trupp Uniformierter suchte den Wald ab.

Carla stieg aus und schlug den Kragen ihrer Jacke hoch. Es nieselte und war diesig.

»Gut, dass du kommst«, sagte Julia, »wir haben was gefunden. Hallo erst mal.«

Sie umarmten sich flüchtig, dann winkte Carla Uli zum Gruß zu. »Was habt ihr gefunden?«

»Die Spurensicherung müsste jeden Moment hier sein«, sagte Uli, der einen grauen Anorak trug, die Augen wirkten müde. Carla schien nicht die Einzige zu sein, die schlecht geschlafen hatte.

»Die Spurensicherung?«

Julia zückte ihr Smartphone und rief zwei Fotos auf, auf denen jeweils ein Ohrring und eine Kette abgebildet war. »Der Ohrring liegt da drüben auf der anderen Seite beim Wartehäuschen und die Kette gleich hier an einem Gebüsch. Wir wollten die Sachen nicht anrühren, bevor die Spusi da war.«

»Schau dir mal den Ohrring genauer an«, sagte Julia und drückte Carla das Smartphone in die Hand. »Fällt dir was auf?«

Carla besah sich das Schmuckstück, ein silbernes Jesuskreuz, wie Jeta Seferi es trug.

»Sieht aus wie der, von dem Maria Kaiser geträumt hat«, sagte Julia. »Krass, oder?«

Carla bemühte sich, einen kühlen Kopf zu bewahren. Ja, der Fund war krass, aber sie wollte sich nicht davon beeindrucken, geschweige denn leiten lassen. Viel wichtiger war, dass sie einen Hinweis auf Jeta Seferis Verschwinden gefunden hatten. »Für mich ein weiteres Indiz, dass Maria Kaiser mehr weiß, als sie zugibt«, sagte sie, um das Thema Hellseherei gleich im Keim zu ersticken. »Was sagst du dazu, Uli?«

»Ganz deiner Meinung«, knurrte er und starrte auf das Foto. »Ich hab Julia auch schon gesagt, dass da was nicht mit rechten Dingen zugeht. Mit Hellseherei braucht ihr mir gar nicht erst zu kommen.«

Die Antwort hatte Carla vermutet. »Wohin fährt der Bus?«

»Richtung Milmersdorf, wo es einen Bahnhof gibt«, sagte Uli. »Der erste fährt früh um sechs Uhr, der letzte um siebzehn Uhr neunundddreißig. Wahrscheinlich hatte die Vermisste vor, mit dem Zug nach Berlin zu fahren.«

»Ich hab das Reisebüro aufgetan, wo sie ihr Bahnticket nach Albanien gekauft hat«, sagte Julia. »Abfahrzeit Sonnabend um elf Uhr zweiunddreißig vom Berliner Hauptbahnhof.«

Carla fasste gedanklich zusammen, was sie den bisherigen Spuren zufolge herleiten konnten. Jeta Seferi war irgendwann nach Freitagvormittag, als sie das letzte Mal von ihrer Mitbewohnerin gesehen worden war, hier heraus nach Petersdorf gefahren. Warum hatte sie das getan, was hatte sie in dieser Abgeschiedenheit gewollt? Sonnabendfrüh hatte sie den Bus nach Milmersdorf zum Bahnhof nehmen wollen, doch dazu war es nicht gekommen, weil jemand sie überfallen hatte. So hätte es sich abspielen können.

»Was ist mit der Kette?«, fragte Carla.

Sie wechselten die Fahrbahnseite zu dem Wartehäuschen, das aus verwittertem Holz bestand. An einem Stromkasten im Gras lag eine silberne Kette mit einem Anhänger.

»Es ist eine Löwenkralle«, sagte Julia. »Ob sie Jeta Seferi gehört oder überhaupt etwas mit ihrem Verschwinden zu tun hat, wissen wir nicht. Kann auch Zufall sein, dass sie hier liegt.«

»Vielleicht hat es einen Kampf gegeben, bei dem Jeta Seferi Ohrring und Kette verloren hat«, sagte Carla.

»Oder die Kette gehört dem Angreifer, und er hat sie verloren«, sagte Uli. »Vielleicht hat Jeta sie ihm abgerissen, und er hat es nicht gemerkt.«

»Auch möglich«, murmelte Carla. »Habt ihr schon die Anwohner befragt, ob sie was bemerkt haben?« In der Nähe der Bushaltestelle standen abseits der Straße einige Einfamilienhäuser. »Vielleicht hat sie hier irgendwo übernachtet.«

»Wir haben es versucht, aber die meisten Bewohner sind bei der Arbeit«, sagte Julia. »Bisher gibt es keine Zeugen.«

»Gut«, sagte Carla, »dann machen wir jetzt Folgendes: Uli, du leitest eine öffentliche Suche nach der Vermissten ein. Wir brauchen eine Einsatzhundertschaft und einen Hubschrauber mit Wärmebildkamera. Medien müssen informiert, Plakate gedruckt und aufgehängt werden.«

»In Ordnung«, sagte Uli. »Was ist mit dem Ohrring und der Kette? Soll das auch in die Medien?«

»Der Ohrring ja, die Kette nein. Noch kennen wir den Zusammenhang nicht. Die Löwenkralle könnte Täterwissen sein.« Carla wandte sich Julia zu. »Und du machst den Busfahrer ausfindig. Vielleicht hat er oder sie die Vermisste Samstag früh mitgenommen oder etwas Verdächtiges beobachtet. Auch müssen wir wissen, wann und auf welche Weise Jeta Seferi hier angekommen ist. Mit dem Bus oder hat sie jemand hergebracht? Alles noch unklar.«

Carla würde Maria Kaiser erneut einen Besuch abstatten. Es war Zeit, nach ihrem Alibi zu fragen.

»Ich kümmere mich darum«, sagte Julia und nahm Carla ein Stück beiseite. »Da ist noch etwas«, flüsterte sie. »Ich hab was Wichtiges herausgefunden. Aber das möchte ich lieber unter vier Augen mit dir besprechen. Bevor du Maria Kaiser aufsuchst.«

18

Das »Up-Hus« in Neuruppin war recht voll an diesem späten Vormittag. Carla hatte einen Tisch in einem Separee ergattert und blätterte in der Speisekarte, während Bruno an einem Knochen kaute. Das Eisbein mit Sauerkraut war verlockend. Doch seit ihrem Fest und ihren ungeschlachten Bewegungen auf der Tanzfläche hatte sie sich vorgenommen, sich mit dem Essen ein bisschen zurückzuhalten. Etwas Gewichtsverlust konnte nicht schaden. Daher bestellte sie bei der jungen Kellnerin eine Zippelsförder Bachforelle mit Salzkartoffeln und Möhrensalat sowie für die Vegetarierin Julia den Ziegenkäsetaler. Es war das einzige vegetarische Gericht auf einer ansonsten reichhaltigen Karte.

Kurz darauf erschien Julia. Sie wirkte abgehetzt.

»Die Befragung der Busfahrer war ohne Ergebnis«, sagte sie, zog ihre Jacke aus und zwängte sich auf die Eckbank, wobei sie einen Hauch von Kälte mitbrachte. »Weder erinnert sich jemand, dass Jeta Seferi in Petersdorf ausgestiegen ist, noch wurde sie am Sonnabendmorgen von der Bushaltestelle mitgenommen.«

»Ich hab's befürchtet«, sagte Carla und kaute an einer Scheibe Weißbrot, das die Kellnerin gerade serviert hatte. Insgeheim bereute sie es, nicht doch das Eisbein gewählt zu haben. »Aber lassen wir die Vermisste. Du wolltest mich sprechen? Es klang wichtig.«

Julia trank von einem Mineralwasser, das Carla ebenfalls hatte kommen lassen. »Allerdings!«, sagte sie und stellte das Glas ab. »Ich muss mit dir über Maria Kaiser reden.«

»Solange du mich nicht zu überzeugen versuchst, dass sie einen Mord vorhergesehen hat, können wir über alles reden.«

Julia grinste breit. »Zumindest solltest du die Möglichkeit in Betracht ziehen. Ich finde, dass wir Maria Kaiser in die Ermittlung mit einbinden sollten.«

»Nur über meine Pensionierung.«

»Das werden wir noch sehen. Ich hab nämlich ein paar interessante Dinge über Hellseherei herausgefunden.«

Carla seufzte. »Das habe ich auch. Vor allem, was Maria Kaiser betrifft.«

Julia kräuselte die Stirn. »Was denn?«

»Bei Google und Yelp zum Beispiel kommt sie nicht gut weg. Schnitt zwei Komma null beziehungsweise eins Komma sieben. Viele Ein-Stern-Rezensionen von enttäuschten Kunden. Nach einem zweiten Gesicht klingt das nicht.«

»Was schreiben denn die Leute?«

»Na, was wohl! Dass das Vorhergesagte nicht eingetroffen ist, dass die Kaiser eine Betrügerin sei und so weiter.«

»Keine positive Rückmeldung?«

»Die ein oder andere. Nichts Nennenswertes. Hauptsächlich, dass sie sympathisch sei, was ich bestätigen kann. Aber du musst dich mal mit ihrer Schwester unterhalten. Die ist so richtig genervt, weil sie das esoterische Gefasel seit ihrer Kindheit ertragen muss.«

Julia kramte einige Papiere aus ihrer Tasche und legte sie auf den Tisch. »Also ich hab mich mal eingehend mit paranormalen Phänomenen befasst. Vielleicht interessiert es dich, dass es verschiedene Formen von Hellseherei gibt. Das Hellsehen an sich ist die klassische und in der Bevölkerung allgemein bekannte. Es bedeutet, dass dem Betreffenden innere Bilder von Ereignissen erscheinen, die räumlich oder zeitlich entfernt stattfinden oder noch stattfinden werden. Manche hören auch Stimmen, das nennt man dann hellhören.«

»Dazu fällt mir nur Schizophrenie ein.«

»Nein, diese Leute sind nicht verrückt. Statt Bilder zu sehen, hören sie Stimmen. Das kann in Trance passieren, spontan oder vor dem Einschlafen beziehungsweise kurz nach dem Aufwachen. Hellträumen ist eine weitere Variante außersinnlicher Wahrnehmung, siehe Maria Kaiser. Manche Menschen sollen tatsächlich in der Lage sein, Dinge im Traum vorherzusehen. Und dann gibt es noch das Hellfühlen.«

»Das wie bitte was?«

»Das Hellfühlen. Dass Menschen Ereignisse emotional vorausahnen. Das berühmte Bauchgefühl, das du im Übrigen selbst intensiv pflegst, falls ich mir die Bemerkung erlauben darf. Viele, die hellfühlen, wissen nicht, dass sie diese Gabe besitzen, oder sie nehmen sie nicht ernst. Sind ja bloß Gefühle.«

»Ich finde es interessant, was du erzählst«, sagte Carla, »aber das kann nicht der Grund sein, warum du mich so dringend sprechen wolltest.«

Julia knallte ihre flache Hand auf den Papierstapel. »Das hier habe ich im Internet gefunden. Eine Publikation über Hellseher und Polizei.«

Carla war verblüfft. Sie hätte nicht geglaubt, dass es konkretes Material zu dem Thema gab, deshalb war sie auch nicht auf die Idee gekommen, danach zu suchen.

»Die beiden Autoren sind ein Historiker und ein Kriminalsoziologe«, sagte Julia. »Also Wissenschaftler und keine Esoteriker. Und um dir gleich den Wind aus den Segeln zu nehmen: Ja, die meisten Hellseher reden Unsinn. Es gibt kaum dokumentierte Fälle, die durch Hellseherei aufgeklärt wurden.«

»Für diese Erkenntnis bräuchte ich nicht die Wissenschaft heranzuziehen«, sagte Carla.

»Ich sagte ›kaum‹ und ›die meisten‹. Was Ausnahmen mit einschließt.«

Die Kellnerin brachte das Essen und stellte es vor Carla und Julia auf den Tisch.

»Du hast für mich mit bestellt?«, fragte Julia irritiert. »Aber ich hab überhaupt noch keinen Hunger.«

»Keine Widerrede. Die Rechnung geht sowieso auf mich.«

Als die Kellnerin fort war, begann Carla zu essen, und Julia sichtete die Papiere. »Hör zu«, sagte sie. »Hier ist von einer sogenannten Hellträumerin die Rede, einer Minna Schmidt. Sie fand nach einem Doppelmord an zwei Bürgermeistern heraus, wo die Leichen begraben waren. Und zwar im Traum, also genau wie Maria Kaiser. Die Zeitungen waren voll von der Geschichte.«

»Und das geschah wann?«

»1921.«

Carla verkniff sich einen Kommentar. Das Beispiel beeindruckte sie nicht im Geringsten, dafür lag es zu lange zurück und ließ sich nicht mehr überprüfen. Im Übrigen schmeckte die Bachforelle ausgezeichnet. Solange Julia redete, konnte Carla in Ruhe ihr Essen genießen. Es war eine angenehme Berieselung, wie Radio hören oder fernsehen.

»Interessant ist, dass die Polizeibehörden damals intensiv mit Hellsehern zusammenarbeiteten«, fuhr Julia fort. »Kriminaltelepathie nannte man das. Bis das Preußische Innenministerium das Ganze untersagte.«

Carla wischte sich mit einer Serviette den Mund ab. »Natürlich. Solche Ermittlungen sind juristisch nicht haltbar. Wie willst du das auch vor Gericht begründen? Wir haben in der Kristallkugel gesehen, wer es war?«

Julia rollte mit den Augen. »Du bist bei dem Thema so schrecklich bärbeißig, als würde man dich persönlich angreifen. Jetzt lass dich doch wenigstens mal für fünf Minuten darauf ein.«

Carla musste schmunzeln. Julias strenger Ton war ungewohnt, aber er gefiel ihr. Es war ein Zeichen, dass sie im Begriff war, sich zu emanzipieren. Sie war keine Hospitantin mehr, sondern eine reife und obendrein gute Kommissarin geworden.

»Kannst du dich an die Schleyer-Entführung durch die RAF erinnern?«, fragte Julia.

Natürlich erinnerte sich Carla an die Entführung von Hanns Martin Schleyer. Es musste in der zweiten Hälfte der 1970er Jahre gewesen sein, als sie und ihre Eltern täglich den Nachrichten im Westfernsehen entgegengefiebert hatten, weil sie der Fall so beschäftigt hatte. Noch heute hatte sie die Worte der »Tagesschau«-Sprecherin Dagmar Berghoff im Ohr: »Guten Abend, meine Damen und Herren, sechs Wochen nach seiner Entführung in Köln ist Hanns Martin Schleyer tot aufgefunden worden. Der Leichnam lag in Mülhausen im Elsass im Kofferraum eines grünen Audi 100.«

Die Sendung war von Carlas Familie gemeinsam mit einer Gruppe Nachbarn, die allesamt keinen Fernseher besaßen, verfolgt worden. Bei der Meldung war ein Raunen durch das kleine Potsdamer Wohnzimmer gegangen.

»Hanns Martin Schleyer wurde erschossen«, sagte Carla. »Wenn Hellseher mit im Spiel waren, dann waren sie zumindest nicht sonderlich hilfreich. Worauf also willst du hinaus?«

»Ich will darauf hinaus, dass Ermittler in Extremsituationen auf die Unterstützung von Hellsehern zurückgreifen. So abwegig kann das Ganze also nicht sein.«

Carla legte ihre Gabel ab, obwohl sie noch nicht zu Ende gegessen hatte. Das Thema begann sie nun doch zu nerven. Sich so intensiv mit Hellseherei auseinanderzusetzen, war reine Zeitverschwendung, und sie überlegte, das Gespräch auf andere Dinge zu lenken. Schließlich hatten sie es bei Jeta Seferis Verschwinden aller Wahrscheinlichkeit nach mit einem Verbrechen zu tun. Sie brauchten einen richterlichen Beschluss, um ihre persönlichen Unterlagen zu sichten. Außerdem mussten sie ihr Zimmer durchsuchen.

»Hör bitte einen Moment noch konzentriert zu, ich bin gleich fertig«, sagte Julia, die Carlas Ungeduld zu bemerken schien. »In ihrer Verzweiflung hatte die Polizei auch im Fall Schleyer einen Hellseher eingeschaltet, und zwar einen Mann namens Gerard Croiset. Obwohl die Sache äußerster Geheimhaltung unterlag, sickerte es zur Presse durch. Du kannst dir ja vorstellen, wie sich die Journalisten da draufgestürzt haben. Es erschienen Artikel in der BUNTEN, im STERN und im SPIEGEL. Dort hieß es, dass Croiset das Entführungsauto, einen Mercedes, auf telepathische Weise gefunden habe. Und zwar in der Tiefgarage eines Hochhauses.«

Carla erinnerte sich nicht an derartige Ermittlungsmethoden im Fall Schleyer. Allerdings hatte sie als DDR-Bürgerin auch keinen Zugang zu Westzeitungen gehabt.

»Aber es kommt noch verrückter«, sagte Julia. »Angeblich hat Croiset der Polizei konkrete Hinweise auf das Versteck Schleyers gegeben, ein Hochhaus in Erftstadt-Liblar. Der beteiligte Polizeipsychologe gab später zu Protokoll, dass Croisets Angaben nicht intensiv genug verfolgt worden waren. Andernfalls hätten sie vermutlich zu einer Befreiung Schleyers geführt. Der Psychologe wollte das Gebäude stürmen lassen, doch ein hoher BKA-Beamte, der so misstrauisch war wie du – entschuldige bitte den Vergleich –, hat es verhindert.« Julia lehnte sich zurück. »Eine irre Story, das musst du zugeben.«

Carla pickte gedankenverloren in ihrem Essen. Was Julia herausgefunden hatte, war tatsächlich interessant. Vielleicht sollte sie sich mehr für das Thema öffnen. Doch wenn Maria Kaiser wirklich hellsehen konnte, war Carla in Gefahr, schließlich war es ihr prophezeit worden.

»Dass die Zeitungen über die angebliche Hellseherei in dem Fall geschrieben haben, überzeugt mich noch nicht«, sagte sie. »Journalisten schreiben viel, wenn der Tag lang ist, Hauptsache, es erregt Aufmerksamkeit. Was schlägst du denn vor, was sollen wir tun?«

»Wir sollten Maria Kaisers Angebot, uns zu helfen, annehmen.«

»Das geht nicht, solange wir nicht wissen, ob Maria Kaiser in den Fall verwickelt ist. Vielleicht hat auch ihr Mann was damit zu tun, und sie schützt ihn nur.«

»Mein Gott, Carla, das sind doch alles Spekulationen und keine Hinderungsgründe. Überleg mal: Was haben wir zu verlieren? Angenommen, du hast recht, ja und? Dann war sie es eben, oder ihr Mann war's, *so what*. Wir werden es herausfinden. Aber wir könnten uns trotzdem anhören, was sie uns prophezeit. Wenn dir das zu blöd ist, dann lass mich das machen.«

Julia hatte recht, sie hatten nichts zu verlieren. Carla musste es nur geschickt anstellen, damit Maria Kaiser kein Täterwissen erhielt.

»Du informierst die Staatsanwältin und besorgst einen richterlichen Beschluss«, sagte Carla. »Wir müssen an Jeta Seferis persönliche Dinge kommen. Um Maria Kaiser kümmere ich mich.«

Sie hatte soeben entschieden, sich bei Maria Kaiser einer hellseherischen Sitzung zu unterziehen.

19

Das Argument mit der Norwegenreise und McDonald's hatte gezogen, die Jungs hatten nicht nachgebohrt. Racko hatte sogar vorgeschlagen, dass sie mal dort essen könnten, schließlich sei auch er ein »Burger-Junkie«. Ansonsten jedoch war Maiks Lage alles andere als rosig. Er drohte jeden Moment aufzufliegen.

Ruben trug schwarze Lederhandschuhe und einen dunklen Wollmantel, als sie über den Steg des Beelitzer Baumkronenpfads spazierten. Sie hatten sich telefonisch verabredet.

Maik hatte Jonas Wächter, seinem Chef im Computergeschäft, gesagt, dass er zum Zahnarzt müsste und spätestens am Nachmittag zurück sei. Der Himmel war trübe, die Luft feucht, und ihr Blick fiel auf die Wipfel der Bäume, an denen nur noch vereinzelt Herbstblätter hingen. Maik litt leicht unter Höhenangst, deshalb vermied er es, hinabzusehen.

Es tat ihm gut, Ruben neben sich zu spüren, weil es ihm ein Schutzgefühl vor diesen rechten Schlägern und die Gewissheit gab, im Team zu arbeiten. Er war nicht allein, auch wenn er sich oft so fühlte.

»Ich vermute, dass sie dich in Zerpenschleuse gelinkt haben«, sagte Ruben und meinte die Verfolgung durch den Mini. »Sie sind über eine Umfahrung zurück auf die L 100 gekommen und dir hinterhergerast, ohne dass du es bemerkt hast.«

So mochte es sich abgespielt haben. Maik erinnerte sich, dass er hinter Zerpenschleuse und innerhalb Berlins nachlässig geworden war und nicht mehr auf einen möglichen Verfolger geachtet hatte. Er hatte sich zu sehr in Sicherheit gewiegt. In Zukunft würde er besser aufpassen.

»Nun zu diesem Andy«, fuhr Ruben fort. »Vor vier Jahren warst du dabei, als ein Typ namens Andreas Mechler, genannt Andy, zusammen mit zwei Drogendealern verhaftet wurde. Andy war nur ein kleiner Fisch, deshalb kam er mit einer Bewährungsstrafe davon.«

In Maik arbeitete es. »Hilf mir mal«, sagte er und wedelte ungeduldig mit der Hand. »Wo fand das Ganze statt?«

»Fehrbellin, an der Wohnung eines der Dealer, nachts.«

»Richtig!« Allmählich dämmerte es Maik, und er fasste sich unwillkürlich an die Stirn. Sie hatten die Typen auf einem Hinterhof gestellt, als sie gerade Kokain ausladen wollten. Andy hatte zu flüchten versucht, und ein Kollege Maiks war ihm hinterhergerannt und hatte ihn in Handschellen zurückgebracht. Er hatte getobt und gebrüllt wie ein wildes Tier, und als Maik versucht hatte, beruhigend auf ihn einzureden, hatte er Maik ins Gesicht gespuckt. Nun konnte er nur hoffen, dass sich Andy nicht genauso gut erinnerte.

»Es wird zu gefährlich für mich, ich muss da raus«, sagte er. »Nach der Geschichte mit dem Mini sind die total angefixt. Und jetzt kennt mich dieser Andy auch noch. Wenn der rauskriegt, dass ich Bulle bin, dann war's das.«

»Jetzt abzubrechen, wäre eine Niederlage«, sagte Ruben. »Du bist kurz davor, in den Kern der Gruppe vorzudringen. Wir müssen uns eine andere Lösung überlegen.«

»Ich steig aus«, sagte Maik, »und das meine ich ernst. Es geht mir nicht nur um mich. Es geht mir vor allem um Lydia und mein Kind.«

Ruben sah ihn eindringlich an. »Bitte bleib. Lydia überlegt noch, ob sie mit Anna in dein Elternhaus nach Rädikow zieht. Da wäre sie sicher, und wir hätten ein Problem weniger. Und was den Andy angeht, wir kümmern uns um ihn.«

Sie schlenderten weiter in Richtung des Aussichtsturms, auf den Maik keinesfalls klettern wollte, weil es ihm an Höhe reichte. »Was heißt das, ihr kümmert euch um ihn? Was wollt ihr tun, ihn verhaften? Ihn umbringen?«

Kurz vor dem Turm drehten sie um. Ruben hatte die Hände in die Taschen gesteckt. »Eigentlich müssten solche Typen häufiger observiert werden, aber wegen Kosten und Personalengpässen passiert es nicht. Es sei denn, wir machen eine Ausnahme.«

Maik schwieg. Eine Observation brachte nur dann etwas,

wenn Andy auch zufällig zu diesem Zeitpunkt straffällig würde. Das konnte lange dauern, so viel Zeit hatten sie nicht.

»Natürlich kann man ein bisschen nachhelfen«, sagte Ruben, als hätte er Maiks Bedenken geahnt. »Aber letztendlich entscheidest du. Wenn es dir zu heiß wird, dann holen wir dich zurück, keine Frage.«

Es war ein geschickter Schachzug, Maik die Verantwortung zu überlassen. Wollte er wirklich aufhören? Racko hatte Bemerkungen fallen gelassen, die andeuteten, dass Maik bald einen »Deep Talk« haben würde, was auch immer das bedeuten mochte. Angeblich hätten wichtige Leute ihr Interesse an Maik signalisiert. Ein neuer verdeckter Ermittler würde Monate brauchen, bis er dort war, wo Maik sich hingearbeitet hatte.

Sie überquerten die Ruine der Beelitzer Heilstätten, einer ehemaligen Klinik für Lungenkranke. Maik wagte einen Blick zu dem heruntergekommenen Gemäuer mit den kaputten Fenstern inmitten wuchernder Sträucher und Kletterpflanzen. Das Gespräch mit Ruben beruhigte ihn ein wenig. Dennoch wurde er ein unterschwelliges Angstgefühl nicht los. Er sollte mit Lydia reden, bevor er entschied, wie es weiterging. Ihr richtiger Riecher würde ihm vielleicht weiterhelfen.

Es war still und einsam um ihn herum, als er in den alten Stamm griff und den Plastikbeutel mit dem Handy hervorholte, während ihm Nieselregen ins Gesicht wehte. Die vermeintliche Wölbung am Baum, die ihn so verunsichert hatte, war nicht zu sehen, allerdings war es auch nicht mehr so neblig wie vorgestern. Er zog das Handy heraus und sah zu seinem Erschrecken, dass der Akku fast leer war, sodass sie nicht lange würden sprechen können.

Lydia ging sofort beim ersten Klingelzeichen ran.

»Maik!«, rief sie erregt, noch bevor er irgendetwas hatte sagen können. »Es kann doch nicht euer Ernst sein, Anna und mich in dieses Kaff zu schicken. Wie stellst du dir das vor? Ich muss zur Arbeit, das sind von Rädikow aus mindestens drei Stunden Fahrt täglich. Und was ist mit Anna? Sie müsste auf eine andere

Schule, obwohl sie sich gerade in ihrer Klasse wunderbar eingelebt hat und ihre Lehrerin liebt.«

Maik fühlte sich überrumpelt. Mit einer derart heftigen Reaktion hatte er nicht gerechnet. »Ich bin sicher, dass Ruben für alles eine Lösung findet«, sagte er kleinlaut. »Es dauert auch nicht mehr lang. Wir stehen kurz vor der Auflösung.«

Er hörte, dass Lydia weinte. »Wenn ihr uns von zu Hause wegholt, dann zeigt das doch nur, wie gefährlich die Sache ist«, sagte sie. »Ich hab solche Angst – um uns, aber auch um dich.«

Maik wurde traurig, Tränen schossen ihm in die Augen. Lydia tat ihm leid, und er hätte am liebsten sofort alles abgebrochen und wäre nach Hause zurückgekehrt. Was sollte er tun? Aufhören, weitermachen – es zerriss ihn innerlich.

»Wir haben hier alles im Griff«, sagte er hilflos und aus einem Impuls heraus, Lydia beruhigen zu müssen. »Du kannst unbesorgt sein.«

Lydia lachte bitter. »Unbesorgt! Was für ein seltsamer Rat. Mein Mann spaziert in eine Verbrecherhöhle, und ich soll unbesorgt sein. Na, danke!«

Maik schwieg. Eigentlich hatte er Lydia von diesem Andy erzählen und ihre Einschätzung dazu einholen wollen, doch die Geschichte behielt er nun lieber für sich.

»Fühlst du dich denn wenigstens in deiner Wohnung wohl?«, fragte Lydia, und ihre Stimme klang versöhnlicher. Sie schnäuzte in ein Taschentuch.

»Ganz okay, außer dass alles nach Katzenpisse müffelt. Aber Frau Grimme ist in Ordnung. Ich kann meine Wäsche bei ihr waschen, und manchmal kocht sie für mich, was ich aber eigentlich nicht will. Es ekelt mich ein bisschen, bei dem Gestank zu essen. Wie kommst du denn jetzt plötzlich da drauf?«

»Keine Ahnung, ist mir so in den Sinn gekommen. Vielleicht, weil ich mich heute früh gefragt habe, ob du sicher bist bei ihr.«

Maik stieß einen belustigten Laut aus. »Warum sollte ich nicht sicher bei ihr sein? Sie glaubt, dass ich ein einsamer IT-Mensch bin, der von seiner Freundin verlassen wurde. Das ist jedenfalls das, was ich ihr erzählt habe.«

Lydia lachte leise. »Damit hast du bestimmt ihr Herz erobert, du Mistkerl.«

Auch Maik lachte. Er war froh, dass sich Lydia gefangen hatte, und fühlte sich ihr ganz nah. Zugleich kam die Kraft zurück, und er fasste wieder Mut, seinen Auftrag zu Ende zu bringen.

»Aber du solltest vorsichtig sein«, sagte Lydia. »Ich hab so ein komisches Gefühl –«

Die Verbindung war abgebrochen.

»Lydia? Lydia!«

Maik klopfte an das Handy, doch die Leitung war tot. Der Akku war leer.

20

Maria Kaiser wohnte mit Milan und der kleinen Bea in einer Wohnung hinter dem Restaurant. Carla gelangte durch einen Seiteneingang zur Wohnungstür.

Maria Kaiser lächelte freundlich, als sie öffnete. »Kommen Sie rein«, sagte sie. »Ich nehme an, dass Sie Neuigkeiten haben, sonst wären Sie nicht hier.«

Die Wohnung war mit alten Möbeln, die vermutlich noch von Maria Kaisers Eltern stammten, eingerichtet. Es sah einfach und nach wenig Geld aus. Carla nahm auf einem grauen Stoffsofa Platz, auf dem Boden flog Kinderspielzeug herum.

Maria Kaiser setzte sich in einen Sessel und füllte zwei Gläser mit Mineralwasser. »Wie geht es denn Ihrem Kater?«, fragte sie. »Haben Sie ihn wieder?«

Carla war so perplex, dass es plötzlich in ihren Ohren rauschte und piepste. Hatte Maria Kaiser nun auch noch Glöckchens Verschwinden vorhergesehen? »Woher wissen Sie, dass der Kater weg ist?«, fragte sie einen Hauch zu barsch.

Maria Kaiser lächelte verschmitzt. »Keine Sorge, ich habe es nicht geträumt. Ihre Kinder waren hier, sie haben mich gebeten, ihnen zu helfen. Zwei reizende Teenies im Übrigen, eine Freundin hatten sie auch dabei. Es hat mich gerührt, wie sehr sie sich um ihr Glöckchen sorgen.«

Carla war fassungslos. Dass sich die beiden über ihre Anweisung hinweggesetzt hatten, ärgerte sie maßlos. »Und was haben Sie ihnen gesagt?«, fragte sie.

Maria Kaiser zuckte mit den Schultern. »Ich konnte leider nichts Konkretes sehen. Er ist irgendwo eingesperrt, aber wo, das weiß ich nicht. Die beiden waren enttäuscht, glaube ich.«

Carla musste sich sammeln. Dass Glöckchen vermisst wurde, besorgte auch sie, und sollte er tatsächlich irgendwo eingesperrt sein, war es umso beunruhigender.

»Sie haben eine Leiche gefunden, richtig?«, unterbrach Maria

Kaiser Carlas Gedanken. »Nein, warten Sie! Es ist etwas anderes, Sie haben etwas anderes gefunden.«

Carla verdrehte innerlich die Augen. Das hellseherische Getue ging ihr auf die Nerven. »Wir haben Jeta Seferis Ohrring gefunden«, sagte sie freundlich. »In einer abgelegenen Gegend.«

Maria Kaiser schob Carla das Wasserglas herüber. »Genau so habe ich es geträumt, erinnern Sie sich? Dass sie nur einen Ohrring trägt. Den anderen hat sie verloren. Bei einem Kampf, wie ich es Ihnen gestern sagte.«

»Was war das für ein Kampf?«

Maria Kaiser schloss die Augen, als konzentriere sie sich. Es dauerte eine Weile, bis sie antwortete. »Es kommen keine Bilder«, sagte sie. »Fragen Sie mich nicht, warum. Das passiert manchmal, aber ich habe das Muster dahinter noch nicht durchschaut.«

Carla atmete tief durch. »Ich muss Sie das jetzt fragen, bitte nehmen Sie es mir nicht übel. Was haben Sie vergangene Woche von Freitagmittag bis Sonnabendvormittag gemacht?« Sie mochte Maria Kaiser, sodass es ihr schwerfiel, in die Rolle einer strengen Kommissarin zu schlüpfen.

»Herrje, Sie glauben doch nicht allen Ernstes, dass ich was mit dem Verschwinden dieser Frau zu tun habe? Das können Sie doch nicht annehmen! Warum kommen Sie immer wieder mit diesen Andeutungen?«

»Ich weiß noch nicht, was ich glauben soll. Aber ich bin auch eine Polizistin, die einen Fall aufzuklären hat. Bitte beantworten Sie meine Frage.«

»Ich war die ganze Zeit mit der Vorbereitung Ihres Festes beschäftigt. Am Freitag waren Milan und ich einkaufen, anschließend standen wir mit meinem Schwager Hanno in der Küche und haben alles zubereitet. Meine Schwester hat mit angefasst, sie hat auf die Kleine aufgepasst und beim Kochen geholfen, auch Tino war dabei. Wir waren fast die ganze Zeit zu fünft, erst am Morgen gegen zwei Uhr sind Milan und ich ins Bett gegangen.«

Damit erübrigte sich auch die Frage nach Milan Babics Alibi, sofern die beiden nicht unter einer Decke steckten, was Jeta Seferi betraf.

»Also gut, lassen wir das«, sagte Carla. »Sie hatten netterweise angeboten, die Polizei bei der Suche nach Jeta Seferi zu unterstützen. Steht das Angebot noch?«

Maria Kaisers Mimik hellte sich augenblicklich auf. »Aber selbstverständlich. Wenn Sie das möchten, stehe ich Ihnen jederzeit zur Verfügung. Wollen Sie eine Sitzung bei mir?«

»Das überlasse ich Ihnen. Was Sie für die richtige Vorgehensweise halten.«

Maria Kaiser dachte angestrengt nach. »Ich habe eine Idee«, sagte sie schließlich. »Bringen Sie mich zum Fundort des Ohrrings. Vielleicht habe ich eine Eingebung. Vielleicht kann ich Ihnen sagen, was genau passiert ist.«

Carla hatte in diesem Moment denselben Einfall gehabt. Sie ging kein Risiko ein, denn dass Jeta Seferi in Petersdorf verschwunden war, war kein Geheimnis und würde ab morgen in allen Medien erscheinen. Ein Blick auf die Armbanduhr verriet, dass es früher Nachmittag war. Die Spurensicherung müsste ihre Arbeit längst erledigt haben, sodass einer Begehung des Fundortes nichts im Wege stand.

Die Landstraße nach Petersdorf führte durch die Wälder des Naturparks Uckermärkische Seen. Der Himmel war mit dunklen Wolken verhangen, aber es regnete nicht. Carla fand, dass eine unheimliche Stimmung in der Luft lag. Der Asphalt schimmerte in einem düsteren Novemberlicht, während sich zu beiden Seiten Wald erstreckte.

»Es freut mich, dass Sie sich entschieden haben, meine Hilfe in Anspruch zu nehmen«, sagte Maria Kaiser, die auf dem Beifahrersitz saß. »Ein Zeichen, dass Sie allmählich anfangen, mir zu vertrauen. Wissen Sie, ich bin es gewohnt, dass die Menschen befremdet auf meine Gabe reagieren. Und doch verletzt es mich, wenn mir ständig mit Skepsis und manchmal auch mit Verachtung begegnet wird. Viele geben mir das Gefühl, ich sei verrückt, selbst manche Kunden reagieren so, obwohl sie mich aus freien Stücken aufsuchen. Seltsam, finden Sie nicht auch?«

Carla nickte schweigend. Der Hauch eines schlechten Gewissens beschlich sie, denn auch sie gehörte zu denjenigen, die Maria Kaiser für abgedreht hielten. Dass Maria der Ansicht war, Carla vertraute ihr allmählich, war eine Fehleinschätzung und eher ein Hinweis darauf, dass sie nicht hellsehen konnte, denn Carla war skeptischer als je zuvor. Es war Julias Überredungskunst im »Up-Hus« geschuldet, dass sie mit Maria Kaiser zum Fundort des Ohrrings fuhr. Allerdings musste sie auch zugeben, dass sie neugierig geworden war. Inzwischen brannte sie regelrecht darauf zu erfahren, wie die Sache ausging. Ob Maria Kaiser tatsächlich über hellseherische Kräfte verfügte, was zugleich implizierte, dass es Dinge zwischen Himmel und Erde gab, die rein rational nicht zu erklären waren – oder ob sie alle an der Nase herumführte.

»Als mein Opa im Sterben lag, hatte ich die Vision, dass er einen Fluss überqueren musste, um ins Jenseits zu gelangen«, sagte Maria Kaiser. »Ich habe das Wasser gesehen, es war reißend und gefährlich. Er musste in ein kleines Holzboot steigen, das am Ufer befestigt war, aber er fürchtete sich. Auf der anderen Seite standen Verwandte, die längst gestorben waren, die meisten von ihnen kannte ich nicht, aber ich fühlte mich ihnen verbunden. Sie winkten meinem Opa zu. Auch mein Vater war darunter. Er rief zu meinem Opa, dass er keine Angst zu haben brauchte, und wir machten ihm Mut, einzusteigen. Schließlich überwand er sich und ruderte über den Fluss. Als er auf der anderen Seite ankam, drehte er sich noch einmal zu mir um und hob zum Abschied die Hand.«

Maria machte eine Pause, holte ein Taschentuch hervor und tupfte sich Tränen aus den Augen. »In diesem Augenblick starb er. Meiner Mutter und meiner Schwester habe ich nie von meinem Erlebnis erzählt. Ich fürchtete, dass sie abfällig reagieren würden. Nur Milan weiß davon. Wie ist es bei Ihnen? Glauben Sie an ein Leben nach dem Tod?«

Carla hatte von Nahtoderlebnissen gehört, aber sie hatte sich nie damit befasst. »Wenn ich ehrlich sein darf, nein«, antwortete sie. »Ich glaube, dass mit dem Tod alles aus ist, dass wir schlichtweg nicht mehr existieren, auch unser Bewusstsein nicht.

Aber trotzdem beeindruckt mich Ihre Geschichte. Sie ist auf eine unheimliche Weise faszinierend. Und die Vorstellung, dass wir unsere Lieben nach dem Tod wiedersehen, ist beruhigend.«

Maria Kaiser schmunzelte. »Sie werden mich jetzt bestimmt für völlig bekloppt halten, aber mein Opa und ich sind immer noch in Kontakt. Ich begegne ihm in meinen Träumen, und dann erklärt er mir Dinge, die ich hier im Diesseits nie erfahren würde.«

Carla musste an die Worte der Schwester denken. Maria Kaiser schien den Tod des Großvaters nie verwunden zu haben. Sie hatte sich eine Welt erschaffen, in der der Großvater lebendig geblieben war. »Was sind das für Dinge?«, fragte Carla.

Maria Kaiser zögerte. »Es fällt mir schwer, darüber zu sprechen, weil ich nicht weiß, wie Sie darüber denken. Es ist sehr intim, und ich möchte nicht, dass Sie mich belächeln.«

»Das verstehe ich«, sagte Carla. »Es ist nur so, dass ich esoterischen Themen sehr skeptisch gegenüberstehe, das haben Sie ja schon gemerkt. Trotzdem verurteile ich Sie nicht. Ich respektiere Ihre Gefühle, Ihre Erfahrungen und Ihre Sicht auf das Leben und den Tod. Im Endeffekt ist alles Glauben, die Religionen, die Esoterik und auch die rationale Annahme, dass mit dem Tod des Gehirns alles Leben erlischt. Solange niemand zurückgekehrt ist, wissen wir es nicht.«

»Also gut. Vielleicht haben Sie schon einmal gehört, dass manche Menschen bei Nahtoderlebnissen durch einen Tunnel müssen. Mein Opa sagt, dass dieser Tunnel eine unbewusste Erinnerung an den Geburtskanal ist, den wir schon einmal durchquert haben. Denn was für uns der Tod ist, ist aus jenseitiger Sicht eine Geburt.«

»Das ist ein interessanter Gedanke«, sagte Carla und meinte es ernst.

»Auch sagt er, dass die Zeit keine feste, sondern eine flexible Größe ist und im Jenseits ganz anders verläuft. Was bei uns eine Minute ist, kann im Jenseits Jahre dauern und umgekehrt. Als Beispiel nennt er Träume, die gefühlt über einen längeren Zeitraum verlaufen, während in Wirklichkeit nur Sekunden vergehen. Und er sagt, dass Tiere in enger Verbindung zur jenseitigen Welt stehen, weil ihr Verstand nicht so ausgeprägt ist wie bei uns Menschen. Wir wären auch zu dieser Verbindung in der Lage, aber unser Verstand, auf den wir uns so viel einbilden, blockiert uns. Er nimmt uns die Fähigkeit, auf unsere innere Stimme und unsere Intuition zu hören. Wir versuchen, die Welt rational zu begreifen, dabei würden wir viel mehr erkennen, wenn wir uns intuitiv öffnen würden. Aber er sagt auch, dass all das einen Sinn hat und dass ich niemanden für seine Ansichten und seinen Glauben verurteilen darf. Das alles klingt ein bisschen verrückt, oder?«

Carla schüttelte den Kopf. »Nein, das ist nicht verrückt. Ich wundere mich nur, dass Ihr Großvater so spirituell war. Ihre Schwester erzählte mir, dass er als Neurowissenschaftler nicht an ein Leben nach dem Tod glaubte. Seine Studien vom Gehirn hätten ihn zu dieser Überzeugung gebracht.«

»Das hat meine Schwester Ihnen gesagt, interessant. Wir sind so unterschiedlich, sie und ich. Allein schon, dass sie zur Bundeswehr gegangen ist, für mich wäre das unvorstellbar.«

»Hat sie denn nicht recht?«

»Nein, es war anders. Mein Großvater traute sich nicht, seine Meinung innerhalb der Familie zu äußern, weil ihn alle schief angesehen hätten. So behauptete er, dass die Nahtoderlebnisse auf die außergewöhnliche Aktivität des Gehirns kurz vor dem Tod zurückzuführen waren. Im Grunde sagte er damit, dass sie eine Illusion waren. Aber das war nicht seine persönliche Ansicht, die kannte nur ich. Er sagte auch, dass es umgekehrt sein könnte.«

»Nämlich?«

»Dass das Gehirn diese außergewöhnliche Aktivität als Reaktion auf die Nahtoderlebnisse entfaltet.«

Die restliche Fahrt nach Petersdorf verlief schweigend, weil Carla über das nachdachte, was Maria Kaiser erzählt hatte. Es waren interessante Behauptungen, über die sie sich noch nie Gedanken gemacht hatte. Auch wenn sie sich nicht überzeugen ließ, so erlebte sie es doch als Bereicherung, sich mit jemandem wie Maria Kaiser über solche Themen austauschen zu können.

Als sie die Bushaltestelle in Petersdorf erreichten, hielt Carla an und stellte den Motor aus.

»Es ist mir furchtbar unangenehm, aber ich fühle mich außerstande, etwas zu sehen«, sagte Maria Kaiser. »Ich habe die ganze Zeit versucht, mich in Trance zu versetzen, aber es funktioniert nicht. Bitte nehmen Sie es mir nicht übel.«

»Schon gut«, sagte Carla, die, wenn sie ehrlich war, nichts anderes vermutet hatte. »Wollen Sie es denn nicht wenigstens mal probieren?«

»Es hat keinen Zweck. Ich gerate nur unter Druck, und dann geht gar nichts mehr.«

Es fiel auf, dass Maria Kaiser immer dann, wenn es darauf ankam, nichts sehen konnte. Dies könnte die negativen Bewertungen im Internet erklären.

Sie wollte gerade wieder den Motor starten, da vibrierte ihr Handy in der Jackentasche. Sie holte es hervor, stieg aus und nahm das Gespräch an. Es war Julia.

»Hallo, Carla. Kannst du grade? Wir haben was herausgefunden.«

»Schieß los.«

»Wir haben die Bewohner von Petersdorf befragt. Jeta Seferi hat die Nacht in einer Ferienwohnung verbracht. Und jetzt rate mal, wer die Wohnung gemietet hat?«

»Keine Ahnung, mach's nicht so spannend«, sagte Carla und ging ein Stück die Straße hinunter, wobei sie sich fragte, welches der wenigen Häuser im Ort wohl Ferienwohnungen vermietete.

21

Es half nichts, Carla musste noch einmal zum Sender, obgleich sie den Laden zum Kotzen fand. Aber sie war auch neugierig, wie David Kaltenberg auf die Ermittlungsergebnisse reagierte. Hoffentlich überrascht, betreten und geständig. Schließlich war er es gewesen, der die Ferienwohnung gemietet und wahrscheinlich auch eine Nacht mit Jeta Seferi dort verbracht hatte.

Die Empfangsdame, die dieses Mal Rot trug, sah ein bisschen abgespannt aus, als sie Carla über den Flur führte. Sie war vermutlich seit dem frühen Morgen auf den Beinen, und inzwischen war es später Nachmittag und draußen bereits dunkel. »Sendung – bitte Ruhe«, leuchtete es über der Tür zum Regieraum.

»Ich soll Ihnen von Herrn Kaltenberg ausrichten, dass Sie sich bitte kurzfassen mögen«, sächselte sie, die Hand am Türgriff. »Er musste einspringen, weil die Aufnahmeleiterin krank geworden ist.«

Carla schwieg. Es interessierte sie schlichtweg nicht, was David Kaltenberg auszurichten hatte. Die Befragung dauerte so lange, wie sie es für nötig befand.

Der Regieraum hatte in etwa die Größe eines kleinen Büros. David Kaltenberg lümmelte sich auf einem Drehsessel hinter einem Pult mit allerhand Knöpfen, trug ein Headset und starrte auf einen Computerbildschirm, auf einem zweiten lief die Sendung. Hinter einer verglasten Wand befand sich das Studio. Eine ältere Frau mit langen dunklen Haaren und einem bunten Tuch um den Hals saß an einem Moderationstisch und sprach mit heiserer Stimme in die Kamera, vor ihr stand eine Kristallkugel. Carla fiel auf, dass die Frau kaum Zähne hatte. Es fehlte eigentlich nur noch die schwarze Katze auf ihrer Schulter, dann wäre das Hexenklischee perfekt. Aber so war es vermutlich auch gewollt. Ihre Worte und die Begleitmusik tönten leise durch den Regieraum. Die Frau ermunterte die Zuschauer, die eingeblendete Nummer zu wählen und nicht aufzugeben. Ihr Name war Helene Berkowicz, so war es jedenfalls dem Bildschirm zu entnehmen. »Alle kommen irgendwann durch«, sagte sie mit einem gewinnenden Lächeln, das ihre Zahnlücken offenlegte.

Carla setzte sich in einen Drehsessel neben David Kaltenberg, nachdem er sie mit einer lässigen Handbewegung dazu aufgefordert hatte.

»Achtung, ich habe hier die Nächste«, sprach er in sein Headset. »Rebekka Röhlers, vierundsiebzig, aus Würzburg.« Er hob die Hand und zeigte auf die Moderatorin als Zeichen, dass die Leitung stand.

»Guten Abend«, säuselte die Moderatorin, »hier ist die Helene. Mit wem spreche ich denn?«

»Hallo, Helene, hier ist die Rebekka«, krächzte es aus der Leitung.

»Hallo, Rebekka, schön, dass du durchgekommen bist, herzlichen Glückwunsch. Und Sie, liebe Zuschauer, Sie probieren es bitte weiter. Denken Sie positiv, denn die Energie, die Sie ins Universum schicken, wirkt genauso positiv auf Sie zurück. Du rufst aus dem Süden Deutschlands an, Rebekka, gell?«

»Aus Würzburg.«

»Würzburg, na bitte. Da lag ich doch gar nicht so falsch. Was kann ich denn für dich tun, liebe Rebekka?«

Carla wandte sich angewidert ab. Die alten Leute wurden schlichtweg für blöd verkauft.

David Kaltenberg nahm sein Headset runter und schaltete den Ton aus, sodass es still im Raum wurde.

»Sagt Ihnen der Ort Petersdorf etwas?«, begann Carla die Befragung.

Auf dem Computerbildschirm erschienen zahlreiche Telefonnummern laufend untereinander, vermutlich von Leuten, die gerade anriefen. David Kaltenberg starrte auf den Monitor, während er sich nervös in seinem Drehsessel schwang. »Nein, sollte er?«

»Da Sie die Nacht von Freitag auf Sonnabend dort verbracht haben, gehe ich mal davon aus.«

»Warum fragen Sie mich, wenn Sie es ohnehin schon wissen?«

»Weil ich prüfen will, ob Sie uns weiterhin belügen. Sie haben für die besagte Nacht eine Ferienwohnung in Petersdorf gemietet. An einer Bushaltestelle fanden wir einen Ohrring von Jeta Seferi. Glauben Sie nicht auch, dass das nach einer Erklärung schreit?«

»Jetas Ohrring lag an einer Bushaltestelle? In Petersdorf?« David Kaltenberg sah erschrocken drein. Ob es gespielt war, konnte Carla nicht einschätzen. »Sie muss ihn verloren haben. Vielleicht ist er ihr abgefallen.«

»Ein Ohrring fällt nicht so einfach ab. Es muss einen Kampf gegeben haben. Also raus jetzt mit der Sprache. Was ist in jener Nacht passiert?«

David Kaltenberg schien sich sammeln zu müssen, er wirkte verstört, oder zumindest tat er so. »Also gut«, sagte er. »Jeta und ich hatten eine Affäre.«

»Hatten?«

»Hatten. Ich habe die Ferienwohnung für uns gemietet, weil wir Zeit miteinander verbringen wollten, bevor Jeta für einige Wochen nach Albanien reist. Eigentlich war abgesprochen, dass ich sie am nächsten Morgen nach Berlin zum Bahnhof bringe. Doch in der Nacht kam es zum Streit, weil Jeta wollte, dass ich meine Frau verlasse. Aber das konnte ich ihr nicht versprechen. Also hat sie mich rausgeworfen, um drei Uhr morgens, in diesem Kaff. Und dann bin ich nach Hause gefahren. Was hätte ich auch tun sollen?«

»Gibt es dafür Zeugen?«

»Nein, außer Jeta natürlich. Aber wenn ihr Ohrring an der Bushaltestelle liegt, dann …«

»Richtig. Wir gehen davon aus, dass ihr etwas zugestoßen ist. Sie könnte einem Verbrechen zum Opfer gefallen sein. Kann Ihre Frau bezeugen, dass Sie Sonnabendfrüh gegen halb vier oder wann auch immer nach Hause gekommen sind?«

»Sie glauben doch nicht allen Ernstes, dass ich … Nein, meine Frau war geschäftlich in München. Sonst … sonst hätte ich mich nicht mit Jeta treffen können. Wenn Sie verstehen, was ich meine.«

Karin Kaltenberg besaß ein großes Immobilienunternehmen.

Dass sie dienstlich unterwegs gewesen war, war zumindest möglich.

»Wäre es okay, dass Sie meine Frau da raushalten?«, sagte David Kaltenberg. »Ich meine, sie darf nicht erfahren, dass Jeta und ich …«

»Ich fürchte, das geht nicht. Wenn Sie und Jeta eine Affäre hatten, dann ist Ihre Frau eine Rivalin und damit eine potenzielle Tatverdächtige.«

David Kaltenberg kniff die Lippen zusammen, um die Augen herum sah er erschöpft aus. »Ich schwöre Ihnen, dass meine Frau nichts von Jeta und mir weiß. Sie ahnen ja nicht, was passiert, wenn sie es erfährt. Meiner Frau gehört der Sender, ich bin wirtschaftlich von ihr abhängig. Wenn sie mich fallen lässt, dann bin ich … nichts.«

Carlas Mitleid hielt sich in Grenzen. Welche Konsequenzen die Affäre für David Kaltenberg hatte, interessierte sie nur insofern, als dass er ein Mordmotiv hatte. Vielleicht hatte Jeta Seferi gedroht, seine Frau über die Affäre zu informieren.

»Da ist noch etwas«, sagte Carla. »Sie haben Jeta Seferi fünfzigtausend Euro überwiesen. Von Ihrem Privatkonto. Warum?«

David Kaltenberg verdrehte die Augen. »Mein Gott, was Sie alles wissen wollen. Auch davon hat meine Frau nicht den blassesten Schimmer. Jetas Bruder ist schwer an Leukämie erkrankt. Ich habe ihr das Geld geliehen, damit er in Deutschland behandelt werden kann.«

»Geliehen?«

»Jeta will es mir zurückzahlen, so haben wir es besprochen.«

Carla wusste nicht, ob sie Kaltenberg glauben sollte. Manchmal hatte sie ein sicheres Bauchgefühl, aber dieses Mal ließ es sie im Stich. Wenn er die Wahrheit sagte, die Ferienwohnung um drei Uhr morgens verlassen hatte und nach Hause gefahren war, dann musste Jeta Seferi an der Bushaltestelle einer weiteren Person begegnet sein. Ihrem Mörder?

***

Die Villa am Oberuckersee verbarg sich hinter einer hohen Mauer. Sie bestand aus zwei rechteckigen, versetzt übereinandergelegten Betonklötzen mit großen Fenstern. Eine Straßenlaterne warf ein funzeliges Licht auf ein modernes Eisentor, als Julia klingelte. Sie hatte soeben mit Carla telefoniert und vom Ergebnis der Befragung David Kaltenbergs erfahren. Auch hatte Carla erzählt, dass Maria Kaiser am Fundort von Jetas Ohrring nichts hatte wahrnehmen können. Inzwischen fragte sich auch Julia, was es mit den vermeintlichen außersinnlichen Fähigkeiten der Frau Kaiser auf sich hatte.

Ein Summer ertönte, und Julia schritt durch das Tor. Eine Treppe führte einen Hügel hinauf zu einer massiven Eingangstür, die von der Straße aus nicht zu sehen war. Der Vorgarten machte mit immergrünen Sträuchern, Koniferen und einem gemulchten Boden einen geleckten Eindruck.

Die Tür wurde von einer jungen, südländisch aussehenden Haushälterin geöffnet. Dem Namensschild an ihrer Brust zufolge kam sie aus einem spanischsprachigen Land. Sie hieß Rosario Martínez.

»Kriminalpolizei, ich müsste mit Frau Kaltenberg sprechen«, sagte Julia und hielt ihren Dienstausweis hoch.

Die Haushälterin musterte Julia mit einem herablassenden Blick. »Kommen Sie rein«, sagte sie kühl und mit Akzent.

Julia wurde in ein großes, mit modernen Möbeln ausgestattetes Büro geleitet. Es gab eine Sitzgarnitur aus rotem Leder, der Boden war mit heller Teppichware ausgelegt. Als Karin Kaltenberg eintrat, verbeugte sich Rosario und verließ den Raum, die Tür geräuschlos hinter sich schließend.

Karin Kaltenberg war eine schlanke, hochgewachsene Frau in einem beigefarbenen Kostüm und hochhackigen Schuhen. Sie trug fülliges, schulterlanges blondes Haar und schien um einiges älter zu sein als ihr Mann. Das dick aufgetragene Make-up sollte vermutlich die Falten verdecken.

Julia war nicht entgangen, dass sie von Karin Kaltenberg mit einem verächtlichen Blick bedacht worden war. Sie kannte diesen Blick. Er wurde von Menschen ausgesandt, die Schwarze nicht ausstehen konnten. Die Haushälterin schien offensichtlich auch dazuzugehören.

»*How can I help you?*«, fragte Frau Kaltenberg mit einer glasklaren, schneidenden Stimme und stellte sich hinter einen Schreibtisch.

Julia hatte keine Lust, auf die Provokation einzugehen. Manche redeten sie in Englisch an, in den meisten Fällen aus Unbeholfenheit, beim Bäcker oder an der Tankstelle zum Beispiel. Aber Karin Kaltenberg wollte offensichtlich ihr Missfallen über Julias Hautfarbe zum Ausdruck bringen. So, als wäre Julia eine Fremde, eine Verstoßene, die nicht das Recht hatte, in Deutschland zu leben.

»Kennen Sie eine Frau namens Jeta Seferi?«, fragte sie, ohne sich ihren Ärger anmerken zu lassen.

»Nein.«

»Sie arbeitet bei astrologia.tv. Als Moderatorin und Assistentin der Geschäftsführung.«

»Ich habe mit dem Sender nichts zu tun. Das regelt alles mein Mann. Was ist mit der Frau?«

»Sie wird vermisst.«

»Und was geht mich das an?«

Die emotionale Kälte, die Karin Kaltenberg ausstrahlte, war unangenehm und erzeugte noch mehr Ärger in Julia. »Es geht Sie insofern etwas an, als dass wir herausgefunden haben, dass Ihr Mann ein Verhältnis mit der Vermissten hat.«

Karin Kaltenberg schwieg, ihre Miene wirkte unberührt.

»Ihr Mann und Jeta Seferi haben die Nacht von Freitag auf Sonnabend vergangene Woche in einer Ferienwohnung in Petersdorf verbracht. Angeblich hat es Streit gegeben, sodass Ihr Mann die Wohnung um drei Uhr in der Früh verlassen hat. Danach ist Jeta Seferi verschwunden, spurlos.«

Karin Kaltenberg zog sich einen Drehstuhl heran und ließ sich sachte hineinsinken, aus ihrem Gesicht war die Farbe gewichen. »Ich bin sprachlos«, sagte sie und nahm eine steife Sitzhaltung ein, als wolle sie einen Rest Würde bewahren. »Haben Sie Beweise für Ihre Behauptung?«

emons: **Tel. 0221-56977-0 · info@emons-verlag.de**

☐ **Bitte senden Sie mir das aktuelle Verlagsprogramm zu**

☐ **Ich möchte den Newsletter von** emons: **per E-Mail erhalten**

☐ **Ich habe Interesse an Krimis aus folgender Region:**

f **Besuchen Sie uns auch auf www.facebook.com/EmonsVerlag**

Name

Straße

PLZ/Ort

E-Mail

emons: **verlag**
Cäcilienstraße 48

50667 Köln

Ich bin damit einverstanden, dass meine hier angeführten Daten zu dem folgenden Zweck »Versand von Kundenprospekt« erhoben, verarbeitet und genutzt sowie unter Umständen an unseren Dienstleister zum Versand des angeforderten Kundenprospektes weitergegeben bzw. übermittelt und dort ebenfalls zu dem folgenden Zweck »Versand von Kundenprospekt« verarbeitet und genutzt werden. Hier werden die Daten unmittelbar nach dem Versand gelöscht. Im Fall des Widerrufs werden mit dem Zugang meiner Widerrufserklärung meine Daten gelöscht.

08/2023

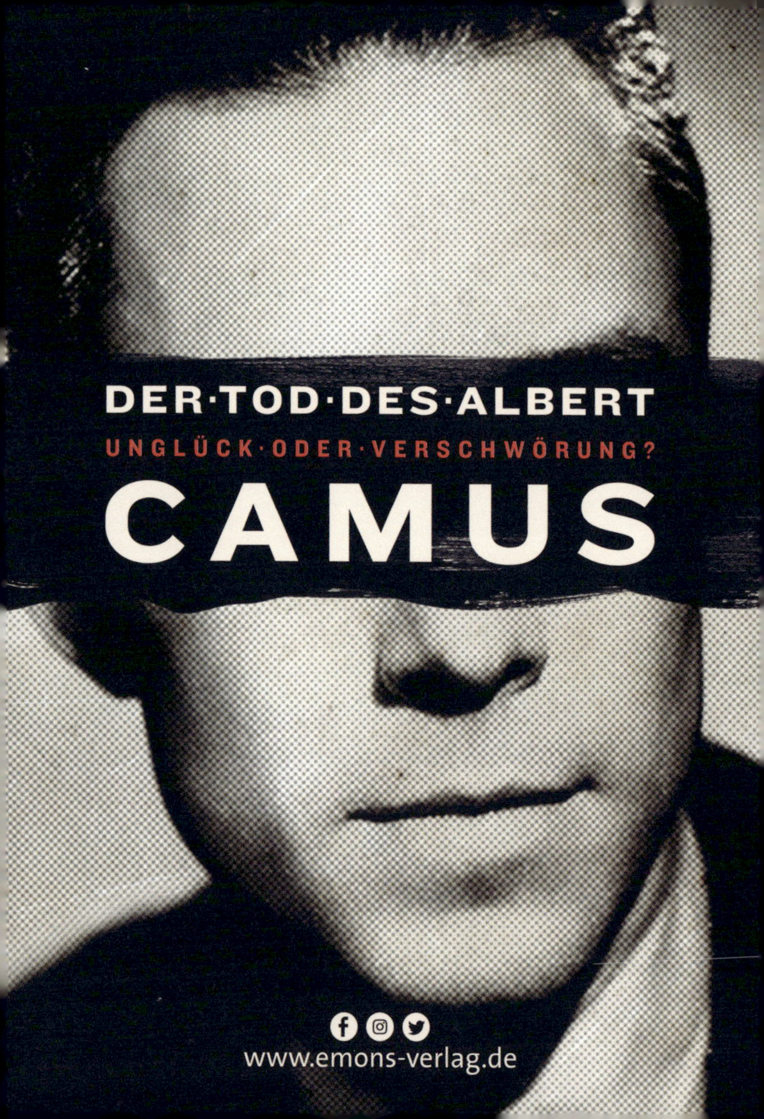
DER·TOD·DES·ALBERT
UNGLÜCK·ODER·VERSCHWÖRUNG?
CAMUS
www.emons-verlag.de

Julia verspürte nicht das geringste Mitgefühl, dazu war ihre Abneigung gegen die Frau zu groß. »Ihr Mann hat es uns gestanden, reicht Ihnen das?«

Karin Kaltenberg starrte Julia schweigend an.

»Außerdem hat er der Vermissten fünfzigtausend Euro überwiesen, von seinem privaten Konto. Das sagt ja auch einiges über die Beziehung der beiden aus. Wussten Sie davon?«

»Mein Gott, fünfzigtausend Euro! Warum?«

»Das soll er Ihnen selbst erklären. Also wussten Sie es, oder wussten Sie es nicht?«

»Nein, davon wusste ich nichts.«

Julia musste sich eingestehen, dass sie es genoss, Karin Kaltenberg verletzt zu erleben, so wie sie Julia behandelt hatte. Allerdings musste sie auch in Betracht ziehen, dass ihr die Frau etwas vorspielte. Denn wenn sie etwas mit Jeta Seferis Verschwinden zu tun hatte, dann würde sie wohl kaum zugeben, von der Affäre gewusst zu haben.

»Wo waren Sie am frühen Sonnabendmorgen?«, fragte Julia.

»Ich war geschäftlich in München, dafür gibt es Zeugen.«

Julia kannte das Alibi bereits, denn Carla hatte ihr am Telefon davon erzählt. Doch es entlastete Karin Kaltenberg nur bedingt. Wenn sie Jeta Seferi etwas angetan hatte, dann musste das nicht unbedingt persönlich geschehen sein. Julia schätzte sie so ein, dass sie sich nicht selbst die Hände schmutzig machte. Sie könnte jemanden beauftragt haben.

22

Weil Maik angeblich beim Zahnarzt gewesen war, musste er nach-arbeiten, denn es war so einiges an Aufträgen liegen geblieben. Er hockte im Hinterzimmer von Jonas Wächters Geschäft und repa-rierte einen Computer, der von einem Virus befallen war. Auch sein Chef war zugegen. Fett, wie er war, saß er neben Maik auf einem Drehhocker und starrte auf einen Monitor, während am Jeansbund die Poritze herauslugte und ein weißes T-Shirt seine Rollen betonte. Aus einem kleinen Radio, das auf der Küchenzeile stand, drang leise Popmusik, die jedoch kaum zu hören war, weil Wächter unentwegt in eine Chipstüte griff. Seine Ernährung war gelinde gesagt einseitig. Sie umfasste Döner, Currywurst, Pizza und ebendiese Chips, die zuhauf im Küchenschrank lagerten und von morgens bis abends verspeist wurden. Maik hätte sich am liebsten Stöpsel in die Ohren gesteckt, denn er verabscheute Essensgeräusche. Das krachende Kauen begleitete ihn während der gesamten Bürozeiten. Wächter war ein Grund mehr, die ver-deckte Ermittlung so bald wie möglich abzuschließen, vielleicht sogar der Hauptgrund, dachte Maik und musste schmunzeln.

Er hatte gerade die Boot-Funktion mit Hilfe eines Notfall-USB-Sticks wiederhergestellt, als die Türglocke läutete, weil jemand den Laden betrat. Es war bis zweiundzwanzig Uhr ge-öffnet, zwei Stunden mussten sie noch.

»Hey, Kevin, mach du mal«, sagte Wächter, und Maik stand auf und schlurfte nach vorne in den Kundenbereich, wo drei unangenehme Gestalten den Raum füllten. Es roch nach Lederja-cken und kaltem Zigarettenrauch. Ein Mann hatte ein tätowiertes Gesicht und trotz der abendlichen Uhrzeit eine Sonnenbrille auf, der andere trug längere Haare und sah ungepflegt aus, die dritte war eine dralle Frau mit langen blonden Locken und einem Nasenpiercing. Maik wurde es flau, er hatte kein gutes Gefühl bei den Leuten. Sie könnten geschickt worden sein, um ihn aus-zuspionieren oder auf die Probe zu stellen. Möglich war aber auch, dass er allmählich paranoid wurde, denn die Sache mit diesem Andy, bei dessen Verhaftung er dabei gewesen war, saß ihm noch immer in den Knochen.

»Was kann ich für euch tun?«, fragte er in lockerem Ton.

»Das Ding hat seinen Geist aufgegeben«, sagte die Frau mit kräftiger Stimme und zeigte auf einen Laptop, der auf dem Tresen lag.

»Was macht er denn für Zicken?«, fragte Maik und setzte sich mit dem Laptop hinter den Tresen, während sich die beiden anderen Typen im Laden umschauten. Bei dem Sonnenbebrillten stand auf der Rückseite seiner Lederjacke in altdeutschen Buchstaben »Deutschland«.

»Das scheiß Betriebssystem startet nicht«, sagte die Frau.

Maik schaltete den Computer ein, doch außer einem ständigen Klicken tat sich nichts, der Bildschirm blieb schwarz. »Habt ihr das Ladegerät dabei?«, fragte er.

»Nee, wieso?«

Maik hatte die Anweisung, keine Laptops ohne Ladegerät anzunehmen, aber weil er jeglichen Zoff mit den Leuten vermeiden wollte, beließ er es dabei. Die drei machten nicht gerade den Eindruck, als würden sie ein Nein gut wegstecken. »Ich schau mal rein«, sagte er und schraubte das Gehäuse auf, während die beiden anderen Männer im Laden umherwanderten. Sie versuchten auch, ins Hinterzimmer zu spähen.

»Wie habt ihr denn das hingekriegt?«, fragte Maik, nachdem er das Innenleben freigelegt hatte. Die Festplatte hatte in der Mitte einen Riss.

»Ist mir runtergefallen«, sagte die Frau, aber Maik spürte, dass es gelogen war. Wahrscheinlich hatte sie in einem Anfall von Jähzorn auf den Rechner gehauen. »Kann man die Daten irgendwie retten?«

»Nee, da ist Ende Gelände«, sagte Maik. »Wenn ihr Glück habt, hab ich drüben noch ’ne olle Festplatte. Die würd’s zur Not tun.«

»Fuck!«, brüllte die Frau und schlug mit der Faust auf den Tresen. »Na los, dann sieh nach.«

Maik ging ins Hinterzimmer, um nach einer gebrauchten Festplatte zu suchen. Sein Chef war nicht an seinem Platz, was bedeutete, dass er austreten war. Verdammt, dachte Maik, denn er hatte sein altes Siemens-Handy zum Aufladen in die Toilette gelegt. Wenn Wächter es finden und unter die Lupe nehmen sollte, könnte er bemerken, dass mit nur einer einzigen Rufnummer, nämlich der von Lydia, telefoniert wurde. Eigentlich hatte Maik es längst einstecken wollen, aber weil so viel los war, hatte er es vergessen.

Nachdem er eine Schublade durchwühlt und eine Festplatte gefunden hatte, setzte er sich zurück hinter den Tresen. »Damit müsste es wieder funktionieren«, sagte er und legte die Festplatte ein.

Er war gerade im Begriff, das Gehäuse anzuschrauben, als Wächter in den Ladenraum trat. »Hier, der Akku müsste längst voll sein«, sagte er und legte Maiks Siemens-Handy auf den Tresen.

»Hey, cool«, sagte die Frau und nahm das Handy in die Hand, während Wächter wieder im Hinterzimmer verschwand. »So 'n Ding hab ich ja Lichtjahre nicht gesehen.« Die anderen beiden kamen hinzu und stierten ebenfalls auf das Telefon.

Maik bemühte sich, ruhig zu bleiben. »Da hängen Erinnerungen dran«, sagte er und streckte seine Hand aus. »Her damit.«

»Krass, Digga!« Der Ungepflegte nahm das Telefon an sich und spielte auf den Tasten herum. »Wie cool ist das denn? Mein Alter hatte so 'n Teil.« Er musste an die Wahlwiederholung gekommen sein, denn ein Freizeichen ertönte. Kurz darauf meldete sich Lydia. »Maik?«

»Hey, Süße, hier ist der Maik«, sagte der Typ, und Gelächter erschallte.

Maik sprang auf und kam wie ein Torpedo hinter dem Tresen hervorgeschossen. »Her mit dem Ding!«, rief er und wollte dem Typen das Handy wegnehmen, doch der drehte sich weg. »Wie heißt du denn, meine Süße? Ey, komm, das ist voll ungerecht. Meinen Namen kennen, aber deinen nicht sagen.«

Maik versuchte, sich das Handy zurückzuholen, doch die

Leute warfen es sich gegenseitig zu, sodass er jedes Mal wie ein Idiot ins Leere sprang.

Schließlich kam Jonas Wächter dazu. »So, meine Herrschaften, aus die Maus jetzt!«, sagte er. »Das ist mein Geschäft, und ihr benehmt euch gefälligst.«

Die Frau gab Maik das Handy zurück. »Hier, bitte, *Maik*«, sagte sie, wobei sie den Namen ironisch betonte. »Nicht sauer sein, war nur ein Scherz.«

Maik steckte das Telefon in seine Hosentasche und setzte sich hinter den Tresen, um das Gehäuse festzuschrauben. Sein Herz schlug bis zum Hals, die Hände zitterten.

Als er am späten Abend die Haustür aufschloss, war er nervlich so fix und fertig, dass ihn nicht mal die Katzenpisse störte. Wahrscheinlich waren die Kunden im Laden harmlos gewesen, aber der Schock über das Erlebnis saß tief. Natürlich hatte sich Wächter darüber gewundert, dass Lydia »Maik« und nicht »Kevin« gesagt hatte, doch Maik hatte sich damit herausgeredet, dass die Männer wohl irgendeine Nummer gewählt hatten und die Frau am anderen Ende nicht geschnallt hatte, wer angerufen hatte. Es war ihm in der Eile nichts Besseres eingefallen, aber Wächter schien es geschluckt zu haben. Er hatte nur gesagt: »Ob Maik oder Kevin ist ja eigentlich auch egal, oder?« Es hatte ein Witz sein sollen, und Maik hatte sicherheitshalber gelacht.

Er zog seine Jacke aus und trug sie in sein Zimmer, damit sie den Gestank nicht so annahm. Dann warf er sich auf sein Bett und holte das Siemens-Handy aus der Hosentasche. Morgen in aller Früh würde er es zurück in den Wald bringen. Heute war es zu dunkel, um den richtigen Baum zu finden, außerdem war er hundemüde. Auch wenn es gegen alle Vorschrift und Vernunft war, wollte er schnell noch Lydia anrufen, um ihr die Situation von vorhin zu erklären.

Als er gerade die Nummer eingetippt hatte, schallte die Stimme seiner Vermieterin Frau Grimme durchs Haus. »Herr Hässler?«

Maik versteckte das Handy in Windeseile unter seinem Kopfkissen, da stand Frau Grimme auch schon in seinem Zimmer.

»Da sind Sie ja endlich«, sagte sie mit ihrer aufdringlichen Stimme. Sie war recht klein, aber füllig, und trug stets einen bunten Dederon-Kittel, auch um diese späte Uhrzeit. »Wo treiben Sie sich denn so spät noch rum!«

»Ich … ich war bei der Arbeit.«

»Zwei Männer waren hier. Sie haben Sie besuchen wollen.«

»Zwei Männer? Wer?«

Eine grau getigerte Katze schlich ins Zimmer. Sie sprang auf Maiks Bett, rollte sich am Fußende zusammen und gähnte genussvoll.

»Das weiß ich nicht, sie haben mir ihre Namen nicht gesagt. Der eine war etwas kleiner, der andere groß und kräftig. Wenn Sie die Katze stört, treten Sie sie in den Hintern.«

Der Typ mit der Blechstimme, dachte Maik, der andere könnte dieser Andy gewesen sein. »Was wollten sie?«

»Na ja, mit Ihnen sprechen wahrscheinlich, was sonst?«

»Natürlich. Vielen Dank fürs Bescheidgeben.«

Die Vermieterin wollte gerade wieder das Zimmer verlassen, als Maik ein Gedanke in den Kopf schoss, der ihn aufschrecken ließ. Ach du liebe Zeit, wie gut, dass er nicht mit Lydia telefoniert hatte!

»Warten Sie«, rief er, setzte sich auf und schwang die Beine aus dem Bett. »Sind die Männer gleich wieder gegangen?«

»Nee, sind sie nicht. Die haben hier bei Ihnen im Zimmer gewartet, etwa zwanzig Minuten. Dann sind sie weg.«

Maiks Verdacht bestätigte sich. »Sie waren bei mir im Zimmer, soso.«

»Stimmt etwas nicht?«

»Doch, alles gut. Man muss nur sehr vorsichtig sein heutzutage. Es laufen so viele böse Menschen herum.«

Frau Grimme schaute verdattert drein. »Ach ja? Von wem sprechen Sie?«

»Nun, ich denke da an die vielen Ausländer, die unser schönes Land bevölkern. Aber so, wie Sie die beiden Männer beschreiben, waren es ja wohl Deutsche.«

»Ja … Ich meine, sie sahen deutsch aus und hatten auch keinen

Akzent, wenn ich mich nicht täusche. Aber ich wusste gar nicht, dass Sie …«

»Nun ja, hier geschehen Dinge, von denen nur die Wenigsten etwas ahnen. Die einheimische Bevölkerung soll nach und nach ersetzt werden. Durch Ausländer. Ich bin richtig besorgt.«

Frau Grimme kräuselte die Stirn. »Was reden Sie da für ein dummes Zeug?«

Maik kreuzte unschuldig die Arme vor der Brust, die Katze glotzte ihn an. »Die Idee stammt nicht von mir. Die kritische Bevölkerung so wie Sie und ich soll zunehmend verschwinden. An unsere Stelle kommen Ausländer, also Araber, Inder, Türken und solches Gesindel. Ganz einfach, weil die leichter zu lenken sind. Ein perfider, aber äußerst wirkungsvoller Plan, das können Sie mir glauben. Wir müssen endlich anfangen, uns dagegen zu wehren.«

»Mein Gott, Herr Hässler, Sie machen mir ja richtig Angst. Nicht vor diesen Leuten, aber vor Ihrem Gequatsche.«

»Sie meinen, dass ich ausländerfeindlich bin? Oder verrückt? Gott bewahre! Ich weiß nur von Dingen, die vielen Menschen noch verborgen sind. *Noch*, wohlgemerkt.«

»Also ich muss jetzt ins Bett, es war ein langer Tag.«

»Wissen Sie, wer die Leute sind, die so was mit uns machen wollen? Geheime Mächte. Unsere Regierung, Leute aus der Industrie. Es gibt satanistische Kreise, die uns Weiße unfruchtbar machen wollen.«

»Um Gottes willen, Herr Hässler, jetzt reicht es aber wirklich. So einen Unsinn höre ich mir nicht länger an. Wenn Sie jetzt nicht sofort die Klappe halten, ruf ich den Rettungsdienst.«

Die Katze sprang vom Bett und flitzte aus dem Zimmer. Sie schien die angespannte Stimmung zu spüren.

»Wenn wir die Leute kennen würden, könnten wir aktiv gegen sie vorgehen. Aber wir kennen sie nicht. Es kann jeder da oben sein.«

Es war Maik höchst unangenehm, dass er sich vor seiner Vermieterin in einem solchen Licht zeigen musste. Aber er hatte keine andere Wahl, wenn er an die Führungsebene herankommen wollte. Vielleicht war dies die Gelegenheit, ein für alle Mal Vertrauen zu schaffen.

Frau Grimme knallte wortlos die Tür zu. Wahrscheinlich war Maik ab sofort unten durch bei ihr. Hoffentlich warf sie ihn nicht hochkant raus, wenn sie über den Blödsinn, den er verzapft hatte, eine Nacht geschlafen hatte.

Er stand auf und begann, das Zimmer zu durchsuchen. Der Nachttisch, die kleine Lampe am Bett, die Schränke – er war sich sicher, dass hier irgendwo eine Wanze versteckt war.

23

Die Nacht war so finster, dass Jeta keinen Meter weit schauen konnte. Mit Gottes Hilfe hatte sie diesen Unterschlupf gefunden, eine winzige Hütte, die Wanderern einen geschützten Platz zum Rasten bot. Sie lag auf einer Bank, die aus einem simplen Brett bestand und von einer Wand zur anderen reichte. Es war zwar nicht sonderlich bequem, aber zumindest fror sie nicht und war vor dem Regen geschützt, der auf das Dach tropfte. Sie starrte in die Dunkelheit. Den Kopf hatte sie auf ihrem Arm abgelegt, und sie hatte sich mit ihrem Mantel zugedeckt. Das Herumlaufen erschöpfte sie, sie fühlte sich geschwächt, obwohl sie weder Hunger noch Durst verspürte.

Inzwischen war die Erinnerung fast vollständig zurückgekehrt, nur der Moment des Überfalls durch diesen Unbekannten und die Minuten danach waren ihr noch immer nicht zugänglich. Da sie jedoch lebte, musste es ihr auf eine wundersame Weise gelungen sein, dem Mann zu entkommen.

Mittlerweile hatte sie auch einen Verdacht, wer hinter ihrer Verfolgung stecken könnte. Karin Kaltenberg. Hatte sie Jetas Tod in Auftrag gegeben? Schließlich hatte sich Jeta auf ein gefährliches Spiel eingelassen, als sie fünfzigtausend Euro von der Kaltenberg gefordert hatte. Lange hatte sie überlegt, zur Polizei zu gehen, sich letztendlich aber für das Geld entschieden – auch wenn es ihren moralischen Grundsätzen widersprach, Menschen zu erpressen. Doch sie hatte es für Luan getan.

Gott hatte ihr diesen Weg gezeigt, nachdem sie für Luan gebetet hatte. Durch Gottes Hilfe hatte sie etwas mitbekommen, das sie nicht hätte mitbekommen dürfen, und so war sie in den Besitz des Geldes gelangt. Wahrscheinlich war es auch Gott zu verdanken, dass sie die Sache heil überstanden hatte und nicht irgendwo tot unter einer Laubdecke lag. Gott führte und schützte sie. Dass sie durch diesen Wald irrte, musste einen Sinn ergeben, auch wenn er sich ihr im Moment noch nicht erschloss. Alles, was Menschen taten und erlebten, wie sie dachten, fühlten und handelten, folgte einem tieferen Sinn, den Gott für sie auserwählt hatte. Nichts geschah durch Zufall. Das Leben sowie Zeitpunkt und Umstand eines jeden Todes verliefen nach Gottes Plan und dem Willen des Schicksals.

Sie spähte zum Eingang, einem schlichten Loch von der Größe einer Tür. Der Nebel hatte sich ein wenig gelichtet, am wolkenverhangenen Himmel zog der Mond vorüber.

Sie glaubte, ein Geräusch gehört zu haben, es hatte im Laub geraschelt. Der Regen hatte aufgehört, nur vereinzelt platschten Tropfen von den Bäumen auf das Hüttendach. Das Rascheln war nichts Ungewöhnliches, sie hatte es oft vernommen, seit sie in diesem Wald war. Vielleicht rührte es von Wildschweinen her, die ums Haus streunten, schließlich lebten die nachtaktiven Tiere zuhauf in Brandenburgs Wäldern.

Doch als es erneut raschelte, bekam es Jeta mit der Angst zu tun, denn sie glaubte, Schritte zu hören. Jemand schlich um ihre Hütte herum. Sie setzte sich auf und hielt sich eine Hand vor den Mund, um nicht unwillkürlich loszuschreien.

Was nun geschah, erzeugte eine solche Panik in ihr, dass sie am liebsten um Hilfe gerufen hätte. Vor dem Eingang flackerte das Licht einer Taschenlampe. Es zuckte nervös am Boden und an den Bäumen entlang. Jemand streifte um diese Hütte, mitten im Wald, mitten in der Nacht. Ihr Killer?

Sie saß in der Falle, es gab keine Möglichkeit des Entkommens. Wenn sie nach draußen lief, war sie ihm ausgeliefert. Er würde es sofort bemerken und war im Vorteil, weil er das Licht hatte. Blieb sie in der Hütte und fand er sie, war es für eine Flucht zu spät.

So leise wie möglich stand sie auf und zwängte sich unter die Bank, während sich die Schritte dem Eingang näherten. Wie gelähmt kauerte sie am Boden, als jemand im Türrahmen erschien und in die Hütte leuchtete. Der Strahl der Taschenlampe war so hell, dass sie ihre Hand vor die Augen halten musste, um nicht geblendet zu werden.

24

Es war mitten in der Nacht, als Carla aus dem Schlaf hochschreckte. Der Radiowecker zeigte zwei Uhr zehn an. Ohne sich an einen Traum erinnern zu können, hatte sie eine Heidenangst. Ein Schrei hallte noch in ihren Ohren, er musste von ihr gekommen sein. Sie hatte geträumt – und zwar schrecklich.

»Alles in Ordnung?«, nuschelte Kathrin, die auf der Seite lag und gerade aufgewacht zu sein schien. »Du hast so einen schrillen Laut von dir gegeben. Als hättest du einen Alptraum gehabt.«

Carla schwang die Beine aus dem Bett, während Bruno vom Fußende auf den Boden sprang. »Alles in Ordnung, schlaf weiter«, flüsterte sie und schlüpfte in ihre Hausschuhe. Ihr war nicht nach Reden zumute.

Nachdem sie sich den Bademantel übergeworfen hatte, schlurfte sie benommen die Treppe hinunter zur Küche, um sich einen Tee zu kochen, gefolgt von Bruno, der gemächlich hinterherkam. Der Wasserkocher rauschte, als sie versuchte, sich an ihren Traum zu erinnern. Was war nur mit ihr los? So voller Anspannung und latenter Angst kannte sie sich gar nicht. Es konnte nur mit Maria Kaisers Prophezeiung von Carlas Tod zusammenhängen. Doch warum beschäftigte sie das so sehr? Sie war viel zu bodenständig, pragmatisch und realistisch, um sich von einem solchen Blödsinn gefangen nehmen zu lassen. Niemand wusste, was morgen geschah, auch Maria Kaiser nicht.

Es ging Carla augenblicklich besser, als sie das heiße Wasser eingoss und die Tasse mit ihren kalten Händen umschloss. Die materielle Welt war die Wirklichkeit. Der Dampf, die Hitze, der würzige Geruch – das, was sie mit ihren fünf Sinnen wahrnehmen konnte, existierte. Alles andere war Spinnerei.

Sie ging mit der Tasse ins Wohnzimmer, wickelte sich in eine Wolldecke, setzte sich auf das Sofa und schaltete den Fernseher ein. Auf Programmplatz 78 war astrologia.tv gespeichert.

Kathrin hatte den Sender eingestellt, nachdem sie erfahren hatte, dass Carla dort ermittelte. Bislang hatte sich niemand in der Familie für esoterisches Fernsehen interessiert, obgleich es Kathrin bestimmt getan hätte, wenn sie gewusst hätte, dass ein solcher Sender existierte. Nun schaute sie sich andauernd solche Sendungen an.

Bruno hüpfte auf das Sofa und legte sich neben Carla, als der Fernseher anging und es augenblicklich heller im Raum wurde. Am Moderationstisch saß eine Frau mit rot gefärbten Haaren und einer giftgrünen Bluse. Sie hatte die Augen geschlossen, als meditiere sie, während vor ihr ein Kartenspiel verdeckt ausgebreitet war. Seichte Musik plätscherte, eine Rufnummer war eingeblendet. Der Laufleiste war zu entnehmen, dass die Sendung »Stille Runde« hieß und von Tilly Wiechert moderiert wurde. Carla kannte die Zeugin bisher nur dem Namen nach. Sie hatte in der Akte gelesen, dass sie Jeta Seferis Mitbewohnerin war, zudem hatte Julia über sie berichtet.

Die Minuten verrannen, ohne dass sich auf dem Bildschirm etwas tat. Tilly Wiechert atmete bedeutungsschwanger und mit ernstem Gesicht, als kommuniziere sie gedanklich mit Verstorbenen, dem Universum, dem lieben Gott oder wem auch immer. Auf der Laufleiste erschien:»Rufen Sie jetzt an!« Carla griff nach dem Festnetztelefon, das auf dem Couchtisch lag, und wählte die Nummer. Zuerst erklang ein Freizeichen, dann säuselte eine Frauenstimme:»Vielen Dank für Ihren Anruf. Leider hatten Sie dieses Mal kein Glück. Bitte versuchen Sie es erneut.«

Carla legte das Telefon neben sich auf das Sofa, als bald darauf Tilly Wiechert die Augen öffnete und konzentriert in die Kamera sah. »Jeden Moment kann jemand zu mir durchkommen«, sagte sie. »Also wählen Sie – jetzt! Der nächste Anrufer oder die nächste Anruferin hat die einzigartige Chance auf eine spirituelle Beratung. Sie kennen die Regeln? Ich lege Ihnen die Karten, ohne dass ich irgendetwas von Ihnen erfahre. Den Grund Ihres Anrufs sehe ich in den Karten. Also rufen Sie an!«

Carla kraulte Brunos Kopf, während sie an Julia dachte, die behauptet hatte, Tilly Wiechert hätte das zweite Gesicht. Doch

Carla bezweifelte es. Was auch immer nun geschah, es musste ein Trick dahinterstecken.

Es dauerte weitere Minuten, in denen Tilly Wiechert schweigend, aber aufmerksam in die Kamera schaute. »Ah, da habe ich jemanden in der Leitung«, sagte sie plötzlich. »Mit wem spreche ich? Hier ist die Tilly.«

Es knisterte in der Leitung.

»Hallo, Tilly. Hier ist der Sven.«

»Hallo, Sven. Schön, dass du es geschafft hast, bei mir durchzukommen. Hast du es schon lange probiert?«

»Etwa zehn Minuten.«

»Na siehst du, das ging ja fix. Ich lege dir jetzt die Karten, die mir zeigen, warum du angerufen hast. Bitte nur mit Ja oder Nein antworten, keine weiteren Informationen. Wollen wir loslegen?«

»Ja.«

Carla hörte heraus, dass die Stimme des Mannes noch recht jung klang, irgendwo zwischen zwanzig und vierzig.

Tilly mischte die Karten und legte sie aufgedeckt zu einem großflächigen Viereck aus. Es erschienen bunte, realistisch gemalte Motive, die von der Kamera eingefangen wurden. Carla erkannte Bäume, einen Sarg, ein Haus, auch einige Personen wie eine junge Frau, einen älteren Mann und einen Soldaten. Es wurde eingeblendet, dass Tilly mit den Kipper-Karten arbeitete, was auch immer das bedeutete.

»So, jetzt wollen wir mal sehen, was wir hier haben«, sagte sie und vertiefte sich in das Deck. »Ich sehe eine Reise.« Sie zeigte auf eine Karte mit einer davonfahrenden Kutsche. »Kann es sein, dass du gerne reist?«

»Nein.«

Tilly wirkte unbeeindruckt. »Nun gut, aber das kann ja noch kommen.«

Carla musste innerlich grinsen. Alles konnte noch kommen, wenn man nicht gerade auf dem Sterbebett lag.

Tilly ließ ihren Blick über das Deck schweifen. »Was haben wir denn hier? Du bist im Beruf selbstständig, richtig?«

»Nein.«

»Aber du hast einen Beruf, und arbeiten tust du auch …«

»Ja.«

»Hast du schon einmal überlegt, dich selbstständig zu machen?«

»Mal kurz vielleicht, aber nicht wirklich.«

»Kurz, na bitte, immerhin. Das sehe ich hier.«

Carla lachte unwillkürlich auf. Wie geschickt es Tilly doch drehte, dass ihre Antworten niemals als falsch interpretiert werden konnten.

»Aber ich sehe auch, dass dein Berufsleben stabil ist, richtig?«

»Ja.«

Das hätte Carla aufgrund der bisherigen Kommunikation auch schlussfolgern können.

»Dann lass uns mal schauen, wie es um die Liebe steht«, sagte Tilly und zeigte auf das Bild einer Frau, die vor einem Fenster saß und sich weinend ein Taschentuch an die Wange presste. »Irgendetwas bedrückt dich.«

»Ja.«

Carla dachte, dass vermutlich alle, die bei dem Sender anriefen, ein Problem hatten. Insofern war es nicht sonderlich überraschend, dass die letzte Aussage zutraf.

»Du hast vor Kurzem eine traurige Nachricht erhalten«, fuhr Tilly fort. »Einen Brief, eine E-Mail oder einen Anruf. Richtig?«

»Ja.«

»Und ich sehe hier, dass du dir Gedanken um jemanden machst. Du bist in Sorge. In großer Sorge.«

»Ja.«

»Dieser Jemand könnte eine weibliche Person sein.« Tilly zeigte auf eine Frau, die auf einer Karte dargestellt war. »Eine weibliche Person, die dir sehr nahesteht. Deine Frau, eine Geliebte, deine Mutter oder deine Schwester.«

»Ja.«

Tilly schloss die Augen und atmete tief, während sich Carla fragte, ob die Ratsuchenden ihr Anliegen bei der Regie nennen mussten, sodass die Moderation Bescheid wusste. So wie sie den Ort kannte, von wo aus angerufen wurde.

»Ich empfange gerade eine Menge Informationen«, flüsterte Tilly, ohne die Augen zu öffnen. »Einer weiblichen Person, die dir viel bedeutet, ist etwas zugestoßen. Und du fragst mich, wie es mit ihr weitergeht.«

»Ja.«

Tilly öffnete die Augen. »Ich glaube, dass ich ziemlich nah dran bin. Möchtest du mir sagen, warum du angerufen hast?«

»Meine Schwester ist vor drei Tagen mit dem Auto verunglückt«, sagte Sven mit brüchiger Stimme. »Ich will wissen, ob sie überlebt.«

»Das tut mir sehr leid«, sagte Tilly und betrachtete noch einmal das Kartendeck, während Carla einen Schwall von Mitgefühl für Sven empfand.

»Ich sehe hier, dass deine Schwester wieder gesund wird. Allerdings wird es eine Weile dauern. Du wirst dir noch eine Zeit lang Sorgen machen, aber spätestens in ein bis zwei Wochen wird sich ihr Zustand deutlich bessern.«

Carla musste sich eingestehen, dass sie verblüfft war. Tilly Wiechert hatte Svens Problem in den Karten erkannt. Allerdings war ihre zurückhaltende Fragetechnik so geschickt, dass sie den Anrufern über kurz oder lang jedes Anliegen aus der Nase ziehen konnte. Und doch beschlich Carla ein mulmiges Gefühl. Was, wenn es Menschen gab, die tatsächlich die Gabe hatten, Ereignisse intuitiv zu erahnen? Was, wenn nicht nur Tilly Wiechert, sondern auch Maria Kaiser diese Gabe besaß? Dann hatte Carla ein Problem.

Der Tee war nur noch lauwarm, als sie davon trank. Mit etwas Überwindung ließ sie sich auf das Gedankenspiel ein, Maria Kaisers Prophezeiung von Carlas Tod ernst zu nehmen. Doch es warf weitere Fragen auf. Stand die Zukunft fest, oder war sie veränderbar? Konnte Carla ihrem Schicksal entgehen, indem sie den Fall abgab? Oder erfüllte sich Marias Kaisers grässliche Prophezeiung, ganz gleich, welchen Weg sie einschlug? So wie es in der Ödipus-Sage geschah, als Laios, der König von Theben, und sein Sohn Ödipus versuchten, das Orakel von Delphi zu überlisten – mit dem Ergebnis, dass sich die Weissagungen erst recht erfüllten. Leonie hatte kürzlich eine Präsentation zu dem Thema halten müssen, und Carla hatte sie Korrektur gelesen. Es war eine faszinierende Geschichte.

Sie stand auf, die Grübelei machte sie verrückt. Bis zum Morgen blieben ihr noch einige Stunden. Zeit genug, um sich mit Hilfe einer leichten Schlaftablette auszuruhen.

Es war kurz nach elf am Vormittag, als Carla benommen und mit Kopfschmerzen in der Küche an ihrem Klapprechner saß. Die Schlaftablette hätte sie besser nicht schlucken sollen, sie vertrug das Zeug nicht. Eigentlich hätte sie längst im Büro sein wollen, aber die Nachricht, die sie in ihrem Fach im Intranet der Polizei gefunden hatte, war so interessant, dass sie beschlossen hatte, sich zu Hause damit zu beschäftigen. Weil Kathrin und die Kinder außer Haus waren, hatte sie genügend Ruhe, um sich den Text vorzunehmen. Es handelte sich um Jeta Seferis Tagebuch, das die Polizei unter ihrem Kopfkissen gefunden hatte. Da es in Albanisch geschrieben war, hatte es übersetzt werden müssen. Die Übersetzerin hatte zügig gearbeitet, vermutlich hatte sie eine Nachtschicht eingelegt. Carla beschloss, sich mit einem Essen zu bedanken.

Jeta hatte viel an Text produziert, aber sie hatte nicht oft geschrieben. Zwischen den Eintragungen lagen manchmal Wochen, manchmal Monate, und das Tagebuch wurde vor etwa vier Jahren begonnen, als Jeta noch in Albanien gelebt hatte. Ökonomischer wäre es sicherlich, wenn sich Carla mit den jüngsten Eintragungen befassen würde, zumindest mit solchen, die Jeta in ihrer Zeit in Deutschland verfasst hatte. Doch Carla wollte etwas über Jetas Geschichte erfahren, deshalb gönnte sie sich die Muße, das Tagebuch von Beginn an zu lesen – auch wenn sie darauf brannte zu erfahren, ob es eine Begegnung zwischen Jeta und Maria Kaiser gegeben hatte.

Jeta stammte aus den Bergen im Norden Albaniens, einer ärmlichen Gegend. Ihre Eltern waren Bauern, die Landwirtschaft zur Eigenversorgung betrieben. Seit der Tourismus in den letzten Jahren zugenommen hatte, verdienten sie sich ein wenig Geld dazu, indem sie Zimmer an Wanderer aus dem europäischen Ausland vermieteten, dennoch schien es finanziell hinten und vorne nicht zu reichen.

Die Familie hatte acht Kinder, von denen Jeta und ihr Zwillingsbruder Luan die ältesten waren. Vier ihrer Geschwister waren noch minderjährig und lebten bei den Eltern, die anderen gingen eigene Wege. Die tägliche Arbeit auf dem Hof war hart; sie bestand aus Feldarbeit und Viehhaltung. Jeden Tag mussten die Schafe auf die Weiden getrieben werden, die mitunter drei Stunden vom Hof entfernt lagen. Jeta hatte eine intensive, fast spirituelle Bindung zu den Tieren und behauptete, mit ihnen gedanklich kommunizieren zu können. Eine besondere Freundschaft verband sie mit ihrer Katze Kiti, die sie, abgesehen von Luan, am meisten vermisste, seit sie ihre Heimat verlassen hatte.

Luan und Jeta waren nacheinander nach Deutschland gegangen, um der Familie finanziell unter die Arme zu greifen. Zunächst hatte Luan eine Stelle in Fürstenberg bei einer IT-Firma gefunden, er hatte in Tirana Informatik studiert und Deutsch gelernt. Doch er hatte sich in Deutschland nie heimisch gefühlt, fand die Deutschen kühl und distanziert und war nach wenigen Monaten nach Albanien zurückgekehrt.

Jeta hingegen, die ihren Bruder gelegentlich besucht hatte, mochte das Land auf Anhieb, sodass sie beschlossen hatte zu bleiben. Sie hatte ein Zimmer bei Tilly Wiechert bezogen und war durch deren Vermittlung bei astrologia.tv untergekommen. Zwar hatte sie keine übernatürlichen Kräfte, so wie alle anderen beim Sender auch nicht, doch sie hatte eine Affinität zum Kartenlegen, das sie bereits als Kind praktiziert hatte.

Zwischen ihr und David Kaltenberg hatte sich vom ersten Moment an eine innige erotische Beziehung entsponnen. Auch wenn David, wie Jeta schrieb, in geschäftlicher Hinsicht ein »Arschloch« war, so hatte er doch auch eine liebevolle, fürsorgliche Seite, in die sich Jeta bald verliebt hatte. Er machte sie im Büro zu seiner rechten Hand und kreierte für sie »Jeta's Orakel«, das trotz der späten Sendezeit zu einem Quotenrenner wurde. Die Sendung stellte hohe Anforderungen an die Moderation, denn es galt, durch eine gezielte Fragetechnik in Verbindung mit der Fähigkeit, die Karten intuitiv zu deuten, den Grund der Anrufe herauszufinden. Es hatte weniger mit Hellsehen oder Wahrsagen zu tun als vielmehr mit einer Form der Lebensberatung, wobei die Regel galt, dass Ratsuchende niemals mit einer schlechten Prognose aus dem Gespräch entlassen werden durften.

Die Eintragungen der letzten Wochen befassten sich vor allem mit Luans Leukämieerkrankung. Jeta spielte mit dem Gedanken, nach Albanien zurückzukehren, um die letzte noch verbleibende Zeit mit ihrem Bruder zu verbringen.

Stutzig wurde Carla beim vorletzten Eintrag. Dort stand, dass Jeta eines Abends, als sie von der Bushaltestelle zur Wohnung ging, von einem Auto verfolgt wurde. Auch schrieb sie, dass sie dieses Auto schon häufiger bemerkt hatte und seit einiger Zeit glaubte, beschattet zu werden.

Erst im letzten Eintrag, der etwa einen Monat zurücklag, löste sich das Rätsel auf, denn Jeta hatte den Fahrer des Wagens erkannt. Carla klappte den Laptop zu, sie hatte genug gelesen. Es wurde Zeit, sich auf den Weg zu machen. Anscheinend hatte es eine Person bei den Befragungen nicht ganz so genau genommen mit der Wahrheit.

25

Karin Kaltenberg kam freiwillig ins Kommissariat, andernfalls hätte Carla sie mit einem Polizeiauto herbringen lassen. Ihre hochhackigen Schuhe klackerten auf dem Büroboden, als sie eintrat. Sie trug einen teuren beigefarbenen Trenchcoat mit Gürtel und tailliertem Schnitt. Mit ihren neunundvierzig Jahren hatte sie noch eine außergewöhnlich gute Figur.

»Wir kennen uns nicht, ich bin Kriminalhauptkommissarin Stach«, sagte Carla, die neben dem Schreibtisch stand und mit einer Geste andeutete, dass Karin Kaltenberg Platz nehmen möge. Die Verdächtige ließ sich auf einen Stuhl nieder und schlug die Beine übereinander; ihre Handtasche stellte sie am Boden ab.

Die Vernehmung sollte Julia leiten, weil sie bereits mit Karin Kaltenberg Kontakt gehabt hatte. Sie saß hinter dem Schreibtisch vor einer aufgeschlagenen Akte und wirkte auf Carla leicht nervös. Vermutlich fürchtete sie, einen Fehler oder es nicht gut genug zu machen, denn es war das erste Mal, dass sie in Carlas Beisein die Vernehmungsführung übernahm. Es war abgesprochen, dass Carla sich heraushielt und nur eingriff, wenn sie den Eindruck hatte, die Unterredung entwickle sich in eine falsche Richtung. Sie setzte sich ein wenig abseits in einen Drehsessel.

»Wir haben Sie kommen lassen, weil wir eine Ihrer Aussagen überprüfen wollen«, begann Julia das Gespräch. »Sie sagten, dass Sie nichts von dem Verhältnis zwischen Ihrem Mann und der vermissten Jeta Seferi wussten.«

Karin Kaltenberg zog eine Augenbraue hoch. »So? Was gibt es da zu überprüfen?«

»Wir wissen, dass das nicht stimmt«, sagte Julia, während Karin Kaltenberg den Blick senkte. »Sie waren sehr wohl im Bilde, und zwar seit einigen Wochen.«

»Das ist völliger Unsinn«, sagte Karin Kaltenberg mit gekräuselter Stirn zu Carla. »Ich habe davon erst durch Ihre Mitarbei-

terin erfahren. Wer auch immer das behauptet hat, hat gelogen.«
Bei »Mitarbeiterin« hatte sie Julia einen leicht abfälligen Blick
zugeworfen.

»Dann will ich etwas mehr ins Detail gehen«, sagte Julia und
beugte sich über die Akte. »Sie haben die vermisste Jeta Seferi
einige Male verfolgt. Und zwar immer nachts, wenn sie von
der Arbeit kam und nach Hause ging. Es hat keinen Zweck, es
abzustreiten. Sie sind dabei beobachtet worden.«

Dass die Information aus Jetas Tagebuch stammte, verschwieg
sie, weil die Verdächtige keine Gelegenheit haben sollte, sich
damit herauszureden, dass der Eintrag eine Lüge sei. Es blieb
zu hoffen, dass sie von sich aus gestand. Aber das tat sie nicht.

»Es muss sich um einen Irrtum handeln«, sagte Karin Kaltenberg zu Carla. »Warum hätte ich Jeta verfolgen sollen?«

Carla merkte Zorn in sich aufsteigen. Dass Karin Kaltenberg
fremdenfeindlich war, hatte sowohl Julia berichtet als auch Jeta
Seferi in ihrem Tagebuch geschrieben. Die Frau gab sich wenig
Mühe, es zu verbergen. Vermutlich sträubte sich alles in ihr,
Julia, eine Schwarze, als staatliche Autorität anzuerkennen.

»Sie könnten ihr aus Eifersucht nachgestellt haben, weil Sie
ahnten, dass Ihr Mann ein Verhältnis mit ihr hat«, sagte Julia
scheinbar unbeeindruckt von der Ignoranz der Verdächtigen
ihr gegenüber. »Sie wären nicht die Erste, die sich so verhält.«

Karin Kaltenberg starrte zu Boden, während sie nervös mit
dem übergeschlagenen Bein wippte.

»Es geht noch weiter«, sagte Julia. »Eines Nachts haben Sie
Frau Seferi vor ihrer Haustür abgefangen und ihr gedroht, dass
sie es bereuen würde, wenn sie sich weiterhin mit David Kaltenberg privat träfe. Sie sagten wörtlich: ›Dann bringe ich dich
um, du Zigeunerin.‹ Haben Sie das gesagt, oder haben Sie das
nicht gesagt?«

»Das habe ich nicht gesagt.«

»Wir haben aber eine Zeugenaussage, die genau das Gegenteil
belegt. Es wäre besser für Sie, wenn Sie kooperierten.«

Karin Kaltenberg zögerte einen Moment, dann blickte sie auf
und sah Carla an. »Also gut, ich wusste von der Affäre. Ich hatte

so eine Ahnung, weil David oft erst spät in der Nacht nach Hause kam und irgendwie verändert wirkte. Eines Abends bin ich zum Sender gefahren, habe mich vor dem Eingang postiert und gewartet. Als die beiden rauskamen, bin ich ihnen hinterhergelaufen und sah, wie sie in ein Restaurant gingen und miteinander turtelten. Natürlich habe ich David darauf angesprochen, aber er spielte es herunter und sagte, es sei nur eine flüchtige Affäre, nichts Ernstes. Ich spürte jedoch, dass das nicht stimmte. Also habe ich Jeta verfolgt. Ich wollte wissen, wer sie war, wollte mit ihr reden. Irgendwann habe ich mich überwunden und sie vor ihrer Haustür abgefangen. Da ist sie frech geworden, hat mich beschimpft und gesagt, dass David mich nicht mehr liebe und nur bliebe, weil er von mir abhängig sei. Ich solle ihn gehen lassen. Daraufhin habe ich ihr gedroht. Aber mit ihrem Verschwinden habe ich nichts zu tun, das müssen Sie mir glauben, Frau Stach.«

Carla hatte den Blick gesenkt, um der Frau nicht in die Augen sehen zu müssen. Es machte sie rasend wütend, mit welcher Unverschämtheit sie Julia links liegen ließ.

»Warum haben Sie uns das nicht alles schon vorher erzählt?«, fragte Julia.

»Weil ich nicht in die Sache hineingezogen werden wollte«, antwortete Karin Kaltenberg in Carlas Richtung. »Es könnte mir beruflich enorm schaden, wenn publik würde, dass ich in ein Verbrechen verwickelt sein könnte. Können Sie das nicht verstehen? Als David erzählte, dass Jeta vermisst wird und dass die Polizei ermittelt, haben er und ich beschlossen, mich da rauszuhalten. Außerdem habe ich ein Alibi. Dutzende Leute können bezeugen, dass ich die letzten Tage in München war.«

Carla nickte stumm. Sie hatten Karin Kaltenbergs Alibi längst überprüft. Ihre Angaben stimmten.

»Aber wie sind Sie denn mit Ihrem Mann verblieben?«, fragte Julia. »Ich meine, hat er die Affäre zu Jeta ihretwegen beendet?«

»Nein«, sagte Karin Kaltenberg und sah Julia ausnahmsweise an. »Er hat weitergemacht.« Es klang bitter.

»Dann müssen Sie eine enorme Wut auf Jeta Seferi haben.«

»Und auf meinen Mann.«

»Und die fünfzigtausend Euro? Wussten Sie davon?«

»Nein, davon habe ich nichts gewusst, wie ich es Ihnen bereits sagte.« Sie wandte sich wieder an Carla. »Frau Stach, bitte, Sie müssen mir glauben! Von … von dem Geld habe ich erst durch Ihre Mitarbeiterin erfahren. Selbst wenn, warum sollte ich es Ihnen verschweigen?« Sie schaute auf ihre Uhr. »Hören Sie, ich habe gleich einen wichtigen geschäftlichen Termin. Ich weiß, dass es mir nicht zusteht, das zu fragen, aber könnte ich bitte gehen?«

»Nein, das können Sie nicht!«, sagte Julia in einer Strenge, die Karin Kaltenberg erschrocken aufblicken ließ. »Sie gehen dann, wenn ich es Ihnen erlaube. Falls Sie es noch nicht bemerkt haben: Ich bin diejenige, die hier die Vernehmung leitet. Ich, Kommissarin Julia Engel. Und ich glaube Ihnen kein Wort. Es ist nur ein Gefühl, aber meistens liege ich richtig damit. Sie haben uns belogen, und das wird einen Grund haben. Ihr Alibi ist womöglich wertlos. Wer sagt denn, dass Sie sich persönlich die Hände schmutzig gemacht haben? Sie sind jemand, die andere für sich arbeiten lässt. Ich verspreche Ihnen, dass wir Sie nicht mehr aus den Augen lassen. Und sollte sich herausstellen, dass Sie irgendetwas mit dem Verschwinden Jeta Seferis zu tun haben, und sollte sich ebenfalls herausstellen, dass Jeta Seferi durch Ihr Mitwirken in irgendeiner Weise zu Schaden gekommen ist, dann werde ich Sie persönlich verhaften. Ich persönlich werde Ihnen die Handschellen anlegen, ich, Julia Engel. Und jetzt dürfen Sie gehen, weil ich es Ihnen erlaube.«

Karin Kaltenberg schaute völlig irritiert zu Carla, die lässig mit den Schultern zuckte.

Julia sprang auf, kam hinter ihrem Schreibtisch hervor, ging zur Tür und öffnete sie. »Raus mit Ihnen!«

Karin Kaltenberg erhob sich zögerlich, sah noch einmal verstört zu Carla, dann verließ sie lauten Schrittes das Büro.

»Puh.« Julia ließ sich gegen die Tür fallen, die sie hinter Karin Kaltenberg zugeworfen hatte, und sackte ein Stück in die Knie.

»Das hast du prima gemacht«, sagte Carla. »Ihr seid meine Lieblings-Knuddel-Kollegen, du und Maik.«

Julia lachte. »Ich wäre fast geplatzt.«

»Du bist geplatzt«, sagte Carla ebenfalls lachend. »Und das wurde auch Zeit.«

Sie setzten sich an den Besuchertisch, und Julia schenkte beiden ein Glas Mineralwasser ein. »Was machen wir denn jetzt?«, fragte sie.

»Ich treffe mich gleich mit Hallinger. Keine Ahnung, was er von mir will, aber er meinte, es sei wichtig. Ich hoffe nur, dass gesundheitlich bei ihm alles in Ordnung ist. Ruf du die Staatsanwältin an, sie soll uns einen richterlichen Beschluss besorgen. Ich will, dass der Telefon- und Mailverkehr der Kaltenberg untersucht wird. Aber erwarte nicht zu viel. Wenn sie einen Killer angeheuert hat, wird sie klug genug gewesen sein, es dezent zu machen.«

»Ist dir irgendwas bei der Vernehmung aufgefallen? Hat sie sich widersprochen oder sich anderweitig verdächtig verhalten?«

»Mir ist aufgefallen, dass du deine Sache gut gemacht hast.«

Julia schmunzelte. »Das meine ich nicht. Aber trotzdem danke.«

»Ja, in der Tat ist mir was aufgefallen. Die Kaltenberg hat sich ständig am rechten Ärmel gezogen. Zuerst dachte ich, aus Nervosität, doch dann habe ich erkennen können, dass sie am Unterarm eine Narbe hat.«

Julia runzelte die Stirn. »Sie hat eine Narbe? Aber warum sollen wir die nicht sehen? Aus Eitelkeit?«

»Eitelkeit wäre eine Möglichkeit. Es würde zu den Kilos an Make-up passen, mit dem sie ihre Falten zu verdecken versucht. Aber es könnte noch einen anderen, viel bedeutsameren Grund haben. Vielleicht verrät die Narbe etwas über sie, das sie verbergen will.«

»Was könnte das sein?«

»Keine Ahnung. Mein Gefühl sagt mir aber, dass wir in dieser Richtung suchen müssen. Schau doch mal, ob du im Internet Fotos von ihr findest.«

»Ich weiß nicht …« Julia wirkte skeptisch. »Ich hab das eben

nur so dahingesagt, dass ich glaube, sie hätte einen Killer engagiert. Weil sie mich so zornig gemacht hat.«

»Ich bin mir auch nicht sicher«, sagte Carla, nahm einen großen Schluck Wasser und stellte das Glas wieder ab. »Wir sollten
abwarten, was die Ermittlungen ergeben, und uns ansonsten
weiter um Maria Kaiser kümmern. Du legst doch immer so
großen Wert auf das Bauchgefühl. Bei der Kaiser spüre ich ganz
deutlich, dass sie was mit der Sache zu tun hat. Sie weiß mehr,
als sie vorgibt zu wissen. Darauf verwette ich Bruno, und das
will was heißen, wie du dir denken kannst.«

»Mir geht es inzwischen ähnlich«, sagte Julia und starrte auf
ihr Wasserglas, das sie gedankenverloren auf der Tischplatte hin-
und herdrehte.

26

Rolf Hallinger wohnte in Gottberg, einem Ortsteil von Märkisch Linden, etwa acht Kilometer westlich von Neuruppin. Der winzige Ort lag in einer sanft hügeligen Natur, die zur Ruppiner Platte gehörte und vor allem landwirtschaftlich genutzt wurde.

Als Carla in der Dorfstraße vor einem alten Brandenburger Landhaus parkte, war ihr ein wenig seltsam zumute. Sie war noch nie bei Hallinger zu Gast gewesen, auch hätte sie nicht vermutet, jemals dorthin eingeladen zu werden. Hallinger war eher zurückhaltend, was eine Vermischung von dienstlich und privat betraf, auch wenn sie eine Zeit lang nach dem Tod von Hallingers Frau einen intensiveren Kontakt gepflegt hatten. Es musste einen triftigen Grund geben, warum er sie hergebeten hatte, obwohl er wegen einer Krankschreibung nicht im Dienst war. Sie selbst wollte den Besuch nutzen, um sich Hallingers Rat im Fall von Maria Kaiser abzuholen. Vielleicht hatte er eine Idee, was hinter ihrer Prophezeiung stecken könnte, etwas, auf das sie noch nicht gekommen waren.

Das Haus machte einen gepflegten Eindruck, als sei es erst vor wenigen Jahren saniert worden, vermutlich noch vor dem Tod seiner Frau. Es war in einem warmen Weißton gestrichen und hatte ein rotes Ziegeldach, die Eingangstür und die alten Sprossenfenster hatte man aufgearbeitet. Zur Straße hin wuchs eine Reihe Buchen, unter denen eine Bank stand. Ein Rasen grenzte an die Straße. Das Anwesen wirkte ländlich idyllisch, trotz des trüben Wetters.

Carla wollte gerade klingeln, da öffnete Hallinger die Tür, er musste sie kommen gesehen haben. Auch wenn sein Zusammenbruch erst wenige Tage zurücklag, so bildete sich Carla ein, dass er an Gewicht verloren hatte, denn sein Gesicht war schmal und eingefallen. Er trug, für Carla ungewohnt, einen Pullover und Jeans. Sie sah ihn meistens mit Jackett und Hemd.

»Schön, dass Sie sich Zeit genommen haben«, sagte er und

führte sie in ein großes Wohnzimmer mit blankem Parkett und Biedermeiermöbeln. Strukturiert und konservativ – so hatte sich Carla die Einrichtung vorgestellt, und so passte es auch zu Hallingers Persönlichkeit. Eine Terrassentür führte zu einem riesigen Garten und einer wiesengrünen Landschaft.

Sie setzten sich an einen runden Tisch, der mit einem Kaffeeservice und einer Schale Kekse gedeckt war. Carla hatte noch nicht zu Mittag gegessen, deshalb war ihr nicht nach Gebäck zumute. Insgeheim hatte sie auf etwas Herzhaftes gehofft, aber es rührte sie auch, wie nett Hallinger alles hergerichtet hatte. Sogar eine Kerze brannte.

»Wie kommen Sie in Ihrem Fall voran?«, fragte er und schenkte Kaffee ein. »Ich war heute früh mal im Büro und habe in der Akte geblättert. Das Verschwinden der jungen Frau riecht ja stark nach einem Verbrechen.«

Carla fragte sich, ob sie eingeladen worden war, weil Hallinger über den Fall sprechen wollte, aber das konnte sie sich nicht vorstellen. Hallinger war niemand, der trotz Krankschreibung dem Zwang unterlag, arbeiten zu müssen. Warum hatte er sich überhaupt die Akte angesehen? Fiel ihm die Decke auf den Kopf?

»Ich wollte mich ablenken, deshalb war ich im Büro«, sagte er, als habe er Carlas Gedanken erahnt. »Bitte erzählen Sie mir von den Ermittlungen. Es interessiert mich brennend.«

Carla holte tief Luft, während sie Kondensmilch und reichlich Zucker in ihren Kaffee gab. Auf das Ablenken würde sie später zurückkommen.

»Also gut«, sagt sie und nippte an ihrem Kaffee. »Ja, wir gehen von einem Verbrechen aus. Bisher ist noch keine Leiche aufgetaucht, obwohl wir die Wälder um Petersdorf herum abgesucht haben. Allerdings ist das Gebiet riesig und die Möglichkeit, etwas zu übersehen, auch. Aber da ist noch etwas anderes, das nicht in der Akte steht und uns Kopfzerbrechen bereitet. Bei meinem Fest hat die Wirtin zu fortgeschrittener Stunde von ihren vermeintlich hellseherischen Fähigkeiten erzählt.«

»Sie ist als Hellseherin bekannt«, unterbrach Hallinger, und Carla wunderte sich, dass er davon wusste.

»Wie auch immer«, fuhr sie fort. »Jedenfalls sagte sie, dass sie von der Ermordung einer Frau geträumt hätte. Und jetzt halten Sie sich fest: Die Beschreibung, die sie von dem Mordopfer abgegeben hat, deckt sich exakt mit der vermissten Jeta Seferi. Insbesondere ein silberner Kreuz-Ohrring, den sie im Traum gesehen haben will und den wir an der Bushaltestelle gefunden haben. Jetzt sind Sie baff, was?«

Hallinger schien so perplex zu sein, dass er vergaß, seine Tasse, aus der er gerade noch getrunken hatte, abzustellen. »Nicht Ihr Ernst«, stieß er hervor.

Carla huschte ein Lächeln übers Gesicht. »Es freut mich, dass Sie auch so blöd dreinschauen, wie ich es getan habe. Wenn Sie meine Meinung wissen wollen: Es gibt nur eine Möglichkeit. Die Kaiser hat was mit dem Verschwinden Jeta Seferis zu tun. Allerdings haben wir im Augenblick noch keine Verbindung zwischen den beiden Frauen ermitteln können. Aber es muss diese Verbindung geben, dessen bin ich mir ganz sicher.«

Hallinger stellte seine Tasse und die Kanne ab. »Da ist noch eine zweite Möglichkeit«, sagte er.

»Welche?«

»Dass Frau Kaiser wirklich einen Mord vorhergesehen hat.«

Carla wandte sich ab, sie wollte nicht schon wieder in diese Diskussion einsteigen. Dass sie die Augen nicht verdrehte, war nur der Höflichkeit geschuldet. Außerdem hätte sie niemals gedacht, dass Hallinger an paranormale Dinge glaubte, dieser stattliche, bodenständige und zuweilen auch autoritäre Dezernatsleiter.

Sie steckte sich einen Keks in den Mund.

»Nun regen Sie sich nicht gleich auf«, sagte Hallinger. »Sie müssen alle Möglichkeiten in Betracht ziehen, auch die ungewöhnlichen. Als junger Kommissar hatte ich mal mit einem Hellseher zu tun, der die Leiche eines vermissten Mädchens aufgespürt hat. Das war noch zu DDR-Zeiten. So haben wir den Täter dingfest machen können.«

Ein zweiter Keks landete in Carlas Mund. Das Kauen verschaffte ihr Gelegenheit, sich zu sammeln. Aber es gelang ihr nicht. Hallingers Worte brachten sie auf.

»Herr Hallinger, ich will mich nicht schon wieder mit Ihnen streiten. Aber Sie müssen zugeben, dass ich in den meisten Auseinandersetzungen zwischen uns beiden recht habe. Um genau zu sein: Ich habe immer recht, was jetzt nicht überheblich klingen soll.«

»Tut es aber.«

»Nun gut. Trotzdem hatte ich gehofft, dass Sie mit Ihrer Erfahrung und Ihrem Wissen etwas zu dem Fall beitragen könnten.«

Hallinger grinste, Carlas Antwort schien ihn zu belustigen. »Ich habe tatsächlich einen Impuls einzubringen«, sagte er. »Kooperieren Sie mit Frau Kaiser! Sie haben nichts zu verlieren, selbst wenn sie in den Fall verstrickt sein sollte.«

»Das haben wir versucht, aber sie war nicht in der Lage, etwas vorherzusehen. Wahrscheinlich kann sie es gar nicht.«

»Vielleicht fühlt sie sich von Ihnen unter Druck gesetzt …«

Carla schüttelte gereizt den Kopf. Es hatte keinen Zweck, weiter über den Fall zu sprechen.

»Themenwechsel. Warum wollten Sie mich treffen?«

Hallinger senkte den Blick. Er schien um die passenden Worte zu ringen. Etwas Schweres lag in der Luft.

»Im Krankenhaus haben sie herausgefunden, dass ich sehr krank bin«, sagte er nach einer Weile. »Eine Krebsgeschwulst im fortgeschrittenen Stadium. Die Prognose ist ungünstig, um es vorsichtig auszudrücken.«

Carla sackte das Blut aus dem Kopf. Sie hätte sich denken können, dass es nicht gut um Hallingers Gesundheit stand, schon als er ihr die Tür geöffnet hatte. Ihr Ärger auf ihn verflog augenblicklich und wich Sorge. »Wollen Sie konkreter werden?«, fragte sie matt.

»Ich habe einen Tumor. Er ist schon ziemlich groß, deshalb soll ich mich zuerst einer Chemo unterziehen, bevor ich operiert werden kann.«

»Und wann soll die Behandlung beginnen?« Vermutlich so schnell wie möglich.

»Gar nicht.«

»Was?«

»Jedenfalls nicht so, wie sich die Ärzte das vorstellen.«

»Ich verstehe nicht ...«

»Ich habe mich für eine alternativmedizinische Behandlung entschieden. In einer Klinik in der Eifel.«

»Wie bitte?«

»Die Hellmann-Klinik, falls Sie davon schon mal gehört haben. Professor Dr. Jens Hellmann ist ein angesehener Arzt. Er nimmt nur Patienten, die noch nicht schulmedizinisch behandelt wurden, weil dann die Chancen auf eine vollständige Heilung am besten sind.«

Carla war sprachlos. Sie wusste nicht, was ihr größere Sorgen bereitete, die schreckliche Diagnose oder Hallingers spinnerte Entscheidung, zu einem Quacksalber zu gehen. Kurz schoss ihr der Gedanke in den Kopf, ob er bereits Hirnmetastasen hatte und nicht mehr klar bei Verstand war.

»Wissen Ihre Kinder Bescheid?«, fragte sie.

Hallinger hatte keinen Kontakt zu seiner Tochter und seinem Sohn. Sie hießen Caroline und Christian, wenn sich Carla recht erinnerte, und waren über dreißig. Den Grund für den Beziehungsabbruch kannte sie nicht, sie wusste nur, dass es eine letzte Begegnung vor drei Jahren bei der Beerdigung von Hallingers Frau Ruth gegeben hatte. Sie war an Krebs gestorben. Hallinger war der Überzeugung, dass sie von Schulmedizinern falsch behandelt worden war. Vermutlich rührte daher sein Misstrauen.

»Nein. Ich scheue mich, die Kinder zu benachrichtigen, jetzt, da ich krank und bedürftig bin. Es könnte mir so ausgelegt werden, als würde ich die Krankheit vorschieben.«

Carla fühlte sich überfordert. Sie hatte das Gefühl, dass jemand Hallinger zurechtrücken musste. Aber sie hatte nicht die Macht dazu. Es musste eine Person sein, die ihm näherstand.

»Wollen Sie mir nicht erzählen, warum Sie keinen Kontakt mehr zu Ihren Kindern haben?«, fragte Carla. »Wir sprechen so oft über die Tatsache, aber nie über die Hintergründe.«

Hallinger überlegte. »Nein, das möchte ich nicht«, sagte er schließlich. »Ich habe Fehler gemacht, und ich schäme mich dafür.«

Carla musste plötzlich an Bruno denken, der im Auto lag und auf sie wartete. Von Bruno wiederum schweiften ihre Gedanken zu Maria Kaiser, die Bruno bei dem Fest auf ihren Schoß hatte springen lassen. Auch erinnerte sie sich, worüber sie an dem Abend gesprochen hatten, und erschrak.

»Was mit Ihrem Chef passiert ist, tut mir sehr leid«, sagte Maria Kaiser, wobei sie abwechselnd Carla und Julia anschaute. »Ich hoffe, dass er durchkommt.«

»Im Augenblick sieht es zumindest danach aus«, sagte Carla mit Blick zu Bruno.

»Es steht nicht gut um ihn«, sagte Maria und kraulte Brunos Kopf. »Sein Magen ist krank. Sorgen Sie dafür, dass er eine gute Behandlung erhält, sonst schafft er es nicht.«

Carla und Julia warfen sich einen verdutzten Blick zu. »Woher wissen Sie das?«, fragte Carla und runzelte die Stirn. »Kennen Sie und Herr Hallinger sich persönlich?«

»Nein, es ist nur so ein Gefühl«, sagte Maria Kaiser.

»Ist alles in Ordnung mit Ihnen?«, fragte Hallinger und blickte Carla argwöhnisch an. »Sie sehen aus, als sei Ihnen gerade ein Gespenst erschienen.«

Carla versuchte ein Lächeln. »Nein, alles in Ordnung, wirklich. Ich … ich rätsele nur gerade, wie ich Sie dazu bringen kann, sich vernünftig behandeln zu lassen. Ich meine, es … es wäre so traurig, wenn … wenn ich Sie verlieren würde.«

Carlas Augen wurden nass. Hatte Hallinger Magenkrebs? Sie holte ein Taschentuch hervor und schnäuzte hinein.

Hallinger nahm ihre Hand und drückte sie. Es fühlte sich gut, aber auch fremd an. »Es rührt mich, dass Sie sich um mich sorgen«, sagte er. »Aber meine Entscheidung steht fest.«

»Eine Frage noch, aber nur, wenn es für Sie in Ordnung ist. Mögen Sie mir sagen, was für einen Tumor Sie haben?«

»Natürlich«, sagte Hallinger und sah Carla liebevoll an. »Ich wüsste nicht, warum ich es Ihnen verschweigen sollte.«

27

Dr. Nehemie Nganga praktizierte als Allgemeinmediziner im Holländischen Viertel in Potsdam. Seine Praxis lag in einem wunderschön restaurierten zweigeschossigen Traufenhaus mit roten Ziegeln und schneeweiß gestrichenen Fenstern. Das ebenfalls weiße und prachtvolle Eingangsportal befand sich in der Mitte des Gebäudes und war mit tannengrünen Quadraten sowie allerhand barockem Schnörkel verziert.

Immer, wenn Julia ihren Vater besuchte, war sie von der Bauweise des Viertels fasziniert, und gewöhnlich nahm sie sich etwas Zeit, um die Architektur zu bewundern und sich vorzustellen, in einem der Häuser zu wohnen. An diesem Mittag jedoch, als sie vor der Praxis parkte, war sie mit ihren Gedanken woanders. Der Fall Jeta Seferi beschäftigte sie. Die verdächtige Karin Kaltenberg hatte zwar ein ernst zu nehmendes Motiv, doch Julia hatte inzwischen wie Carla Zweifel, ob nicht Maria Kaiser in den Fall verstrickt war. Es war verwirrend, dass sie weder am Fundort des Ohrrings noch bei Carlas verschwundenem Kater etwas hatte »sehen« können – ganz abgesehen von den negativen Bewertungen im Internet. Dennoch blieb es ein Rätsel, warum sie diese Prophezeiung ausgesprochen hatte, wenn sie sich womöglich selbst damit belastete. Julia hoffte, durch ihren Vater mehr Klarheit zu erhalten, denn wenn jemand mit dem Thema vertraut war, dann er.

Nieselregen wehte ihr ins Gesicht, als sie die Autotür zuwarf. Auf der Fahrt wäre sie fast taub geworden, weil Nehemie, der im Übrigen genauso hieß wie sein Großvater, und Rubens Sohn Joshua ihre Rap-Mucke in Clublautstärke aufgedreht hatten. Es dröhnte und hämmerte ihr noch immer in den Ohren. Nehemie hatte darauf bestanden, mitzukommen, weil er seinen Opa sehen wollte. Wenn es nach Julia gegangen wäre, hätte sie die beiden lieber zu Hause gelassen.

Die Praxis lag im Erdgeschoss in der Mittelstraße. Als sie den

Anmelderaum mit dem Wartebereich betraten, schlenderte ihnen Julias Vater mit einem erfreuten »Hallo!« entgegen. Er war mit einem Pullover und Jeans bekleidet, den weißen Kittel hatte er wegen der Mittagspause abgelegt.

»Opa!«, rief Nehemie und fiel seinem Großvater um den Hals. Die beiden waren in etwa gleich groß, denn Nehemie hatte sich im vergangenen Jahr rasant entwickelt und hätte auch als Sechzehnjähriger durchgehen können. Wie sein Großvater war er hochgewachsen, schlank und sportlich.

Joshua, der tatsächlich sechzehn Jahre alt war und bald siebzehn wurde, stand schüchtern daneben. Obwohl der Ältere von beiden, bewunderte er Nehemie für dessen machohaftes und zuweilen auch rabaukenhaftes Verhalten. Joshua selbst war ein in sich gekehrter, sensibler Junge, zart gebaut und mit einer braunen Hornbrille.

Nachdem Dr. Nganga Joshua mit Handschlag und Schulterklopfen und Julia mit einem Kuss auf die Wange begrüßt hatte, begaben sie sich in die Küche, wo Sushi bereitstand, das der Vater hatte kommen lassen.

»Ich freue mich, dich zu sehen«, flüsterte er und küsste Julia erneut, dieses Mal auf die Stirn. Sie und ihr Vater hatten eine enge Beziehung zueinander, sie war schon immer ein Papakind gewesen. Als sich die Eltern getrennt hatten – da war Julia elf Jahre alt gewesen –, hatte sie sehr unter dem Verlust ihres Vaters gelitten. Sie wäre am liebsten mit ihm mitgegangen, statt bei der Mutter zu bleiben, aber die Eltern hatten anders entschieden.

Nachdem alle Platz genommen hatten, holten die Jungs ihre Smartphones samt Headset hervor, um beim Essen zusammen zu spielen. Julia war es nur recht, denn so konnte sie in Ruhe mit ihrem Vater sprechen. Er saß ihr gegenüber und hatte einen Arm um Nehemie gelegt, der sich an ihn kuschelte.

»Wie geht es Mama?«, fragte er Julia.

Er erkundigte sich immer nach Julias Mutter. Obwohl er sich damals wegen einer anderen Frau, die er später geheiratet hatte und mit der er noch immer zusammen war, von ihr getrennt hatte, war seine Zuneigung zu ihr nie versiegt.

Julia zuckte mit den Schultern, denn sie hatte ihre Mutter seit zwei Wochen nicht gesprochen. »Ganz gut, glaube ich.«

Nehemie löste sich von seinem Großvater, und die Jungs begannen, auf ihren Smartphones zu daddeln. Nebenbei stopften sie sich Sushi in den Mund.

»Was beschäftigt dich?«, fragte Dr. Nganga. »Ich merke doch, dass dir irgendetwas im Kopf rumschwirrt.«

Julia erzählte in wenigen Worten von der Prophezeiung Maria Kaisers an Carlas Fest und dem Ohrring, den sie an der Bushaltestelle in Petersdorf gefunden hatten. »Ich will wissen, was du von der Sache hältst«, sagte sie. »Deshalb bin ich hier.«

»Eine verrückte Geschichte«, sagte ihr Vater und tippte sich lachend an die Stirn. Er stammte ursprünglich aus Angola und war in den 1980er Jahren als Vertragsarbeiter in die DDR gekommen, bevor er nach der Wende Medizin studiert hatte. Die Familie des Vaters war katholisch geprägt, allerdings vermischt mit einem traditionellen Glauben an eine Naturreligion. Er erzählte immer, dass der Tod eine Reise sei, bei der die Verstorbenen zu Geistern würden und die Vorfahren wiederträfen. »Wir leben sterbend und sterben lebend«, war sein Lieblingssatz, der Julia schon als Kind beeindruckt hatte. In gewisser Weise hatte es ihr die Angst vor dem Tod genommen, und sie war fest davon überzeugt, dass es ein Leben nach dem Leben gab – ein Ausdruck, der im Übrigen auch von ihrem Vater stammte.

»Carla und ich sind verdammt misstrauisch«, sagte sie, und ihr Vater nickte verständnisvoll. »Wir befürchten, dass die angebliche Hellseherin etwas mit dem Fall zu tun hat. Ihr Name ist Maria Kaiser. Hast du schon mal von ihr gehört?«

Dr. Nganga schüttelte den Kopf. »Nein, ich kenne sie nicht. Und ich finde auch, dass euer Misstrauen berechtigt ist. In der westlichen Welt haben die wenigsten derer, die es von sich behaupten, wirklich diese Gabe.«

Julia wusste, worauf ihr Vater anspielte. Er mochte es nicht, dass Hellseherei und Wahrsagerei von esoterischen Kreisen vereinnahmt und kommerziell vermarktet wurden. In Angola wie auch in anderen afrikanischen Ländern besaß Übersinnlichkeit einen hohen Stellenwert. Wahrsager waren spezialisierte Heiler, die mit Hilfe einer Verbindung zur Geisterwelt Kranke behandelten. Julias Urgroßvater war ein solcher Heiler gewesen, und ihr Vater hatte gerne und häufig von ihm gesprochen. Er hatte Julia den Unterschied zwischen Naturgeistern, die sich in Steinen, Flüssen und Tieren manifestierten, und menschlichen Geistern von Verstorbenen erklärt. Auch hatte er behauptet, dass manche Menschen von Geistern besessen waren.

Diese Themen hatten gelegentlich zu Streit zwischen den Eltern geführt, weil Julias Mutter, eine Augenärztin, durch und durch Schulmedizinerin war. Sie glaubte nur an die Existenz dessen, was sie mit ihren Sinnen wahrnehmen konnte und was wissenschaftlich erwiesen war. Weder war sie im religiösen Sinne gläubig, noch konnte sie etwas mit übersinnlichen Dingen anfangen. Ihre Sorge hatte den Kindern gegolten und dass der Vater ihnen Angst einjagen würde.

Julia musste zugeben, dass es ihr bei den Geschichten ihres Vaters häufig gegruselt hatte. Zugleich war sie von der Vorstellung, dass eine Welt jenseits der unsrigen existieren sollte, schon immer fasziniert gewesen. Auch hatte sie früh gemerkt, dass ihr Vater eine besondere Gabe besaß: Er konnte ahnen, was in Menschen vorging, ohne dass sie sich ihm offenbart hatten. Julia vermutete, dass er deshalb auch bei seinen Patienten so beliebt war. Er sagte ihnen auf den Kopf zu, was sie beschäftigte und welche Sorgen sie plagten. So fühlten sie sich verstanden und oft auch erleichtert. Wenn es Julia nicht gut ging, dann konnte sie sich darauf verlassen, dass schon bald ihr Handy klingelte und ihr Vater fragte: »Was belastet dich, mein Kind?« Es war wie verhext.

»Damit du verstehst, warum ich hier bin«, sagte sie und erzählte, dass Maria Kaiser weder an der Bushaltestelle in Petersdorf noch zu dem vermissten Kater eine brauchbare Aussage hatte treffen können. »Da kam einfach nichts«, sagte sie. »Kein bisschen hat sie gesehen.«

»Das heißt nicht unbedingt etwas. Die Fähigkeit, hellzusehen oder wahrzusagen, muss nicht zu jeder Zeit gleich ausgeprägt sein. Vielleicht war sie in keiner guten Verfassung oder anderweitig abgelenkt. Dass du und deine Kollegin so misstrauisch seid, könnte sie unbewusst unter Druck setzen.«

Dr. Nganga schloss die Augen und konzentrierte sich, während Nehemie und Joshua ganz in ihr Spiel vertieft waren. Sie bekamen von der Unterhaltung nichts mit.

»Ich spüre, dass ihr was überseht«, sagte Julias Vater nach einer Weile. »Die Dinge sind nicht so, wie sie scheinen.«

Julia horchte auf. »Was meinst du damit?«

»Ich kann es nicht konkretisieren. Es ist nur ein Gefühl.«

Julia bekam eine Gänsehaut, wie sie sie oft als Kind bei den Geschichten des Vaters bekommen hatte.

»Du solltest mit der Frau reden«, sagte er und öffnete die Augen. »Frage sie, was sie im Schilde führt.«

Julia stöhnte. »Wie stellst du dir das vor? Dass ich sage: Liebe Frau Kaiser, ich weiß nicht, ob ich Ihnen glauben soll … Bitte sagen Sie mir ganz ehrlich, ob Sie hellsehen können oder uns nur was vormachen. Vielleicht sind Sie ja in den Fall verwickelt. Nur raus mit der Sprache.«

Dr. Nganga schmunzelte, griff nach Julias Hand und hielt sie fest, es fühlte sich warm an. »Du darfst mich nicht so wörtlich nehmen«, sagte er. »Mach die Augen zu.«

Julia tat, wie ihr geheißen. Es war ein angenehmes Gefühl, und im Nu breitete sich eine innere Ruhe in ihr aus, alle Last fiel von ihr ab. Sie saßen eine Weile schweigend da, der Vater atmete tief, und Julia merkte, dass sie schläfrig wurde. Es fühlte sich wunderbar entspannt an.

»Gehe zu ihr«, sagte der Vater, »und dann frage sie, was du sie fragen willst.«

Julia verstand nicht so recht, wovon ihr Vater sprach, aber da hatte sie auch schon den Eindruck, in einen Strudel gezogen zu werden. Vor ihrem inneren Auge drehte es sich, und sie sauste wie in einer Achterbahn rückwärts in einen Sog, der so stark war, dass es keinen Sinn hatte, zu widerstehen oder dagegen anzukämpfen. Sie versuchte es gar nicht erst, ließ es geschehen und wurde in einer anderen Welt wieder ausgespuckt.

Diese andere Welt war Maria Kaisers Gasthof am See. Julia stand auf dem Parkplatz und sah sich um. Das trübe Wetter, die kahlen Bäume um sie herum, alles wirkte trostlos und verlassen. Es war eine unheimliche Stimmung, die über dem Anwesen lag, voller Trauer und Angst. Julia merkte es so unmittelbar und deutlich, wie sie es noch nie wahrgenommen hatte. Es war kaum auszuhalten.

Sie ging auf das Haus zu und fühlte sich leicht, fast als schwebte sie. Zugleich spürte sie die väterliche Hand, die einen warmen Energiestrom auf sie übertrug. Ihr war bewusst, dass sie in Wirklichkeit in der Praxisküche saß, und wie aus der Ferne bekam sie mit, dass Nehemie und Joshua spielten. Und doch war sie ganz in diese andere Welt eingetaucht; ihr Bewusstsein hatte die Fähigkeit, an beiden Orten gleichzeitig zu sein.

Die Tür zum Gasthof quietschte, als sie sie öffnete, und der Gastraum war leer. Es war totenstill, so als sei die Zeit stehen geblieben. Julia trat leise zu einem großen Fenster, das zum Parkplatz führte, und schaute hinaus. Ihr war kalt, sie verschränkte die Arme vor der Brust und schubberte sie. Warum war niemand hier? Wo waren Maria Kaiser und ihr Mann?

Als sie sich umdrehte, stieß sie einen lauten Schrei aus vor Schreck. Maria Kaiser kam auf sie zu, ihr Gesicht war verheult.

»Was ist hier los?«, rief Julia, aber Maria Kaiser antwortete nicht. Sie trat dicht an Julia heran.

»Was verheimlichen Sie uns?«, fragte Julia. »Bitte, Sie müssen mit mir reden!«

»Es tut mir leid, dass ich Sie so hintergehe«, sagte Maria Kaiser und berührte Julia mit zitternder Hand am Unterarm. »Aber glauben Sie mir, ich habe keine andere Wahl. Hinterfragen Sie es nicht weiter, Sie bringen uns nur in große Schwierigkeiten. Und bitte verraten Sie uns nicht, meinen Mann und mich. Bitte. Ich muss mich auf Sie verlassen können, sonst geschehen schreckliche Dinge. Kann ich mich auf Sie verlassen?«

Julia wusste nicht, was sie sagen sollte, sie war sprachlos.

Was waren das für schreckliche Dinge? Zugleich spürte sie die Anwesenheit einer weiteren Person. Da war noch jemand im Raum, jemand, den sie nicht sehen, aber spüren konnte. Wer war diese Person, und warum blieb sie Julia verborgen?

Sie wachte auf, indem sie die Augen aufriss und ihre Hand von der Hand ihres Vaters wegzog. Am Tisch war es still geworden, Nehemie und Joshua hatten ihr Headset abgenommen und starrten sie an.

»Alles okay, Mama?«, fragte Nehemie mit besorgter Stimme. »Du hast voll geschrien gerade.«

Julia musste sich ein paar Sekunden sammeln. »Ja … Es ist alles okay. Ich … ich war nur einen Moment weggetreten. Macht euch keine Sorgen, spielt ruhig weiter.« Sie versuchte zu lächeln.

Die Jungs setzten zögerlich ihre Kopfhörer wieder auf und daddelten erneut, während Dr. Nganga ernst dreinschaute.

»Was ist passiert?«, flüsterte er und sah Julia eindringlich an.

Dieses Mal war es Julia, die nach der Hand ihres Vaters griff. »Ich weiß es nicht, ich bin verwirrt. Frau Kaiser stand plötzlich vor mir und entschuldigte sich dafür, dass sie uns hintergehen würde. Sie bat mich eindringlich, sie und ihren Mann nicht zu verraten. Als belaste sie etwas, als habe sie vor etwas Angst. Was hat das alles zu bedeuten, Papa? Woher kommen diese Bilder?«

Julia war das Gespräch unheimlich. Sie würde nicht von sich behaupten, sonderlich spirituell zu sein. Jedoch anders als Carla, die die Welt rein rational betrachtete, glaubte Julia, dass es Dinge gab, die man sich wissenschaftlich nicht erklären konnte. Wie zum Beispiel die Homöopathie, mit der ihr Vater arbeitete, oder dass manche Menschen außersinnlich wahrnehmen konnten. Aber sie hatte auch die nüchtern-pragmatische Seite von ihrer Mutter geerbt. Und diese Seite rebellierte gegen das, was soeben geschehen war.

»Hab keine Furcht«, sagte Dr. Nganga und streichelte Julias Hand. »Es sind einfach nur Bilder, wie in einem Traum. Du hast einen Hinweis erhalten. Versuche, ihn zu verstehen, und dann nimm ihn ernst.«

Julia glaubte, die Botschaft zumindest in Teilen begriffen zu haben. Maria Kaiser und Milan Babic verheimlichten etwas vor der Polizei. Vielleicht wussten sie, was mit Jeta Seferi geschehen war, oder sie waren sogar selbst für ihr Verschwinden verantwortlich. Doch was war mit dieser Person, die Julia hatte spüren, aber nicht sehen können? Wer war noch im Raum gewesen?

28

Im Geschäft in Angermünde war es recht ruhig an diesem Tag, sodass Maik entschieden hatte, eine längere Mittagspause einzulegen. Er zog seine Jacke an, hängte ein Schild an die Tür: »Bin um 15 Uhr wieder da« und schloss von außen ab. Da sein Chef den ganzen Tag im Außendienst war, hoffte Maik, dass seine Abwesenheit nicht auffiel. In der Mittagszeit kamen ohnehin nur selten Kunden, der größte Andrang herrschte am Vormittag und am späten Nachmittag, wenn die Leute von der Arbeit zurück waren.

Er sprang in seinen BMW, der vor dem Laden parkte, und brauste los. Seine Laune war ausgezeichnet, denn es lief bestens. Dass die Hohlköpfe eine Wanze in der Deckenlampe seines Zimmers versteckt hatten, spielte ihm in die Karten, denn nun konnte er beweisen, dass er einer von ihnen war. Am Morgen hatte er Frau Grimme lautstark vor einer Ökodiktatur gewarnt, die von bösen Mächten gesteuert würde, ohne auszusparen, dass Umweltschutz auch Heimatschutz sei und vor allem die deutschen Wälder gerettet werden müssten. Die alte Frau hatte zunächst protestiert und ihn dann aus der Küche geworfen. Aber dass sie ihm kündigte, glaubte er nicht.

Nun galt es, Racko noch weiter auf seine Seite zu ziehen, denn er war der Schlüssel zur Führungsebene.

Nach zwanzig Minuten Fahrt erreichte er Gramzow, wo Racko bei seiner Mutter in einem kleinen Häuschen wohnte. In Gramzow war auch das Lokal, in dem es zu der zweifelhaften Schlägerei gekommen war. Maik hatte es Racko als Treffpunkt vorgeschlagen, denn schließlich hatten sie sich hier kennengelernt, wenn man es so nennen wollte.

Racko saß schon an einem Tisch, als Maik den Gastraum betrat.

Es herrschte die gleiche bedrückende Stimmung wie vor einigen Wochen. Sie waren die einzigen Gäste, es war totenstill, und der

Geruch von Bier hing in der Luft. Racko stand auf, und sie begrüßten sich, indem sie sich gegenseitig auf die Schultern klopften. Erneut hatte Maik den Eindruck, dass ihm Racko am liebsten in die Arme fiele, ja, er spürte sogar, dass sich Racko ein wenig in ihn verliebt hatte. Für die Ermittlung war es von höchstem Nutzen, solange er keine Annäherungsversuche startete, die Maik würde zurückweisen müssen – was wiederum zur Folge haben könnte, dass sich Racko zornig und voller Rachegedanken abwandte. Doch Maik machte sich darüber nicht allzu viel Sorgen, denn Racko gestand sich seine schwulen Gefühle nicht ein. Dafür war er zu rechtsgesinnt und traditionell männlich eingestellt.

Der Wirt kam und nahm die Bestellung auf. Racko orderte ein Schnitzel, Maik beließ es bei Gemüse mit Püree. Wegen des Essens war er ohnehin nicht hier.

»Dass ihr mir nicht wieder alles kurz und klein schlagt«, sagte der Wirt mit beleidigter Miene, und Maik bemerkte eine Lücke an der Wand, wo vorher der Vitrinenschrank mit dem Geschirr gestanden hatte. Auch die Anzahl an Gläsern über dem Tresen war reduziert. Sie hatten den Laden ziemlich auseinandergenommen.

»Schön, dich zu sehen«, sagte Maik, als der Wirt verschwunden war, und Racko griff nach Maiks Hand und drückte sie kurz, bevor er sie wieder losließ.

Maik hoffte, ihn in ein vertrauliches Gespräch verwickeln zu können, um ihn noch enger an sich zu binden. Einiges aus dessen Leben wusste er bereits aus den Polizeiakten, nämlich dass der Vater im Gefängnis gesessen hatte und die Mutter trank. Doch vielleicht gelang es ihm, diese Dinge persönlich von ihm zu erfahren.

Racko holte sein Smartphone aus der Tasche und tippte darauf herum. »Ich muss dir was zeigen«, sagte er. »Kennst du Ron Herzog?«

Maik hatte den Namen schon einmal gehört. Ron Herzog sang Mallorca-Schlager und landete den ein oder anderen Chart-Hit. Außerdem hing er Verschwörungstheorien an. Ein komischer Vogel war das.

Racko reichte das Smartphone über den Tisch, ein Video lief auf Telegram. Der Ton war leise, aber verständlich. Es war eine Nahaufnahme von Herzogs verquollen-faltigem Gesicht zu sehen. Tränen liefen seine Wangen hinunter, während er mit erstickter Stimme sprach: »Sorry, ich kann nicht reden … Bitte verzeiht mir, dass ich hier so rumheule. Aber was ich gesehen habe, ist so grausam … Es ist der blanke Horror. Sie … sie befreien Kinder von Pädophilen, und …« Herzog weinte bitterlich, es war kaum auszuhalten. »… und dann foltern sie sie und trinken ihr Blut. Nicht nur bei uns, was ja schon schlimm genug wäre … Nein, auf der ganzen Welt machen sie das. Und wisst ihr, warum? Weil da diese Droge drin ist, dieses Adrenochrom …«

Maik gab Racko das Handy zurück, er kannte die Problematik. Adrenochrom war ein Stoffwechselprodukt des Adrenalins und konnte chemisch hergestellt und ganz legal im Internet gekauft werden. Verschwörungsgläubige nutzten es für ihre Ideologien. Dass Kinder dafür geopfert wurden, war nicht nur unnötig, sondern blanker Unsinn.

»Es ist schrecklich, was sie den Kindern antun«, sagte Maik. »Ich frage mich, was das für Monster sind.«

Rackos Augen begannen zu funkeln vor Hass. »Wer die Monster sind, kann ich dir sagen. Reiche Alte, die durch das Annochrom, oder wie der Scheiß heißt, jünger werden wollen. Ich könnte die alle abknallen, Alter.«

»Die Frage ist, wie man an diese Leute rankommt.«

»Wie man an die rankommt? Ganz einfach, Alter. Die Politiker stecken mit denen unter einer Decke. Wir müssen nur einen von denen schnappen, dann haben wir den Richtigen.«

Der Wirt brachte zwei große Gläser Bier und stellte sie auf den Tisch. Sie prosteten sich zu und tranken. Maik fragte sich, ob die Organisation, in der Racko mitmachte, vorhatte, einen Politiker zu entführen.

»Gibt es den Plan, einen zu schnappen?«, fragte er. »Vielleicht kann ich helfen. Du musst mich nur mit den passenden Leuten bekannt machen.«

Racko fixierte ihn bohrend. »Meinst du, das verrat ich dir? Träum weiter! Ich weiß nämlich, dass du 'n Bulle bist.«

Maik sackte die Kinnlade herab, das Blut schoss in seinen Kopf.

»Wir haben dich beobachtet«, sagte Racko mit durchdringendem Blick. »Jetzt wissen wir alles über dich.«

Maik war stumm vor Entsetzen.

Sie saßen eine Weile schweigend da, bis Racko plötzlich losbrüllte vor Lachen. »War ein Scherz, Alter. Haha, dein Gesicht, voll geschockt, Alter.« Er wieherte durch das gesamte Lokal, während sich Maik mühsam ein Lächeln abquälte.

»Okay, Spaß beiseite«, sagte Racko, nachdem er sich wieder gefangen hatte. »Wir haben dich gecheckt, du bist clean. Aber wir müssen aufpassen. Gestern haben sie Andy gecasht. Du weißt schon, der, der dir mit dem Mini hinterhergedüst ist.«

Maik horchte auf. Ruben hatte ihn also tatsächlich aus dem Verkehr gezogen. Was für eine Erleichterung!

»Scheiße, Alter«, sagte Maik. »Was hat er angestellt?«

»Egal. Er weiß nichts, also kann er uns auch nicht gefährlich werden. Ich kann ihn eh nicht ab. Hast du 'ne Braut?«

Maik musste sich konzentrieren. Es waren so viele Themen auf einmal im Raum. »Zurzeit nicht, du?«

Racko lächelte schief und sah Maik mild, fast liebevoll an, ohne auf die Frage zu antworten.

»Ich weiß eigentlich gar nichts über dich«, sagte Maik. »Erzähl mal. Wie lebst du so, wer sind deine Eltern, hast du Geschwister?« Es waren die neuralgischen Punkte in Rackos Leben. Maik wollte ihn bei seinen Emotionen packen.

»Was soll die Fragerei?«

»Nur so. Du … du bist mir sympathisch. Da interessiert's mich halt, wie du so lebst.«

»Meine Alte sitzt bei Lidl an der Kasse. Ziemlich langweiliger Job.«

»Ah, und dein Alter?«

Rackos Augen verfinsterten sich. »Warum willst du das wissen?«

»Nur so. Mein Alter war voll der Aggrotyp. War im Bau, weil er einen Kumpel halb tot geschlagen hat, wegen ein paar Kröten. Ist ein Arschloch, wenn du mich fragst.«

Die Geschichte war gelogen. Maiks Vater war zu DDR-Zeiten Fabrikationsleiter beim VEB Dachziegelwerke in Bad Freienwalde und ein sanftmütiger Mensch. Vor etwa einem Jahr war er an Prostatakrebs gestorben. Der Verlust schmerzte Maik noch immer.

»Verstehe«, sagte Racko. »Mein Alter war auch aggro, er hat auch gesessen. Wo er jetzt ist, keine Ahnung. Vermissen tu ich ihn nicht.«

»Echt? Was hat er gemacht?«

»Themenwechsel.«

Maik wedelte beschwichtigend mit der Hand. »Okay, okay. Und Geschwister? Hast du Geschwister?«

»Themenwechsel.«

»Wie du meinst. Ich hatte mal einen jüngeren Bruder. Er ist früh gestorben, mit vier Jahren, angeblich durch einen Unfall. Es hieß, er sei vor ein Auto gerannt. Die Sache ist nie aufgeklärt worden.«

Auch das war gelogen. Sein Bruder hatte niemals einen Unfall gehabt, er war quietschfidel.

»Was glaubst du, was wirklich passiert ist?«, fragte Racko geheimnisvoll. Er wirkte plötzlich aufmerksam und interessiert.

Maik zuckte mit den Schultern. »Nichts Genaues weiß man nicht. Mein Alter ist ziemlich jähzornig. Meine Mutter meinte mal in einem Heulanfall, dass er meinen Bruder auf dem Gewissen hat.«

»Voll krass, Alter«, sagte Racko und bekam seinen Mund nicht mehr zu. »Da haben wir ja was gemeinsam.«

»Wieso?«

Der Wirt kam mit dem Essen herbeigeschlurft und stellte es vor sie beide auf den Tisch. Von den Tellern stieg Dampf auf, es roch würzig. Racko pickte eher, als dass er aß.

»Was haben wir gemeinsam?«, fragte Maik und steckte sich eine Gabel voller Kartoffelpüree in den Mund. Es schmeckte leicht versalzen.

Racko schob seinen Teller zur Seite. Seine Oberlippe zitterte. »Irgendwann kommt der Tag, da bring ich ihn um«, flüsterte er und lehnte sich zurück. »Ich schlag ihn tot. So wie er meinen kleinen Bruder totgeschlagen hat.«

»Was?« Maik spielte den Entsetzten, obwohl er die Geschichte aus den Akten kannte.

Racko stützte sich mit beiden Armen auf dem Tisch ab, das Gesicht in seinen Händen vergraben. Er schluchzte leise, die Schultern zuckten. »Timmy, meinen kleinen Bruder, ich hab ihn geliebt. Er hat ihn mit dem Kopf gegen die Wand …«

Maik legte die Gabel beiseite, die Situation rührte ihn mehr als gedacht. Racko tat ihm leid, und er schämte sich dafür, dass er diese traumatische Geschichte für seine verdeckte Ermittlung benutzte. Es war eine Tragödie gewesen, die sich damals in Rackos Familie abgespielt hatte. Racko war zehn Jahre alt gewesen, sein Bruder drei, als er vom Vater getötet wurde. Als Racko versucht hatte, ihm zu helfen, war der Vater auch auf ihn losgegangen und hatte ihm schwere Kopfverletzungen zugefügt. Die Mutter hatte nichts dagegen ausrichten können, weil sie stockbetrunken gewesen war.

»Hör zu«, sagte Maik und fasste Racko am Unterarm. »Wir müssen Leuten wie deinem Vater das Handwerk legen. All den Kindermördern und Politikern, die mit denen unter einer Decke stecken. Ich will euch helfen, aber ihr müsst mir auch die Chance dazu geben.«

Racko nahm die Hände vom Gesicht, seine Augen waren verweint. »Klar doch, Alter«, sagte er leise und schnäuzte in ein Taschentuch. »Du kriegst bald Besuch.«

29

Das Gespräch – oder sollte sie lieber sagen, die Sitzung? – mit ihrem Vater hatte Julia mitgenommen. Nicht nur gedanklich und emotional beschäftigte sie ihr Trance-Erlebnis, auch körperlich fühlte sie sich erschöpft. Sie war ungemein müde, und die Glieder schmerzten, als hätte sie zehn Stunden auf einer Baustelle geschuftet. Appetitlos pickte sie in einem Tomatensalat herum, während sich der Rest der Familie angeregt bei einem kalten Abendbrot unterhielt. Nehemie schwärmte Joshua wild gestikulierend von Kickboxen vor, und Ruben brachte den Vorschlag ein, dass Joshua doch mal mitgehen könne.

»Etwas Kampfsport tut dir bestimmt ganz gut«, sagte er, aber Joshua zog nur gelangweilt eine Schulter hoch.

Julia bemühte sich, der Unterhaltung zu folgen, um auf andere Gedanken zu kommen, und sie fand Joshuas Zartheit und Sensibilität äußerst angenehm und sympathisch. Jedoch ahnte sie auch, dass Ruben seinen Sohn lieber ein wenig taffer hätte.

»Ich glaube, Kampfsport ist nicht so dein Ding«, sagte sie zu Joshua. »Muss es auch nicht, oder? Du bist auch so ein cooler Typ.«

Joshua nickte lächelnd, als sei er froh, dass endlich einmal jemand für ihn Partei ergriff.

Ruben legte sein Brot ab und nahm Julias Hand. Er wollte ihr signalisieren, dass er ihre nachdenkliche Stimmung bemerkt hatte. »Wir reden gleich, okay?«, flüsterte er, und Julia erwiderte den Händedruck, obgleich sie nicht vorhatte, mit Ruben über ihr Erlebnis bei ihrem Vater zu sprechen. Rubens rationaler Blick auf die Welt täte ihr nicht gut. Es würde nur in einer zermürbenden Diskussion enden, und sie fühlte sich zu kraftlos, um gegen Ruben zu argumentieren.

Als der Tisch abgeräumt und die Jungs in ihren Zimmern verschwunden waren, ging Julia ins Schlafzimmer und ließ sich rücklings aufs Bett fallen, um sich ein wenig auszuruhen. Da es erst kurz nach neunzehn Uhr war, hatte sie nicht vor, bis zum nächsten Morgen durchzuschlafen. Eine Stunde war ausreichend und würde ihr guttun. Sie war gerade im Begriff wegzudösen, als Ruben mit zwei Gläsern Rotwein ins Zimmer schlich. »So kommst du mir nicht davon«, sagte er, stellte die Gläser auf den Nachttisch und beugte sich über sie, um sie zu küssen.

»Bitte nicht, ich bin zu erschossen«, sagte sie und drückte ihn weg. »Ein andermal.«

Ruben setzte sich neben sie aufs Bett und streichelte ihre Wangen. »Was ist mir dir?«, fragte er. »Du wirkst die ganze Zeit so bedrückt. Als beschäftige dich was.«

»Ich bin einfach nur megamäßig kaputt. Erzähle ich dir alles morgen.«

»Nein, jetzt. Bitte.« Dabei klimperte er kokettierend mit den Wimpern, sodass Julia lachen musste, obwohl sie es nicht wollte.

»Also gut«, sagte sie und schilderte mit wenigen Worten die Begegnung mit ihrem Vater, dass er sie in Trance versetzt und sie dabei die imaginäre Begegnung mit Maria Kaiser gehabt hatte. »Aber lass uns bitte nicht darüber diskutieren«, sagte sie. »Das ist mir heute Abend zu anstrengend. Ich weiß, dass du das alles spinnert findest.«

Ruben hob sein Glas und prostete Julia zu. Nachdem er getrunken hatte, legte er die Stirn in Falten. »Verstehe ich es richtig, dass du nun endlich auch der Ansicht bist, diese Kaiser sei in den Fall verwickelt?«

Julia glaubte, etwas in seinem Blick auszumachen, das ihr nicht wohlgesinnt war, als sei er auf Krawall gebürstet. »Ja.«

»Aber nicht, weil du es ermittelt hast, sondern weil du dich geistig mit ihr in Verbindung gesetzt hast, richtig?«

Julia stöhnte laut. »Bitte, Ruben, nicht jetzt. So wie du es sagst, klingt es, als hätte ich einen schizophrenen Schub gehabt.«

»Aber ich stelle nur fest.«

»Nein, ich höre doch deinen Unterton. Im Übrigen brauche ich dir nur in die Augen zu sehen. Die strotzen vor Skepsis, Verachtung und Überheblichkeit.«

Ruben stieß einen Lacher aus. »Um Gottes willen, das ist gar nicht meine Absicht. Mir will nur nicht einleuchten, dass du so arbeitest. Ich meine ... Zuerst glaubst du einer vermeintlichen Hellseherin, dann lässt du dich von so einer Art ... Voodoo-Spuk inspirieren. Das klingt alles irgendwie ... verrückt.«

Julia setzte sich auf. Sie war plötzlich hellwach. »Ruben! Ich will nicht, dass du so rassistisch daherredest. Voodoo ist eine westafrikanische Religion, die vor allem in Ghana, Benin, Togo und der Karibik praktiziert wird, das weißt du ganz genau. Wir haben oft darüber gesprochen. Und nur weil mein Vater schwarz ist, gibt dir das noch lange nicht das Recht, ihn mit Voodoo in Verbindung zu bringen. Ich darf dich daran erinnern, dass er aus Angola stammt, und das liegt ganz woanders. Also benimm dich bitte nicht wie ...« Sie wollte gerade sagen: wie ein alter weißer Mann. Aber sie schluckte es hinunter, denn es war genauso rassistisch wie jede andere Bemerkung, die sich auf die Hautfarbe bezog. Zum Glück schien es Ruben nicht bemerkt zu haben, denn er ging nicht auf den unvollendeten Satz ein, sondern stierte nachdenklich vor sich hin.

»Nun gut«, sagte er nach einer Weile, »das war blöd von mir. Aber du musst doch zugeben, dass dein Vater ein bisschen schräg ist. Das sagst du selbst ganz oft. Er behandelt mit Homöopathie, da ist nicht mal was Stoffliches drin. Nur noch der Geist der Pflanze, oder was auch immer da verwendet wird. Wie abgefahren ist das denn?«

»Du bist zu wenig vom Fach, um das beurteilen zu können. Mein Vater ist überzeugter Schulmediziner, setzt aber behandlungsbegleitend auch homöopathische Medikamente ein. Lass ihn doch, wenn er damit Erfolg hat. Warum musst du das so abwerten?«

»Es ist ein Placebo-Effekt, mehr nicht.«

»Woher willst du das wissen? Mir helfen bestimmte homöopathische Mittel auch, und ich verbiete dir, das herablassend als Placebo zu bezeichnen. Damit unterstellst du mir, manipulierbar zu sein. Was bildest du dir eigentlich ein, dich so zu erheben?«

»Das hat doch mit Erheben gar nichts zu tun. Ich orientiere mich nur an wissenschaftlichen Fakten.«

»Ruben, ich raste gleich aus. Jetzt komm mir nicht noch mit der Wissenschaft! Wenn du und deinesgleichen an Gott glaubt, dann stellt das niemand in Frage, auch die Wissenschaft nicht. Aber dein Gott ist auch nur ein Geist. Der ist genauso wenig stofflich wie Eisenhut in der Homöopathie oder die Erscheinung eines Verstorbenen bei einer spiritistischen Sitzung. Warum ist es in Ordnung, an Gott oder Allah zu glauben, nicht aber an eine andere höhere Macht? Warum sind Christen, Juden und Muslime Gläubige, deren Ansichten man zu respektieren hat, Esoteriker, Geistheiler oder Homöopathen aber alles durchgeknallte Idioten?«

Es machte Julia fuchsteufelswild, wie ignorant Ruben sein konnte.

»Ich finde, du übertreibst maßlos«, sagte er.

»Ach ja? Tue ich das? Mein Vater hat seine traditionelle Religion bewahrt – nach jahrhundertelanger christlich missionarischer Kolonisation. Wer sagt, dass seine Sicht falsch und die der portugiesischen Eroberer richtig ist? Darüber solltest du mal nachdenken.«

Julia verschränkte die Arme vor der Brust. Sie fühlte sich plötzlich um Jahre zurückversetzt zu den Streitereien ihrer Eltern, als wäre sie in einer Zeitmaschine gelandet. Es schwirrten die gleichen Vorwürfe und Unterstellungen wie damals durch den Raum. Was Ruben äußerte, hätte auch ihre Mutter sagen können, und Julia argumentierte wie ihr Vater.

»Bitte lass uns aufhören«, sagte sie. »Ich will mit dir nicht weiter darüber reden.«

»Es tut mir leid«, sagte Ruben und nahm ihre Hand, doch sie zog sie fort. Ihre Mutter hatte auch immer in versöhnender Absicht nach der Hand des Vaters gegriffen, aber ihre Einstellung überdacht hatte sie nie.

»Bitte lass mich allein«, sagte sie.

»Es tut mir wirklich leid.«

»Ich weiß. Aber geh bitte trotzdem.«

Ruben verließ geknickt das Zimmer. Es schmerzte sie, denn sein Fehlverhalten war ihm bestimmt nicht bewusst, aber sie konnte nicht anders. Er hatte sie in einem ganz persönlichen und intimen Aspekt abgewertet. Ihr Vater war ein Teil von ihr, und seine Geschichte war ihre Geschichte. Wenn Ruben schlecht über die Spiritualität ihres Vaters sprach, dann sprach er auch schlecht über sie. Zum ersten Mal fragte sie sich, ob es ihrem Vater damals im Streit mit ihrer Mutter ähnlich ergangen war, ob er sich genauso alleingelassen gefühlt hatte, wie sich Julia gerade fühlte. Es hatte immer geheißen, die Eltern hätten sich getrennt, weil die Mutter die Kinder mit ihrer Überfürsorglichkeit erdrückt und den Vater damit aus dem Haus getrieben hätte. Doch vielleicht war das nur ein Teil der Wahrheit. Vielleicht war die Liebe des Vaters versiegt, weil er in seiner Spiritualität von seiner Frau abgewertet worden war.

Julia wurde soeben bewusst, dass sich ihre Mutter und Ruben in einem entscheidenden Punkt ähnelten. Sie waren beide in ihrem rationalen Blick auf die Welt ignorant und überheblich.

***

Maik fasste sich an den Kopf, wie unachtsam er gewesen war. Er hatte vergessen, sein Handy zurück zum Baum zu bringen, es lag noch immer unter seinem Kopfkissen. Er schnappte sich seine Jacke, zog sie über und holte das Handy unter dem Kissen hervor. Ein kleiner Abendspaziergang würde ihm guttun, außerdem war es eine gute Gelegenheit, um Lydia anzurufen. Nachdem diese rechten Pöbler ihm das Telefon im Laden weggenommen hatten, hatte er sie nicht mehr gesprochen. Sie musste in großer Sorge um ihn sein, denn sie wusste noch nicht, dass sich die Situation in Wohlgefallen aufgelöst hatte.

Er schlich so leise wie möglich aus dem Haus, um Frau Grimme nicht über den Weg zu laufen. Er hatte keine Lust auf eine Unterhaltung mit ihr.

Der Wind blies ihm kühl ins Gesicht, die Laternen warfen ein schwaches Licht auf den Bürgersteig. Auf der Straße war nichts Verdächtiges zu sehen, kein Unbekannter und auch kein fremder Wagen, der mit ominösen Gestalten am Rand parkte.

Schnellen Schrittes eilte er die Dorfstraße hinunter und drehte sich ein paarmal um, doch niemand folgte ihm.

Als er den Wald erreichte, fragte er sich, ob er in der Lage wäre, den Baum zu finden, den er als Handyversteck nutzte. Es war so finster, dass er rein gar nichts sehen konnte. Er schaltete die Taschenlampe seines Smartphones ein und stakte durch Matsch und Pfützen immer geradeaus. Im Lichtkegel tauchten Bäume auf, die in die Höhe ragten, und allerhand vorbeihuschende Schatten, die durch das Licht erzeugt wurden. Es war beängstigend, ständig zuckte Maik zusammen, weil er glaubte, jemand lief neben ihm. Außerdem raschelte es überall, nachtaktive Tiere waren unterwegs, Wildschweine vermutlich, aber auch Füchse und Waschbären. Es schauderte ihn, so allein in diesem abgeschiedenen Wald zu sein.

Nach einer Weile und mehreren Abzweigen fand er endlich den Baum. Er holte das Handy aus seiner Jackentasche und wählte Lydias Nummer. Sie nahm das Gespräch sofort an.

»Ja?« So meldete sie sich sonst nie. Wahrscheinlich vermied sie es, ihren Namen zu nennen, weil sie nicht wusste, wer im Besitz des Handys war.

»Ich bin's«, sagte er gedämpft. »Keine Sorge, es ist alles okay.«

Lydia stieß einen erleichterten Seufzer aus. »Oh Gott, Maik! Was waren das für Leute? Ich bin fast verrückt geworden vor Sorge.«

Maik erzählte von den Rechten, die mit seinem Handy Späße getrieben hatten, außerdem von der Wanze, die in seinem Zimmer versteckt worden war. »Alles läuft perfekt«, sagte er. »Die wissen ja nicht, dass ich von der Wanze weiß. Jetzt kann ich mich so richtig in Szene setzen bei denen.«

»Maik, ich finde das alles überhaupt nicht witzig. Was glaubst du, wie das weitergehen soll? Wie lange soll ich das noch mitmachen? Ich hab eine Heidenangst um dich gehabt, weil irgendwelche fremden Männer dein Handy geklaut und dich obendrein mit deinem Klarnamen angesprochen haben.«

»Die Leute waren harmlos.«

»Mein Gott, woher soll ich das denn wissen? Ich hab dich

schon mit einer Kugel im Kopf irgendwo im Wald liegen sehen. Durchgedreht bin ich, verdammt noch mal.«

»Das tut mir leid«, sagte Maik. »Ich hätte mich früher bei dir melden sollen. Aber glaub mir, es dauert nicht mehr lang. Ich bin bald am Ziel.«

»Das sagst du die ganze Zeit, aber ich bin nicht bereit, das noch länger mitzumachen. Es gibt nämlich ein weiteres Problem: Anna und ich halten es hier in Rädikow nicht aus. Das Kind leidet unter der Trennung von den Mitschülern, außerdem kriegen wir in dem ollen Kasten den Rappel. Es ist feucht, kalt und müffelt. Zum Einkaufen muss ich kilometerweit fahren. Ich habe beschlossen, dass wir morgen in ein Hotel ziehen. Und zwar zurück nach Neuruppin, damit Anna wieder in ihre Schule gehen kann.«

Maik fühlte sich schuldig, schließlich war er es, der Lydia und die kleine Anna in diese Situation gebracht hatte. Aber er konnte jetzt nicht aufhören.

»Lydia, bitte, ich …«

»Nein, Maik. Ich geb dir noch zwei Tage, dann erwarte ich, dass du zurückkommst. Andernfalls war's das mit uns. Ich hab's Oberkante. Die letzten Tage waren einfach unerträglich. So was will ich nie wieder erleben.«

Maik stieg das Blut in den Kopf. Wenn Lydia einmal etwas androhte, zog sie es auch durch. Er wurde traurig, die Tränen schossen ihm in die Augen. Auch Lydia weinte, er hörte ihr Schluchzen.

»Dein letztes Wort?«, fragte er.

»Mein letztes Wort.«

Lydia drückte ihn weg, und er legte das Handy in den Baum zurück.

***

Es war eine spontane Entscheidung gewesen, im »Seeblick« zu Abend zu essen. Carla hatte es sich verdient. Nachdem der richterliche Beschluss zu Karin Kaltenberg vorgelegen hatte, hatten sie und einige Kollegen aus der Ermittlergruppe damit begonnen, ihre Kontakte zu überprüfen, Telefonverbindungen, Mails, Internetverhalten. Noch hatten sie nichts herausgefunden, aber sie standen ja auch gerade erst am Anfang.

Sie tupfte sich den Mund ab und warf die Serviette auf den Teller. Das Hirschgulasch hatte ausgezeichnet geschmeckt. Kein Wunder, dass das Lokal so gut besucht war. Sie winkte Tino zu, dass er einen Kaffee bringen möge, anschließend würde sie mit Bruno zu einem Spaziergang aufbrechen. Der Hund lag unter dem Tisch und schlief.

»War denn alles in Ordnung?«, fragte Tino mit einem charmant schiefen Lächeln, als er ein Kaffeegedeck auf den Tisch stellte und nach dem benutzten Teller griff, um ihn abzuräumen. Obwohl er eine Menge zu tun hatte und als einziger Kellner in einem voll besetzten Gastraum hin und her flitzte, blieb er freundlich und zugewandt.

»Vielen Dank, es war ausgezeichnet. Ist die Chefin heute nicht da?«

Carla hatte Maria Kaiser an diesem Abend noch nicht gesehen, bedauerlicherweise. Womöglich half sie in der Küche aus. Carla hätte sich gerne noch einmal mit ihr über Hallinger unterhalten, denn sein Magenkrebs war ein Indiz dafür, dass sie tatsächlich über eine außersinnliche Wahrnehmung verfügen könnte. Insgeheim kam Carla allmählich zu dem Schluss, enger mit Maria Kaiser zusammenarbeiten zu wollen, statt die Zeit damit zu vergeuden, sie misstrauisch zu beäugen. Carla war nicht wohl bei diesem Gedanken, denn er implizierte zugleich, dass sie in Gefahr schwebte. Außerdem wehrte sich noch immer ein Teil in ihr gegen die Annahme, es könne übersinnliche Dinge geben.

»Tut mir leid«, sagte Tino, »sie ist unterwegs. Kann ich was ausrichten?«

»Nein danke, ich zahl dann.« Carla schielte zum Tresen, wo Milan Babic Bier zapfte. Ihr war aufgefallen, dass er kurz angebunden gewesen war, als sie den Gastraum betreten und ihn begrüßt hatte. Er wirkte auf eine seltsame Weise distanziert, wie sie es noch nicht bei ihm erlebt hatte. Irgendetwas schien ihn zu beschäftigen.

Nachdem Tino die Rechnung gebracht und Carla ein ordentliches Trinkgeld hinterlassen hatte, stand sie auf und ging mit Bruno an der Leine zum Tresen.

»Ich habe gehört, dass Ihre Frau nicht da ist«, sagte sie zu Babic, der kurz nickte, während er den Zapfhahn bediente. »Sie möge sich bitte bei mir melden. Vielleicht möchte ich doch noch mal auf ihre Hilfe zurückkommen.«

»Ich richte es aus«, sagte Milan Babic und wandte sich wieder dem Bier zu, wobei Carla plötzlich glaubte, ein nervöses Zucken an seinem Lid beobachtet zu haben. Mit einem knappen Abschiedsgruß verließ sie das Lokal.

Die Luft war feucht und klar, als sie nach draußen trat. Die Außenbeleuchtung des Gasthofs erhellte den Parkplatz, wo Maria Kaisers Kangoo stand. Wenn sie unterwegs war, dann musste sie zu Fuß nach Neuglobsow gegangen sein – oder aber sie war noch im Haus.

Carla ließ Bruno von der Leine und schlenderte durch ein Waldstück Richtung Seeufer. Je weiter sie sich vom Gasthof entfernte, desto dunkler wurde es. Bruno schnüffelte den feuchten Boden ab und hob in kurzen Abständen sein Beinchen, während Carla einen Trampelpfad einschlug, die Leine um die Schultern gelegt und den Blick auf den See gerichtet.

Mit Ausnahme des kleinen Uferabschnitts bei Neuglobsow war der Große Stechlin von einem riesigen Waldgebiet umgeben. Es war ein Naturpark, durchzogen von Spazierwegen und wildwüchsigen Pfaden. Straßen gab es nicht, das Gebiet war äußerst abgelegen.

Sie drehte sich zum Gasthof um, wo der See im Licht des Hauses schimmerte, aber je weiter sie in die Ferne schaute, desto finsterer wurde es. Sie dachte an Hallinger, und der Gedanke erfüllte sie mit Sorge und Trauer. Dass ihr seine Krankheit so viel ausmachte, hätte sie nicht geglaubt. Auch wenn sie sich mit ihm mehr als mit jedem anderen Kollegen gefetzt hatte, so war doch eine Anziehung zwischen ihnen spürbar. Ja, sie mochte Hallinger, er war ihr sympathisch und vertraut. Er strahlte Ruhe, Dominanz und Warmherzigkeit aus, eine Mischung, die ihr gefiel. Gab es eine Möglichkeit, ihn zu einer vernünftigen Behandlung zu bewegen? Wahrscheinlich nicht, denn er war genauso stur wie sie. Wenn er sich einmal etwas in den Kopf gesetzt hatte, dann war es schwierig, wenn nicht gar unmöglich, ihn davon abzubringen.

Als Carla stehen blieb und erneut auf den See sah, fiel ihr in der Ferne ein flackerndes Licht auf, das von einer Taschenlampe herrührte. Es kam von einer Halbinsel, die in den See hineinragte und etwa einen halben Kilometer von Carla entfernt war. Was hatte jemand im Dunkeln in dieser Einsamkeit verloren? Es konnte sich nur um Spaziergänger handeln, die sich verlaufen hatten. Jedoch war die Richtung merkwürdig, in die sie gingen. Statt von der Halbinsel runter bewegte sich das Licht zur Spitze hin. Möglicherweise hatten die Leute kein Smartphone dabei, das ihnen den Weg hätte anzeigen können.

Carla verfolgte den zuckenden Strahl noch einige Minuten, dann erlosch er, und auf der anderen Seite war es wieder stockdunkel.

Weil ihr allmählich kalt wurde, machte sie sich mit Bruno auf den Weg zurück zum Auto.

30

Carla fiel auf, dass Julia mitgenommen aussah an diesem Vormittag. Um die Augen herum wirkte sie angespannt, das Gesicht war blass. Sie schien eine anstrengende Nacht hinter sich zu haben, schlaflos und mit düsteren Gedanken. Hatte sie Streit mit Ruben?

Sie hatten sich im Büro der Vermisstenstelle zusammengefunden, um das weitere Vorgehen zu besprechen. Julia hatte den Besuchertisch mit Kaffee, Keksen und einem kleinen Strauß Blumen nett hergerichtet, und sie hatten zu dritt Platz genommen. Dass Kriminaloberkommissar Uli Rösler zugegen war, obwohl er nur am Rande in die Ermittlungen eingebunden war, störte Carla nicht, ganz im Gegenteil. Jemand mit einem Außenblick konnte vielleicht hilfreich sein. Außerdem mochte sie Uli. Sie hatte es bedauert, dass er nicht zu ihrem Geburtstagsfest erschienen war, weil er zu seiner Tochter und deren Familie nach Wismar gereist war. Seinen Grund konnte sie gut nachvollziehen. Seit dem Unfalltod seiner Frau und seiner älteren Tochter vor vielen Jahren nutzte er jede Gelegenheit, um Zeit mit seiner Familie zu verbringen.

»Ich schlage vor, dass wir uns voll und ganz auf die Kaltenberg konzentrieren«, sagte Carla und zog ihre Füße unter dem schlafenden Bruno weg, der unter dem Tisch lag.

Julia schenkte allen Kaffee ein und schob die Schale mit Keksen in die Mitte des Tisches als Aufforderung, zuzugreifen. »Da bin ich anderer Meinung«, sagte sie. »Ich finde, wir sollten Maria Kaiser mehr in den Fokus nehmen.«

Uli brummte zustimmend, woraus Carla schloss, dass er und Julia bereits ausführlich über die Sache gesprochen hatten.

»Und woher rührt der plötzliche Sinneswandel?«, fragte Carla und nahm eine Handvoll Kekse. Sie waren mit Schokolade überzogen, lecker. »Du bist doch sonst immer so pro Kaiser eingestellt.«

»Nur so ein Gefühl. Wir sollten auf Nummer sicher gehen und sie observieren.«

»Observieren! Ach herrje! Hab ich was nicht mitbekommen?«

Uli mischte sich ein. »Die Frau sollte beschattet und ihr Umfeld durchleuchtet werden. Das mit der Vorhersage ist doch Unsinn! Wenn ihr wollt, helfe ich euch dabei.«

»Das Umfeld sollten wir so oder so mal unter die Lupe nehmen«, sagte Carla, die merkte, dass sie verwirrt war. Warum schwenkte Julia, die die ganze Zeit Maria Kaiser in die Ermittlungen einzubinden versucht hatte, plötzlich um? Was wusste sie, was Carla nicht wusste? Julia wich ihr aus, indem sie den Blick senkte. Was ging hier vor?

»Ich muss euch was im Vertrauen erzählen«, sagte Carla, »und ihr müsst mir versprechen, dass es nicht die Runde macht.« Nachdem beide genickt hatten, schilderte Carla ihren Besuch bei Hallinger. »Und stellt euch vor, er will sich nicht mal vernünftig behandeln lassen. Es ist genau so, wie Maria Kaiser es an meinem Geburtstag gesagt hat: ›Sorgen Sie dafür, dass er eine gute Behandlung erhält, sonst schafft er es nicht.‹ Deshalb bin ich eher der Ansicht, wir sollten sie noch mal für uns hellsehen lassen.«

Julia lehnte sich zurück und verschränkte die Arme vor der Brust, während Carla erneut in die Keksschale griff. Es war kaum noch etwas da, sie hatte alles allein gegessen.

»Mich überzeugt das mit Hallinger nicht«, sagte Julia. »Kurz bevor er auf deinem Fest zusammengeklappt ist, hat er sich die Hand an den Oberbauch gehalten, so als habe er an der Stelle starke Schmerzen. Als aufmerksame Beobachterin kann ich leicht zu dem Schluss kommen, dass etwas mit seinem Magen nicht stimmt. Und dass er nichts von der Schulmedizin hält, hat er irgendwann im Laufe des Nachmittags erzählt. Das wird die Kaiser mitgekriegt haben.«

Carla versuchte sich zu erinnern. Dass er sich an den Oberbauch gefasst hatte, war ihr nicht bewusst, aber es hätte gut so gewesen sein können. Von dem Gespräch über die Schulmedizin hatte sie nichts mitbekommen.

Ihr Smartphone vibrierte, und sie holte es aus der Hosentasche. Ein Name erschien auf dem Display, Maria Kaiser rief an. Carla nahm den Anruf entgegen, stellte den Lautsprecher an und legte das Telefon auf den Tisch, sodass alle mithören konnten.

Neuglobsow war ein hübscher Ort aus alten Brandenburger Landhäuschen, die zum Teil von ehemaligen Glasmachern stammten. Carla lenkte ihren Wagen im Schritttempo durch die engen Straßen. Es gab ein paar Hotels, Restaurants und ein nettes Bio-Café mit ausgezeichnetem Kuchen, von dem Carla auf dem Rückweg etwas mitnehmen würde. Am Ortsende fuhr sie auf einen unbefestigten Weg, der durch einen Wald zum Gasthof führte. Weil es merklich wärmer als an den Tagen zuvor war, hatte sich eine Dunstschicht auf dem See gebildet. Der Himmel war noch immer verhangen.

Carla war gespannt, was Maria Kaiser vorhatte. Angeblich hatte sie beim Aufstehen am Morgen gespürt, dass sie in einer guten Verfassung für eine Hellsehersitzung war. Allerdings fragte sich Carla, wie es möglich war, Termine mit Kunden zu vereinbaren, wenn die Hellseherei so stimmungsabhängig war. Es könnte eine Erklärung dafür sein, dass die Bewertungen so mau ausfielen.

Als sie ihr Auto auf dem Parkplatz abstellte, eilte ihr Maria Kaiser entgegen. »Schön, dass Sie kommen konnten«, sagte sie fröhlich und drückte Carla die Hand, nachdem sie ausgestiegen war. »Wir gehen am besten in meine Laube. Ich habe alles vorbereitet.«

Carla folgte Maria Kaiser in den Garten. Trotz der vermeintlich guten Laune hatte sie den Eindruck, als würde ihr etwas vorgespielt. Die Fröhlichkeit wirkte aufgesetzt und überdreht. Außerdem hatte Carla bei der Begrüßung einen feucht-kalten Händedruck bekommen. Wovor hatte Maria Kaiser Angst?

»Ich bin froh, dass ich der Polizei helfen kann«, sagte sie, als sie die Laube betraten. »Wissen Sie, es ist gar nicht so einfach, den richtigen Moment für eine Sitzung abzupassen. Manche meiner Kollegen sind rund um die Uhr für Eingebungen empfänglich,

ich bin da sensibler und störanfälliger. Aber heute müsste es klappen, da bin ich mir ganz sicher. Machen Sie es sich bequem, bitte.«

Carla setzte sich in einen Sessel. Auf dem Tisch brannte eine Kerze, auf einem Stövchen stand eine Kanne. Maria Kaiser nahm auf der Bank Platz und goss Tee in zwei Tassen.

»Ich erkläre Ihnen jetzt, was in der Sitzung geschieht«, sagte sie und schob Carla eine Tasse hin. »Ich werde mich in eine Art Trance begeben, sodass mir Bilder erscheinen. Diese Bilder haben etwas mit Ihnen, aber auch mit der vermissten Jeta Seferi zu tun. Mir ist natürlich bewusst, dass Sie gekommen sind, um Informationen über sie zu erhalten. Jedoch sind die Bilder nicht geordnet, sondern zuweilen wirr und unzusammenhängend, wie in einem Traum. Da ich mich im Wachzustand nicht mehr oder nur noch rudimentär an diese Bilder erinnern kann, ist es wichtig, dass Sie sich Notizen machen.«

Sie legte ihre Hand auf einen Schreibblock, der auf dem Tisch lag. »Sie können mir jederzeit Fragen stellen, wenn Sie das Gefühl haben, dass meine Aussagen abschweifen. Mit einem Teil meines Bewusstseins bleibe ich hier im Raum. Es werden alle möglichen Bilder auftauchen, nicht nur solche, die mit Jeta Seferi zu tun haben. Lassen Sie sich davon nicht beirren. Wenn ich wieder wach bin, können wir das Gesagte anhand Ihrer Notizen ausführlich besprechen. Fühlen Sie sich bereit?«

Carla war beeindruckt, wie professionell Maria Kaiser vorging, gar nicht wie eine Scharlatanin. »Ich bin bereit«, sagte sie. »Und danke, dass Sie sich die Zeit für uns nehmen.«

Maria Kaiser schloss die Augen und atmete tief, während Carla nach dem Block und einem Kugelschreiber griff. Die Minuten verstrichen, ohne dass etwas geschah, und Carla ließ ihren Blick über den See und die Halbinsel schweifen, wo sie am Vortag das Taschenlampenflackern gesehen hatte.

Maria Kaiser atmete lauter als zuvor. Sie schien eine Vision zu haben. »Es ist noch früh am Morgen, und ich sehe Bäume um mich herum. Nichts als Bäume, lauter Bäume. Ich bin in einem Wald.« Ihre Stimme klang seltsam heiser und tief, so, wie es Carla noch nie bei ihr vernommen hatte. Es folgte eine Pause, in der Maria Kaiser nur dasaß und hörbar atmete. Ihre Augen hatte sie geschlossen.

Carla spürte, dass ihr schaurig wurde, aber sie wusste den Grund dafür nicht. Es musste etwas mit den Bildern zu tun haben, die Maria Kaiser empfing.

»Ich laufe«, fuhr Maria Kaiser fort, »und ich habe Angst. Es ist so fremd um mich herum. Die Welt, in der ich mich befinde, ist fremd. Es macht mir Angst, große Angst. Beim Laufen muss ich aufpassen, nicht zu stolpern. Es wäre gefährlich zu stolpern, lebensgefährlich.«

Carla wollte mitschreiben, aber ihre Hände zitterten. Aus ihren Fingern rann Schweiß, der den Stift glitschig machte. Was war nur los mit ihr? Warum wurde sie so nervös?

Die Minuten verrannen, ohne dass Maria Kaiser etwas sagte, und Carla schloss ebenfalls die Augen, es beruhigte sie ein wenig.

Nach einer Weile begann Maria Kaiser, erneut zu sprechen. »Ich stehe an einer Bushaltestelle. Es ist dunkel, und mir ist kalt. Der Mantel, den ich trage, wärmt mich nicht. Die Kälte kommt von innen. Ich fühle mich einsam. Ein Mann geht mir durch den Kopf. Ich liebe ihn, aber ich bin mir nicht sicher, ob er mich auch liebt.«

Carla begann, mitzuschreiben. Die Details, die Maria Kaiser äußerte, waren zumindest interessant. Hatte David Kaltenberg Jeta genauso geliebt wie sie ihn? »Warum stehen Sie an dieser Bushaltestelle?«, fragte sie. »Wo kommen Sie her, wo wollen Sie hin?«

»Ich habe jemanden getroffen. Wir sind spazieren gegangen und haben uns gestritten. Er ist ohne mich von hier fortgefahren, deshalb stehe ich jetzt allein hier.«

Die Antwort überzeugte Carla nicht. Sie stimmte vielleicht im Kern, aber sie war zu allgemein gehalten. Warum wurde Maria Kaiser nicht konkreter? »Wo wollen Sie hin?«, wiederholte Carla ihre Frage.

»Da ist zu viel Verwirrung in mir. Ich spüre Trauer, eine tiefe Trauer, sie ist überwältigend. Ich … ich …«

Maria Kaiser weinte plötzlich, ihre Schultern zuckten.

Carla war verwirrt. Es wirkte tatsächlich so, als sei Maria Kaiser in tiefer Trance. »Was passiert an der Bushaltestelle?«, fragte sie.

Maria Kaiser wischte sich mit dem Arm die Tränen ab. »Ich warte und schaue die Landstraße hinunter, ob der Bus kommt. Es ist einsam um mich herum, kein Mensch ist in Sicht. Da taucht in der Ferne ein Auto auf. Ich sehe die Scheinwerfer. Als es näher kommt, erkenne ich, dass es ein großes weißes Auto ist. Ein Lieferwagen. Er drosselt das Tempo, fährt langsam an die Bushaltestelle heran. Ich spüre Angst, denn ich merke, dass Gefahr droht. Ich sehe mich um. Es ist niemand da, der mir helfen könnte. Ich bete zu Gott, er möge mir helfen. Gott hilft mir immer, wenn ich ihn brauche.«

Carla schrieb eifrig mit. Dass Jeta religiös war, konnte Maria Kaiser dem Tattoo und den Ohrringen entnehmen, dafür musste sie keine Hellseherin sein. Die Sache mit dem Lieferwagen war schon weitaus bemerkenswerter. »Erkennen Sie die Automarke oder ein Nummernschild?«, fragte sie, noch immer zutiefst skeptisch.

»Der Wagen ist weiß, ohne Aufschrift. Eine Automarke … Nein, ich sehe keine Automarke, auch kein Nummernschild … Doch, da ist ein Nummernschild, es beginnt mit B … Es ist ein Berliner Kennzeichen, aber mehr sehe ich nicht, nur dieses B. Der Wagen hält direkt vor mir. Zwei Männer sitzen darin, der auf der Beifahrerseite öffnet die Tür und springt raus.«

»Können Sie ihn beschreiben? Wie sieht er aus?«

»Er hat dunkle Haare, ist schlank, um die dreißig. Er kommt aus einem anderen Land, aus einem südlichen Land. Italien vielleicht oder Türkei, ich kann es nicht richtig sehen. Der Mann hinter dem Steuer kommt aus demselben Land. Er bleibt im Wagen, ich sehe ihn nur als Schatten. Sie kennen sich gut, sie … sie sind Brüder. Sie wollen mich mitnehmen, ich muss hier weg. Aber wo soll ich hin? Ich laufe, werde von hinten gepackt, schreie um Hilfe, wehre mich, kratze dem Mann durchs Gesicht. Er brüllt auf vor Schmerz. Ich kann mich befreien, renne …«

Maria Kaiser warf die Hände vors Gesicht. Es war ihr anzumerken, dass sie die Szene in allen Einzelheiten durchlebte. »Der andere Mann kommt dazu«, sagte sie aufgebracht und voller Panik. »Ich schaffe es nicht, sie sind stärker als ich. Sie zerren mich zu dem Lieferwagen, die Tür ist bereits offen, die Ladefläche mit alten Möbeln vollgestellt. Sie stoßen mich rein, und dann ist es dunkel um mich herum.«

Es war plötzlich still in der Laube. Maria Kaiser saß zusammengesackt da und atmete schwer. Diese Sitzungen mussten sie viel Kraft kosten. Carla hätte fragen können, wohin der Wagen fuhr, aber sie zog es vor zu schweigen, denn sie fühlte, dass Maria Kaiser noch nicht fertig war. Etwas ging in ihr vor.

»Ich bin in diesem Wald«, sagte sie. »Ich laufe um mein Leben. Sie verfolgen mich. Es sind viele Männer, sie haben Gewehre. Sie kommen näher, wo soll ich nur hin? Immer geradeaus, ich muss immer geradeaus. Der Boden ist uneben, voller Laub und Wurzeln. Ich muss höllisch aufpassen, darf nicht hinfallen.«

Carla spürte wieder diese Unruhe in sich aufsteigen. Ihre Finger begannen zu zittern. Es war ihr unmöglich zu schreiben, sie brachte nur noch ein unleserliches Gekritzel zu Papier.

»Es ist ein südliches Land. Ich befinde mich in einem südlichen Land. Es ist weit weg von uns, die Menschen sprechen eine Sprache, die ich nicht verstehe. Ich höre ihre Stimmen, sie rufen etwas, es sind Männerstimmen. Hunde bellen. Ich stürze, stehe auf, stürze erneut. Ich fühle, dass ich es nicht schaffe, aber sie dürfen mich nicht kriegen, ganz gleich, was geschieht. Wenn sie mich kriegen, bin ich verloren. Sie nähern sich. Die Hunde sind direkt hinter mir.«

Carla bekam kaum Luft. Ein Ring hatte sich um ihre Brust gelegt. Der Stift fiel zu Boden, das Papier flatterte hinterher. Das, was Maria Kaiser sah, betraf nicht mehr Jeta Seferi. Es betraf sie, Carla.

»Hören Sie auf!«, flüsterte sie, und ihre Kehle war wie zugeschnürt. »Halten Sie sofort Ihren Mund.«

Doch Maria Kaiser schien sie nicht zu wahrzunehmen. »Ich

liege am Boden, spüre Todesangst. Ein Gewehrlauf drückt sich in meinen Nacken.«

»Sie sollen aufhören!«

»Sie wollen mich erschießen. Ich höre, wie sie darüber sprechen, auch wenn ich ihre Sprache nicht verstehe, aber ich fühle ihre Worte. Es sind verächtliche, herablassende Worte. Sie lachen, einer wirft eine Kippe vor mein Gesicht. Dann kommt eine Wand, es wird alles schwarz um mich herum. Diese Wand, sie ist undurchdringlich.«

Carla rang nach Luft. Sie wollte am liebsten weglaufen, aber sie konnte nicht aufstehen. Sie war wie gelähmt, wie festgebunden auf ihrem Stuhl. Vor ihrem inneren Auge tauchten Bilder auf, Bilder, die sie glaubte, längst vergessen zu haben. Der Wald, die Hunde, die Männer, die Gewehre. Doch plötzlich erschien ein neues Bild, eines, das sie seit Langem verdrängt hatte. Es war ein Mann in Uniform, jemand, der etwas zu sagen hatte, ein Offizier. Er war um die fünfzig, hatte graue Haare und ein breites Gesicht mit einem kantigen Kinn. Carla kannte dieses Gesicht. Es jagte ihr große Angst ein. Sie hatte es vergessen, bis zu diesem Moment. Es war das erste Mal nach all den Jahren, dass sie hinter diese Wand schauen konnte, wenn auch nur für den Bruchteil einer Sekunde. Doch sie wollte es nicht, etwas in ihr wehrte sich dagegen. Diese Wand schützte sie, und es war richtig, dass es sie gab.

»Hören Sie sofort auf«, sagte sie. »Ich will, dass Sie sofort aufhören!«

Maria Kaiser nahm ein paar tiefe Atemzüge. Dann öffnete sie die Augen und lächelte Carla an.

31

Am späten Mittag hielt ein Polizeiauto vor Kathrins Bioladen in Linum an. Auf dem Beifahrersitz saß Carla, die nach der Sitzung mit Maria Kaiser derart angeschlagen war, dass sie nicht mehr in der Lage gewesen war, selbst zu fahren. Die Konfrontation mit ihrem Trauma hatte sie zu sehr belastet. Dass ihr das Gesicht dieses Offiziers wieder in den Kopf gekommen war, machte ihr Angst. Bisher hatte sie die Geschehnisse, nachdem die Soldaten sie überwältigt hatten, erfolgreich verdrängt, und es ging ihr gut damit. Dass dieser Offizier nun vor ihrem inneren Auge aufgetaucht war, bedeutete, dass die Erinnerung jederzeit zurückkommen konnte. Es riss alte, längst verheilt geglaubte Wunden wieder auf. Aber war sie darauf vorbereitet? Wollte sie das?

Schupo Henri Pöhl war so freundlich gewesen, sie vom Gasthof abzuholen. Er hatte so viel und vor allem so laut geredet, dass Carla unweigerlich auf andere Gedanken gekommen war. Sie war nun bestens über die Sorgen und Nöte der Familie Pöhl informiert. Dass die Schwester eine Ruine nahe Fehrbellin gekauft hatte, die nicht mehr zu sanieren war, die Mutter sich nach dreißig Jahren Ehe mit einem Lover aus dem Staub gemacht und der Vater vor lauter Frust das Haus lila gestrichen hatte, woraufhin er im Dorf gemobbt wurde. Als sie ausstieg, ging es ihr schon wieder ein bisschen besser, auch wenn es in ihrem linken Ohr permanent rauschte.

»Vielen Dank, Herr Pöhl«, sagte sie und schlug die Tür zu, nachdem sie Bruno vom Rücksitz hatte rausspringen lassen. Ihr eigener Wagen wurde gerade wenige Meter entfernt vor ihrem Haus geparkt. Eine Kollegin Pöhls hatte ihn hergebracht.

Weil der Hund nicht in die Verkaufsräume durfte, ging sie mit ihm durch den Hintereingang in die Küche, wo Kathrin bereits auf sie wartete. Auf dem Herd stand ein riesiger Kessel mit einem Rest Kürbissuppe. Kathrin hatte erst kürzlich in ihrem

Laden ein kleines Bistro eingerichtet, in dem ein Mittagsgericht, Kuchen und heiße Getränke serviert wurden.

»Jetzt entspann dich erst mal«, sagte sie, nachdem sie sich mit einem Kuss begrüßt hatten, und stellte einen Teller Suppe und frisches Brot auf den Tisch. Sie wusste schon von der Sitzung, weil Carla sie von unterwegs angerufen hatte.

Als sie sich gesetzt hatten, versuchte Carla, etwas zu essen, aber sie hatte keinen Hunger, Magen und Kehle waren wie zugeschnürt.

»Ich muss den Fall Jeta Seferi abgeben«, sagte sie und legte den Löffel beiseite.

»Wie bitte?« Kathrin hob fragend eine Augenbraue.

»Maria Kaiser hat mir zu Beginn der Ermittlungen prophezeit, dass ich tödlich verletzt würde, wenn ich weitermache.«

»Was? Und das erzählst du mir erst jetzt?«

»Du weißt, was ich von Hellseherei halte. Aber nach dieser Sitzung heute hat sie mich überzeugt, dass sie es wirklich kann. Woher sonst hätte sie meine Fluchtgeschichte kennen sollen?«

Außer Kathrin wusste niemand, dass Carla zu DDR-Zeiten versucht hatte, von Bulgarien in die Türkei zu fliehen. Sie war gefasst worden und hatte im Gefängnis gesessen, zuerst in Bulgarien, später in Ost-Berlin. Selbst Kathrin wusste es erst seit einem Dreivierteljahr, vorher hatte Carla noch nie mit jemandem darüber gesprochen.

»Klar, dass du mir nichts von der Prophezeiung erzählt hast«, sagte Kathrin. »Weil ich dich genötigt hätte, aus dem Fall auszusteigen.«

»Ja.« Carla probierte noch einmal etwas von der Suppe, sie war gut gelungen. Gleich nach dem Essen würde sie Julia anrufen und ihr die Ermittlungsleitung übertragen, zumindest inoffiziell. Nach dem, was Maria Kaiser erzählt hatte, mussten sie in Betracht ziehen, dass Jeta Seferi entführt worden war, vielleicht nach Albanien. Es musste nach einem weißen Lieferwagen mit Berliner Kennzeichen gefahndet werden, außerdem mussten die Medien eingeschaltet werden. Vielleicht war der Wagen in der Nähe von Petersdorf gesehen worden. Auch sollte ein Kontakt zu Jetas Eltern hergestellt werden. Julia hatte es bereits versucht, bisher jedoch nichts erreichen können.

»Ich bin wirklich sauer, dass du erst jetzt auf Maria Kaiser hörst«, sagte Kathrin. »Was hätte alles passieren können in der Zwischenzeit!«

»Es ist aber nichts passiert. Außerdem kann ich nicht einfach einen Fall abgeben, nur weil eine Hellseherin dazu geraten hat. Wie soll ich das denn begründen!«

»Wie willst du es denn jetzt begründen?«

»Julia und Uli sind gut eingearbeitet. Offiziell behalte ich die Leitung, bleibe aber im Hintergrund, sprich, im Innendienst, sprich, zu Hause.« Zugleich fragte sich Carla, ob sie dies vor dem Tod bewahrte. Das Haus könnte in die Luft fliegen, sie könnte auf der Treppe stürzen, Kathrins Kristallkugel könnte ihr auf den Kopf fallen. Konnte man seinem Schicksal überhaupt entkommen? Stichwort Ödipus.

»Ich bin froh, dass du endlich mal aufgeschlossener wirst, was spirituelle Themen betrifft«, sagte Kathrin. »Deine Ignoranz war ja nicht auszuhalten. Selbst den Kindern ist es aufgefallen. Sie haben sich gar nicht getraut, dir zu sagen, dass sie eine Tierkommunikatorin eingeschaltet haben. Wegen Glöckchen.«

»Eine was?«

»Eine Tierkommunikatorin. Eine Kundin aus dem Laden hat mich darauf gebracht. Sie kennt eine Frau, die im Geiste mit Tieren Kontakt aufnimmt. Lebt in Süddeutschland. Einen Versuch ist es wert. Was haben wir zu verlieren?«

Carla schaute zu Bruno, der am Boden lag und sie mit gespitzten Ohren ansah. Eine Tierkommunikatorin! Nur weil sie plötzlich von Maria Kaisers Gabe überzeugt war, hieß es noch lange nicht, dass sie jeden esoterischen Schnickschnack mitmachte.

Sie hatte gerade ihren Teller leer gegessen und wollte Julia anrufen, als Kathrin einen erschrockenen Laut ausstieß.

»Was ist?«, fragte Carla, der vor Schreck fast das Handy aus der Hand gefallen wäre.

»Oh Gott, mir fällt gerade was ein.« Kathrin griff nach Carlas Hand und drückte sie fest. »Du darfst den Fall nicht abgeben.«

»Was? Warum nicht?«

»Maria Kaiser hat dich angelogen. Das Ganze war eine Inszenierung. Sie wusste ganz genau, was sie dir sagen musste.«

»Bitte?«

In Carlas Kopf drehte sich alles. Sie hatte nicht die leiseste Ahnung, wovon Kathrin sprach.

32

Der Morgen dämmerte heran, und es war diesig, als sie im Wald in der Nähe des Gasthofs ihren Posten bezogen. Carla war Uli dankbar, dass er sich bereit erklärt hatte, die Observation zu übernehmen. Sie würde ihm ein paar Stunden Gesellschaft leisten, dann musste sie zurück ins Büro, deshalb waren sie mit zwei Autos gekommen. Außerdem hatten sie vereinbart, dass Carla ihn am frühen Abend ablösen würde. Damit er den Tag gut überstand, hatte sie ihm eine Kartoffelsuppe mit Bauchspeck und Wiener Würstchen sowie ein paar belegte Brote mit kaltem Braten mitgebracht.

Carla holte ein Fernglas hervor und sah auf das Haus, den voll besetzten Parkplatz und den spiegelglatten See. Alles war ruhig, nur im Erdgeschoss brannte Licht, weil das Frühstück für die Gäste zubereitet wurde. Carla hatte nicht den blassesten Schimmer, warum Maria Kaiser ihr ein solches Theater vorgespielt hatte. Offensichtlich führte sie etwas im Schilde, zumal die Sitzung auf ihren eigenen Wunsch hin abgehalten worden war. Es musste ihr sehr daran gelegen sein, Carla auf eine falsche Spur zu bringen, aber warum? Hatte sie etwas mit dem Verschwinden Jeta Seferis zu tun? Wollte sie sich oder jemanden aus der Familie schützen? Vermutlich hatte es weder den weißen Lieferwagen noch den Überfall auf die Vermisste von zwei südländisch aussehenden Männern gegeben. Die gesamte Sitzung war eine einzige Lüge gewesen. Carla grauste noch immer, wenn sie daran dachte.

»Mich würde ja brennend interessieren, wie du der Kaiser auf die Schliche gekommen bist«, sagte Uli. »Womit hat sie sich verraten?«

»Ist nicht persönlich gemeint, aber ich will nicht darüber reden«, sagte Carla und schaute noch einmal durch das Fernglas. Ein roter Mercedes Citan Kastenwagen fuhr am Gasthof vor. Der weißen Aufschrift zufolge gehörte er einer Bäckerei.

Ein junger Mann stieg aus, er trug zwei Stoffbeutel, vermutlich lieferte er Brötchen.

Uli nickte verständnisvoll und holte eine von Carlas Stullen aus einer Kühltasche. Sie selbst hielt sich mit dem Essen zurück, weil sie eben erst mit Kathrin gefrühstückt hatte. Dabei waren sie die Sitzung mit Maria Kaiser erneut Punkt für Punkt durchgegangen. Alles, was sie zu der Flucht gesagt hatte, musste ihr bekannt gewesen sein. Carla hatte völlig vergessen, wie es dazu gekommen war. Sie hatte mit Kathrin im »Seeblick« darüber gesprochen. Weil sie auf einen freien Tisch gewartet hatten, hatten sie am Tresen gesessen, während Milan Babic Bier gezapft hatte. Carla glaubte sich zu erinnern, dass er ein paarmal zu ihnen herübergeschielt hatte und sie damals schon den Eindruck gehabt hatte, als habe er mitgehört. Jedenfalls war das, was Maria Kaiser über die Flucht gesagt hatte, exakt das Gleiche, das Carla damals Kathrin erzählt hatte.

Der Vormittag plätscherte dahin, ohne dass sich am Gasthof etwas rührte. Einige Gäste waren abgereist, neue Gäste hinzugekommen. Carla hatte die Hände in ihre Jackentaschen gesteckt und trippelte auf der Stelle, weil sie kalte Füße bekam. Um sich aufzuwärmen, drehte sie mit Bruno eine Runde durch den Ort. Als sie zurück zu ihrem Posten kam, war sie gerade rechtzeitig, denn vor dem Gasthof tat sich etwas.

»Sieht so aus, als wollten sie spazieren gehen«, sagte Uli mit dem Fernglas vor Augen. Es war kurz nach halb zwölf, auf dem Parkplatz standen nur noch wenige Autos.

Auch Carla spähte durch ihr Fernglas. Die Familie war gerade im Begriff, aufzubrechen. Maria Kaiser schien geweint zu haben, sie wischte sich mit einem Taschentuch die Augen trocken, während ihre Schwester einen Arm um sie gelegt hatte. Milan Babic und Hanno Plock gingen voraus. Sie schlugen einen Trampelpfad am Seeufer ein. Kurz darauf kam Kellner Tino aus dem Gasthof und folgte der Gruppe, bis er sie eingeholt hatte.

»Soll ich hinterher?«, fragte Uli.

»Das wird nicht nötig sein, sie vertreten sich nur die Beine«, sagte Carla. »Aber fällt dir was auf?«

»Ziemlich miese Stimmung, würde ich sagen. Vielleicht haben sie sich gestritten.«

Carla brummte zustimmend, auch wenn sie etwas anderes meinte. Fünf Menschen machten sich zu einem Spaziergang auf, eine alltägliche, scheinbar unbedeutende Szene. Und doch war etwas seltsam. Sie nahm ihr Fernglas runter, ließ es um den Hals baumeln und wartete. Als die Truppe hinter einer Biegung verschwunden war, griff sie nach ihrem Handy und rief Julia an.

∗∗∗

Aus der Kita in Rheinsberg drang ein Höllenlärm, als Julia aus dem Auto stieg. Es wurde gebrüllt und gekreischt, und Julia war froh und dankbar, dass sie nicht Erzieherin geworden war. Normalerweise kam sie gut mit Kinderlärm klar, doch weil sie sich am Morgen erneut mit Ruben gestritten hatte, lagen ihre Nerven blank. Es war kein richtiger Streit gewesen, nur eine lautstarke Meinungsverschiedenheit, bei der Ruben seinen Standpunkt, Hellseherei und Homöopathie hielten wissenschaftlichen Untersuchungen nicht stand, erneut verteidigt hatte. Es ärgerte sie, dass sie sich immer wieder auf diese Diskussion einließ, obwohl sie wusste, wie Ruben tickte. Doch hinsichtlich Maria Kaiser schien er recht zu haben. Offensichtlich trieb sie ein undurchsichtiges Spiel.

Sie öffnete die Tür zur Kita und betrat einen Flur. Ein Mädchen stand daumenlutschend in der Ecke und stierte Julia mit riesigen Augen an. »Hallo«, sagte Julia. »Bist du mal so lieb und holst mir eine der Erzieherinnen?«

Das Mädchen huschte in ein anderes Zimmer. Kurz darauf kam eine rundliche Frau um die vierzig mit einer Dauerwelle und roten Wangen in den Flur. »Was kann ich für Sie tun?«, fragte sie.

Julia zückte ihren Dienstausweis. »Kriminalpolizei. Ist ein Kind namens Bea Kaiser bei Ihnen angemeldet?«

Die Frau glotze Julia irritiert an. »Ja. Wieso fragen Sie? Ist ihr was passiert?«

»Könnten wir bitte irgendwo in Ruhe sprechen?«

Die Frau, die sich als Regina Wörner und Leiterin der Einrichtung vorgestellt hatte, führte Julia in ein Spielzimmer, wo sie die Kinder hinausscheuchte und die Tür schloss. »Bitte nehmen Sie Platz«, sagte sie, und Julia setzte sich auf einen kleinen Kitastuhl. Es war etwas unbequem. Auf dem Boden flog allerhand Spielzeug herum, in der Ecke lagen Matratzen zum Toben.

»Ich muss Sie auffordern, unser Gespräch vertraulich zu behandeln«, sagte Julia nachdrücklich, nachdem sich auch Regina Wörner gesetzt hatte. »Bitte reden Sie mit niemandem darüber, weder mit den Eltern noch mit Ihren Kolleginnen. Kann ich mich darauf verlassen?«

Regina Wörner nickte eingeschüchtert. »Ja, selbstverständlich.«

»Ist Bea Kaiser heute bei Ihnen?«

Die Erzieherin schüttelte den Kopf. »Seit zwei Tagen nicht. Sie ist wohl krank.«

»Wissen Sie, was ihr fehlt?«

»Nein. Herr Babic rief vorgestern früh an, um zu sagen, dass sie nicht kommt. Ich habe den Anruf entgegengenommen.«

»Wie war das Gespräch? Ist Ihnen etwas aufgefallen?«

»Nein, was soll mir aufgefallen sein? … Ah doch, warten Sie.«

Julia zog einen kleinen Block hervor, während sich Regina Wörner zu erinnern versuchte.

»Mir ist aufgefallen, dass er sehr kurz angebunden war. Er sagte: ›Bea kommt heute nicht, sie ist krank.‹ Ich sagte: ›Oh, was hat sie denn? Gestern ging es ihr doch noch gut.‹ Aber da hatte er auch schon aufgelegt. Das passt überhaupt nicht zu ihm. Herr Babic ist normalerweise sehr freundlich und mitteilsam.«

»Verstehe«, sagte Julia und steckte den Block zurück in ihre Jackentasche. Was war mit der kleinen Bea los? Wo war sie?

33

Der Abend nahte mit Dämmerlicht. Carla und Uli standen im Wald und beobachteten den Gasthof, während Bruno schnüffelnd durch das Laub streifte. Die belegten Brote und die Suppe hatten sie aufgegessen, deshalb ließen sich das Herumstehen und die kühle Luft gut aushalten.

Nach dem Spaziergang der Familie war nichts Nennenswertes mehr geschehen. Lene Kaiser war am frühen Nachmittag in ihr Auto gestiegen und fortgefahren. Carla war hiergeblieben, statt im Büro zu arbeiten, weil sie inzwischen genügend Indizien hatte, dass im »Seeblick« etwas nicht mit rechten Dingen zuging. Da eine Familie ein vierjähriges und vielleicht sogar krankes Kind nicht wegen eines Spaziergangs ohne Aufsicht lassen würde, stellte sich die Frage, wo Bea war. Julia hatte sämtliche Krankenhäuser in der Gegend aufgesucht, in keinem war das Kind aufgenommen worden. Es konnte sich also nur zu Hause befinden, aber dann war die Frage, wer während des Spaziergangs auf es aufgepasst hatte. Im Gasthof hatte sich niemand mehr aufgehalten, nicht einmal Pensionsgäste, die ohnehin nicht als Aufpasser in Frage kamen. Sie waren allesamt unterwegs gewesen. So blieb nur die Möglichkeit, dass das Kind gar nicht im Haus war. Aber wo war es dann? Und wie hing das Ganze mit der vorgetäuschten Hellseher-Sitzung zusammen?

»Ich muss noch mal mit der Kaiser reden«, sagte Carla. »Und zwar jetzt, bevor der ganze Abendrummel im Restaurant losgeht.«

»Du wirst nichts aus ihr rauskriegen«, knurrte Uli.

»Dann muss ich mir was einfallen lassen. Warte du hier!«

Carla ging mit Bruno zum Auto und fuhr zum Gasthof, wo sie wie gewöhnlich parkte. Als sie in den Gastraum kam, waren nur vereinzelt Gäste da. Milan Babic und Tino Rosen lehnten an der Kassenzeile hinter dem Tresen und unterhielten sich.

»Ich müsste mit Ihrer Frau sprechen«, sagte Carla. »Es ist wichtig.«

»Es tut mir leid, aber ihr geht es nicht gut«, sagte Babic und verschränkte die Arme vor der Brust. Tino eilte zu einem Tisch, weil ein Gast gewunken hatte.

»Ich werde mich auch kurzfassen, aber es ist wirklich dringend. Andernfalls müsste ich Ihre Frau in mein Büro bringen lassen.«

Milan Babic griff nach seinem Smartphone. »Also gut, sie ist in der Wohnung. Ich gebe ihr Bescheid.«

Carla verließ den Gastraum durch eine hintere Tür, die zu einem Flur und einer weiteren Tür führte, wo sie von Maria Kaiser empfangen wurde. Sie sah schlecht aus, die Augen waren verquollen, als habe sie unaufhörlich geweint. Nach einer knappen Begrüßung bat sie Carla ins Wohnzimmer, wo sie sich setzten.

»Frau Kaiser, ich will gleich zur Sache kommen«, sagte Carla. »Ich habe den Eindruck, dass irgendetwas bei Ihnen und Ihrer Familie nicht in Ordnung ist. Sie wirken bedrückt, als belaste Sie etwas, und geweint haben Sie auch. Das sehe ich doch.«

Maria Kaiser lachte gekünstelt auf. »Aber was soll denn nicht in Ordnung sein? Wie kommen Sie darauf? Hier ist alles bestens.« Ihre Stimme klang ein paar Töne zu hoch. »Ich habe nur leichte Migräne. Deshalb bin ich nicht im Gastraum.«

»Gut, dann fange ich anders an. Ich glaube, dass Sie mir in der Sitzung gestern etwas vorgemacht haben. Die Sache mit dem Lieferwagen war erfunden, und meine Fluchtgeschichte war Ihnen bekannt.«

Carla merkte, dass sie richtiglag, denn Maria Kaiser errötete schlagartig. »Möchten Sie etwas trinken?«, fragte sie, wahrscheinlich, um abzulenken und sich sammeln zu können.

Carla gönnte ihr das Ausweichmanöver. »Sehr gerne. Ein Wasser bitte.«

Maria Kaiser verschwand in der Küche und kam mit zwei Gläsern und einer Wasserkaraffe zurück. »Nein, ich kenne Ihre Fluchtgeschichte nicht, woher auch«, sagte sie, während sie sich wieder setzte, aber Carla wollte die Ausflüchte nicht hören.

»Ich bin nicht hier, um Ihnen Vorwürfe zu machen. Inzwischen glaube ich, dass Sie in großer Not sind. Sie fühlen sich bedroht. Warum, durch wen?«

Als Maria Kaiser das Wasser in die Gläser schenkte, zitterte sie derart, dass ein Schwall danebenschwappte.

»Wo ist Ihre Tochter?«, fragte Carla und trank einen Schluck.

»Ich verstehe Ihre Frage nicht.«

»Bea. Ich habe sie lange nicht gesehen. Wo ist sie?« Carla stellte ihr Glas wieder ab.

»Ich weiß nicht, warum Sie das wissen wollen. Das Kind ist bei meiner Schwester. Wie immer, wenn wir viel zu tun haben.«

»Ich dachte, dass sie vielleicht krank ist.«

»Bea – krank? Nein, wie kommen Sie darauf? Es geht ihr ausgezeichnet.« Auf Maria Kaisers Stirn perlte der Schweiß.

»Bitte, sagen Sie mir die Wahrheit. Wer bedroht Sie? Hat jemand Ihre Tochter in seiner Gewalt? Ich kann Ihnen helfen, ich verspreche es Ihnen.«

Die Tür ging auf, und Milan Babic kam herein. »Was ist hier los?«, fragte er barsch.

»Frau Stach möchte gerade gehen«, sagte Maria Kaiser.

Carla stand auf und sah Milan Babic an, der einen Arm in die Seite gestemmt hatte. »Gut, dann mache ich mich auf den Weg. Aber Sie sollten sich überlegen, ob Sie nicht besser sprechen wollen. Meine Nummer haben Sie.«

Im Wald war Uli gerade damit beschäftigt, eine Textnachricht zu schreiben. »Meine Tochter und die Kinder kommen nächstes Wochenende«, sagte er, während er tippte. »Heißt, dass ich eine Putzkolonne organisieren muss. Hast du was rausbekommen?«

»Als ich sie auf die Fake-Sitzung angesprochen habe, wurde sie rot, und dem Kind geht es scheinbar bestens. Es soll bei ihrer Schwester sein.«

»Na, prima«, sagte Uli und steckte sein Smartphone in die Jacke. »Dann wissen wir jetzt hundertprozentig, dass sie lügt.«

»Richtig, aber warum? Sie schweigt, weil sie um das Leben ihrer Tochter fürchtet. Jemand hat das Kind entführt. Oder hast du irgendeine andere Erklärung für ihr Verhalten?«

»Ehrlich gesagt, nein.«

Solange Carla nicht mit Sicherheit wusste, was mit Bea Kaiser geschehen war, wollte sie keine weiteren Ermittlungsschritte einleiten. Sie musste äußerst diskret vorgehen, um das Leben des Kindes nicht zu gefährden.

»Aber wie passt das alles zu unserem Verdacht, dass sie was mit dem Verschwinden dieser Jeta Seferi zu tun hat?«, fragte Uli.

»Ich bin ratlos.«

Sie standen eine Weile schweigend herum, immer den Gasthof im Blick. Carla beschloss, noch einige Stunden bis Mitternacht durchzuhalten, dann sollten zwei Kollegen die Observation übernehmen. Wenn das Kind entführt worden war, dann musste über kurz oder lang etwas passieren – wenn nicht heute, dann in den nächsten Tagen. »Fahr nach Hause«, sagte sie zu Uli. »Und komm morgen früh zur Ablösung. Ich bring dir auch was Nettes zu essen mit.«

Uli verabschiedete sich und stapfte zurück zu seinem Auto. Inzwischen war es stockdunkel geworden, die Zeit verging nur langsam. Hinter aufgelockerten Wolkenfeldern schimmerte ein fast voller Mond. Der Parkplatz vor dem Gasthof füllte sich, aus den Autos stiegen vor allem ältere Ehepaare und Freundesgruppen, also wenig verdächtige Konstellationen. Carla vertrat sich die Füße, indem sie ein wenig auf und ab ging, als ihr Smartphone vibrierte. Es war Julia.

»Was ist mit dem Mädchen?«, fragte sie, und Carla erzählte von ihrem Gespräch mit Maria Kaiser und dem aktuellen Ermittlungstand.

»Das ist wirklich seltsam«, sagte Julia. »Wenn das Mädchen einfach nur vermisst würde, würden die Eltern doch die Polizei einschalten. Aber eine Entführung … Ich weiß nicht. Klingt in meinen Ohren eine Nummer zu groß. Vielleicht hat die Mutter das Kind ja auch in Sicherheit gebracht.«

»Weil sie bedroht wird, meinst du?«

»Vielleicht. Ich werde mal die Angehörigen und Freunde der Kaiser überprüfen.«

»Dann knöpf dir auch gleich die Familie von Milan Babic

vor«, sagte Carla und schlenderte in einem großen Bogen zum Seeufer, gefolgt von Bruno. »Was wissen wir eigentlich über ihn?«

»Bis jetzt noch nichts«, sagte Julia, und Carla fiel ein, dass er im Kosovokrieg gekämpft hatte. Maria Kaiser hatte es mal erwähnt, als sie nach einem Abendessen noch ein wenig geplauscht hatten. Angeblich sollte sein Stottern daher rühren.

Carla wurde abgelenkt, weil sie gegenüber auf der Halbinsel wieder dieses Flackern bemerkte. Dass sich noch einmal Spaziergänger verirrt hatten, war unwahrscheinlich, das Licht musste einen anderen Grund haben.

»Ich muss Schluss machen«, sagte sie und legte auf.

Das Licht bewegte sich auf die Inselspitze zu, wo es erlosch, genau so, wie es sich vor zwei Abenden auch abgespielt hatte. Was hatten Leute im Dunklen auf dieser Halbinsel verloren?

Sie ging zurück zu ihrem Beobachtungsposten, wo sie erneut zur Halbinsel schaute, dieses Mal durch das Fernglas. Da bemerkte sie etwas, das sie mit bloßem Auge nicht hätte erkennen können. Es bewegte sich was dort drüben. Plötzlich begriff sie, was es mit dem Licht auf sich hatte. Es war so naheliegend, und doch war sie nicht darauf gekommen.

34

Der Mond stand hoch am Himmel, als das Ruderboot über den See glitt. Carla verfolgte die Überfahrt vom Wald aus. Wegen der Dunkelheit war es trotz des Fernglases schwer, etwas zu erkennen, nur ein dunkler Punkt bewegte sich langsam zum Ufer hin. Es schien, als steuere er direkt auf Maria Kaisers Garten zu.

Carla wollte sich das Ganze aus der Nähe ansehen, doch damit Bruno sie nicht durch sein Bellen verriet, brachte sie ihn vorsichtshalber ins Auto. Nachdem sie die Türen mit ihrer Keycard verschlossen hatte, lief sie zum Gasthof und versteckte sich hinter einem Kirschlorbeerstrauch im Garten, die Hauswand im Rücken.

Es dauerte vielleicht zehn Minuten, dann legte das Boot an. Da es bis auf den Mond, der zuweilen hinter Wolken verschwand, keine Lichtquelle gab, hörte Carla mehr, als sie sah. Das Boot schien aus Holz gefertigt, aber sicher war sich Carla nicht. Es war schattenartig zu erkennen, dass zwei Personen mit Kapuzenpullis ausstiegen. Sie zogen das Boot hinter einen großen Strauch, der in Ufernähe wuchs, sodass es nicht mehr zu sehen war. Einer flitzte zur Laube, während der andere am Strauch blieb und sich umschaute. Beide hatten eine sportliche Figur, nur schien derjenige am Strauch etwas kleiner und schmächtiger zu sein.

Kurz darauf erschien Maria Kaiser am Gartentor. Sie ging schnurstracks zur Laube, schloss auf und verschwand mit dem Unbekannten im Innern, ohne dass Licht eingeschaltet wurde. Es machte auf Carla den Eindruck, als sei dies nicht der erste Besuch dieser Art. Möglicherweise standen die Männer mit dem Verschwinden der kleinen Bea in Verbindung. Offensichtlich führten sie etwas im Schilde, sonst würde nicht alles im Dunkeln stattfinden. Auch die Herfahrt über den See war verdächtig. Mit dem Auto hätten sie durch Neuglobsow fahren und vor dem viel besuchten Gasthof parken müssen, wo man sie hätte sehen können. Das wollten sie augenscheinlich vermeiden.

Wer waren diese Leute, und was hatten sie vor? Solange Carla die Zusammenhänge nicht kannte, musste sie höllisch aufpassen, nicht entdeckt zu werden, denn damit könnte sie das Leben des Kindes gefährden. Ansonsten wäre sie zur Laube geschlichen und hätte gelauscht, worüber gesprochen wurde. Doch das wäre der Person am Boot aufgefallen. So blieb ihr nichts anderes übrig, als zu warten.

Als sie unwillkürlich einen Schritt zur Seite tat, knackte es laut. Sie hatte auf einen Zweig oder Ast getreten. Der Typ am Boot fuhr herum. Blitzartig zückte er eine Taschenlampe und leuchtete den Garten ab. Durch die Blätter sah sie, wie er sich ihr näherte, konnte ihn aber nicht erkennen, weil sie gegen das Licht schauen musste. Er kam so dicht an sie heran, dass sie jeden Moment entdeckt zu werden drohte. Das Licht flackerte durch den Strauch und blendete sie. Als er die Hauswand erreicht hatte, schwenkte er die Taschenlampe in alle Richtungen. Carla traute sich kaum, zu atmen. Der Strahl streifte sie, und doch bemerkte er sie nicht. Nach einer Weile wandte er sich wieder ab und ging zurück zum Ufer.

Die Gelegenheit für eine Flucht war günstig, denn Carla hatte eine Idee, wie sie die Identität der Gestalten herausfinden konnte. Die Halbinsel war lediglich durch eine einzige Straße zu erreichen. Sie führte von dem kleinen Ort Menz kilometerlang durch einen Mischwald bis zu einem stillgelegten Kernkraftwerk. Carla hatte es recherchiert, nachdem sie zum ersten Mal das Licht auf der Halbinsel bemerkt hatte, weil es sie interessiert hatte, wie es möglich war, von dort wegzukommen. Irgendwo in der Nähe des Kernkraftwerkes mussten die Leute ihren Wagen geparkt haben. Die Gegend war so abgelegen und einsam, dass es mit hoher Sicherheit das einzige Auto weit und breit war.

Carla gab acht, nicht wieder auf diesen Ast zu treten, und schlich so leise wie möglich an der Hauswand entlang, während der Typ am Seeufer auf und ab schlenderte. Zeitlich hatte sie einen guten Puffer. Für den Weg über das Wasser und über die

Halbinsel bis zur Straße brauchten die Leute mindestens eine Stunde – und sie waren noch nicht einmal losgefahren. So konnte Carla in Ruhe nach dem Auto suchen.

Zurück an ihrem Wagen musste sie zunächst Bruno beruhigen, der an der Scheibe hochsprang und fürchterlich kläffte. Sie gab ihm ein Leckerli, dann startete sie den Motor.

Der Weg nach Menz dauerte nur wenige Minuten. Die Landstraße war wie ausgestorben, nicht ein einziges Auto kam ihr entgegen. Nachdem sie das Ortsschild passiert hatte, fuhr sie durch den hübschen Kern – ein Angerdorf mit einem zentralen Platz und einer Feldsteinkirche aus dem 16. Jahrhundert. Kein Mensch war auf der Straße, sämtliche Rollos waren heruntergezogen. Es hätte auch gut nach Mitternacht sein können, dabei war es nicht einmal einundzwanzig Uhr.

Nachdem sie rechter Hand abgebogen war, fuhr sie eine Wohnstraße entlang, die für den gewöhnlichen Autoverkehr am Waldrand endete. Ein Schild mahnte »Durchfahrt verboten« an, nur Radfahrern war es erlaubt, den weiteren Verlauf der Straße zu nutzen. Carla mutmaßte, dass das Verbot noch aus der Zeit stammte, als das Kernkraftwerk in Betrieb gewesen war, und setzte ihren Weg fort.

Die Straße war betoniert, aber holperig. Carla musste das Fernlicht einschalten, denn es war stockfinster um sie herum. Um kein parkendes Auto zu übersehen, fuhr sie nicht schneller als dreißig. Die Straße zog sich durch dichten Wald, es gab kein einziges Haus in dieser Gegend. Wer hier eine Panne und kein Handy dabeihatte, war verloren.

Nach einigen Kilometern Fahrt bemerkte sie einen Waldweg, der rechter Hand abzweigte, und hielt an. Dieser Weg war die einzige Möglichkeit, um auf die Halbinsel zu kommen. Er endete an der Inselspitze, wo Carla das Boot hatte ablegen sehen. Geradeaus versperrte ein Metallzaun, der zum Kernkraftwerk gehörte, die Straße. Die Leute mussten hier irgendwo geparkt haben, aber ein Auto war nirgends zu sehen.

Carla setzte mit einer leichten Drehung zurück und fuhr im Schritttempo in den Waldweg. Nach etwa zweihundert Metern sah sie einen riesigen schwarzen SUV zwischen den Bäumen stehen. Der Anblick war gespenstisch.

Sie näherte sich dem Fahrzeug und versuchte, das Kennzeichen zu lesen, doch es war von ihrem Wagen aus nicht zu erkennen. Sie schaltete den Motor aus und öffnete die Fahrertür, um auszusteigen, doch in diesem Moment peitschte ein Schuss durch die Nacht. Carlas Herzschlag stockte. Die Möglichkeit, dass weitere Personen an der Aktion beteiligt waren, indem sie das Auto bewachten, hatte sie nicht in Erwägung gezogen. Sie sah auch keinen Schützen, das Führerhaus des SUV war leer. Jemand musste sich jenseits des Lichtkegels in der Dunkelheit aufhalten.

Da fiel ein zweiter Schuss, er durchschlug die vorderen Seitenfenster und verfehlte sie nur um Haaresbreite. Hastig duckte sie sich, zog die Fahrertür zu und wollte die Keycard zurück in den Schlitz stecken, als sie ihr vor lauter Fahrigkeit aus der Hand rutschte. Hektisch suchte sie den Boden ab. Wo war das verdammte Ding? In der Mittelkonsole lag es nicht und im Fußraum auch nicht. Es musste zwischen Konsole und Sitz gerutscht sein. Mist!

Carla tastete den engen Spalt ab, sie hätte aufschreien können vor Wut und Verzweiflung. Die Knöchel schmerzten, ihre Finger passten kaum hinein. Bruno kam nach vorne auf den Beifahrersitz gehopst und sprang schwanzwedelnd an ihr hoch, weil er ihre Not spürte. Nicht, dass er noch angeschossen wurde!

»Zurück!«, zischte sie, aber er hörte nicht, sondern bellte sie an. Ein dritter Schuss fiel, er durchlöcherte ebenfalls beide Seitenfenster, verfehlte sie aber erneut.

Endlich bekam sie die Karte zu fassen. Nervös steckte sie sie in den Schlitz und startete den Motor. Er heulte auf, als sie ihren Wagen zurücksetzte.

Als sie die Straße erreicht hatte, fuhr sie mit quietschenden Reifen los. Ihr Herz pochte wie verrückt. Doch sie hatte Glück. Im Rückspiegel blieb es stockdunkel, sie war entkommen.

Was sollte sie tun? Die Kollegen zu rufen, war zu gefährlich, denn falls diese Leute Maria Kaisers Tochter in ihrer Gewalt hatten, könnte es das Kind gefährden. Besser wäre, sich in Menz nahe dem Durchfahrt-verboten-Schild zu postieren, um das Kennzeichen zu entziffern. Wegen der Laternen hatte sie eine gute Sicht dort. Ihr eigenes Auto würde sie im Wald verstecken, so wie diese Leute es auch getan hatten. Sie mussten auf dieser Straße entlangkommen, es gab gar keine andere Möglichkeit.

Allmählich beruhigte sie sich, auch ihr Herz schlug wieder ruhiger. Sie konzentrierte sich auf die Fahrbahn, die um diese Uhrzeit sicher oft von Tieren gekreuzt wurde.

Ein erneuter Blick in den Rückspiegel jagte ihr einen Schrecken durch alle Glieder: Zwei Scheinwerfer näherten sich in enormem Tempo! Die Leute verfolgten sie, rasten mit einem Affenzahn auf Carla zu. Bruno witterte die Gefahr, sprang in den Fußraum des Beifahrersitzes und kauerte sich zusammen.

Carla drückte aufs Gaspedal. Doch sie konnte nicht so schnell fahren wie die Kerle hinter ihr, die sich in der Gegend besser auszukennen schienen. Sie holten rasant auf.

Die Scheinwerfer waren jetzt ganz dicht hinter ihr, es war gleißend hell in ihrem Wagen. Ein Stoß, sie schrie auf und wurde nach vorne geschleudert. Die Reifen quietschten, als sich ihr Wagen in die Kurven legte. Sie gab noch mehr Gas, doch das Monsterauto blieb an ihr dran. Es hatte keinen Zweck, sie musste Hilfe holen! Sie griff nach ihrem Smartphone in ihrer Jackentasche. Als sie es endlich herausgefummelt hatte, krachte es erneut, das Telefon fiel zu Boden, während sie mit ihrem Oberkörper nach vorne schoss. Verdammte Idioten! Eine unbändige Wut stieg in ihr auf.

Kurz vor Menz begradigte sich die Straße. Carla jagte den Tacho auf hundertfünfzig Stundenkilometer, ihre Verfolger klebten an ihr. Sie rasten durch das menschenleere, nachtdunkle Menz, vorbei an der Kirche und auf eine Kreuzung zu. Eine Frau machte einen Satz zurück, sie hatte gerade mit ihrem Hund die Straße überqueren wollen.

Auf der Landstraße hinter Menz beschleunigte Carla auf fast zweihundert, ohne dass ihre Verfolger von ihr abließen. Sie scherten auf die linke Spur, um zu überholen. Carla wurde noch einmal schneller, doch vergeblich. Der SUV neben ihr holte auf und rammte sie. Die Situation war brandgefährlich, Carlas Wagen konnte jeden Moment aus der Spur fliegen.

Vorsichtig und doch entschlossen trat sie auf die Bremse, sodass sie ins Schlingern geriet und der SUV in einem Wahnsinnstempo an ihr vorbeischoss. Als ihr Auto endlich stand, wendete sie blitzschnell und brauste zurück in die Richtung, aus der sie gekommen waren. Im Rückspiegel sah sie die Bremslichter ihrer Verfolger aufleuchten. Auch sie hielten an, setzten zurück und nahmen die Verfolgung wieder auf.

35

Maik wachte aus dem Tiefschlaf auf, weil jemand an sein Fenster klopfte. Benommen griff er nach seinem Smartphone, es war Viertel nach sechs in der Früh. Da es noch ziemlich dunkel war, konnte er nicht sehen, wer draußen stand, nur dieses leise, unaufhörliche Klopfen war zu hören. Er schwang die Beine aus dem Bett, schlüpfte in seine Hausschuhe, schlurfte zum Fenster und erkannte Rackos Gesicht hinter der Scheibe.

»Alter Schwede, weißt du, wie spät es ist?«, sagte er, als er das Fenster geöffnet hatte.

»Zieh dich an und schrubb dir die Fresse. Der Boss will dich sehen.«

Maik sackten die Beine fast weg vor Schreck. Wochenlang hatte er auf diesen Moment hingearbeitet, und nun war es so weit. Er sollte den Kopf der Verbrecherbande kennenlernen, sein Auftrag steuerte auf den Höhepunkt zu. Hoffentlich ging alles gut, er durfte sich nicht den kleinsten Fehler erlauben. Den Lebenslauf seiner neuen Identität jedenfalls kannte er in- und auswendig. Nun galt es, einen kühlen Kopf zu bewahren. Eigentlich konnte nichts schiefgehen. Eigentlich.

»Gib mir zehn Minuten«, sagte er.

»Acht, höchstens.«

Maik knallte das Fenster zu. Dann eilte er mit seinen Klamotten unter dem Arm ins Bad, sprang unter die Dusche, wusch sich rasch und zog sich an. Als er gerade die Zahnbürste in den Mund gesteckt hatte, hämmerte Frau Grimme an die Tür. »Herr Hässler! Machen Sie auf!«

Was wollte die Grimme denn schon so früh von ihm? Er spuckte die Zahnpasta aus und öffnete die Tür. Sie trug einen scheußlichen Bademantel mit einem Flamingo-Muster. Zu seinem Ärger kam sie rein ins Bad.

»Heute machen Sie mir aber die Dusche sauber«, schimpfte sie, griff nach einem Wischer und fuchtelte damit vor ihm herum.

»Die Scheiben müssen nach jedem Duschen gereinigt werden. Was meinen Sie, was das für eine Heidenarbeit ist, die blöden Tropfen da wegzukriegen, wenn sie trocken sind!«

»Hören Sie, ich muss zur Arbeit. Ich mach das, wenn ich wieder da bin. Und dürfte ich jetzt bitte meine Zähne zu Ende putzen?«

»Nein, Sie machen das sofort. Sonst können Sie sich ab morgen ein anderes Zimmer suchen. Ich bin Ihre Vermieterin, nicht Ihre Mutter.«

Maik riss ihr den Wischer aus der Hand und begann, das Wasser von den Glaswänden abzuziehen.

»Und noch was. So einen Blödsinn wie neulich abends will ich nicht noch mal hören. Sonst können Sie ebenfalls Ihre Siebensachen packen. Eigentlich mochte ich Sie immer. Aber das geht zu weit.«

»Sie haben ja keine Ahnung«, sagte er laut, als er den Wischer über das Glas zog, denn inzwischen hatte er entdeckt, dass im Flur eine weitere Wanze steckte, und zwar in einer kleinen Lampe auf der Kommode. Außerdem ging ihm die Grimme entsetzlich auf den Sack. »Wenn die Ausländer bei uns die Macht übernehmen, dann werden Sie noch an meine Worte denken.«

Er drückte der Grimme den Wischer in die Hand, putzte sich schnell die Zähne zu Ende und rannte in sein Zimmer, während seine Vermieterin vor sich hin schimpfend in der Küche verschwand.

Mit der Jacke über dem Arm eilte er nach draußen, wo Racko in einem weißen Kombi saß und ungeduldig mit den Fingern aufs Lenkrad tippte. Es dämmerte bereits, der Tag brach an.

»Mensch, Alter, wo bleibst du denn?«, fauchte er, als Maik sich auf den Beifahrersitz schwang. »Der Boss wird mega aggro, wenn man unpünktlich ist.«

Maik schlüpfte in die Jacke und schnallte sich an, während Racko losfuhr. Frau Grimme stand am Fenster von Maiks Zimmer, hatte die Gardine ein Stück zur Seite geschoben und spähte ihnen hinterher. »Sorry, aber meine Vermieterin hat mich aufgehalten. Wohin geht's?«

»Abwarten. Hauptsache, du baust keinen Scheiß. Ich verlass mich auf dich, Kumpel.«

Rackos Worte ermunterten Maik nicht gerade, denn er war ohnehin hypernervös. Den Lebenslauf hatte er im Griff, aber was, wenn der Boss etwas Unvorhergesehenes fragte, etwas, mit dem weder Maik noch die Kollegen bei der Polizei, die die Identität für ihn ausgearbeitet hatten, gerechnet hatten? Nun zeigte sich, ob er der Richtige für den Job und in der Lage war, in brenzligen Situationen die Nerven zu behalten.

Sie brausten hinter Stegelitz auf die A 11 nach Norden, ohne ein Wort zu sprechen. Maik spürte, dass auch Racko nervös war, vermutlich stand für ihn ebenfalls einiges auf dem Spiel. Wenn Maik aufflog oder aus irgendeinem anderen Grund scheiterte, war auch Racko dran, denn er hatte sich vermutlich mächtig für Maik ins Zeug gelegt.

Gleich bei der nächsten Abfahrt bei Warnitz verließen sie die Autobahn und landeten im Melzower Forst, dem größten Naturschutzgebiet in der Uckermark, unweit des Oberuckersees. Die Straße führte durch dichten Wald. Im schalen Morgenlicht fuhren sie am Ufer eines kleinen Sees, dem Kesper Bruch, vorbei, bevor sie in einen Waldweg einbogen. Die Gegend war so einsam, dass es Maik zunehmend flauer zumute wurde. Was auch immer die Leute mit ihm anstellten, es gab keine Zeugen.

Nach einigen hundert Metern im Schritttempo kamen sie an eine Kreuzung, wo eine schwarze Limousine mit getönten Scheiben stand. Sie parkte quer zum Weg, sodass Maik das Nummernschild nicht sehen konnte. Racko fuhr dicht heran und stoppte. Die hintere Tür der Limousine wurde ein Stück weit geöffnet als Aufforderung an Maik, die Wagen zu wechseln.

Maik stieg aus und nahm auf dem Rücksitz der Limousine Platz. Als er die Tür wieder zugezogen hatte, wurde sie automatisch verriegelt. Nun gab es keine Möglichkeit mehr, der Situation und den Verbrechern, die er ausspionieren sollte, zu entfliehen. Er war ihnen auf Gedeih und Verderb ausgeliefert.

Neben ihm saß ein finster dreinblickender, breitschultriger

Mann mit kurz geschorenen Haaren und schaute Maik misstrauisch an. Seine Mundwinkel waren heruntergezogen, und er stank nach kaltem Rauch. Wer vorne saß, konnte Maik nicht sehen, weil eine undurchsichtige Trennwand hochgezogen war. Er vermutete, dass außer dem Fahrer noch eine weitere Person zugegen war.

»Kevin Hässler, IT-Fachmann und brauchbar für uns«, ertönte es durch einen Lautsprecher. Es war die Stimme eines Mannes, der, so schätzte Maik, etwa sechzig bis siebzig Jahre alt war. Er sprach akzentfreies Hochdeutsch. »Ich entschuldige mich für die frühe Uhrzeit und hoffe, dass die Herfahrt für Sie angenehm war. Wie Sie vermutlich wissen, haben wir großes Interesse an Ihrer Mitarbeit.«

»Alles gut«, sagte Maik, dem die zugewandte, väterliche Art des Unbekannten sogleich auffiel. Es war eine Masche, die Maik in Sicherheit wiegen sollte. So wurde er womöglich unaufmerksam und verplapperte sich. Ruben hatte ihn auf diese Gesprächstechnik vorbereitet.

»Wir haben natürlich ein bisschen nachgeforscht«, sagte der Mann in freundlichem Ton. »Sie haben die Gerhart-Hauptmann-Grundschule in Potsdam besucht und sind anschließend auf die Helmholtzschule gewechselt, eine der besten Erweiterten Oberschulen in Brandenburg, Gratulation.«

Der Mann kannte die wichtigsten Stationen seines gefälschten Lebenslaufs, weil Maik Racko davon erzählt hatte. Die Polizeikollegen waren so gründlich vorgegangen, dass sie ihn mit seiner neuen Identität sogar bei StayFriends registriert hatten. Es war also ein Leichtes, seine Angaben zu überprüfen.

»Sie werden es nicht glauben, aber ich war auch auf dieser Schule«, sagte der Unbekannte – und Maik horchte auf. Die Behauptung konnte eine Falle sein. Zum Glück hatte er sich intensiv mit der Schule beschäftigt und kannte alle Lehrer, die zu seiner Schulzeit dort unterrichtet hatten. In Wirklichkeit hatte er die Erweiterte Oberschule in Bad Freienwalde besucht.

»Interessant«, sagte Maik. »Was es doch für Zufälle gibt. Wann waren Sie denn dort?«

»Das ist lange her, damals hieß die Schule noch EOS Hermann von Helmholtz. Kennen Sie Frau Ritter? Das war meine Mathelehrerin. Wir haben sie alle gefürchtet. Leider war ich in Mathe nie besonders gut, deshalb hatte sie mich auf dem Kieker.«

Eine Frau Ritter war nach Maiks Wissen nicht auf der Schule gewesen, es sei denn, lange vor seiner vermeintlichen Zeit. Sollte es sich um eine Fangfrage handeln, so war er gut vorbereitet. »Frau Ritter kenne ich nicht«, sagte er. »Ich hatte Mathe bei Frau Hornberg. Sie war sehr beliebt bei uns. Allerdings war Mathe auch eines meiner Lieblingsfächer.«

Es folgte eine lockere Unterhaltung, und Maik war erleichtert, dass er vermutlich soeben einen Test hervorragend gemeistert hatte. Er erzählte von seinen angeblichen Eltern und dass seine Mutter zu DDR-Zeiten als Näherin bei einer Maßschneiderei und der Vater als Physiker beim Geomagnetischen Institut in Potsdam gearbeitet hatten. Geburtsort und -datum der Eltern hatte er genauso parat wie ein paar Geschichten aus deren Kindheit. Er war stolz auf sich, wie gut er seine neue Identität verinnerlicht hatte.

»Warum zieht es Sie hier in die Uckermark, wenn Sie doch eigentlich in Potsdam zu Hause sind?«, wollte der Mann schließlich wissen, und Maik druckste rum.

»Privatsache«, sagte er, »das gehört hier nicht her.« Natürlich hatte er sich auch auf solche Fragen vorbereitet, doch um authentischer zu wirken, wollte er den Eindruck erwecken, als ziere er sich.

Der Typ neben ihm zückte ein Messer und ließ die Klinge herausspringen. Der Qualmgestank war unerträglich.

»Meinetwegen«, sagte Maik mit Blick zum Messer. »Meine Frau hat sich scheiden lassen, wegen einem anderen. Wir hatten eine gemeinsame Zukunft geplant, Kinder, Haus, Hund und all das. Um mit der Sache klarzukommen, wollte ich möglichst weit weg von ihr. Hier kann ich mir in aller Ruhe ein neues Leben aufbauen. Und wenn ich ehrlich bin: Sie kann mich mal kreuzweise.«

»Verstehe«, sagte der Mann lachend. »Aber dass Sie als Hochqualifizierter in diesem Computerladen arbeiten, erschließt sich mir nicht.«

»Die Trennung hat mich an den Abgrund gebracht. Ich war mies drauf und hatte keine Lust mehr zu arbeiten. Zwar hab *ich* dann gekündigt, aber über kurz oder lang hätten die mich rausgeschmissen. Als ich hier in die Uckermark gezogen bin, musste ich mit allem neu anfangen, auch beruflich. Ein anspruchsvoller Job hätte mich total überfordert. Da kam mir dieser Computer-Tante-Emma-Laden gerade recht.«

Es war mucksmäuschenstill im Wagen, und Maik hatte den Eindruck, dass seine Story geschluckt wurde.

»Also gut, dann sind wir ja schon beim Thema«, sagte der Boss nach einer Weile. »Erzählen Sie mir ein bisschen über Ihre berufliche Vita.«

Maik holte aus, denn was nun folgte, war ein Heimspiel. Das Informatik-Studium hatte er tatsächlich an der Universität Potsdam absolviert, und bei der Firma Gerke IT hatte er in Wirklichkeit als Consulter gearbeitet. Nur bei der Firma Maar EDV war er nie gewesen. Die Tätigkeit sollte in einem Zeitraum erfolgt sein, als er schon bei der Polizei arbeitete.

»Ein guter Bekannter von mir ist auch bei der Firma Maar«, sagte der Mann – und Maik war erneut alarmiert. Immer, wenn es einen persönlichen Bezug geben sollte, war Vorsicht angesagt. »Die Geschichte, die er mir erzählte, ist schon ein paar Jährchen her, aber sie wird immer noch von den Mitarbeitern hinter vorgehaltener Hand getuschelt. Vermutlich wissen Sie, wovon ich rede. Es betrifft den Chef, Heiner Matthäus, und wie er mit seinen Leuten umgeht.«

Maik hatte nicht den blassesten Schimmer, von was der Mann sprach, und er war sich auch nicht sicher, ob es nicht nur eine weitere Falle war. »Wenn ich ehrlich bin, nein«, sagte er, »da müssen Sie schon genauer werden.«

»Matthäus wollte einen Mitarbeiter loswerden, einen Mann namens Jürgen Fechter. Um eine teure Abfindung zu vermeiden, schaltete er den befreundeten Inhaber eines anderen IT-Unternehmens ein. Dieser Inhaber warb Fechter mit Hilfe eines Headhunters ab, der dem armen Fechter Honig ums Maul schmierte und ein doppeltes Gehalt in Aussicht stellte. Fechter willigte natürlich ein. Doch kurz nachdem er bei der neuen Firma angefangen hatte, wurde er gefeuert, noch während der Probezeit. Stelle futsch, Abfindung futsch, Fechter war am Boden. Dafür war ihn sein ehemaliger Chef ohne Kosten losgeworden. Eine perfide Sache, finden Sie nicht auch?«

Maik war sprachlos, denn er wusste nicht, ob sich die Geschichte wirklich so zugetragen hatte oder nur ein übler Trick war. Dass unliebsame Mitarbeiter von Headhuntern abgeworben und von ihren neuen Chefs entlassen wurden, kam in der freien Wirtschaft gelegentlich vor.

Die Situation war so brisant, dass Maik unter den Achseln schwitzte.

»Jeder, der bei Maar arbeitet, kennt die Story«, sagte der Mann. »Sie ja wahrscheinlich auch.«

Es half nichts, Maik musste sich zu der Situation äußern, und zwar rasch. Es war totenstill im Wagen, und jede Sekunde, die verrann, ohne dass gesprochen wurde, machte ihn verdächtig. Der Typ neben ihm sah ihn mit hochgezogenen Augenbrauen an.

»Natürlich kenne ich die Story«, sagte Maik so selbstsicher wie eben möglich. »Soviel ich weiß, ist Fechter inzwischen bei einem anderen Unternehmen untergekommen.«

Niemand reagierte auf seinen Kommentar, und Maik fürchtete, dass er einen Fehler gemacht hatte. Das Schweigen hing bleischwer in der Luft. Blitzartig begriff er, dass diese Geschichte von vorne bis hinten erfunden war. Man hatte ihm eine Falle gestellt, und er war mit Karacho hineingetappt. Die Eisen waren zugeschnappt, hatten sich in sein Fleisch gebohrt und ließen ihn nicht mehr fort. Nun half nur noch eines: die Flucht nach vorne.

»Ich bin mir nicht sicher, ob die Zusammenarbeit zwischen uns funktioniert«, sagte er in die Stille hinein. »Sie vertrauen mir nicht, und das ist keine gute Basis. Bitte lassen Sie mich raus. Ich habe mich gerade dagegen entschieden, für Sie zu arbeiten.«

»Wieso?«, ertönte es durch die Lautsprecher.

»Sie wollten mich auf die Probe stellen, indem Sie mir eine Lügengeschichte aufgetischt haben. Ich hab das Spiel mitgemacht, weil es irgendwie lustig war, aber eigentlich ist es eine miese Nummer. Machen Sie die Tür auf, es hat sich erledigt zwischen uns. Das Ding ist durch.«

Es blieb noch immer still im Wagen, niemand sprach, nur der Typ neben ihm klopfte nervös mit den Fingern auf seinen Oberschenkel. Maik hatte nicht die leiseste Ahnung, ob er sich gerade gerettet oder erst recht in die Bredouille geredet hatte. Er sah aus dem Fenster, wo Racko hinter dem Steuer saß und auf seinem Handy spielte. Wie gerne wäre er jetzt in dem anderen Wagen, der nur einen Meter weit weg und doch unerreichbar war. Warum hatte er nicht auf Lydia gehört? Er hätte nach Hause fahren sollen, nun war es zu spät.

36

Carla musste das Boot finden.

Es wehte ein kühler Wind, als sie früh am Morgen zur Spitze der Halbinsel marschierte. Der Große Stechlin schimmerte zu beiden Seiten zwischen den Bäumen hindurch.

Von den Stößen des SUV hatte sie ein Schleudertrauma erlitten, ihr gesamter Schulter- und Halsbereich war verspannt. Zu ihrer Erleichterung entfaltete eine Schmerztablette allmählich ihre Wirkung. Eigentlich müsste sie sich in medizinische Behandlung begeben, doch dafür fehlten ihr Muße und Zeit. Sie musste herausfinden, wer die Leute waren, die sie verfolgt hatten. Die Hetzjagd saß ihr noch immer in den Knochen. Nach dem Wendemanöver auf der Landstraße hatte sie einen so großen Abstand zu ihren Verfolgern herstellen können, dass sie sich an geeigneter Stelle mit ihrem Wagen im Wald verstecken konnte. Von dort hatte sie beobachtet, wie der SUV an ihr vorbeigerast war.

Anschließend hatte sie einen Beamten in der Nähe des Durchfahrt-verboten-Schilds postiert in der Hoffnung, dass die Leute zurückkämen und er das Kennzeichen hätte erfassen können. Doch sie waren nicht mehr aufgetaucht, auch die beiden Kapuzenpulli-Typen nicht, die Maria Kaiser aufgesucht hatten. Vermutlich hatten sie die Halbinsel zu Fuß verlassen, nachdem sie von ihren Kumpanen per Handy über Carlas Erscheinen informiert worden waren. Nun galt es, das Boot zu finden und Spuren zu sichern. Ihr BMW befand sich bereits zur Untersuchung bei der Kriminaltechnik, denn das Rammen könnte Lackspuren hinterlassen haben.

Nach einem Fußmarsch von etwa zwanzig Minuten erreichte sie die Inselspitze, eine Lichtung mit zwei schlichten Holzbänken. Mit dem Fernglas sah sie zum anderen Ufer, wo sich der Gasthof befand. Sie hatte Haus, Garten und Laube so gut im Blick, dass sie sogar zwei Elstern beobachten konnte, die über den Rasen hüpften. Von hier aus war es für die Bande ein Leichtes, den Gasthof auszukundschaften. Das Boot musste in der Nähe liegen.

Carla ging am Ufer entlang und entdeckte in einer kleinen Bucht einen Pflock, der in den Schlamm gerammt worden war, ein idealer Platz, um ein Boot festzumachen. Aber von einem Boot war weit und breit nichts zu sehen. Hatten es die Leute weggeschafft, um zu verhindern, dass die Polizei DNA-Spuren darin fand? Es war zu schwer, um es durch den Wald zu schleppen. Sie hätten es mit dem Auto holen müssen, doch das hätte der Beamte, der in Menz postiert war, bemerkt. Es gab nur eine Möglichkeit: Die beiden Typen mussten an anderer Stelle angelegt haben, nachdem sie erfahren hatten, dass Carla den SUV entdeckt hatte. Sie musste veranlassen, dass das gesamte Seeufer so schnell wie möglich abgesucht wurde, noch bevor die Kerle Gelegenheit hatten, das Boot fortzubringen.

Als sie gerade ihr Handy hervorgeholt hatte, um eine Suchmannschaft anzufordern, rief Maria Kaiser an.

»Ich muss Sie sprechen, es ist dringend«, sagte sie, noch ehe Carla auch nur einen Ton hatte von sich geben können. »Wir treffen uns bei meiner Schwester, in genau zwei Stunden. Und sagen Sie niemandem, dass ich angerufen habe. Kann ich mich auf Sie verlassen?«

»In Ordnung. Ich komme.« Carla wollte gerade noch fragen, um was es ging, aber da hatte Maria Kaiser auch schon aufgelegt.

***

Lene Kaiser und ihr Mann Hanno Plock wohnten in einem Einfamilienhaus in der Straße Am Sonnenhügel in Neuglobsow. Von hier aus waren es etwa zehn Minuten Fußmarsch bis zum Gasthof. Carla parkte vor dem Grundstück, das mit einem dunkelgrünen Mattenzaun eingefasst war und einen gepflegten, für Carlas Geschmack etwas zu geleckten Eindruck machte. Der Garten bestand aus englischem Rasen, auf dem ein Zierbrunnen und eine Plastikrutsche für Bea standen, lediglich am Rand welkten einige Stauden. Ein gepflasterter Weg führte zu einem Spitzdachhaus mit roten Klinkern und schneeweiß gerahmten Fenstern.

Carla hatte Julia mitgebracht, weil das Gespräch wichtig zu sein schien und gegebenenfalls bezeugt werden musste. Als sie durch das Gartentor gingen und an der Haustür ankamen, öffnete Lene Kaiser.

»Ich hoffe, dass nicht die gesamte Brandenburger Polizei hier aufläuft«, sagte sie und bedachte Julia mit einem abschätzigen Blick. »Wenn es nach mir ginge, sollten wir das Ganze lieber abblasen. Dem Mädchen zuliebe.« Dann führte sie Carla und Julia in ein Wohnzimmer, wo Maria Kaiser und Milan Babic auf einem Sofa saßen. Es dominierten stilgleiche weiße Möbel mit goldenen Knopfgriffen, der Boden war mit einem hellen Wollteppich ausgelegt. Alles wirkte penibel ordentlich, wie der Garten.

»Mir ist es wichtig, dass meine Familie dabei ist«, sagte Maria Kaiser, die noch immer fürchterlich verquollen aussah. »Nur Hanno kann nicht; er kümmert sich um den Gasthof.«

Carla, Julia und Lene Kaiser nahmen auf Sesseln Platz. Auf einem gläsernen Couchtisch standen Mineralwasser und Gläser bereit.

»Wir haben lange überlegt, ob wir Sie kommen lassen sollen«, sagte Milan Babic mit einem scheuen Blick zu Lene Kaiser. »Aber wir gggg… glauben, dass es so besser ist.«

»Ich bin froh, dass Sie mit uns reden wollen«, sagte Carla, nach vorne gebeugt und die Hände gefaltet. »Es ist uns ja nicht entgangen, dass Sie in Not sind. Also: Was ist hier los?«

Julia zückte einen Block, um sich Notizen zu machen.

»Dazu muss ich etwas ausholen«, sagte Maria Kaiser, während ihre Schwester allen Wasser einschenkte. »Es begann vor etwa einem halben Jahr im Sommer, an einem ganz gewöhnlichen Abend, ich glaube, es war ein Mittwoch. Das Lokal war recht gut besucht. Milan zapfte Bier, Tino und ich bedienten, und Hanno war in der Küche zugange …«

»Hat's Ihnen denn geschmeckt?«, fragte Maria Kaiser, als sie den Teller abräumen wollte, doch zu ihrem Erstaunen antwortete der Mann nicht. Er war zum ersten Mal im Gasthof, jedenfalls hatte ihn Maria noch nie hier gesehen. Etwas merkwürdig war, dass er eine Sonnenbrille trug, obwohl es längst dämmerte. Auch hatte er außer beim Bestellen nicht ein einziges Mal gesprochen, obwohl Maria versucht hatte, sich mit ihm zu unterhalten. An seinem Hemdärmel lugte ein Tattoo hervor, das den Eindruck erweckte, als sei der ganze Körper tätowiert. Angenehm war ihr der Typ nicht.

»Kann ich Ihnen denn sonst noch was bringen?«, fragte sie. »Einen Kaffee vielleicht? Wir haben handgefilterten oder italienisch, wie Sie wünschen.«

»Zahlen!«, war die Antwort.

Maria brachte den Teller in die Küche und kehrte mit ihrem Kellnerportemonnaie zurück.

»Stimmt so.« Der Mann knallte ein paar Scheine auf den Tisch und hinterließ ein großzügiges Trinkgeld.

»Oh, vielen Dank«, sagte Maria, »aber ist das nicht ein bisschen viel?« Wenn sie es richtig überschlug, wollte er über fünfzig Euro dalassen.

»Das geht schon klar.«

»Sehr freundlich von Ihnen, vielen Dank. Ich vermute, dass Sie mit dem Essen zufrieden waren, und werde das Lob an die Küche weitergeben.«

Maria wollte gerade nach den Scheinen greifen, da packte sie der Mann am Unterarm.

»Seien Sie um Mitternacht an Ihrer Laube«, flüsterte er.

Maria zog ihren Arm weg. »Wer sind Sie, was wollen Sie von mir?«

»Tun Sie, was ich Ihnen sage. Und kein Wort zu irgendjemandem, auch nicht zu Ihrem Mann. Es ist in Ihrem eigenen Interesse.«

Dann stand er auf und verließ grußlos das Lokal. Maria blieb erstarrt zurück, ihr fehlten die Worte.

»Alles in Ordnung?«, fragte Milan, als sie das Bierglas des

Gastes zum Tresen brachte. »Ddddd... du siehst so verwirrt
aus.«

»Natürlich ist alles in Ordnung, was soll schon sein?«

*Maria zog sich auf die Toilette zurück, weil sie sich sammeln
musste. Als sie sich beruhigt hatte, kam sie in den Gastraum
zurück und widmete sich dem Service, als sei nichts geschehen.
Innerlich beschäftigte sie aber die Frage, ob sie der Aufforderung
des Mannes Folge leisten sollte. Es wäre zu riskant, es nicht zu
tun, denn immerhin hatte ein Fremder vor, um Mitternacht ihr
Grundstück zu betreten. Und wahrscheinlich würde es sich um
eine Person handeln, die alles andere als nett und freundlich war.*

*Um kurz vor Mitternacht waren alle Gäste fort. Maria und
Tino hatten aufgeräumt, sodass die Putzfrau in der Früh freie
Bahn hatte. Milan hatte sich schon in die Wohnung zurückge-
zogen.*

»Ich danke dir, mein Herz, du kannst gehen«, *sagte sie zu
Tino, der noch Gläser spülte.* »Den Rest schaff ich auch allein.«

*Tino zog seine Jacke über, schnappte sich seinen Helm, den er
hinter dem Tresen aufbewahrte, und stapfte zur Tür.* »Bis morgen!«, *rief er fröhlich und verließ den Gastraum. Kurz darauf
knatterte seine Vespa, und er fuhr davon.*

Es war zwei Minuten vor zwölf.

*Mit einem mulmigen Gefühl schlich Maria in den Garten.
Um etwas sehen zu können, hatte sie eine Taschenlampe dabei,
der Strahl flackerte durch die Nacht. Als sie an der Laube ankam
und sich umschaute, war da niemand. Sie wartete angespannt.
Plötzlich riss ihr jemand die Taschenlampe aus der Hand und
knipste sie aus. Vor ihr stand ein Mann in einem Kapuzenpulli.*

»Kein Licht!«, *zischte er.* »Los, in die Laube!«

*Maria schloss auf, und sie tasteten sich in der Dunkelheit bis
zur Sitzecke vor. Es schien, als sei der Fremde nicht der Tätowierte aus dem Gastraum. Wenn Maria es richtig erkannt hatte,
war dieser hier schmaler, schlanker.*

»Was wollen Sie von mir?«, *fragte sie, nachdem sie beide Platz
genommen hatten.* »Sie machen mir Angst.«

»Sie brauchen keine Angst zu haben. Ich will nur, dass Sie

für mich wahrsagen. Ihnen wird nichts geschehen.« Der Mann flüsterte noch immer.

»Aber warum dieses ganze Theater?«, fragte Maria aufgebracht. »Warum vereinbaren Sie nicht einfach einen Termin, wie alle anderen das auch tun?«

»Schschscht. Nicht so laut.«

Nun sprach auch Maria gedämpft. »Ich kann aber nicht für Sie wahrsagen, wenn Sie so ein Geheimnis um sich machen. Sie … Sie sind mir unheimlich.«

Es wurde still, weil niemand sprach. Maria hielt sich eine Hand ans Ohr, denn sie hörte plötzlich ein Geräusch, das sie nicht einzuordnen vermochte. Es kam aus ihrem Innern und klang, als fiele eine Tür ins Schloss. Zugleich breitete sich ein Gefühl von Angst und Einsamkeit in ihr aus. Eine Kinderstimme rief: »Mama!«

»Was ist?«, fragte der Mann.

»Bitte gehen Sie. Ich kann unter diesen Bedingungen nichts für Sie tun.«

Der Mann griff unter seinen Pullover, holte etwas hervor, das Maria wegen der Dunkelheit nicht erkennen konnte, und legte es auf den Tisch. »Das ist für Sie«, sagte er.

Maria ahnte, dass es sich um einen Packen Scheine handelte. »Ihr Geld interessiert mich nicht. Es hat keinen Wert für mich, es entweiht nur meine Gabe. Bitte gehen Sie.«

Da war es wieder, dieses Geräusch. Eine Tür wurde geschlossen, und ein Kind rief: »Mama!«

Diese Angst, die in Maria aufstieg, wurde unerträglich. Aber es war nicht die Angst, die sie vor dem Fremden verspürte. Es war die Angst des Kindes, das nach seiner Mutter rief. Sie schloss die Augen und atmete tief, während Bilder in ihr hochkamen. Das Zimmer, in dem sie sich befand, war unaufgeräumt. Gebrauchtes Geschirr stand herum, ein Haufen Kleidung türmte sich in einer Ecke. Eine Matratze lag am Boden, die Decke achtlos aufgeschlagen, das Kissen eingedrückt. Normalerweise schlief die Mama, nach der das Kind rief, auf der Matratze. Aber das Kind war allein in diesem Zimmer.

Sie öffnete die Augen, das Geräusch der zuschlagenden Tür hallte noch immer in ihr nach. »*Ein Kind ist allein in der Wohnung*«, *sagte sie.* »*Ich höre, wie eine Haustür ins Schloss fällt. Es ist ein unheimliches Geräusch, so bedrohlich, so beklemmend. Was ist geschehen?*«

Der Fremde antwortete nicht. Maria hatte das Gefühl, dass ihn ihre Worte verstörten. Eine Weile saßen sie schweigend da, bis er schließlich aufstand und das Geld wieder an sich nahm.

»*Sie sind die Richtige, ich komme wieder*«, *sagte er, ging zur Tür und entwich in die Nacht.*

»Er hielt Wort«, sagte Maria und trank einen Schluck Wasser. »Diese Sitzung musste ihn so überzeugt haben, dass ich nun regelmäßig für ihn wahrsage. Mal kommt er in dichter Folge nach nur wenigen Tagen, mal wochenlang gar nicht. Aber dass er kommt, das ist gewiss.«

Carla hatte sich in ihrem Sessel zurückgelehnt und hörte aufmerksam zu. Noch hatte sie nicht die leiseste Ahnung, worauf die Geschichte hinauslief.

»Was hat es mit dieser Haustür auf sich?«, fragte Julia. »Wer ist das Kind?«

Maria Kaiser holte tief Luft. »Er selbst ist dieses Kind. Seine Mutter hat ihn verlassen, als er drei Jahre alt war. Sie ließ ihm eine Tasse Milch und ein paar Kekse da und verschwand für immer aus seinem Leben. Irgendjemand musste ihn gefunden haben, sonst wäre er heute nicht hier. Bis zu dieser Sitzung wusste er nichts von diesem Erlebnis, er hatte es verdrängt, und niemand hatte mit ihm darüber gesprochen. Erst durch meine Vision wurde es aufgedeckt. Er sagte, dass er nun verstehe, warum er in Panik gerate, wenn seine Frau manchmal abends die Wohnung verlässt. Seitdem hat sich eine enge, fast emotionale Beziehung zwischen uns beiden entwickelt. Ich habe so etwas wie mütterliche Gefühle für ihn, und er vertraut mir. Dabei weiß ich nicht einmal, wer er ist. Weder kenne ich seinen Namen noch sonst etwas, das ihn identifizieren könnte. Er ist für mich zu einem liebgewordenen Phantom geworden. Seltsam, nicht wahr?«

Maria Kaiser hatte wieder diesen leicht entrückten Blick, den Carla schon öfter an ihr wahrgenommen hatte. »Aber dass er verheiratet ist, das hat er Ihnen verraten«, stellte Carla fest.

»Richtig, das ist aber auch das Einzige.«

»Wie erfahren Sie, dass er kommen will?«

Maria Kaiser lächelte schwach. »Ich werde angerufen. Ein Unbekannter sagt mir, dass ich zu einem bestimmten Zeitpunkt an meiner Laube sein soll.«

»Ist es immer dieselbe Stimme, die anruft?«, fragte Julia.

»Manchmal ja, manchmal sind es andere.«

Carla würde einen Einzelverbindungsnachweis anfordern, aber sie war sich sicher, dass die Nummern nicht rückverfolgbar waren. Die SIM-Karten waren wahrscheinlich im außereuropäischen Ausland gekauft worden. »Wissen Sie, warum Ihr Besucher anonym bleiben will?«, fragte sie. »Was hat er zu verbergen?«

»Jetzt kommen wir zum Punkt«, sagte Maria Kaiser und klappte ein schwarz-rotes Chinabuch mit handgeschriebenen Notizen auf. »Dieser Mann ist Teil einer Organisation, die ein Verbrechen plant. Durch mich versucht er herauszufinden, ob die Sache gelingt.«

»Was für ein Verbrechen?«, fragte Julia.

»Das weiß ich leider nicht. Wie ich Ihnen schon einmal erläutert habe, kann ich mich kaum an die Bilder, die mir in Trance hochkommen, erinnern. Aber ein paar Eindrücke bleiben immer hängen. Ich habe sie mir notiert. Wollen Sie sie hören?«

»Ich bitte darum«, sagte Carla.

Maria blätterte in ihrem Chinabuch. »Eine Vision, die oft auftaucht, zeigt eine Gruppe von Menschen, die meisten sind Männer. Sie befinden sich in einem Haus, spielen Billard oder Flipper oder stehen herum und unterhalten sich, einige haben ein Bier in der Hand. Viele sind tätowiert, manche auch kahl rasiert. Ich fühle eine finstere Stimmung, sehr viel Wut, Hass und Verbitterung. Eines Abends, als der Unbekannte und ich wieder eine Sitzung abhielten und ich mich in Trance begeben hatte, kam ein weiteres Element hinzu, etwas, das meinen Besucher so in Bann zog, dass er mich anschließend mit Fragen löcherte. Ich sah zwischen all diesen Leuten einen Mann. Er war groß und sportlich, aber er hatte kein Gesicht. Es war wie eine dunkle Fläche, ohne Konturen und nicht zu erkennen. Als wir im Nachhinein über diese Vision sprachen, hatte ich plötzlich den Einfall, dass sich ein Maulwurf in die Gruppe geschlichen hatte, jemand, der das geplante Verbrechen aufdecken sollte, ein Polizist vielleicht. Mein Besucher glaubte das Gleiche. Er sagte es nicht, aber ich spürte es. Auch wusste ich in diesem Moment, warum ich für den Mann wahrsagen soll. Er will durch mich in Erfahrung bringen, ob sich ein Verräter unter ihnen befindet.«

Carla war verblüfft, verwirrt und alarmiert zugleich. Was Maria Kaiser schilderte, besorgte sie. Womöglich gehörte der Unbekannte der Verbrecherbande an, bei der Maik verdeckt ermittelte. Sollte die Vision eintreffen, wäre Maik in großer Gefahr, und nicht nur er. Schließlich war auch Carla von Maria Kaiser der Tod prophezeit worden.

Sie wandte sich wieder Maria Kaiser zu. »Wie hängt das alles mit dem Verschwinden Ihrer Tochter zusammen?«, fragte sie.

Die Familie warf sich ernste Blicke zu.

»Also gut«, sagte Maria Kaiser, »dann kommen wir zum Eigentlichen. Vor ein paar Abenden hielten wir erneut eine Sitzung ab. Ich weiß nicht mehr genau, was ich gesehen habe, aber ich vermute, dass es etwas mit dieser vermissten Jeta Seferi zu tun gehabt hat. Mein Besucher war sehr kurz angebunden an diesem Abend, er verschwand kurz nach der Sitzung, ohne Fragen zu stellen. Das war seltsam, das hatte er mit Ausnahme der ersten Sitzung noch nie getan. Beim Gehen sagte er nur: ›Was auch immer geschieht, keine Polizei! Sonst garantiere ich für nichts.‹ Es klang so bedrohlich. Am nächsten Morgen …« Maria Kaiser griff nach einem Taschentuch und presste es sich vor den Mund. Sie weinte.

»Am nächsten Morgen war Bea weg«, sagte Lene Kaiser mit bitterem Unterton. »Die Kerle sind durchs Fenster in ihr Zimmer gestiegen und haben sie mitgenommen, mitten in der Nacht.«

»Dann, am Mittwochabend, kam er wieder«, sagte Maria Kaiser und trocknete sich die Augen mit einem Taschentuch. Carla erinnerte sich, dass dies der Abend war, als sie das erste Mal das Licht der Taschenlampe auf der Halbinsel bemerkt hatte.

»Er sagte, dass es Bea gut gehe, wenn ich kooperieren würde. Ich solle die Polizei im Fall Jeta Seferi auf eine falsche Spur lenken. Er trug mir auf, Ihnen die Geschichte mit dem Lieferwagen und den beiden südländisch aussehenden Männern zu erzählen. Freitagabend tauchte er noch einmal auf. Er wollte wissen, ob alles geklappt hat. Seitdem habe ich nichts mehr von ihm gehört. Mein Gott, ich werde noch verrückt.«

Carla nahm an, dass sich der Fremde in der nächsten Zeit nicht mehr blicken lassen würde, nachdem sie am Vortag den SUV beobachtet hatte und er befürchten musste, aufzufliegen. Um jedoch Maria Kaiser nicht noch mehr zu beunruhigen, behielt sie diese Information für sich. Die Frage war nun, mit wem sie es zu tun hatten. Wer war dieser Mann?

»Können Sie den Fremden beschreiben?«, fragte sie. »Aussehen, Stimme …«

»Wie gesagt, ich habe ihn nur im Dunkeln gesehen. Seine Stimme ist unauffällig, angenehm und klar, aber da er nicht viel spricht, kann ich mir kein Urteil erlauben. Ich glaube aber, dass er recht gebildet ist, vielleicht studiert hat. Vom Alter her schätze ich ihn auf dreißig, vierzig Jahre.«

»Das ist ja schon mal was«, sagte Carla und stand auf. »Ich verspreche Ihnen, alles in meiner Macht Stehende zu tun, um Bea wiederzufinden.«

»Ich habe noch eine Frage«, sagte Julia, die sich ebenfalls erhoben hatte. »Wenn Sie wahrsagen können, warum wissen Sie nicht, wo Ihre Tochter ist?«

Maria Kaiser lächelte. »Weil ich keine Dinge sehen kann, die mit mir selbst zu tun haben. Denken Sie daran, wie ich meinen Mann kennengelernt habe. Bei einer Sitzung, in der ich schlichtweg nichts gesehen habe.«

Carla und Julia ließen sich von der Familie in den Garten führen, um das Fenster zu begutachten, aus dem Bea entführt worden war. Es schien aufgehebelt worden zu sein, die Spuren waren deutlich zu erkennen. Die Kriminaltechnik würde sich damit befassen.

Nachdem sie sich verabschiedet hatten, gingen Carla und Julia zum Auto.

»Glaubst du jetzt, dass sie hellsehen kann?«, fragte Julia beim Einsteigen.

Carla griff ebenfalls nach dem Gurt und zündete den Motor. »Ich bilde mir erst eine Meinung, wenn der Fall abgeschlossen ist. Wenn wir Jeta Seferi gefunden haben und die Zusammenhänge ihres Verschwindens kennen. Vorher glaube ich gar nichts mehr.«

Dann löste sie die Handbremse und gab Gas. Sie hatten nun eine Menge zu tun.

37

Es hatte wieder zu nieseln begonnen, als Carla auf den Parkplatz des Landeskriminalamtes in Eberswalde fuhr. Ruben musste auch gerade angekommen sein, denn er verschloss seinen Wagen mit der Keycard und eilte zum Haupteingang, einen Aktenkoffer in der Hand.

Sie stellte den Motor aus, stieg aus und rannte ihm hinterher. Es erinnerte sie an ihre Zeit als junges Mädchen bei der Polizeihochschule, als sie Ruben ebenfalls nachgelaufen war, wenn auch nur im Geiste, weil sie in ihn verliebt gewesen war. Nicht heftig, aber doch ein bisschen. Ruben war es ähnlich ergangen mit ihr, und so hatten sie eine Weile eine Affäre gehabt, ohne dass eine feste Beziehung daraus entstanden war. Allerdings war die sexuelle Anziehung rasch einer kumpelhaften Freundschaft gewichen, denn beide hatten zu jener Zeit ihr bisexuelles Coming-out durchlebt und beim anderen eher Halt als Erotik gesucht.

Während Carla ihre Orientierung recht bald akzeptiert und in ihr Leben integriert hatte, machte Ruben bis heute ein Geheimnis daraus. Es musste in seiner Erziehung begründet sein. Er entstammte einem kühlen Elternhaus, in dem nicht über Gefühle gesprochen wurde. Auch waren die Eltern strenggläubige Christen. Obwohl sich Ruben im Laufe seines Lebens von den einengenden elterlichen Glaubenssätzen gelöst hatte, war die sexualfeindliche christliche Moral tief in ihm verwurzelt. So wusste niemand von seinen schwulen Anteilen, selbst Julia nicht. Carla hatte auch nicht vor, es ihr zu sagen und Ruben auf diese Weise in den Rücken zu fallen, obgleich sie den Impuls verspürte, Julia zu beschützen. Doch sie war eine erwachsene Frau und musste selbst dahinterkommen – oder eben auch nicht.

Als Ruben das menschenleere Foyer betrat, holte sie ihn ein und ergriff seinen Unterarm. »Warte! Ich muss dringend mit dir sprechen«, sagte sie außer Atem. »Es geht um Maik.«

Ruben blieb abrupt stehen und musterte sie überrascht. »Klar doch. Was hältst du von einem Mittagessen? Wir könnten in die Kantine gehen. Du und ich zu zweit, das hatten wir lange nicht.«

Carla schmunzelte. Es war in der Tat schon eine Weile her, dass sie das letzte Mal allein zusammen gegessen hatten. Wenn sie sich recht erinnerte, knapp ein Jahr, als sie nach einem Serientäter gesucht und Carla sich im Zuge der Ermittlungen mit Hallinger überworfen hatte. »Keine Zeit«, sagte sie. »Ich muss Maik sehen, und zwar sofort.«

Ruben ließ die Fahrstühle linker Hand liegen und steuerte die Treppe an, die in breiten Stufen nach oben führte. »Du weißt, dass das nicht geht«, sagte er, während sie nach oben stiegen. »Niemand kann ihn treffen, außer ich vielleicht in Notfällen.«

Carla holte auf, um mit Ruben auf einer Höhe zu sein. Sie hatte keine Lust, ihm hinterherzuhecheln.

»Wir haben so einen Notfall«, sagte sie keuchend und erzählte kurz und knapp von der Aussage Maria Kaisers. Dass sie einem Unbekannten wahrsagen musste und ihre Tochter entführt wurde, um ihr Schweigen zu erzwingen. »Maik könnte mir Hinweise auf den Verbleib des Mädchens geben. Er ist der Einzige, der Zugang zu diesen Leuten hat.«

Sie hatten das erste von drei Stockwerken erreicht. Die Treppe war ganz schön anstrengend.

»Ist es denn erwiesen, dass der Unbekannte, der sich von dieser Kaiser wahrsagen lässt, zu der Gruppe gehört, bei der Maik ermittelt?«, fragte Ruben.

»Erwiesen ist nichts, aber wir müssen es in Betracht ziehen. Außerdem könntest du etwas mehr Mitgefühl für das verschwundene Mädchen und die Sorgen der Eltern zum Ausdruck bringen.«

»Maik ist kurz vor seinem Ziel«, sagte Ruben. »Wenn du ihn jetzt kontaktierst, bringst du unser gesamtes Projekt in Gefahr. Und nur wegen der vermeintlichen Vision einer vermeintlichen Hellseherin. Das ist mir zu riskant.«

Zweiter Stock, sie passierten die Glastür zum Flur.

»Ruben, verdammt noch mal! Natürlich kann es sein, dass wir

uns irren und die beiden Fälle nichts miteinander zu tun haben. Aber der Einzige, der uns im Moment weiterhelfen kann, ist Maik! Mir will noch immer nicht einleuchten, warum du dich so sperrst.«

Sie kamen im dritten Stock an. Ruben öffnete die Glastür und ließ Carla den Vortritt, dann schritten sie über den langen Flur.

»Selbst wenn ich wollte, könnte ich Maik nicht so einfach erreichen«, sagte Ruben. »Wir sind darauf angewiesen, dass er sich meldet. Alle Verbindungen von uns zu ihm sind gekappt. Aus Sicherheitsgründen.«

Carla platzte gleich der Kragen. Rubens Ausreden waren mehr als billig, und Carla verstand nicht, warum er sich so wand.

»Du willst doch nicht allen Ernstes behaupten, dass du keine Möglichkeit hast, mit Maik in Verbindung zu treten?«, sagte sie. »Für wie blöd hältst du mich? Dann ruf ihn als Lieschen Müller bei seiner Arbeit an. Dir wird schon was einfallen.«

Sie erreichten Rubens Bürotür. Er zögerte beim Öffnen, dann drehte er sich zu ihr um und sah sie eindringlich an. »Ich will ehrlich zu dir sein. Ich misstraue dir gewaltig. Wie ich dich kenne, versuchst du Maik zu überreden, auszusteigen. Richtig?«

Carla senkte abrupt den Blick. Ruben hatte ins Schwarze getroffen, und damit hatte sie nicht gerechnet. Ihre Sorge um Maik war zwar nicht der Hauptgrund, warum sie ihn sprechen wollte, aber sie musste sich eingestehen, dass sie sich zumindest vorgenommen hatte, ihn vor dem Einsatz zu warnen.

»Na bitte!«, sagte Ruben. »Und deshalb lautet meine Antwort: Nein!«

Ruben wollte gerade im Büro verschwinden, da hielt ihn Carla an der Schulter fest. »Und wenn ich verspreche, es nicht zu tun? Es geht in erster Linie um das Mädchen.«

Ruben biss sich nachdenklich auf die Unterlippe. »Dann lass mich mit ihm reden. Ich kann dir die nötigen Informationen besorgen.«

Carla schüttelte den Kopf. »Nein, ich rede mit ihm. Es ist meine Ermittlung. Ich stecke viel tiefer in dem Fall drin als du und weiß genau, was ich fragen muss.«

Ruben überlegte einen Moment, dann streckte er die Hand

aus, damit Carla einschlagen konnte. »Also gut. Aber keine Überredungsversuche, versprochen?«

Carla erwiderte den Händedruck, allerdings schweigend. Denn ob sie es wirklich versprechen konnte, hatte sie noch nicht entschieden.

Der Düstersee war einer von zwei Seen bei Temmen, einem kleinen Ort in der südlichen Uckermark. Die Gegend gehörte zum Biosphärenreservat Schorfheide-Chorin und war wunderschön. Carla mochte die urtümliche und wilde Landschaft, die von ausgedehnten Buchen-, Eichen- und Kiefernwäldern sowie von Seen und Mooren geprägt war. Bedrohte Tierarten wie Kranich, Schwarzstorch, Biber und Fischotter lebten hier.

Es holperte, als Ruben seinen Wagen über Kopfsteinpflaster in den riesigen Innenhof des ehemaligen Ritterguts Temmen lenkte, wo hochwertige ökologische Lebensmittel produziert wurden. Um den Platz gruppierten sich alte, mit Ziegeln erbaute Stallungen und Wirtschaftsgebäude, in einem Hofladen konnten Bio-Lebensmittel gekauft werden.

»Soll ich nicht lieber mitkommen?«, fragte Ruben, als er den Motor ausstellte, doch Carla winkte ab.

»Lass mich allein mit ihm sprechen. Es macht mich nervös, wenn du dabei bist. Dann muss ich jedes Wort auf die Goldwaage legen.«

Carla stieg aus, ließ Bruno nach draußen springen und warf die Beifahrertür zu. Die Luft war diesig und kühl, es hatte zu regnen aufgehört. Sie überquerte die Lindenallee und schlug einen schmalen Weg zum Wasser ein, der Hund trottete voran. Am Ufer ragte braunes Schilf empor. Nachdem sie etwa hundert Meter gegangen war, sah sie Maik in einem Waldstück stehen, das sich seitlich vom Weg erstreckte. Er kam schlendernd auf sie zu. Carla hatte den Eindruck, dass er mitgenommen aussah. Das Gesicht war blass, die Augen wirkten müde. Die verdeckte Ermittlung schien an seinen Nerven zu zehren.

Sie umarmten sich. Bruno kläffte und sprang eifersüchtig an Carlas Bein hoch.

»Geht es dir gut?«, fragte sie über das Hundegebell hinweg.

»Schön, dich zu sehen«, antwortete er, und sie lösten sich wieder voneinander. »Es ist alles sehr aufregend. Und wenn ich ehrlich bin: Ich hab Schiss. Fast wäre ich aufgeflogen. Außerdem fehlen mir Lydia und Anna mehr denn je.«

Carla wollte anmerken, dass er jederzeit aufhören konnte. Dass Lydia ein Stein vom Herzen fiele und Carla gleich mit. Aber das Versprechen, das sie Ruben gegeben hatte, ließ sie zögern.

Bruno beruhigte sich wieder und lief durchs Laub. Sie spazierten am See entlang, die Hände wegen des kühlen Wetters in die Taschen gesteckt. Carla schilderte ausführlich, was sie mit Maria Kaiser erlebt hatte. Dass sie auf Carlas Fest Jeta Seferis Tod vorhergesagt hatte, dass sie von einem Unbekannten aufgesucht wurde, dem sie wahrsagen musste – und dass ihre Tochter entführt wurde. »Du musst uns helfen, das Mädchen zu finden«, sagte sie. »Wir vermuten nämlich, dass der Unbekannte, der sie heimlich in ihrer Laube aufsucht, zu den Leuten gehört, bei denen du verdeckt ermittelst.«

»Ach wirklich?« Maik schwieg eine Weile, als müsse er Carlas Worte sacken lassen. Der Weg machte eine Biegung, führte fort vom See und an Feldern vorbei.

»Was kann ich für euch tun?«, fragte er, als sie stehen blieben und ihre Blicke über die Landschaft schweifen ließen.

»Mir sagen, wo sie das Mädchen versteckt haben könnten. Kennst du irgendwelche Kneipen, Gebäude, Wohnungen? Irgendeinen Ort, wo man eine Geisel festhalten könnte?«

Maik überlegte. »Vielleicht. Es gibt ein verfallenes Haus in Damitzow bei Tantow, so ein hässlicher Bau mit einem roten Ziegeldach. Wir ziehen uns da immer um, wenn wir auf der Schlosssee-Insel trainieren. Am Arsch der Welt ist das. Kann man auf der Landstraße ein Nickerchen machen.«

»Klingt, als sollten wir uns da mal umsehen.«

»Ich bin kurz davor, zum Kern der Gruppe vorzustoßen. Gib mir ein paar Tage, dann weiß ich mehr.«

»Kannst du schon Namen nennen?«

»Bald.«

Carla dachte an den Maulwurf, von dem Maria Kaiser gesprochen hatte. Zum Teufel mit Rubens Bedenken und dem Versprechen, das sie ihm gegeben hatte!

»Da ist noch etwas, das du wissen solltest«, sagte sie, als sie sich wieder auf den Weg in Richtung Straße machten. »Bei der Sitzung mit dem Unbekannten hatte Maria Kaiser eine Vision von einem Mann ohne Gesicht. Sie interpretiert es so, als habe sich ein Maulwurf in die Gruppe eingeschlichen.«

»Und du meinst, das sei ich.«

»Möglich wäre es. Jedenfalls hat sie dem Unbekannten ihre Vermutung mitgeteilt. Das heißt, dass die Leute jetzt alarmiert sind. Sie werden alles daransetzen, um herauszufinden, ob sie einen Verräter in ihren Reihen haben. Und was sie mit denen machen, ist hinlänglich bekannt.«

»Weil eine Hellseherin eine Vision hatte? Das kann doch nicht dein Ernst sein.«

»Maik, ich sage es ungern, weil ich es Ruben anders versprochen habe, aber du solltest aus der Sache aussteigen. Ob die Hellseherin recht oder unrecht hat, ist völlig nebensächlich. Wichtig ist, was diese Leute glauben. Du bist in großer Gefahr.«

Sie hatten wieder den Wald erreicht, und Maik kickte das Laub vor sich her. »Du machst mir Angst«, sagte er.

»Mit Absicht. Nur so kriege ich dich zum Einlenken.«

»Aber wie stellst du dir das vor, so kurz vor dem Ziel? Dann war die ganze Arbeit umsonst.«

»Wenn du tot bist, auch.«

Sie gingen eine Weile schweigend nebeneinanderher. Der See schimmerte still im herbstlichen Dunst. Ein Schwarm Wildgänse rauschte kreischend über sie hinweg.

»Im Übrigen habe ich mit Lydia telefoniert. Sie und Anna leiden fürchterlich unter der Situation. Lydia ist sogar so weit, dass sie sich von dir trennen will. Nimmst du das wirklich in Kauf?«

Maik wurde nachdenklich. Carla merkte ihm an, dass er besorgt war.

»Vielleicht hast du recht«, sagte er nach einer Weile. »Ich lass es mir durch den Kopf gehen.«

Es war nicht mehr weit bis zur Straße. Sie umarmten sich zum Abschied, und Maik stapfte zurück in den Wald, während Carla mit Bruno im Schlepptau dem Weg weiter folgte. Sie hätte erleichtert sein können, weil Maik über seinen Einsatz nachdenken wollte, doch stattdessen resignierte sie. Insgeheim war ihr bewusst, dass er seine Sache durchziehen würde, ungeachtet des hohen Risikos, das damit verbunden war. Sie wusste es, und es machte sie traurig.

38

Sie hatten etwa die Hälfte des Großen Stechlin abgewandert, leider ohne Erfolg. Fast vierzehn Kilometer umfasste der Rundweg, der unmittelbar am See entlangführte. Zunächst hatten sie sich das südliche Ufer vorgenommen, wo Julia das Boot am ehesten vermutet hatte, weil die Gegend am nächsten an einer Straße lag. Nun suchten sie den nördlichen und äußerst abgeschiedenen Teil ab. Das Boot von hier durch das riesige Waldgebiet fortzuschaffen, hätte einen großen logistischen Aufwand bedeutet, insofern hoffte Julia noch immer, dass die Leute es irgendwo liegen gelassen hatten.

Um wenig Aufsehen zu erregen, waren die beiden Schupos, die Julia begleiteten, in Zivil gekleidet. Sie durchstreiften das Laub an der Waldseite des Weges, während Julia das Ufer im Blick behielt und aufpasste, dass ihnen niemand folgte. Wegen des diesigen Wetters waren keine Spaziergänger oder Wanderer unterwegs, und es war totenstill um sie herum.

Sie schaute suchend zum Ufer, ihre Gedanken schweiften zu Ruben. Es war das erste Mal in ihrer mehr als einjährigen Beziehung, dass es sich abgekühlt hatte, zumindest von Julias Seite aus. Ihr Ärger auf ihn verschwand nicht. Inzwischen glaubte sie auch, herausgefunden zu haben, was sie so sehr verletzte. Sie war es leid, sich klein zu fühlen. Normalerweise bewunderte sie Ruben für dessen Scharfsinn und fühlte sich oft unterlegen, weil sie eher emotionsgesteuert und weniger vernünftig handelte. Doch was er sich neulich abends herausgenommen hatte, war zu viel gewesen. Er hatte sich über ihren und den Glauben ihres Vaters erhoben. So hatte er sie tatsächlich klein gemacht.

Ihr Handy vibrierte, als ihre Blicke das Ufer absuchten. Sie holte es aus der Jackentasche und sah, dass es ihr Vater war. Kurz überlegte sie, ihn wegzudrücken, doch dann entschied sie sich anders. Sie hatte ohnehin noch einmal mit ihm über ihre Vision in seiner Praxis-Küche sprechen wollen. Er wusste noch gar nicht, dass sich die inneren Bilder bewahrheitet hatten. Außerdem war nicht geklärt, wer diese Person war, die sie in der Trance nur gespürt, aber nicht gesehen hatte.

»Hallo, Papa!«

»Hallo, mein Kind. Es geht dir nicht gut, richtig?«

Julia seufzte. Manchmal störte es sie, dass ihr Vater ihr Befinden ahnte. Sie fühlte sich gläsern. »Ein andermal, nicht jetzt«, sagte sie trotzig. »Lass uns lieber über meine Vision reden. Da gibt es Neuigkeiten.«

Um nicht gehört zu werden, hielt sie eine gewisse Distanz zu ihren Kollegen, ohne das Ufer aus den Augen zu lassen.

»Erst will ich wissen, was dich beschäftigt«, sagte der Vater. »Hast du Streit mit Ruben?«

»Papa, du nervst! Kannst du nicht akzeptieren, dass ich nicht immer über meine Gefühle mit dir reden will? Ich melde mich schon, wenn ich deinen Rat brauche.«

Es blieb still am anderen Ende.

»Also gut«, sagte sie und seufzte erneut. Dann erzählte sie von ihrer Auseinandersetzung mit Ruben; dass er ihren Vater mit Voodoo verglichen und sich verächtlich über Homöopathie geäußert hatte. Eigentlich tat es gut, das alles mal herauszulassen. »Es ist wie bei Mama und dir«, sagte sie. »Die gleiche miese Stimmung, die gleichen Argumente. Mir geht es saubeschissen damit. Ich will nicht, dass unsere Beziehung daran kaputtgeht.« So wie eure, fügte sie gedanklich noch an.

Dr. Nganga schwieg, er schien nachzudenken. Julia beobachtete ihre beiden Kollegen, wie sie konzentriert durch das Laub stapften.

»Deine Mutter und ich haben uns oft an unseren unterschiedlichen Ansichten gerieben«, sagte ihr Vater schließlich. »Aber rückblickend betrachtet hat es uns bereichert. Es hat uns zu einer Auseinandersetzung mit der jeweils anderen Seite gezwungen. Im Übrigen haben wir nie den Respekt voreinander verloren.«

»Und ich dachte schon, dass ihr euch vielleicht deshalb getrennt habt.«

»Ach was! Das hatte ganz andere Gründe. Ich finde auch,

dass du maßlos übertreibst. Lass Ruben doch seine Sicht auf die Welt. Er hat ja in vielem recht. Homöopathie hilft oft nicht, und dass es Geister gibt, ist lediglich eine Überzeugung. Wissen tun wir gar nichts.«

Julia glaubte, nicht richtig zu hören. Sie hatte vermutet, dass ihr Vater entschiedener für seine Weltsicht eintrat. »Und du meinst also, er habe das Recht, sich über deinen Glauben und deine Behandlungsmethoden zu erheben?«, fragte sie rhetorisch. »Wo bleibt denn da der Respekt?«

»Aber du respektierst seine Sicht ja auch nicht, sondern lehnst alles ab, was mit Rationalität und Wissenschaft zu tun hat. Weil du anders gestrickt bist. Deine Stärken liegen im emotionalen Erfassen, nicht so sehr im logischen Denken. Steh dazu und lass es, wie es ist. Das eine ist nicht schlechter oder besser als das andere.«

Julia hielt ihren Mund, weil sie nicht wusste, was sie erwidern sollte. Es rumorte in ihr.

»Nimm dir deine Mutter und mich als Vorbild«, sagte er. »Schul- und Alternativmedizin sollten sich zum Wohle der Patienten ergänzen, nicht bekämpfen. Beides hat seinen Nutzen und seine Berechtigung. Wir haben uns zwar oft gefetzt, zugegeben, aber wir haben auch voneinander profitiert. Sie hat Anregungen von mir übernommen und ich von ihr.«

Julia merkte, dass sich Erleichterung in ihr ausbreitete. Es stimmte, was ihr Vater sagte. Nicht nur Ruben erhob sich über sie, auch sie sah auf Ruben und seine verstandesgeleitete Sicht herab.

»Ihr solltet euch versöhnen«, sagte Dr. Nganga. »Wie ich Ruben kenne, hat er sich bestimmt schon tausendmal bei dir entschuldigt. Und wie ich dich kenne, zierst du dich wie eine Prinzessin.«

Julia musste lachen. »Danke, Papa.«

»Themenwechsel. Was wolltest du mir über deine Vision sagen?«

Julia holte tief Luft, sie musste erst einmal umschalten. Vor ihrem inneren Auge holte sie die Bilder hoch, die sie in Trance gehabt hatte. Sie dachte an die Stille, die im Gasthof herrschte, als sie dort eingetreten war, und fühlte die Kälte im Raum, sie sah die verzweifelte Maria Kaiser vor sich, wie sie von Hintergehen, Schwierigkeiten und schrecklichen Dingen sprach, und sie spürte die Anwesenheit einer weiteren Person, die sie nicht hatte sehen können. Dann erzählte sie ihrem Vater vom Stand der Ermittlungen bei Maria Kaiser und dass deren Tochter entführt wurde.

»Und ich glaube, dass ich jetzt weiß, wer diese unsichtbare Person im Raum ist«, sagte sie. »Es ist der Unbekannte, der im Boot kommt und sich von Maria Kaiser wahrsagen lässt. Wir kennen ihn nicht, deshalb konnte ich ihn auch nicht sehen. Was hältst du von der Interpretation?«

»Ja, das klingt schlüssig«, sagte Dr. Nganga, nachdem er einen Moment überlegt hatte. »Dieser Unbekannte hat sich ja durch sein Verhalten in die Familie gedrängt, da passt es, dass er sich in deiner Vision mitten unter ihnen befindet. Er ist ein unsichtbarer Teil der Familie geworden. Siehst du, das meine ich damit, wenn ich sage, dass du die Fähigkeit hast, Dinge emotional und intuitiv zu erfassen. Mit Logik käme man da nicht weiter.«

Es tat gut, vom Vater gelobt zu werden.

»Allerdings …«

»Allerdings?«, fragte sie.

»Mir kommt gerade ein Gedanke. Habt ihr euch eigentlich mal das nähere Umfeld von Maria Kaiser angeschaut?«

Julia stutzte. »Ja, schon. Da ist Milan Babic, Marias Mann, Lene Kaiser, die Schwester, Hanno Plock, deren Mann, und Tino, der Kellner. Und natürlich die kleine Bea. Warum fragst du?«

»Ich weiß nicht … hm … Es könnte ja auch sein, dass die Person, die du nicht sehen kannst, jemand aus der Familie ist. Jemand, der eine Rolle in dem Ganzen spielt, den ihr aber übersieht, im wahrsten Sinne.«

»Hm …« Nun hatte Julia geglaubt, eine Lösung gefunden zu haben, da brachte ihr Vater schon wieder einen neuen Gedanken ins Spiel. »Wie kommst du denn plötzlich da drauf?«

»Es ist nur so ein Gefühl. Ich frage mich, warum dir der Unbekannte im Gasthof erscheint, wenn er in Wirklichkeit mit dem Boot zur Laube kommt. Das passt nicht so ganz.«

»Herrgott, es ist doch nur ein symbolisches Bild.«

»Trotzdem.«

»Also gut. Wir haben einen Hinweis, dass Milan Babic in Ex-Jugoslawien als Soldat im Krieg war«, sagte sie. »Meinst du, dass das was zu bedeuten hat?«

»Weiß nicht. Kommt dieser Milan denn in deiner Vision vor?«

»Nein. Außer, dass Maria Kaiser über ihn gesprochen hat.«

»Was hat sie gesagt?«

»Dass ich sie nicht verraten solle, sie und ihren Mann. Das war alles.«

»Sie spricht über ihn, aber du siehst ihn nicht. Ich an deiner Stelle würde das mal im Kopf behalten.«

Das Telefonat wurde durch das Rufen und Winken der Kollegen unterbrochen. Sie schienen etwas gefunden zu haben.

»Ich muss Schluss machen, Papa. Aber vielen Dank für dein Ohr, ich liebe dich.«

»Ich liebe dich auch«, hatte ihr Vater gerade angefangen zu sagen, aber da hatte ihn Julia schon weggedrückt.

***

Es war früh am Abend, als Carla mit Bruno im Gefolge nach Hause kam. Sie war mehr als kaputt. Gemeinsam mit Ruben hatte sie sich in Damitzow das verfallene Haus angesehen, von dem Maik gesprochen hatte. Die Räume waren frei zugänglich gewesen, selbst den Keller hatten sie inspizieren können. Leider hatten sie nicht den geringsten Hinweis auf die kleine Bea gefunden. Nun ruhten die Hoffnungen ganz auf dem Holzboot, das Julia und die beiden Schupos am Ufer des Großen Stechlin gefunden hatten. Es hatte mit der Unterseite nach oben im Laub gelegen, so, als sei es in der Eile dort hingebracht worden. Um es zu verstecken, hatten es die Täter mit Blättern zugedeckt. All dies sprach dafür, dass sie es mit dem Boot des Unbekannten und seiner Begleitung zu tun hatten. Carla hatte alle Hebel in

Bewegung gesetzt, dass es noch vor Ort auf DNA und Faserspuren untersucht und das Ergebnis rasch durchgegeben wurde, wenn möglich noch an diesem Abend – auf die Gefahr hin, dass Carla erneut losmusste. Aber die Befreiung des Mädchens hatte Vorrang.

Kathrin saß bereits am Abendbrottisch und blätterte in einem Hochglanzmagazin, während Bruno zur Küchenzeile trabte, um anzumelden, dass er Hunger hatte. Carla küsste Kathrin zur Begrüßung auf die Stirn, dabei fiel ihr auf, dass nur für zwei Personen gedeckt war. »Wo sind die Mäuse?«, fragte sie.

»Oben in Leonies Zimmer. Haben Besuch. Vera und Emil sind da.«

Vera war Leonies beste Freundin und Emil ein Kumpel aus Tonis Klasse.

»Und sag bitte niemals ›Mäuse‹, wenn sie dabei sind«, schob Kathrin nach. »Das käme nicht gut.«

»Für mich werden sie immer Mäuse bleiben. Selbst wenn sie vierzig sind und ein Unternehmen leiten.« Carla schlurfte zur Küchenzeile und befüllte einen Napf, den sie Bruno vor die Nase stellte. Dabei bemerkte sie auch Glöckchens Napf, der dort stand, wo der Kater immer gefressen hatte. Es wurde ihr schwer ums Herz. »So ein Tier verschwindet doch nicht spurlos«, sagte sie, als sie sich zu Kathrin an den Tisch setzte. »Was kann denn da passiert sein?«

Kathrin schlug ihr Magazin zu und legte es beiseite. »Da fragst du was. Von den Linumern hier will keiner was gesehen haben. Inzwischen hat sich auch die Tierkommunikations-Tante gemeldet.«

»Und?« Carla schenkte Tee in zwei Tassen. Es gab frisches Brot, Wurst, Käse, Eier und einen grünen Salat. Brunos Schmatzen und Grunzen war nicht zu überhören.

»Nichts. Konnte angeblich keine Verbindung herstellen, was dafür spräche, dass der Kater nicht mehr lebt. Sagte sie jedenfalls. Was weiß ich!«

»Und wie viel hat der Blödsinn gekostet?«, fragte Carla.

»Sie hat kein Geld gewollt. Die Kinder sollten einen beliebigen Betrag ans Tierheim spenden. Das haben sie auch gemacht. Jeder dreißig Euro vom Ersparten.«

Es rührte Carla, wie sehr sich die Kinder für ihren Kater einsetzten. Sie hätte heulen können, wobei sie nicht wusste, ob sie mehr den Verlust Glöckchens oder die Sorge der Kinder betrauerte.

»Ich hoffe, dass die Jägerin ihn nicht erschossen hat«, sagte Kathrin. In Linum gab es eine Frau, die einen Jagdschein besaß. »Zuzutrauen wäre es ihr. Aber Leonie ist davon überzeugt, dass er noch lebt. Angeblich hat er ihr im Traum signalisiert, dass er zurückkommt.«

Carla huschte ein Lächeln übers Gesicht. »Ich weiß nicht …«

Kathrin zuckte mit den Schultern. »Vielleicht ist ja was dran. Seit deinem Fest und der Vorhersage dieser Frau Kaiser sind die beiden voll überzeugt von außersinnlicher Wahrnehmung. Süß, oder?«

Wobei ihre Mutter sicherlich auch ihren Teil dazu beiträgt, dachte Carla, behielt den Satz aber für sich, um keinen Streit zu entfachen. »Dabei hat ihnen weder die Kaiser noch die Tierkommunikatorin weitergeholfen«, sagte sie stattdessen.

Ein Knall und ein Schrei im oberen Stockwerk unterbrachen die Unterhaltung. Carla und Kathrin sahen sich verdattert an, dann stürmten sie die Treppe hinauf. Carla war die Erste, die in Leonies Zimmer stürzte.

Die vier Jugendlichen saßen entsetzt um einen Tisch herum. Leonie hatte ihre Hand vor den Mund gepresst und starrte auf ein zersprungenes Glas, dessen Scherben sich auf dem Tisch verteilten.

»Was ist passiert?«, fragte Carla, die erst jetzt bemerkte, dass der schneeweiße runde Tisch mit einem Bleistift bekritzelt worden war. Jeder Buchstabe des Alphabets, die Zahlen Null bis Zehn sowie ein Ja und ein Nein waren sorgfältig aufgeschrieben worden.

»Ihr habt Gläserrücken gemacht«, sagte Kathrin voller Empörung, als hätten die Kinder eine Bank überfallen.

»Das Glas ist zersplittert«, sagte Toni. »Paff, einfach so.«

Leonie liefen Tränen übers Gesicht, während Vera den Arm um sie legte. »Wir haben den Geist gefragt, wo Glöckchen ist«, sagte Leonie schluchzend. »Dann ist das Glas völlig *weird* über den Tisch gerutscht und explodiert.«

»Den Geist?« Carla fragte noch einmal nach, um sicherzugehen, dass sie sich nicht verhört hatte.

»Beim Gläserrücken legt man den Zeigefinger auf das Glas und konzentriert sich«, sagte Emil mit einer brüchig männlichen Stimme. »Irgendwann schlüpft ein Geist unter das Glas und bewegt es. Dann kann man Fragen stellen, und der Geist antwortet, indem er auf die Felder rutscht.«

Und ihr helft mit eurem Zeigefinger ein bisschen nach, dachte Carla, hielt sich mit der Bemerkung jedoch zurück. Als Kinder hatten sie dieses Spiel auch gespielt. Allerdings hatte sich das Glas nie von selbst bewegt, Carla hatte immer geschoben. »Wahrscheinlich ist es zersprungen, weil es sich zu sehr mit Hitze aufgeladen hat«, sagte sie.

»Nein, weil der Geist überfordert war«, entgegnete Leonie, und die drei anderen nickten. »Er weiß, wo Glöckchen ist, und wollte es uns gerade mitteilen. Nun ist es zu spät.«

»Wir können ja noch einen Versuch starten«, sagte Vera. »Mit einem anderen Glas. Bestimmt ist der Geist noch hier im Zimmer.«

Kathrin stemmte einen Arm in die Seite. »Das kommt nicht in Frage. Damit das ein für alle Mal klar ist: Ich will nicht, dass ihr solche Sachen macht. Nicht in meinem Haus und am besten überhaupt nicht. Haben wir uns verstanden?«

»Aber das ist voll gemein«, sagte Leonie. »Was hast du denn für ein Problem damit?«

»Haben wir uns verstanden?«

Die Jugendlichen schauten betreten zu Boden, die Botschaft schien angekommen zu sein. Kathrin eilte aus dem Zimmer, und Carla folgte ihr. Sie verstand die Aufregung nicht. »Lass sie doch«, sagte sie, als sie die Treppe hinunterliefen. »Was ist so schlimm am Gläserrücken? Dann zerspringt eben mal was.«

»Aber du siehst ja, was es anrichtet«, sagte Kathrin wild gestikulierend und steuerte den Abendbrottisch an.

»Mein Gott, dann sind die Kinder mal geknickt. Wir sollten sie aufklären, dass es diese Geister nicht gibt, und dann renkt sich das schon wieder ein.«

Kathrin setzte sich, griff nach einer Scheibe Brot und schmierte sie mit Elan. »Ich will diese Energie nicht in meinem Haus haben«, sagte sie. »Wer weiß, wen die mir da reinholen. Nachher werden wir die nicht mehr los.«

»Wen werden wir nicht mehr los?«

»Diese Geister.«

»Wie bitte?« Carla fragte sich, ob Kathrin soeben das gesagt hatte, von dem sie glaubte, dass sie es gesagt hatte. Oder ob sie sich schlichtweg verhört hatte. »Du willst mir doch nicht allen Ernstes erzählen …«

Kathrin knallte ihr Messer auf den Teller, das Brot war noch nicht belegt, und sah Carla geladen an. »Du kennst doch Frau Schlepper, die immer bei mir einkauft.«

Carla überlegte. Eine klapperdünne Kundin mit Tattoos und einem Nasenpiercing kam ihr in den Sinn. Carla sah sie an der Kasse stehen, wie sie ihren Mund nicht zubekam. »Die immer so viel quasselt«, sagte sie.

»Genau. Ein Schulfreund von ihr hat Selbstmord begangen. Anschließend hat er sich an die arme Frau geheftet.«

»Als Toter.«

»Ja, Herrgott. Ich sag doch, dass er sich umgebracht hat.«

Carla warf die Hände vors Gesicht und schüttelte den Kopf. Momentan hatte sie das Gefühl, von Verrückten umgeben zu sein, selbst in ihrem eigenen Haus. Sie wollte sich dem Thema ja öffnen, war inzwischen, was Maria Kaiser betraf, auch ein bisschen zugänglicher geworden, aber was Kathrin gerade von sich gab, war an Unsinn nicht zu übertreffen. »Und wie endet die Geschichte?«, fragte sie und nahm die Hände wieder runter.

»Sie hat sich Hilfe geholt. Von so einem Experten aus Freiburg. Dann war der Geist zum Glück irgendwann verschwunden.«

»Ein Experte, soso.« Carla fasste es nicht. Dass Kathrin eine esoterische Seite hatte, war ihr ja bewusst, doch konnte man in diesem Fall noch von Esoterik sprechen? Oder zeigten sich hier erste Züge einer paranoiden Persönlichkeit? Kathrins Mutter war genauso, eine sonderbare alte Frau, die jeden Morgen ihr Horoskop las und ansonsten mit der Kristallkugel zugange war.

»Also wenn du meinst, dass bei uns ein Geist einziehen könnte, dann solltest du den Kindern das Gläserrücken natürlich verbieten«, sagte Carla, die in ihrem Studium gelernt hatte, dass man Paranoiden den Wahn niemals ausreden, sondern nur beruhigend kommentieren sollte.

Kathrin grinste bis über beide Ohren und umklammerte Carlas Hand. »Du musst dich nicht bei mir einschleimen«, sagte sie. »Ich merke doch, dass du mich für völlig plemplem hältst. Liebst du mich trotzdem?«

Nun musste auch Carla lachen. »Ja«, sagte sie und erwiderte den Händedruck.

In diesem Moment vibrierte Carlas Handy in ihrer Hosentasche. Es war Julia. Carla nahm das Gespräch an. »Was gibt es Neues?«, fragte sie.

»Du musst sofort kommen. Die DNA-Spuren sind ausgewertet. Wir wissen jetzt, wer in dem Boot saß.«

39

Die Sehnsucht nach Lydia und Anna quälte Maik bis zum Einschlafen und ließ ihn in der Früh hochschrecken. Er hätte sich niemals auf diese Ermittlung einlassen dürfen. Lydia war von Anfang an skeptisch gewesen, er hätte auf sie hören sollen. Um sie von einer Trennung abzubringen, musste er unbedingt noch einmal mit ihr sprechen. Die Deadline war abgelaufen, nun blieb nur zu hoffen, dass sie ihre Drohung nicht wahr machte. Doch vielleicht war sie auch zugänglicher geworden, schließlich war seit dem letzten Telefonat etwas Zeit vergangen, und die Wogen hatten sich ein wenig geglättet. Bestimmt freute sie sich, wenn er ihr sagte, dass sie nicht mehr lange warten musste. Wenige Tage noch, dann hatte er die wichtigsten Informationen zusammen und konnte nach Hause zurückkehren.

Der Morgen war schal und trist, als er durch den Wald joggte, der Boden matschig, die Bäume kahl. Der Nebel hatte sich nach oben über die Wipfel der Laubbäume und Kiefern verzogen, darunter war die Sicht klar.

Normalerweise rief er Lydia erst am Ende seiner Laufroute an, die in einem großen Bogen um den Suckower Haussee und kreuz und quer durch den Wald führte, sodass er auf zehn Kilometer kam. Doch an diesem Morgen hatte er die Reihenfolge geändert. Er wollte zuerst mit Lydia sprechen – sofern er danach überhaupt noch Lust zum Laufen verspürte.

Als er den Baum erreichte, wo das Handy versteckt war, vergewisserte er sich mit einem Rundumblick, dass ihm niemand gefolgt war, dann griff er in den Stamm. Doch zu seinem Erschrecken fasste er ins Leere. Das Handy war fort! Er steckte seine Hand so tief wie möglich hinein, aber das Telefon war nirgends zu fühlen, seine Fingerkuppen berührten lediglich das matschige Holz. Maik wurde fast ohnmächtig vor Angst, das Herz raste, und ein Hitzeschwall jagte durch seinen Kopf. Jemand musste ihn beim Telefonieren beobachtet haben, denn dass das Handy zufällig von einem Jäger oder Spaziergänger entdeckt worden war, war höchst unwahrscheinlich. Zumal sich Spaziergänger kaum in diese Gegend verirrten.

Er war zuletzt am späten Mittwochabend hier gewesen, als er das Telefon zurückgebracht und mit Lydia gesprochen hatte. Da er sich den Weg mit seinem Smartphon geleuchtet hatte, war er für einen möglichen Verfolger ein leicht auszumachendes Ziel gewesen. Außerdem war er unachtsam gewesen, weil ihn das Gespräch mit Lydia sehr bewegt hatte. Er hatte schlichtweg nicht richtig aufgepasst.

Mit weichen Knien joggte er zurück. Als er den Waldrand erreicht hatte, traf er eine Entscheidung, die längst überfällig war. Er hörte auf. Noch heute würde er abbrechen, alles hinschmeißen, gleich, in wenigen Minuten. Sobald er zurück in seiner Unterkunft war, würde er seine Sachen packen und sich auf den Weg nach Hause machen. Es war an der Zeit, das Ruder herumzureißen. Er durfte nicht länger riskieren, dass ihm etwas zustieß. Oder wollte er wirklich, dass Anna ohne Vater aufwuchs und Lydia in ihren jungen Jahren zur Witwe wurde?

Als er Frau Grimmes Haus betrat, eilte er sofort in sein Zimmer, schnappte sich frische Kleidung, lief ins Bad, streifte die nass geschwitzten Joggingklamotten ab und duschte. Zum Glück ließ sich Frau Grimme nicht blicken, denn er hatte keine Lust, sich das Geschimpfe noch einmal anzuhören. Den Geräuschen nach zu urteilen, war sie in der Küche zugange. Nachdem er die Duschwand getrocknet, sich angezogen und die Zähne geputzt hatte, huschte er in sein Zimmer, riss seine Kleidung aus dem Schrank und warf sie aufs Bett. Seinen Koffer legte er geöffnet auf den Boden. Im Nu machte sich Erleichterung in ihm breit. Endlich hatte er sich dazu durchgerungen, nach Hause zurückzukehren. Zur Hölle mit der Polizeikarriere! Noch wenige Minuten, und er war frei.

Hastig schmiss er seine Kleidung in den Koffer und wollte gerade ins Bad, um seine Utensilien zu holen, als plötzlich die Türglocke läutete. Er ging zum Fenster, schob die Gardine ein winziges Stück zur Seite und sah vor dem Haus einen Wagen

stehen, der ihm unbekannt war. Es handelte sich um einen tiefer-
gelegten schwarzen Golf mit getönten Scheiben. Hoffentlich
öffnete Frau Grimme nicht die Tür, doch er hatte den Gedanken
noch nicht zu Ende gedacht, da vernahm er auch schon ihre
Schritte im Flur, gefolgt von ihrer Stimme. »Ja, selbstverständlich, kommen Sie doch rein. Der Herr Hässler ist in seinem
Zimmer.«

Maik saß in der Falle. Durch das Fenster konnte er nicht fliehen, weil vermutlich eine weitere Person in dem Golf saß, um
das Haus im Blick zu behalten. Eine andere Fluchtmöglichkeit
gab es nicht. In Windeseile klappte er den Koffer zu und schob
ihn unter das Bett.

»Guten Morgen, Herr Hässler«, sagte Frau Grimme, als sie
ohne anzuklopfen eintrat. Eine braun getigerte Katze lugte zwischen ihren Beinen hindurch. »Hier ist ein junger Mann für Sie,
der Sie sprechen möchte. Soll ich ihn reinlassen?«

»Ja, bitte«, sagte Maik, der sich gerade vom Kofferverstauen
wieder aufgerichtet hatte und ziemlich aufgelöst dreinschauen
musste.

Hinter Frau Grimme stand Racko, der sich an ihr vorbei-
drückte. Die Katze maunzte lautstark und nahm Reißaus.

»Hey, Kumpel«, sagte er und begrüßte Maik mit Handklat-
schen. »Alles schick im Hause Hässler?«

»Alles schick. Was gibt's, Alter?«

Racko drehte sich zu Frau Grimme um, um ihr zu bedeuten,
dass sie verschwinden sollte. Sie nickte und schloss rasch die Tür.

»Stinkt das hier immer so nach Katzenpisse?«, flüsterte er.

»Hast du's noch nicht an mir gerochen?«

Rackos Blick wurde plötzlich ernst und eindringlich. »Hör
zu, Alter. Es ist so weit, der Boss will dich. Wir karren dich jetzt
dahin.«

Wer war »wir«? Maik warf einen Blick durchs Fenster und
sah einen breitschultrigen Mann an der Beifahrertür des Golfs
lehnen. Er rauchte. Das Gesicht kam Maik bekannt vor, auch
wenn es der Gardine wegen schwer zu erkennen war. Es war
der Typ mit den heruntergezogenen Mundwinkeln.

»Ausgerechnet heute … Ich weiß nicht«, sagte er. »Da ist gerade so ein Infekt im Anflug, so mit Fieber und so.«

»Ey, Alter, willst du mich verarschen?« Racko griff nach der Jacke, die über einem Stuhl hing, und warf sie Maik über den Kopf.

***

Maria Kaiser war völlig außer sich. Sie erlitt einen Weinkrampf, der so verzweifelt war, dass es Carla durch Mark und Bein ging. Uli musste ähnlich empfinden, so bestürzt, wie er aussah. Sie saßen alle drei um Carlas Schreibtisch herum, wobei Carla und Uli tröstend auf Maria Kaiser einredeten. Ihr Besuch im Kommissariat war spontan und ohne Ankündigung erfolgt, weil sie die Sorge um ihre Tochter in den Wahnsinn trieb. Dabei waren sie in den Ermittlungen einen Riesenschritt vorangekommen. Es war nicht übertrieben zu behaupten, dass sie der Bande auf der Spur waren. Die Prognose konnte als vorsichtig optimistisch bezeichnet werden.

»Bitte beruhigen Sie sich«, sagte Carla, stand auf und holte ein Glas Wasser und eine Packung Taschentücher. »Wir finden Ihre Tochter. Aber da Sie schon einmal hier sind, können Sie uns vielleicht helfen.«

Carla schwenkte den Monitor ihres Computers in Maria Kaisers Richtung und setzte sich wieder. »Kennen Sie diese Frau?«

Es war ein wenig riskant, Maria Kaiser in die Ermittlung miteinzubeziehen, weil noch immer nicht aufgeklärt worden war, ob sie und ihr Mann eine Verbindung zu diesen Verschwörungsanhängern hatten. Da jedoch das Mädchen in Gefahr war, musste Carla Ermittlungsgeheimnis gegen Sicherheit des Mädchens abwiegen. Möglicherweise konnte Maria Kaiser einen Hinweis auf die Gesuchte und das Versteck des Mädchens geben.

»Ich kenne die Frau nicht«, sagte Maria Kaiser zu Carlas und Ulis Enttäuschung. »Was ist mit ihr, wer ist sie?«

Carla seufzte. In dem Boot, das Julia und ihre Kollegen im Wald am Großen Stechlin gefunden hatten, war DNA von mindestens zwei Personen gesichert worden. Bei einer der beiden hatte ein Abgleich mit dem DNA-Datenbestand des BKA einen Treffer ergeben. Es handelte sich um die zweiunddreißigjährige Katrina Orlowsky, über die es eine Polizeiakte gab. Sie hatte wegen Kokainhandels im Gefängnis gesessen. Carla hatte lange gebraucht, bis sie sich erinnert hatte, woher sie das Gesicht kannte. Katrina Orlowsky war die Empfangsdame in dem kleinen Schwarzen bei astrologia.tv.

»Hat sie Bea entführt?«, fragte Maria Kaiser und wischte sich mit einem Taschentuch die Tränen aus dem Gesicht.

»Das wissen wir noch nicht«, sagte Uli. Dass sie die Begleitung des Mannes war, der spätabends mit dem Boot auf das Grundstück des Gasthofs kam, um sich von Maria Kaiser wahrsagen zu lassen, verschwiegen sie aus Sicherheitsgründen. Leider wussten sie über diesen Mann noch nichts, obwohl die DNA einer männlichen Person ebenfalls im Boot gefunden worden war. Diese Person jedoch war polizeilich nicht erfasst, hatte also noch keine DNA-Probe abgeben müssen. Allerdings hegte Carla einen Verdacht.

Sie hatte gerade den Monitor wieder zu sich zurückgezogen, als Julia mit einer Akte in der Hand ins Büro stürmte. Sie kam von draußen und hatte ihre Jacke an. »*Good news*«, sagte sie und knallte die Akte auf den Tisch.

»Kommen Sie, wir gehen in ein anderes Zimmer«, sagte Uli zu Maria Kaiser und stand auf, nachdem ihm Carla mit einem Seitenblick zu verstehen gegeben hatte, dass sie mit Julia allein sprechen wollte. Die Informationen, die nun folgten, waren vertraulich und durften nicht nach außen gelangen.

»Besorg mir ein Handy-Bewegungsprofil von dieser Orlowsky«, rief Carla Uli hinterher, als er mit Maria Kaiser das Zimmer verließ. »Ich will wissen, wo sich die Frau in den letzten Tagen aufgehalten hat.« Vielleicht führte dies zum Versteck der kleinen Bea.

Als die Tür ins Schloss fiel, zog Julia ihre Jacke aus. Obwohl Sonntag war, hatte sie die Akte in aller Eile besorgen können. Die Kollegen vom Revier, in dem Julia früher gearbeitet hatte, pflegten eine enge Verbindung zum Jugendamt, und es war stark anzunehmen, dass sie einige entscheidende Personen aus dem Bett gescheucht hatten. Den richterlichen Beschluss dazu hatte der Staatsanwalt bereits am frühen Morgen erwirkt.

Julia setzte sich. »Soll ich zusammenfassen?«, fragte sie und schlug die Akte auf.

»Ich bitte darum.«

»Es verhält sich exakt so, wie Maria Kaiser es geschildert hat. David Kaltenberg wurde im Alter von drei Jahren von seiner Mutter verlassen. Nachbarn waren durch sein Geschrei alarmiert worden, brachen die Tür auf und fanden ein völlig verwahrlostes Kind.«

Carla hielt inne. Kaltenberg war also der große Unbekannte, der Maria Kaiser in ihrer Laube aufsuchte. Das hatte sie auch vermutet, nachdem sie auf Katrina Orlowsky gestoßen waren.

»Der kleine David kam zunächst in ein Kinderheim in Angermünde«, sagte Julia. »Im Alter von fünf Jahren wurde er einer Pflegefamilie zugeteilt, zunächst befristet, dann auf Dauer. Er war, wen wundert's, ein schwieriges Kind mit unkontrollierten Wutausbrüchen und schwer depressiven Phasen. Er erhielt Einzelfallhilfe, Psychotherapie, alles nicht sonderlich erfolgreich, wie ich den Berichten entnehme. Hier stehen Name und Adresse dieser Pflegefamilie. Wir könnten sie aufsuchen.«

Carla war irritiert. So unsympathisch ihr Kaltenberg auch war, so sehr empfand sie plötzlich Mitgefühl für ihn. »Nein, das ist zu gefährlich, solange wir das Umfeld der Verbrecher nicht kennen«, sagte sie. »Kaltenberg und diese Sender-Tussi dürfen nicht merken, dass wir ihnen auf der Spur sind. Das könnte das Leben der kleinen Bea gefährden.«

Sie stand auf und ging zum Whiteboard. »Die Frage ist, welche Personen wir bisher haben.« Mit einem schwarzen Edding schrieb sie die Namen David Kaltenberg und Katrina Orlowsky auf die weiße Fläche. »Das sind die Senderleute«, sagte sie. »Kaltenberg, der sich von Maria Kaiser wahrsagen lässt, und Orlowsky als seine Begleiterin.« Sie fügte einen weiteren Namen hinzu. »Und ich wette, dass auch Karin Kaltenberg in der Sache mit drinsteckt. Vielleicht sogar in leitender Funktion. Von ihrer Persönlichkeit her wäre es ihr zuzutrauen. Eher als ihrem Mann auf jeden Fall.«

Nun prangten drei Namen auf dem Whiteboard, David und Karin Kaltenberg sowie Katrina Orlowsky. Carla zog von allen dreien jeweils einen Pfeil zu einer vierten Person: Jeta Seferi.

»Nun beginnen wir allmählich die Zusammenhänge zu verstehen«, sagte sie. »Die vermisste Jeta Seferi ist David Kaltenbergs Assistentin und zugleich seine Geliebte. David Kaltenberg wiederum ist Teil einer Bande, die ein Verbrechen plant. Folgendes könnte passiert sein: Jeta könnte ebenfalls dieser Bande angehören und getötet worden sein, weil sie eine Verräterin war, so wie all die anderen Opfer auch …«

»… oder sie hat etwas mitbekommen, das sie nicht hat mitbekommen sollen«, ergänzte Julia. »Daraufhin hat sie die Kaltenbergs um fünfzigtausend Euro erpresst und wurde ermordet. Was hältst du von dieser Version?«

»Das wäre sogar noch wahrscheinlicher«, murmelte Carla, die nun zu verstehen glaubte, warum Karin Kaltenberg zunächst vorgegeben hatte, nichts von der Affäre ihres Mannes mit Jeta Seferi gewusst zu haben, und erst in der Vernehmung einlenkte. All das war Theater, das sie und ihr Mann mit der Polizei gespielt hatten. Mit dem vermeintlichen Motiv einer Affäre hatten sie vom wahren Motiv, nämlich, dass sie von Jeta Seferi erpresst worden waren, ablenken wollen.

Carla schrieb einen weiteren Namen ans Whiteboard: Andreas (Andy) Mechler. »Dieser Mann wäre fast eine Gefahr für Maik geworden«, sagte sie. »Er wurde vor einigen Jahren in Maiks Anwesenheit wegen eines Drogendeliktes verhaftet und hätte Maik womöglich erkannt, wenn Ruben ihn nicht aus dem Verkehr gezogen hätte.« Carla zog einen Pfeil von Andy Mechler zu der Empfangsdame Katrina Orlowsky. »Die beiden kennen sich. Sie sind miteinander befreundet und in dieselben Drogengeschäfte verwickelt. So haben wir eine weitere Verbindung zwischen dem Sender und der Bande, bei der Maik verdeckt ermittelt.«

Carla schrieb noch zwei andere Namen auf. »Das wiederum heißt, dass wir es auch mit diesen Personen zu tun haben: dem ehemaligen Oberst Benjamin Rückert, der bei der Bundeswehr wegen Verbindungen zu den Reichsbürgern gefeuert wurde und untergetaucht ist. Und diesem Glatzkopf Karsten Rakow, genannt Racko. Laut Ruben ist Maik dicht an ihm dran.«

Sie legte den Edding am Whiteboard ab und setzte sich wieder an ihren Schreibtisch, als Uli mit einem Zettel ins Zimmer kam.

»Ich hab mal das Bewegungsprofil dieser Orlowsky gecheckt«, sagte er und legte den Zettel vor Carla auf den Schreibtisch. »Da fällt in der Tat was auf.«

Carla entnahm dem Zettel eine Nummer: »012216«.

»Das ist der Sendemast, bei dem sich das Handy der Orlowsky in den vergangenen Tagen häufig eingebucht hat«, sagte Uli, der neben Carla stand und sich zu ihr gebeugt hatte. »Auch heute, im Übrigen.«

Julia kam hinzu und spähte ebenfalls auf den Zettel. »Was ist das für eine Gegend?«, fragte sie.

»Arnimswalde«, antwortete Uli. »Ein Naturschutzgebiet.«

Carla stutzte. »Ein Naturschutzgebiet?«

»Korrekt. Eine hügelige Landschaft mit Wiesen, Wäldern, Seen und Mooren. Außer, man liebt die Natur oder man wohnt in einem der winzigen Orte ringsherum, gibt es keinen Grund, da so oft hinzufahren. Interessant ist allerdings eine winzige Ansiedlung am Rande dieses Naturschutzgebietes. Drei, vier Häuser, fast völlig von Wald umgeben. Heißt ebenfalls Arnimswalde. Wenn ich eine Geisel verstecken wollen würde, dann da.«

»In Ordnung«, sagte Carla, die plötzlich voller Hoffnung war, das Mädchen bald zu finden. »Uli, du informierst Ruben über den Ermittlungsstand. Außerdem will ich, dass die Kaltenbergs und diese Empfangsdame observiert werden.«

Sie selbst hatte vor, sich mit Julia zusammen in dem Naturschutzgebiet umzusehen.

40

Es war zum Verzweifeln. Ihre Beine waren müde, außerdem wirkte noch immer der Schock in ihr nach, dass der Killer sie fast erwischt hätte. Er hatte ein Gewehr dabeigehabt, als er in die Hütte gekommen war, aber er hatte sie nicht bemerkt. Stattdessen hatte er ein Butterbrot aus seinem Rucksack geholt und es gegessen. Es schien, als habe er eine Pause gemacht, weil er Tag und Nacht unterwegs war, um sie zu finden. Erst als er längst fort gewesen war, hatte Jeta die Hütte verlassen, das war am frühen Morgen gewesen. Nun stapfte sie durch das Laub, fernab eines Weges und ohne jede Hoffnung, jemals aus diesem Wald herauszukommen.

Sie dachte an David und spürte, wie sehr sie ihn vermisste. Es tat ihr leid, dass sie ihn aus dieser Ferienwohnung geworfen hatte, er hatte sie am nächsten Morgen zum Bahnhof nach Berlin fahren wollen. Sie hätte es nicht tun dürfen. Mit ihrem Jähzorn stand sie sich oft selbst im Weg. David war ein guter Mensch mit einer traurigen Kindheit; ein Mann, der abhängig war von einer kriminellen Ehefrau und ihren schwankenden Launen. Wie oft hatte Jeta die Karten für ihn gelegt und gesehen, was für ein gutmütiger und liebevoller Mensch er war. Er fiele aus allen Wolken, wenn er erführe, dass seine Frau einen Killer auf sie gehetzt hatte, der noch immer hinter ihr her war.

Doch hatte es sich tatsächlich so zugetragen?

Ihr schoss plötzlich ein Gedanke in den Kopf, der ihr das Blut in den Adern gefrieren ließ. Es war Davids Vorschlag gewesen, sich in diesem Kaff zu treffen, dessen Name ihr noch immer nicht einfiel. Es war auf seine Initiative hin geschehen, ja, er hatte förmlich darauf gedrungen, dass sie die Nacht vor ihrer Abreise zusammen in dieser Ferienwohnung verbrachten. Hatte er sie dorthin gelockt? Hatte er sie in dieser abgeschiedenen Gegend haben wollen, wo es keine Zeugen gab?

Sie dachte an den Sex in jener Nacht, der nicht so leidenschaftlich gewesen war wie sonst. Seine Augen hatten nicht gestrahlt; sie hatten abwesend gewirkt, so, als sei er mit etwas anderem beschäftigt gewesen. Auch versuchte sie sich den Streit, der sie so zur Weißglut getrieben hatte, in Erinnerung zu rufen. David hatte ihn ausgelöst und ohne erkennbaren Anlass über die Beziehung sprechen wollen, hatte ihr gesagt, dass sie zusammen keine Zukunft hätten, weil er seine Frau nicht verlassen könnte.

Nicht Jeta, David hatte damit angefangen, und er kannte ihre verletzbaren Stellen und ihre Impulsivität. Was hätte er getan, wenn sie nicht die Nerven verloren hätte? Wenn sie vernünftig geblieben wäre und sich einsichtig gezeigt hätte – hätte er sich dann davongeschlichen, auf Zehenspitzen im Morgengrauen? Im Wissen, dass sie zur Bushaltestelle gehen würde, wo ihr Mörder auf sie wartete? Die Bushaltestelle! Am Abend zuvor waren sie spazieren gegangen und an dieser Bushaltestelle vorbeigekommen. David hatte sich den Fahrplan angesehen und gesagt, dass in der Früh um sechs ein Bus führe; als habe er ihr einen Wink geben wollen, wohin sie am Morgen zu gehen hatte, wenn er nicht mehr bei ihr war.

Jeta taumelte, weil ihr übel wurde, ihre Beine fühlten sich schwach an. Sie war gemein hintergangen worden. Der Mann, den sie liebte und von dem sie geglaubt hatte, dass er das Gleiche für sie empfand, hatte sie einem Killer ausgeliefert.

Sie war so in ihre Gedanken vertieft gewesen, dass sie erst jetzt in der Ferne ein Geräusch wahrnahm. Es war ein Brummen und Rauschen, mal lauter, mal leiser. Einige Sekunden verstrichen, bis sie begriff, was sie hörte. Nicht weit von hier musste eine Landstraße sein.

Sie lief los, stolperte über Äste und Wurzeln und kletterte über umgefallene Baumstämme, bis sie schließlich die Straße erkannte, die sich vor ihr im Nebel erstreckte. Ein Auto fuhr mit eingeschaltetem Licht an ihr vorbei, dahinter folgte ein Lkw. Sie rannte, stürzte, rappelte sich wieder auf und erreichte die Straße. Endlich kam sie aus diesem verfluchten Wald raus! Sie hatte es geschafft, bald würde sie zu Hause sein.

41

Maik hatte keine Ahnung, wo man ihn hinbrachte, weil ihm der Typ mit den heruntergezogenen Mundwinkeln eine Augenbinde verpasst hatte. Nicht mal das Kennzeichen hatte er erkennen können. Der Treffpunkt, zu dem sie fuhren, war also streng geheim. Es beruhigte Maik in gewisser Weise, denn wenn sich die Leute eine solche Mühe mit dem Verbergen ihres Verstecks machten, dann hatten sie nicht vor, ihn umzubringen. Dennoch hatte er eine Heidenangst, weil sein Handy nicht mehr im Baum lag. Wer hatte es gefunden, und was hatte die Person damit vor?

Man hatte ihn auf die Rückbank gesetzt und ihm die Hände mit Handschellen gefesselt, damit er nicht an die Augenbinde fassen und linsen konnte. Während der gesamten Fahrt wurde kein einziges Wort gesprochen. Doch Maik glaubte, dass Racko auf dem Beifahrersitz saß, während der Mundwinkeltyp den Wagen fuhr. Er müffelte wie ein Aschenbecher voller Kippen vor sich hin. Maik versuchte sich zu merken, wie oft und in welche Richtungen abgebogen wurde. Am Anfang war es etwas kompliziert gewesen, da waren sie ein paarmal abgebogen, aber nun ging es stetig geradeaus. Die Autobahn benutzten sie nicht, das wäre ihm aufgefallen. Wenn er sich nicht täuschte, waren sie in nördlicher Richtung unterwegs. Nach einer Weile, die Maik zeitlich nicht einschätzen konnte, bog der Fahrer in einen holprigen Weg ein. Es ruckelte um Kurven und Ecken, bis der Wagen schließlich zum Stehen kam und der Motor versiegte. Die Jungs stiegen aus und knallten die Türen zu.

»Komm raus«, befahl Racko, nachdem er die hintere Tür aufgerissen hatte.

Maik setzte sich auf und zwängte sich aus dem Auto. Dann griff ihn Racko am Oberarm und führte ihn schrittweise durch Gras. Wenn Maik nach unten schaute, sah er durch einen winzigen Schlitz seine Schuhe. Kurz darauf betraten sie ein Haus, und es wurde augenblicklich angenehm warm um ihn herum.

Man brachte ihn in einen Raum, wo ihm die Handschellen und die Augenbinde abgenommen wurden.

»Hinsetzen«, sagte Racko.

Maik ließ sich in einen Ledersessel sinken und sah sich um. Das Zimmer war mit antiken Möbeln geschmackvoll eingerichtet. Es gab eine Vitrine mit teurem Porzellan und eine Bücherwand, in einem Kamin flackerte ein Feuer. In einem Runderker stand eine Sitzlandschaft, durch das Fenster sah man auf einen See mit viel Wald ringsherum. Das Haus, in dem sie sich aufhielten, war eine Nobel-XXL-Datscha.

Maik warf einen Blick auf seine Armbanduhr, um einen Anhaltspunkt zu haben, wo sich diese Datscha befinden könnte. Sie waren etwa eine Stunde unterwegs gewesen.

Der Mundwinkeltyp stellte sich mit verschränkten Armen vor die Tür und glotzte Maik an, während sich Racko in einen der anderen Sessel setzte. »Sorry für die scheiß Augenbinde und die Handschellen«, sagte er zu Maik gebeugt. »Aber der Boss geht nun mal gerne auf Nummer zweihundertpro.«

In diesem Moment wurde im hinteren Teil des Raumes eine Tür geöffnet, und ein älterer, freundlich dreinschauender Herr mit einem graublonden Seitenscheitel trat ein. Maik erkannte Oberst a. D. Benjamin Rückert sofort. Hier also hielt er sich auf. Vermutlich war er der Kopf der Bande.

Racko erhob sich respektzollend, und Maik tat es ihm gleich, doch Rückert bedeutete beiden mit einer Handbewegung, sich wieder zu setzen. »Dieses Mal ist die Herfahrt gewiss nicht so komfortabel gewesen«, sagte er und nahm auf dem Sofa Platz. »Es tut mir leid, und das meine ich ehrlich. Du kannst mich Benni nennen.« Er streckte Maik die Hand entgegen.

Maik schlug ein. »Kevin. Kevin Hässler.«

»Racko kennst du ja schon«, sagte Rückert, »und der sympathische junge Mann da an der Tür ist Leonhardt, unser Lellek.«

Leonhardt lächelte ausnahmsweise. Maik nickte ihm zu, allerdings ohne zu lächeln. Währenddessen griff Racko nach einer Flasche Champagner, die auf dem Tisch in einem Eiskühler ruhte, und befüllte Sektschalen. Jeder nahm sich ein Glas, und sie prosteten sich zu. »Auf dich, Kevin«, sagte Rückert. »Es ist uns eine Freude, dich dabeihaben zu dürfen.«

Nachdem sie getrunken und die Gläser wieder abgestellt hatten, machte es sich Rückert bequem, indem er sich zurücklehnte und einen Arm auf die Sofalehne legte. »Nun wird es feierlich«, sagte er, »denn ich erzähle dir jetzt, was wir vorhaben. Danach gibt es kein Zurück mehr für dich. Wenn ich mit meiner Geschichte durch bin, bist du endgültig und unwiderruflich an uns gebunden. Ein Ausstieg wäre nur unter unglücklichen Umständen möglich. Wie wir dabei vorgehen, weißt du vielleicht. Wenn du lieber die Reißleine ziehen willst, dann hast du jetzt noch die Möglichkeit dazu.«

Es wurde still im Raum, und alle starrten Maik an. Ja, er würde am liebsten aussteigen, und zwar auf der Stelle. Doch es wäre unklug, so kurz vor dem Ziel. Außerdem war das Risiko, trotzdem getötet zu werden, viel zu groß, auch wenn er niemandem etwas verraten konnte, weil er schlichtweg keine Ahnung hatte, wo sich diese verfluchte Luxus-Datscha befand. Dass sie nicht auf den Namen Rückerts eingetragen war, wusste er bereits, denn seine Kollegen hatten dessen Immobilien geprüft. Eine Datscha war nicht darunter. Es war zu vermuten, dass sie einem Mitglied der Bande oder einem Sympathisanten gehörte, der mit den politischen Ansichten der Gruppe d'accord ging.

»Ich bin dabei«, sagte er, hob sein Glas und trank erneut.

»Gut«, sagte Rückert, »eine kluge Entscheidung. Ich gehe davon aus, dass wir uns politisch einig sind: Die Menschen in unserem Land sollen durch eine politische Elite, die von einem narzisstischen Regulierungsdrang getrieben wird, sukzessive ihrer Freiheit beraubt werden. Wenn wir uns nicht wehren, schlittern wir in eine Öko-Diktatur, die mittelfristig in Unterdrückung und Knechtschaft endet. Stichwort Grüne Khmer.«

Rückert schmunzelte über sein eigenes Wortspiel. Er spielte auf die Roten Khmer an, die in Kambodscha unter Pol Pot Angst und Schrecken verbreitet hatten. Sie mit den Grünen zu vergleichen, war nicht nur übertrieben, es war vollkommen absurd. Die Roten Khmer hatten zwei Millionen Menschen auf dem Gewissen.

»Wir haben es übrigens mit einem Phänomen zu tun, das weltweit beobachtet wird«, fuhr Rückert fort. »International braut sich eine Verschwörung aus Milliardären, linken Politikern, Juden und globalen Institutionen wie der WHO und der UNO zusammen, die nur ein Ziel verfolgen: uns zu willenlosen Sklaven zu machen. Dabei nimmt man den Klimawandel zum Anlass, um uns zu verängstigen und mürbe zu machen. Dem wollen, nein, dem müssen wir einen Riegel vorschieben.«

Rückert schwieg für einen Moment und sah Maik an, als erwarte er eine zustimmende Reaktion.

»Absolut, da bin ich ganz deiner Meinung«, sagte Maik so überzeugend wie möglich angesichts des inneren Widerstands, der in ihm aufkeimte. Rückert war ein intelligenter Mensch, wieso folgte er solch abstrusen Ideen?

Maiks Kollegen hatten über den Mann recherchiert. Als Einzelkind entstammte er einer konservativen und wohlhabenden Familie aus Baden-Württemberg. Der Vater hatte Rückert-Stahlbau gegründet, eine Firma, die im Laufe der Jahre deutschlandweit und international zu einem Großunternehmen herangewachsen war. Die Mutter hatte zunächst die Geschäfte geführt, sich aber nach der Geburt des Jungen in ihre Rolle als Hausfrau und Mutter zurückgezogen. Es hieß, dass die Rückerts liebevolle Eltern gewesen seien, die ihrem Sohn jeden Wunsch erfüllt hätten. Benjamin Rückert sei schon in der Schule durch schneidende Intelligenz und hervorragende Leistungen aufgefallen. Nach einem Einser-Abitur ging er zum Militär, wo er eine glänzende Karriere hingelegt hatte. Er hätte es gewiss bis ganz nach oben geschafft, wenn ihm seine Verbindung zu den Reichsbürgern nicht in die Quere gekommen wäre.

Nach dem Tod der Eltern und dem Verkauf der Firma, die zu diesem Zeitpunkt fast tausend Mitarbeiter hatte, hatte Rückert es zu einem beträchtlichen Vermögen gebracht. Einem ruhigen und wohlhabenden Lebensabend stünde nichts im Wege, wenn er nicht von diesen kruden Verschwörungsphantasien geleitet würde.

Maik wurde jäh aus seinen Gedanken gerissen, weil er durch das Erkerfenster einen Mann auf das Haus zukommen sah. Er trug eine hellblaue Jeansjacke. Es dauerte einen Moment, bis er Chris erkannt hatte, den Typen mit der Blechstimme, der ihn im Mini verfolgt hatte. Wenn er von Rückerts Unterschlupf wusste, gehörte er zum engsten Führungskreis der Gruppe. Warum war er hier? Maik fürchtete, dass sein Besuch nichts Gutes zu bedeuten hatte.

»Wir leugnen den Klimawandel ja gar nicht«, sagte Rückert und beugte sich vor, als müsse er Überzeugungsarbeit leisten. »Die meisten in unserer Organisation wollen nur nicht wahrhaben, dass der Mensch dafür verantwortlich ist. Das sehe ich persönlich anders. Ich bin der Meinung, dass der Mensch schuld ist und aktiv werden muss. Allerdings nicht so, wie sich die Regierenden das vorstellen, und schon gar nicht bei uns hier in Deutschland. Unsere Klimaziele könnten woanders viel besser umgesetzt werden. Wir müssten nur den Mut aufbringen, zum Kolonialismus zurückzukehren und die minderwertigen Rassen zu beherrschen. Statt Steuergelder in Entwicklungsländer zu pumpen, um Treibhausgase zu reduzieren, müssten wir diese Länder kontrollieren. So könnten wir das Bevölkerungswachstum eindämmen, eines unserer größten Klimaprobleme überhaupt. Bereits heute wird der Anstieg der globalen Kohlendioxidemissionen nicht mehr durch die Industriestaaten verursacht, sondern durch das ungehemmte Wachstum der schwarzen Rasse in Afrika – während die Anzahl Weißer auf der Welt immer weiter abnimmt. Beängstigend ist das.«

Maik dachte, dass das ja mal eine kreative Sichtweise auf den Umgang mit dem Klimawandel war. Einfach alles den Afrikanern in die Schuhe schieben, so waren die Industriestaaten, die den Klimawandel zum größten Teil verursachten, fein raus aus der Sache.

Es hämmerte an die Tür, das musste dieser Chris sein. Rückert gab Leonhardt ein Blickzeichen, woraufhin dieser in der Diele verschwand, kurz darauf zurückkam und Rückert etwas ins Ohr flüsterte.

»Rein mit ihm«, sagte Rückert, und Maik merkte, wie ihm mulmig wurde. Etwas Bedrohliches lag in der Luft.

Chris erschien im Zimmer, hob lässig die Hand zum Gruß und setzte sich neben Rückert auf das Sofa, während Leonhardt wieder seinen Platz an der Tür einnahm.

»Ich will nicht stören«, sagte Chris mit seiner unangenehmen Stimme und einem Kaugummi im Mund. »Sprecht ruhig weiter.«

»Ich erzähle unserem Neuen gerade von unseren Plänen«, sagte Rückert. »Ihr kennt euch ja bereits?«

»Klaro, wir hatten schon das Vergnügen«, sagte Chris kauend und schmatzend. Maik fürchtete, dass er es war, der sein Handy gefunden hatte. Dieser kleine Mistkäfer!

»Gut«, sagte Rückert zu Maik, »dann kommen wir zum Eigentlichen. Wie du dir denken kannst, machen wir weltweit im Darknet Geschäfte, die, vorsichtig ausgedrückt, nicht immer legal sind. Deine Aufgabe wird es sein, Spuren zu verwischen und Spuren zu legen, die auf falsche Fährten führen –«

Rückert wurde unterbrochen, weil Chris etwas aus der Brusttasche seiner Jacke geholt und auf den Tisch geknallt hatte. Maik schoss das Blut in den Kopf. Da lagen sein altes Handy und der Akku, den Chris sicherheitshalber herausgenommen hatte, um nicht rückverfolgbar zu sein.

»Woher hast du das?«, fragte Rückert und nahm das Handy in die Hand.

Chris machte eine Kopfbewegung zu Maik. Nun fuhr auch Racko herum.

»Er quatscht heimlich mit jemandem«, sagte Chris. »Ich hab ihn dabei beobachtet, neulich nachts, im Wald. Das Handy steckte in einem Baum.«

»In einem Baum?« Rückert starrte auf das Handy, er schien noch nicht zu begreifen, was Chris ihm gerade mitgeteilt hatte.

»Es gibt nur eine einzige Nummer, die angerufen wird«, sagte Chris böse grinsend. »Die Dame heißt Lydia. Heute Morgen ist sie endlich rangegangen. Hat nur leider gleich wieder aufgelegt, als sie gemerkt hat, dass nicht ihr Liebster dran ist.«

»Ey, Alter, was machst du für Sachen?«, sagte Racko.

Chris stand auf. »Was der macht? Der ist ein Bulle, Alter. Ich hab den ganzen Call mitangehört.«

Maik schlotterte vor Angst, schaffte es aber, sich nichts anmerken zu lassen. Er hatte nur eine Möglichkeit, der Lage zu entkommen. Er musste die Bande körperlich attackieren. Die Frage war nur, wie sich Racko verhielt. Wenn er sich auf Maiks Seite schlug, hatte er eine Chance. Ansonsten war er der kampfsporterfahrenen Übermacht von Leonhardt, Racko und Chris unterlegen.

Rückert legte das Handy auf den Tisch. Seinem Gesicht war anzusehen, dass er fieberhaft überlegte. Im Bruchteil einer Sekunde ballte er eine Faust, holte aus und schlug Racko so unvermittelt und fest ins Gesicht, dass dieser aufschrie und vom Sessel fiel.

»Du verdammter Idiot!«, brüllte Rückert, stand auf und trat wie verrückt auf den am Boden Liegenden ein. Für Racko wäre es ein Leichtes gewesen, sich zu wehren und Rückert zu überwältigen, doch dafür fehlte ihm der Mut. Er hatte zu viel Respekt vor dem Mann.

Rückert schnappte sich einen Kaminhaken, holte aus und wollte Racko den Schädel zertrümmern, doch da ging Maik dazwischen. Er packte Rückert am Arm, riss ihm den Kaminhaken aus der Hand und schleuderte ihn ans andere Ende des Zimmers, während sich Racko schützend die Arme um den Kopf gelegt hatte und wie ein kleines Kind wimmerte. Noch ehe sich Maik sammeln konnte, spürte er einen heftigen Schlag am Hinterkopf und sackte in die Knie. Vor seinen Augen drehte sich alles, als würde er ohnmächtig. Im Nu stürzten sich Leonhardt und Chris auf ihn und legten ihm Handschellen an.

Rückert schnaufte vor Wut. »Steh auf!«, brüllte er Racko an, der sich langsam und unter Schmerzen erhob. Rückert stellte sich dicht an ihn heran, die graublonden Haare zerzaust. »Ich könnte dich töten lassen, so wie all die anderen«, zischte er. »Aber du kriegst noch eine Chance. Knall das Arschloch ab.«

Racko nickte beflissen, und Rückert drückte ihm eine Waffe in die Hand.

Racko zielte auf Maik, doch Rückert packte ihn am Arm. »Nicht hier, du Idiot!« Dann wandte er sich Chris zu. »Bringt ihn weit weg. Und pass auf, dass der Trampel nicht noch mal versagt. Sonst knall ihn gleich mit ab.«

Maik senkte den Kopf, er hatte keine Ahnung, wie er der Situation entfliehen sollte. Der Schlag schmerzte, es war ausweglos. Von hinten trat jemand an ihn heran und verband ihm die Augen, er glaubte, dass es Leonhardt war. Hände griffen unter seine Achseln und halfen ihm unsanft auf, dann wurde er nach draußen gezerrt und in Richtung Auto geschubst.

42

Der Weg nach Arnimswalde führte am Düstersee vorbei durch Temmen, wo sich Carla mit Maik getroffen hatte. Etwa einen Kilometer hinter dem Ort in einer verlassenen und wiesenreichen Landschaft knickte eine schmale Landstraße nach links ab. Carla betätigte den Blinker und hielt an, um ein entgegenkommendes Fahrzeug vorbeizulassen, während Julia auf dem Beifahrersitz in der Akte von David Kaltenberg blätterte. Auf der Rückbank lag Bruno und schlief.

»Eine Psychologin schreibt hier, dass Kaltenberg als Jugendlicher paranormale Überzeugungen gehabt hat«, sagte Julia. »Angeblich soll er mit Geistern kommuniziert haben, was mit starken Ängsten verbunden war. Man solle eine manifeste psychotische Erkrankung in Betracht ziehen.«

Carla bog auf die schmale Landstraße ab und dachte über den Satz nach. Ihr fiel Kathrin ein und ihre fast schon paranoide Furcht vor Geistern. »Vielleicht liegen Psychose und der Glaube an paranormale Dinge nah beieinander«, sagte sie. »In beiden Fällen nehmen Betroffene die Realität verzerrt wahr.«

Julia klappte die Akte zu. »Aber man sollte Menschen mit paranormalen Überzeugungen nicht generell pathologisieren. Verglichen mit Psychotikern haben sie ihren Alltag fest im Griff. Auch haben sie keinen Leidensdruck.«

»Deswegen können sie trotzdem eine ähnlich gelagerte Wahrnehmungsstörung haben.«

»Aber dass Hellseher die Realität verzerrt wahrnehmen, ist eine Unterstellung. Was genau ist denn die Realität? Das, was wir mit unseren fünf Sinnen erfassen? Oder gibt es noch was darüber hinaus? Denk mal an Katzen und ihren sechsten Sinn. Es heißt immer, sie könnten Dinge vorausahnen. Oder Tiere, die ein Erdbeben spüren, noch vor dem ersten Stoß. Es ist doch vermessen anzunehmen, dass nur das existiert, was ich sehen und hören kann.«

Carla musste schmunzeln. Sie vergaß manchmal, dass Julia selbst einen Hang zum Paranormalen hatte. »Ich glaube aber trotzdem, dass Maria Kaiser eine psychotische Seite hat. Sie wirkt manchmal ein wenig entrückt. Ist dir das noch nicht aufgefallen?«

»Doch«, sagte Julia. »Aber psychotisch ... Ich weiß nicht. Sie war wahrscheinlich schon immer so. Warum ist es dir so wichtig, Übersinnliches und Psychosen miteinander in Verbindung zu bringen?«

Carla merkte, dass Julia mit ihrer Frage den Nagel auf den Kopf traf. Es war ihr wichtig, weil Maria Kaiser die Kindheitsgeschichte David Kaltenbergs »gesehen« hatte. Nun fragte sie sich, ob sie die Kaiser ernster nehmen müsste, als sie es wirklich tat, schließlich hatte sie auch ihr etwas wahrgesagt – nämlich den Tod. Doch Carla spürte eine starke Weigerung, sich von dem Fall zurückzuziehen. Sie wollte sich nicht einschüchtern lassen, auch wenn sie außersinnlichen Dingen nicht mehr ganz so skeptisch gegenüberstand wie zu Beginn der Ermittlung. Aber es wäre schlichtweg lächerlich, einen Fall wegen der Warnung einer Hellseherin abzugeben. Zugleich spürte sie eine dumpfe Angst. Was, wenn Maria Kaiser doch recht hatte?

Sie folgten der Landstraße, die leicht anstieg. Als sie die Kuppe erreichten, lag eine phantastische Hügellandschaft vor ihnen mit Wiesen, Büschen, Seen und Teichen. Dies musste das Naturschutzgebiet sein. Dem Navi zufolge gab es zwei Zufahrtswege zu der winzigen Ansiedlung Arnimswalde; einen kürzeren durch ein menschenleeres Gebiet am Sabinensee vorbei oder einen längeren durch den Ort Böckenberg. Da sich Katrina Orlowsky auch in Böckenberg aufhalten konnte, entschied sich Carla für die längere Strecke.

Nachdem sie das hübsche Willmine passiert hatten, näherten sie sich nach einer kurzen Berg-und-Tal-Fahrt Böckenberg, wo Carla das Tempo drosselte. Langsam fuhren sie durch den Ort. Julia hielt einen Zettel mit Katrina Orlowskys Kennzeichen in der Hand. Doch der SUV, der auf die Verdächtige angemeldet war, war nirgends zu sehen. Von Weitem erblickten sie den

Sendemast, dessen Nummer Uli ermittelt hatte. Er ragte am Ortsrand in die Höhe.

In Böckenberg zweigte ein schmaler unbefestigter Weg ab, der zur Siedlung Arnimswalde führte.

»Es ist besser, wenn wir zu Fuß gehen, dann fallen wir weniger auf«, sagte Carla und parkte an einer Reihe Büsche.

Nachdem sie ausgestiegen waren, verstaute Julia die Akte Kaltenberg im Kofferraum, dann marschierten sie los. Bruno sprang bellend an der Scheibe hoch, doch Carla wollte ihn nicht mitnehmen. Es wäre zu riskant, falls sie den Ort heimlich ausspähen mussten.

Sie stapften den Weg entlang, der zum Teil matschig, zum Teil steinig war. An manchen Stellen hatten sich Pfützen gebildet, vor allem in tiefen Reifenspuren, die sich in den Boden gedrückt hatten. Ein Schild wies darauf hin, dass die Strecke im Winter nicht befahrbar sei. Der Wegesrand wurde von Büschen und Bäumen gesäumt, dahinter erstreckten sich Wiesen, die Gegend war völlig abgelegen.

Als sie an einem Wald ankamen, verließen sie den Weg und kämpften sich durch das Unterholz. Sie wollten jede Möglichkeit ausschließen, gesehen zu werden. Julia hielt ihr Smartphone in der Hand und hatte die Richtung über GPS im Blick.

Nach einem ausgiebigen Fußmarsch erreichten sie Arnimswalde, eine Waldblöße, auf der einige wenige alte Häuser standen. Carla hatte recherchiert, dass es sich bei der Siedlung um ein ehemaliges Vorwerk handelte, das zum Rittergut Fredenwalde gehört hatte. Es bestand aus einem Wohnhaus und mehreren Wirtschaftsgebäuden, die haufenförmig angeordnet waren.

Carla und Julia verschafften sich im Schutz der Bäume einen Überblick. Einige Häuser waren verfallen, das Gemäuer bröckelte, die Scheiben waren zum Teil zersplittert. Ein lang gezogenes, aus Ziegeln erbautes Haus, das so aussah wie ein ehemaliger Stall, war saniert worden. Es verfügte über bodentiefe Fenster, das Gemäuer wirkte wie neu. Auf einem begrünten Platz zwischen zwei Häusern parkten mehrere Wagen, die jedoch so standen, dass die Kennzeichen nicht zu erkennen waren. Drei dieser Fahrzeuge waren SUV.

»Ich lauf mal zu den Autos rüber und schau mir die Nummernschilder an«, flüsterte Carla. »Bleib du hier und warte auf mich.«

Noch ehe Julia reagieren konnte, trat Carla aus dem Wald heraus und huschte auf den Platz zu. Sollte sie jemand ansprechen, würde sie behaupten, eine Spaziergängerin zu sein, die zufällig an diesen Ort geraten war. Doch sie begegnete niemandem, die Siedlung wirkte wie ausgestorben.

Als sie die Autos erreicht hatte und die Kennzeichen las, klopfte ihr Herz wie verrückt. Einer der Wagen, ein weißer SUV, gehörte Katrina Orlowsky. Wahrscheinlich hatten sie gerade das Hauptquartier dieser Verschwörungsleute aufgespürt. Bei einem schwarzen Volvo XC90 waren Unfallspuren zu erkennen, sodass das Fahrzeug den Leuten gehören könnte, die sie verfolgt hatten. Nun stellte sich nur noch die Frage, ob auch Bea auf dem Gelände gefangen gehalten wurde.

Carla gab Julia ein Handzeichen, dass sie den Wagen gefunden hatte. Dann fiel ihr eine Tür auf, die halb offen stand und ins Gebäude führte. Die einzige Möglichkeit herauszufinden, ob sich Bea hier befand, war, sich in dem Haus umzusehen, wollte sie eine zeitaufwendige Observation vermeiden.

Sie schob alle Bedenken beiseite, schlich zur Tür, zog sie auf und trat in einen kleinen Vorraum, der in der oberen Hälfte verglast war und zu einem menschenleeren, langen Flur führte. Zahlreiche Türen gingen ab, von denen einige weit offen waren, sodass Licht von draußen einfiel. Carla schritt den Flur entlang. Hinter der ersten geöffneten Tür lag eine kleine Küche. Sie wirkte wie geleckt, als würde sie nicht oft benutzt. Die nächste Tür führte zu einem Büro, in dessen Mitte ein Schreibtisch mit einem Rechner stand, auch gab es eine Polsterliege und einen zweitürigen Spindschrank. Ein großes Fenster gewährte einen Blick auf den Platz, wo die Autos parkten, in der Ecke wuchs eine prächtige Zimmerpalme, die den Raum belebte. Eine Schrank-Regal-Kombination füllte die Wand an der Tür-

Seite aus. Carla bekam zunehmend Gewissheit, dass sie sich im Hauptquartier dieser Bande befand, wenn nicht sogar im Büro eines der führenden Leute.

Sie trat ein und schaute sich auf dem Schreibtisch um. Der Rechner war eingeschaltet, er summte, aber der Monitor war schwarz. Als sie gerade einen Stapel Papiere unter die Lupe nehmen wollte, hörte sie Schritte im Flur, sie näherten sich in rasantem Tempo. Dem Klackern nach zu urteilen, handelte es sich um eine Frau mit hochhackigen Schuhen. Carla machte einen Satz zu der geöffneten Tür und versteckte sich dahinter, die Büroschrankwand im Rücken.

Ärgerlicherweise kam die Person genau in dieses Büro. Es war zu hören, wie sie sich in einen Drehstuhl fallen ließ und den Rechner betätigte. Um etwas sehen zu können, tippte Carla die Tür leicht an, sodass ein kleiner Spalt entstand. Zu ihrer Überraschung kannte sie die Frau: Es war niemand anderes als Karin Kaltenberg. Sie hatte die Website des Schlosstheaters Rheinsberg aufgerufen und scrollte sich durch das Programm. An ihrem Unterarm war wieder diese Narbe zu erkennen.

Carla fragte sich, ob sie unbemerkt aus dem Raum schleichen konnte oder ob es sinnvoller wäre zu warten, bis die Kaltenberg wieder verschwand. Doch das konnte dauern.

Da schallten erneut Schritte über den Flur. Kurz darauf betrat ein bulliger, kurzhaariger Typ mit Jeansjacke und Nacken-Tattoo den Raum. Zu Carlas Entsetzen gab er der Tür einen kräftigen Stoß, sodass sie zufiel. Nun stand sie völlig blank da. Die Leute brauchten sich nur umzudrehen, dann hatten sie sie sofort im Blick. So leise wie möglich zwängte sie sich in eine Ecke zwischen Büroschrank und Wand, sodass sie etwas geschützter stand, aber doch zu sehen war.

Der Mann ging auf Karin Kaltenberg zu und massierte ihre Schultern. Dabei wurde ein Tattoo sichtbar, das seinen Unterarm zierte. Es war ein Q, das anscheinend für QAnon stand, eine Bewegung, die von den USA aus Verschwörungsinhalte mit rechtsextremistischem Hintergrund im Internet verbreitete. Carla vermutete, dass auch die Kaltenberg ein solches Tattoo besessen hatte. Die Narbe zeugte vielleicht davon, dass es unsauber entfernt worden war.

Karin Kaltenberg schloss die Augen und schmiegte ihren Kopf an den Bauch des Mannes, während sich der Monitor wieder ausschaltete.

»Wenn wir es doch nur schon hinter uns hätten«, sagte sie.

»Du bist angespannt«, sagte er. »Was besorgt dich so?«

»Es gibt eine neue Entwicklung.«

»Positiv?«, fragte der Mann.

»Sagen wir mal so: Es könnte uns in die Karten spielen.« Karin Kaltenberg öffnete die Augen, setzte sich aufrecht hin und schaltete erneut den Bildschirm ein, während sie weiter von dem Mann massiert wurde. »Wir haben gesicherte Informationen, dass unser Objekt ein Ethno-Ballett besucht, in Rheinsberg«, sagte sie. »Mit Übernachtung im ›Schlosshof‹. Für uns wäre das leichter zu händeln als Potsdam. Noch bleibt genügend Zeit, unsere Leute da einzuschleusen. Was meinst du?«

Sie wollte seine Hände wegdrücken, aber er ließ es nicht zu, sondern knetete weiter. »Wir haben nichts zu verlieren«, sagte er. »Wenn Rheinsberg aus welchem Grund auch immer nicht funktioniert, dann bleiben wir eben bei Potsdam.«

Vor dem Fenster tauchten plötzlich zwei Kerle in Lederjacken auf. Sie lehnten sich an einen Wagen, zündeten sich eine Zigarette an und winkten Karin Kaltenberg und dem Mann hinter ihr lässig zu.

Carla versuchte sich so weit wie möglich in die Ecke zu quetschen. Sie befand sich genau in Blickrichtung der beiden Männer, die nur ein einziges Mal richtig hinschauen müssten, um sie zu entdecken.

»Lass mich«, sagte Karin Kaltenberg und schob die Hände des Mannes weg. »Du tust mir weh.«

Er begann, sie an der Brust zu berühren. »Ich dachte, dass wir vielleicht …«

Sie sprang hoch. »Bitte geh jetzt. Ich bin müde.«

Carla ärgerte sich, dass sie sich in diese prekäre Lage gebracht hatte. Wenn sie erwischt würde, hatte sie keine andere Wahl, als ihre Waffe zu ziehen, die beiden in Schach zu halten und per Handy Verstärkung anzufordern. Dann blieb nur zu hoffen, dass es die Männer an den Autos nicht mitbekamen und in der Zwischenzeit die gesamte Bande mobilisierten.

Aber sie hatte Glück. Der Mann im Büro riss wütend die Tür auf, ohne Carla zu bemerken, weil er die Kaltenberg mit allerhand Beschimpfungen und wütenden Blicken bedachte, verschwand im Flur und knallte die Tür wieder hinter sich zu.

Karin Kaltenberg schien unbeeindruckt von dem Konflikt. Sie legte sich auf die Liege, deckte sich zu und schloss die Augen.

Es war so still im Raum, dass Carla kaum zu atmen wagte. Sie wartete ein paar Minuten. Als sie das Gefühl hatte, dass die Kaltenberg weggedöst war, kam sie aus der Ecke hervor, öffnete leise die Tür und huschte auf den Flur.

Inzwischen war die Kaltenberg aufgewacht. »Hallo?«, rief sie. »Ist da jemand?«

Carla schlich so lautlos und flink wie möglich in den Vorraum zur Eingangstür, die immer noch halb offen stand. Durch den Spalt sah sie die beiden Männer. Sie rauchten nicht mehr, plauderten aber noch.

Plötzlich trat die Kaltenberg aus ihrem Zimmer und schritt den Flur ab. Carla saß in der Falle. Raus konnte sie nicht, und die Kaltenberg musste jeden Moment bei ihr auftauchen. Carla ließ sich in die Hocke sinken, denn der untere Teil des Vorraums war durch eine Kunststoffverkleidung sichtgeschützt. Ihr Herz pochte, als sie über die Kante lugte, während Karin Kaltenberg immer näher kam und in die Zimmer spähte. Doch zu Carlas Überraschung verschwand sie in der Küche. Als Carla einen Wasserkocher und das Klappern von Geschirr vernahm, beruhigte sie sich ein wenig. Karin Kaltenberg schien sich einen Kaffee oder Tee zu kochen.

Kurz darauf schlenderten auch die Männer fort, und Carla konnte endlich nach draußen.

Sie rannte in den Wald zurück, wo sie von Julia empfangen wurde. »Mein Gott, wo hast du denn gesteckt?«, blaffte sie. »Ich war total in Sorge.«

»Wie vermutet hängt die Kaltenberg in der Sache mit drin. Außerdem habe ich eine leise Ahnung davon, was die Bande vorhat. Blöderweise konnte ich nicht rausfinden, ob das Mädchen hier irgendwo versteckt ist.«

Julia zückte ihr Smartphone. »Ich glaube, dass ich da weiterhelfen kann«, sagte sie. »Schau dir mal an, was ich eben gefilmt habe.« Sie reichte Carla das Handy, auf dem ein Video ablief.

Eine Frau, die Carla als Katrina Orlowsky erkannte, kam aus dem Wald, sie hatte ein Mädchen an der Hand, die kleine Bea. Hinter den beiden folgten zwei bewaffnete Männer in schwarzer Montur, sie hatten einen Schäferhund dabei. Bea weinte fürchterlich. »Ich will zu meiner Mama«, schluchzte sie. Carla konnte sich die Szene kaum ansehen, es brach ihr das Herz.

Die Gruppe ging langsam zu einem der Häuser, das sich gleich gegenüber dem Gebäude befand, in dem sich Carla gerade aufgehalten hatte. Es war das andere Haus jenseits des Platzes, wo die SUV parkten. Beas Weinen wurde immer lauter und verzweifelter.

»Du mit deiner Scheiß-Mama«, fauchte die Orlowsky und zerrte mehrere Male am Arm des Kindes. »Halt endlich dein Maul, oder du wirst deine Mama nie wiedersehen.«

Nun schrie Bea noch lauter, und die Orlowsky verpasste ihr zwei Ohrfeigen, eine rechts, eine links, woraufhin das Kind abrupt verstummte.

Carla stoppte den Film, sie hielt es nicht aus. »Wir holen das Kind hier raus«, sagte sie. »Noch heute.«

43

Maik war es speiübel, weil Racko wie ein Irrer fuhr. Er raste durch die Kurven, bremste manchmal abrupt und ließ den Motor beim Gasgeben aufheulen.

»Du Drecksau!«, schrie er und zog den Rotz in seiner Nase hoch, während sie in einem Affenzahn über eine Landstraße brausten. »Ich knall dich ab, Alter, ich schwör, ich knall dich ab!«

Maik hatte Mühe, das Gleichgewicht zu halten, weil er auf dem Rücksitz hin- und hergeworfen wurde. Dass Chris mit im Auto saß, wusste er, weil er gehörte hatte, wie er eingestiegen war, aber er gab keinen Mucks von sich. Maik konnte ihn nur schwer einschätzen. Wahrscheinlich war er der Gefährlichere von beiden, weil er Maik von Anfang an auf dem Kieker gehabt hatte. Racko hingegen war zwar völlig außer Rand und Band, aber auch beeinflussbarer. Ihn könnte Maik noch am ehesten vom Töten abhalten.

Nach einer Weile, die sich wie eine Ewigkeit anfühlte, spürte Maik, dass sie über einen Waldweg fuhren. Es ruckelte heftig. Als der Wagen zum Stehen gekommen und der Motor ausgestellt worden war, wurde die hintere Tür geöffnet. Die beiden Männer zerrten ihn aus dem Wagen, nötigten ihn, aufzustehen, und stießen ihn vor sich her. Stolpernd lief er voran, wobei ihn gelegentlich jemand am Ärmel riss, damit er nicht mit einem Baum kollidierte. Erneut war es ihm möglich, durch einen Schlitz in der Augenbinde seine Füße zu sehen, das Sichtfeld war dieses Mal jedoch größer. Wenn er seinen Kopf ein klein wenig in den Nacken legte, erkannte er das feuchte Herbstlaub und den unteren Teil der Baumstämme. Es wäre nicht nötig gewesen, ihn zu lenken, doch er musste aufpassen, dass es Racko und Chris nicht bemerkten, sonst hätten sie ihm die Augenbinde richtig dicht gemacht.

Als sie einige Minuten durch den Wald gestapft waren, drückte ihn einer der Männer auf die Schultern. »Runter mit dir!« Es war die Blechstimme.

Maik sackte in die Knie und wurde fast verrückt vor Todesangst. Wenn ihm nicht sofort etwas einfiel, war es aus mit ihm. Er dachte an Lydia und Anna und spürte, wie sich eine Mischung aus Sehnsucht, Panik und Trauer in ihm ausbreitete. Die Vorstellung, seine Tochter nie mehr wiederzusehen, war noch unerträglicher als der Gedanke an Lydia. Sie war erwachsen und würde den Verlust irgendwann verarbeitet haben, aber die Kleine würde ohne ihren Vater aufwachsen müssen, und er war schuld, dass es so weit gekommen war. Seine Augen wurden feucht, sein Körper begann zu zittern.

Ein Klicken drang an sein Ohr, das Magazin war entsichert worden. Der Lauf einer Pistole drückte an seine Schläfe. Er schloss die Augen und wartete auf den Schuss.

Eine seltsame Ruhe breitete sich in ihm aus, auch das Zittern legte sich. Es war vorbei, er konnte es nicht mehr verhindern. Zugleich fragte er sich, was ihn erwartete, wenn der Schuss gefallen war. War alles aus, das Bewusstsein ausgelöscht, ein schwarzes Nichts, in das er eintauchte? Oder trat er ein in eine andere Welt, die vielleicht besser war als die, aus der er kam? Seine Eltern waren Atheisten gewesen, und auch Maik hatte nie eine christliche Vorstellung vom Tod gehabt. Für ihn war der Tod ein unwiderrufliches Ende, ein Schlussstrich. Sobald das Gehirn aufhörte zu funktionieren, endete auch Maiks Existenz. Es war ein trauriger Gedanke, aber auch der naheliegendste.

»Jetzt knall ihn endlich ab«, bellte die Blechstimme, und Maik glaubte zu hören, dass Racko weinte. Seine Hand bebte, Maik spürte es am Lauf der Pistole.

»Ich kann nicht«, wimmerte Racko.

»Verdammter Idiot! Du hast doch gehört, was der Boss gesagt hat. Mach jetzt hin, oder das war's gewesen für dich!«

Maik rätselte, ob auch Chris eine Pistole hatte. War er unbewaffnet, dann hatte Maik vielleicht noch eine Chance.

»Du kannst keinen Menschen töten«, sagte er zu Racko. »Du bist kein Mörder. Denk daran, was dein Vater Timmy angetan hat. So was könntest du niemals tun.«

»Halt dein verdammtes Maul!« Racko verpasste Maik einen

Tritt in den Magen, sodass er nach hinten fiel und nach Luft rang. Racko war so außer sich vor Wut, dass er wie verrückt auf Maik eintrat. Rippen, Knie, Geschlechtsteile – es tat höllisch weh. »Du hast mich belogen, du Drecksau, und ich hab dir vertraut!«, schrie Racko. »Vertraut hab ich dir!«

»Jetzt knall ihn endlich ab!«

Maik hielt eine Hand abwehrend hoch, jeden Moment konnte ein Schuss fallen. »Warte, Racko, ich kann dir helfen. Wenn du mich laufen lässt, dann sorge ich dafür, dass dir nichts passiert. Der ganze Laden wird sowieso auffliegen, das verspreche ich dir, aber du wirst verschont bleiben. Ich sag meinen Kollegen, wie es war. Dass du mir das Leben gerettet hast. Das wird dir strafmildernd angerechnet. Ich tu's nicht nur, weil ich total Schiss hab. Ich tu's auch, weil ich dich mag.«

Der letzte Satz war nicht gelogen.

Es wurde still, Racko schien über Maiks Worte nachzudenken. Die Pistole war von der Schläfe verschwunden.

Plötzlich ertönten Kampfgeräusche. Maik legte seinen Kopf in den Nacken und sah durch den Schlitz, dass die Männer nach der Pistole hechteten, die weiter weg im Laub lag. Chris musste sie Racko aus der Hand getreten haben. Beide stürzten sich auf die Waffe und rangen miteinander. Maik flehte innerlich, dass Racko gewinnen möge. Sollte Chris siegen, war Maik verloren.

Während sich die Männer kämpfend durch das Laub wälzten, rieb Maik seinen Kopf am Boden, um die Augenbinde loszuwerden. Es gelang ihm zwar nicht, sie ganz abzustreifen, aber er konnte sie so weit nach oben schieben, dass er freie Sicht hatte. Zu seinem Entsetzen musste er mitansehen, wie Chris nach der Waffe griff und sich flink aufrichtete, während Racko nicht schnell genug war und am Boden kauerte.

»Nein!«, schrie Maik, aber es war zu spät.

Chris hob den Arm, zielte – und schoss.

Sechs Schüsse trafen Racko, und bei jeder Kugel zuckte sein Körper, bis er reglos liegen blieb.

Blitzschnell holte Maik aus, indem er die Beine anzog, und trat Chris mit voller Wucht gegen die Schienbeine, sodass er die

Waffe fallen ließ und hintenüberstürzte. Maik rollte sich auf die Pistole, ergriff sie mit seinen gefesselten Händen und feuerte mit dem Rücken zu Chris blind in dessen Richtung. Er schoss und schoss und schoss.

Als das Magazin leer war, drehte er sich um. Chris lag keuchend im Laub, die Hände an den Bauch gepresst. Blut quoll zwischen seinen Fingern hervor.

Maik ließ die Pistole fallen, er konnte es noch gar nicht fassen, dass er es geschafft hatte. Er lebte! Mit aller Kraft schleppte er sich zu Racko, der in die Ferne sah, die Augen weit aufgerissen und schwer atmend.

»Halt durch, Alter, ich hol Hilfe«, sagte Maik. »Wohin muss ich laufen? Wo ist der Ausgang?«

Racko antwortete nicht. Sein Blick wirkte abwesend, als nehme er Maik gar nicht wahr. »Timmy«, sagte er.

Maik fragte sich, warum er den Namen seines Bruders nannte. Er musste phantasieren, so nah am Tod.

»Versuch durchzuhalten«, sagte Maik. »Ich hol Hilfe.«

Racko drehte sich zu Maik, aber ohne ihn anzusehen, sein Blick verfehlte ihn knapp.

Maik hätte am liebsten Rackos Hand ergriffen, aber er konnte es nicht, er war gefesselt. Er hätte niemals geglaubt, dass er freundschaftliche Gefühle für einen Rechten wie Racko hätte haben können, doch er fühlte sich ihm verbunden, wie ein älterer Bruder. Die inszenierte Schlägerei, bei der er Racko vermeintlich zur Seite gesprungen war, und auch Rackos Tränen, als er von Timmys Tod erzählte hatte, hatten in Maik Mitgefühl geweckt. Dass Racko nun sterben musste, ging ihm nah. Durch seine nassen Augen sah er Rackos starren Blick und dass sich die Brust nicht mehr bewegte.

44

Der Abend dämmerte, als Julia in dem schwarzen Polizei-BMW saß und auf den modernen, seelenlosen Kasten starrte, in dem David und Karin Kaltenberg lebten. Die Straße war ruhig, sie hatte sich in die parkenden Autos eingereiht. Zu ihrer Linken erstreckte sich der Oberuckersee. Karin Kaltenberg war am Nachmittag von Arnimswalde zurück in ihr Haus gefahren. Sie wurde von dem Moment an, als Carla und Julia die Siedlung verlassen hatten, von Zivilbeamten observiert, genauso wie David Kaltenberg, der mittlerweile auch nach Hause gekommen war. Beide ahnten nicht, dass ihr Plan längst gescheitert war. Nun wartete Julia darauf, den Befehl zum Zugriff zu erhalten.

Sie war hochgradig nervös, denn es war ihre erste Festnahme, die sie mit Hilfe eines Spezialeinsatzkommandos durchführte. Der Name der Einsatzleiterin war Regine Rüthers. Sie hatten im Vorfeld alles genauestens geplant und durchgesprochen, sodass hoffentlich alles glatt verlief. Die Alarmanlage war durch eine Spezialistin ausgeschaltet worden, das Tor zum Grundstück und die Haustür würden durch den Einsatz von Sprengstoff geöffnet.

Von der ersten Explosion an musste alles sehr schnell gehen, um den Kaltenbergs keine Fluchtmöglichkeit zu lassen. Julias Aufgabe war es, die Eheleute zu verhaften. Die SEK-Kollegen hatten sich in einem gepanzerten Fahrzeug verschanzt, nicht weit von hier in einer Seitenstraße. Sobald Regine Rüthers über Funk den Zugriffsbefehl erhielt, den im Übrigen Ruben erteilte, informierte sie Julia, und dann ging es los.

***

Die Kolonne näherte sich im Dämmerlicht Arnimswalde. Gepanzerte Fahrzeuge und Polizeiautos ruckelten über beide Zufahrtswege auf die Siedlung zu, um von Norden und Osten Zugriff zu haben. Auch Ambulanzwagen waren dabei. Zugleich stoben mehr als vierzig schwer bewaffnete und vermummte Gestalten des Spezialeinsatzkommandos durch den Wald. Die Verbrecherbande sollte noch an diesem Abend hochgenommen werden.

Carla und Ruben folgten der Kolonne in einem BMW. Das gesamte Gebiet war mit einer Hundertschaft weiträumig abgesperrt worden. Niemand kam nach Arnimswalde, ohne kontrolliert und gegebenenfalls festgenommen zu werden, niemand kam heraus. Am Nachmittag hatte eine eilig einberufene Sitzung stattgefunden, bei der alle am Einsatz beteiligten Personen bis ins Detail instruiert worden waren. Maria Kaiser und Milan Babic hatte man aus Sicherheitsgründen nicht informiert, beide wussten noch nicht, dass Bea gefunden worden war. Carla hatte schon viele solcher Einsätze begleitet und leider auch die bittere Erfahrung machen müssen, dass so manche Geiselbefreiung blutig endete. Ihre größte Sorge galt dem Mädchen und dass ihm etwas zustoßen könnte.

Kurz vor der Siedlung stoppte der Tross. Carla und Ruben stiegen aus, sie wollten das Geschehen vom Auto aus beobachten. Ruben hielt ein Funkgerät in der Hand, er musste mit dem Einsatzleiter Steven Peschke kommunizieren, der mit seiner Kolonne am nördlichen Rand der Siedlung wartete.

Als alle Wagen zum Stehen gekommen waren, wurde es mucksmäuschenstill. Die Frauen und Männer des SEK warteten konzentriert und angespannt auf ihren Einsatzbefehl. Es war zu hoffen, dass sie einen großen Teil der Bande schnappen konnten, denn es schienen viele vor Ort zu sein. In den Häusern brannte Licht, und zahlreiche Autos parkten auf dem Gelände.

»Wir sind so weit«, sagte Ruben in sein knisterndes Funkgerät.

»Einen Moment noch«, tönte es zurück. Es dauerte etwa zwei Minuten, dann erfolgte Steven Peschkes entscheidender Befehl: »Zugriff!«

Auf ein Handzeichen Rubens hin strömten die SEK-Beamten nahezu lautlos auf die Gebäude zu. Während ein Teil der Einsatzkräfte die Häuser umstellte, verschwanden die anderen im Innern, nachdem sie die Türen mit ein paar gezielten Handgriffen geöffnet hatten. Die Bande schien sich durch die Abgeschiedenheit des Ortes in Sicherheit zu wiegen, sonst hätten sie die Türen besser verriegelt. So flink und leise, wie alles ablief, dürften sie von dem Einsatz nichts mitbekommen. Doch dann wurde es lauter. Stimmen ertönten, es wurde gerufen und geschrien, Befehle wie »Waffen runter!« und »Hinlegen!« schallten über das Gelände, und es fielen auch Schüsse.

Carla wartete, dass sich die Lage etwas entspannte.

»Sie können jetzt vorrücken«, rief schließlich eine männliche Stimme durch ein Megafon. »Wir haben die Lage unter Kontrolle.«

Vor Carla setzten sich die gepanzerten Fahrzeuge und Streifenwagen in Bewegung. Sie fuhren langsam zu den Gebäuden, die Ambulanzwagen folgten. SEK-Leute kamen mit Festgenommenen aus den Häusern und sperrten sie in die Panzerautos. Ruben winkte die Ambulanzwagen herbei, es gab mehrere Verletzte.

Carla spähte zur Tür des Hauses, in dem Katrina Orlowsky mit Bea am Mittag verschwunden war. Doch weder Orlowsky noch die kleine Bea erschien. Weil sie die Ungewissheit nicht länger aushielt, lief sie zum Haus.

»Habt ihr das Mädchen?«, fragte sie eine vermummte SEK-Beamtin, die gerade herauskam.

»Ich weiß nicht, ich war im oberen Stock.«

Zwei Sanitäter mit einer Trage stürmten herbei, auch im Haus schien es Verletzte zu geben. Carla schloss sich ihnen an und folgte ihnen über einen langen Flur. In den Zimmern, deren Türen offen standen, war von Bea nichts zu sehen. Überall waren SEK-Beamte. Carla war sich sicher, dass das Mädchen hier irgendwo versteckt sein musste. Noch bevor sie mit Julia am Mittag die Siedlung verlassen hatte, hatte sie Posten herbestellt, die die Häuser ins Visier genommen hatten. Es wäre ihnen aufgefallen, wenn Bea in ein anderes Gebäude oder von Arnimswalde fortgebracht worden wäre.

Die Sanitäter eilten zum letzten Zimmer am Ende des Flurs,

wo sich zahlreiche Beamte versammelt hatten, unter anderem auch Einsatzleiter Peschke. Carla hoffte, dass der Tumult dem Mädchen galt und dass es unverletzt war.

***

Julia war so flatterig, dass sie zusammenfuhr vor Schreck, als ihr Handy vibrierte. Sie nahm das Gespräch an, es war Ruben.

»Alles in Ordnung bei dir?«, fragte er liebevoll. »Nervös?«

»Ein bisschen.« Die Antwort war weit untertrieben, aber Julia wollte sich vor Ruben nicht zu einem kleinen Mädchen machen. Sich schwach zu zeigen, ließe sie nur noch aufgeregter werden. »Bis nachher«, sagte sie und legte auf.

Etwa eine Minute später meldete sich Regine Rüthers über Funk. »Wir kommen«, sagte sie. »Bleib am Auto, ich geb dir ein Zeichen.«

Kurz darauf näherte sich ein Streifenwagen, der die Straße absperrte, indem er sich quer zur Fahrbahn stellte. Er hatte lautlos das Blaulicht eingeschaltet. Im Rückspiegel sah Julia ein weiteres Blaulicht flackern, auch zur anderen Seite hin war die Straße gesichert worden. Sie stieg aus und ließ die Fahrertür offen, um das Funkgerät zu hören. Dann beobachtete sie, wie etwa zehn vermummte und behelmte SEK-Beamte zum Haus der Kaltenbergs huschten. Der Zugriff wirkte so professionell, dass sich Julias Nervosität augenblicklich abmilderte. Die Leute hatten die Lage im Griff.

Alles ging blitzschnell. Es knallte, als das Schloss vom Tor gesprengt wurde, die Beamten schlichen in einem rasanten Tempo die Treppe hinauf, es knallte erneut, die Eingangstür wurde aufgestoßen. Nun wurde es ernst. Im Haus wurde geschrien, eine Frau kreischte wie verrückt, vermutlich die Haushälterin, dachte Julia.

Nach wenigen Minuten erklang Regina Rüthers Stimme durch das Funkgerät. »Alles sicher, du kannst kommen«, sagte sie.

Julias Aufgeregtheit war wie weggeblasen. Stattdessen erfüllte sie Genugtuung, Karin Kaltenberg endlich verhaften zu können. So, wie die Frau sie behandelt hatte, war es nur gerecht, dass Julia nun Stärke demonstrieren durfte.

Als sie ins Haus kam, wurde sie von der gepanzerten Regine Rüthers empfangen. »Drei Personen vorgefunden«, sagte sie. »Die Luft ist rein.«

Die Haushälterin Rosario Martínez stand unter Schock. Sie saß zitternd und weinend im Eingangsbereich und wurde von einem SEK-Beamten bewacht.

Rüthers führte Julia in das große Büro, wo sie Karin Kaltenberg schon einmal befragt hatte.

David Kaltenberg lag bäuchlings auf dem Boden, die Hände am Rücken mit Handschellen gefesselt. Ein SEK-Mann stand neben ihm, den Stiefel dicht an seinem Gesicht. Karin Kaltenberg war ebenfalls mit Handschellen außer Gefecht gesetzt worden. Ein SEK-Beamter hatte sie am Arm gepackt und kam mit ihr hinter dem Schreibtisch hervor. Sie warf Julia einen verächtlichen Blick zu, als sie ihr gegenüberstand.

»Herr David Kaltenberg, Frau Karin Kaltenberg, ich nehme Sie vorläufig fest wegen der Entführung Bea Kaisers«, sagte Julia. »Außerdem stehen Sie im Verdacht, einer kriminellen Vereinigung anzugehören, wenn nicht gar vorzustehen.«

Julia wollte die Verhafteten gerade über ihre Rechte belehren, als Karin Kaltenberg ihr mit voller Wucht ins Gesicht spuckte. Entsetzen breitete sich unter den Anwesenden aus, alle standen erstarrt da.

Es dauerte ein paar Sekunden, bis sich Julia wieder gefangen hatte. »Abführen«, sagte sie, holte ein Taschentuch hervor und wischte sich die Spucke aus dem Gesicht, während Karin Kaltenberg von dem SEK-Beamten unsanft nach vorne gestoßen wurde.

»Alles okay?«, fragte Regine Rüthers und legte ihre Hand auf Julias Schulter. »Dafür wird sie belangt, ich kann es bezeugen.«

Es tat Julia gut, die Anteilnahme zu spüren, aber sie ließ die Gefühle von Ekel und Demütigung nicht an sich heran. Im Laufe ihres Lebens hatte sie gelernt, manche Dinge nicht allzu persönlich zu nehmen.

»Schon gut«, sagte sie. »Es ist nicht der Rede wert.« Schließlich war nicht sie diejenige, die für Jahre ins Gefängnis wandern musste.

∗∗∗

Endlich!

Carla stürzte in das Zimmer.

Bea saß auf einer Couch und weinte lauthals, eine Schutzpolizistin hielt sie im Arm, ohne sie trösten zu können. Sie erlitt einen regelrechten Weinkrampf, als würde ihr durch die Rettung das Trauma erst so richtig bewusst. »Ich will zu meiner Mama!«, brüllte sie, während ihr die Tränen über die Wangen liefen.

Carla gab der Schutzpolizistin ein Zeichen, dass sie aufstehen möge, und setzte sich neben Bea.

»Kennst du mich noch?«, fragte Carla und legte ihren Arm um das Kind. »Ich war mal bei euch im Restaurant, als du das wunderschöne Holzpuzzle gelegt hast.« Sie erinnerte sich noch gut an das Motiv. »Da war ein Bauernhof mit einer Kuh, einem Huhn und einer Katze. Und ein Schwein war auch dabei.«

Bea antwortete nicht, sondern weinte verzweifelt.

»Was hältst du davon, wenn wir gleich zu dir nach Hause fahren und du mir das Puzzle zeigst?«, fragte Carla. »Du hast es doch bestimmt inzwischen fertig gelegt. Wir könnten den Tieren Namen geben.«

Carla erkannte ein Hämatom unter Beas Auge. Es machte sie rasend wütend, dass die Orlowsky das Mädchen geschlagen hatte. Am liebsten hätte sie ihr ebenfalls eine Ohrfeige verpasst, rechts und links, so wie sie es mit dem Kind getan hatte.

Bea hatte aufgehört zu weinen und sah Carla mit großen Augen an. »Das Schwein heißt Willi«, sagte sie. »Und die Katze Olga. Die Katze meiner Freundin Elli heißt nämlich auch Olga, und sie sieht genauso aus.«

»Und wie heißen die Kuh und das Huhn?«

Bea zog einen Schmollmund und blickte zu Carla hoch. »Für die habe ich noch keine Namen.«

In diesem Moment trat eine junge Ärztin hinzu, sie lächelte Bea an. »Kommst du mit? Ich will nur kurz schauen, ob du gesund bist.«

Bea sah Carla an, als wolle sie deren Einverständnis.

»Na los, wir machen das zusammen«, sagte Carla. »Danach bringe ich dich zu deiner Mama und deinem Papa. Und unterwegs überlegen wir uns einen Namen für die Kuh und das Huhn. Einverstanden?«

Bea lächelte. Dann nahm Carla ihre Hand, und sie gingen in Begleitung der Ärztin über einen langen Flur nach draußen zu einem Ambulanzwagen.

»Bis gleich«, sagte Carla und winkte Bea zu, als sie von der Ärztin in den Ambulanzwagen geführt wurde.

Anschließend schaute sich Carla nach Ruben um. In der Siedlung wimmelte es nur so von SEK-Beamten. Um Licht zu haben, hatte die Polizei überall Scheinwerfer aufgestellt.

Carla fragte sich, wo Katrina Orlowsky steckte. Da ihr Auto vor dem Haus parkte, musste sie sich irgendwo auf dem Gelände aufhalten. Carlas Wissen nach war sie noch nicht verhaftet worden.

Allmählich fuhren die ersten gepanzerten Fahrzeuge los, um die Festgenommenen fortzubringen. Da erspähte sie Ruben, der aus einem der Häuser trat. Er bemerkte Carla ebenfalls und eilte auf sie zu.

»Habt ihr Katrina Orlowsky festgenommen?«, rief sie ihm zu, doch Ruben zuckte nur mit den Schultern. »Müsste eigentlich, denn entkommen ist niemand. Alles ist umstellt, die Gebäude sind gesichert.«

Carla gab sich mit der Antwort zufrieden, sie musste die Frau übersehen haben. »Ich will mich noch mal im Büro der Kaltenberg umschauen«, sagte sie. »Vielleicht ist der Computer an und wir finden heraus, was die Bande vorhatte. Außerdem liegt da ein Stapel Papiere, die ich durchsehen will.«

»Ich begleite dich«, sagte Ruben, und gemeinsam betraten sie das Haus, in dem sich das Büro befand. Auf dem langen Flur standen nur noch vereinzelt SEK-Leute herum.

Sie gingen an der kleinen Küche vorbei und erreichten die geschlossene Bürotür. Carla war noch immer flau zumute, wenn sie daran dachte, in welch schwieriger Lage sie sich am Mittag befunden hatte.

»Das war eine Scheiß-Situation heute«, sagte sie und drückte die Klinke. Als sie die Tür aufstieß, brauchte sie einen Moment, um zu begreifen, was geschah. Katrina Orlowsky stand im Zimmer, den geöffneten Spindschrank hinter sich, und hatte die Waffe auf Carla gerichtet. Für eine Reaktion war es zu spät.

Zwei Schüsse fielen, sie trafen Carla in die Brust.

Die Wucht der Kugeln schleuderte sie zurück in den Flur, wo sie rücklings zu Boden stürzte. Es war alles so schnell gegangen, dass sie nicht verstand, was geschehen war. Erst allmählich begriff sie, dass sie angeschossen worden war. Sie bekam keine Luft, doch zu ihrem Erstaunen störte es sie nicht. So ist es also, wenn man stirbt, dachte sie, und sie spürte weder Angst noch Schmerz. Es war ein angenehm friedliches Gefühl, das sich in ihr ausbreitete, während um sie herum Panik herrschte, die sie wie aus der Ferne wahrnahm.

Jemand schrie nach dem Notarzt, mehrere Menschen beugten sich über sie, auch Ruben war unter ihnen, er sah entsetzt aus und ergriff ihre Hand. Im Hintergrund wurde Katrina Orlowsky von zwei Beamten abgeführt, sie schaute verächtlich zu Carla herunter.

Carla versuchte, Ruben zuzulächeln als Zeichen, dass es ihr gut ging, denn sprechen konnte sie nicht. Doch es schien ihn nicht zu erreichen, er stammelte nur etwas von Hilfe, die jeden Moment einträfe, und dass sie es schaffen würde, wobei sein Gesicht von Sorge und Angst gezeichnet war.

Carla blickte zur Decke, weil sie den Wunsch verspürte, mit sich allein zu sein, während sich die Menschen und die Geräusche um sie herum immer weiter entfernten. Es wurde ihr schummerig vor Augen, kurz darauf wurde es schwarz.

45

Die Landstraße war regennass, als das Polizeiauto durch die Nacht brauste. Maik saß auf dem Beifahrersitz und döste vor sich hin, während die Wischer gleichmäßig über die Frontscheibe glitten. Es ging ihm psychisch schlechter als körperlich, auch wenn die Rippen schmerzten. Der Schock über das, was am heutigen Tag geschehen war, saß tief, und Maik bezweifelte, ob er in der Lage war, es zu verarbeiten, ohne dass eine Narbe zurückblieb. Er spürte noch immer die Waffe an seiner Schläfe, die Todesangst und die Ohnmacht, den Männern ausgeliefert zu sein. Auch sah er Racko in den letzten Sekunden seines Lebens vor sich, wie er entrückt in die Ferne schaute und schließlich starb. Was hatte sein Einsatz gebracht? Nichts. Weder hatte er die Morde aufgeklärt noch die Bande gestellt.

Er hatte vorhin mit Ruben telefoniert, der ihn knapp über den Einsatz in Arnimswalde informiert hatte. Seine Kollegen hatten den Fall gelöst, nicht er. Laut Ruben war es ein voller Erfolg gewesen, sie hatten die ganze Bande hochgenommen. Für Maik fühlte es sich an, als sei seine verdeckte Ermittlung umsonst gewesen, ohne Ergebnis. Nicht mal Rückert würden sie fassen; er würde die Flucht ergreifen, sobald er erfuhr, dass Maik überlebt hatte. Bis die Polizei das Grundstück aufgespürt hatte, dürfte einige Zeit verstreichen.

Der junge Schutzpolizist, der ihn nach Neuruppin brachte, schien gemerkt zu haben, dass Maik nicht nach Reden zumute war, deshalb schwieg auch er. Sein Name war Gero Riemeister, ein netter Kerl, seit Kurzem verheiratet und Vater eines kleinen Sohnes. Er hatte Maik auf dem Revier in Templin mit Kaffee und etwas zu essen versorgt, wofür ihm Maik sehr dankbar war.

Nun galt es, Lydia und Anna wiederzusehen, das erste Mal seit vielen Wochen. Er befürchtete, dass ihn Lydia zurückweisen könnte, schließlich hatte sie sich von ihm trennen wollen.

Netterweise hatte Ruben es übernommen, ihr Maiks Kommen anzukündigen, weil er wusste, wie angespannt die Ehe zurzeit war. Er hätte bestimmt noch einmal angerufen, wenn Lydia Einwände gegen Maiks Erscheinen gehabt hätte. Jede Minute, die verrann, ohne dass Maiks Handy klingelte, gab Anlass zur Hoffnung.

Während sie in gleichmäßigem Tempo dahinfuhren, jagten die Bilder des Tages durch seinen Kopf. Nachdem Racko gestorben war, hatte sich Maik stundenlang durch den Wald geschleppt. Chris hatte er zurücklassen müssen, er war später von einem Notarzt und der Polizei ebenfalls tot aufgefunden worden.

Irgendwann hatte Maik eine Landstraße erreicht. Ein Lkw-Fahrer, der angehalten hatte, hatte ihn zunächst nicht mitnehmen wollen, weil er ihn für einen Verbrecher in Handschellen gehalten hatte. Erst als Maik geschrien hatte, er solle verflucht noch mal die Polizei holen, hatte sich der Mann überzeugen lassen, ihn zum nächsten Revier nach Templin zu fahren.

Der Verkehr nahm zu, sie erreichten Neuruppin. Ihr Weg führte an der Friedrich-Naumann-Straße vorbei, wo Maik und Lydia ihr Haus hatten. Dort wieder einzuziehen, war momentan noch zu gefährlich, solange sie nicht wussten, wo Rückert steckte. Zwar kannte er Maiks richtigen Namen nicht, weil er nie gefallen war, insofern war die Gefahr, dass er Maik fand, gering, und doch wollten sie auf Nummer sicher gehen.

Der Wagen näherte sich einem Siedlungsblock in der Juncker-straße und hielt an. Ruben hatte die Wohnung besorgt, nachdem Lydia darauf bestanden hatte, nach Neuruppin zurückzukehren.

»Soll ich Sie begleiten?«, fragte Gero Riemeister. Es klang seltsam, denn es waren die ersten Worte seit mehr als einer Stunde.

»Das ist freundlich von Ihnen, vielen Dank. Aber ich schaff es allein.«

»Sie sollten gleich morgen zum Arzt gehen, wegen Ihrer Rippen.«

Maik lächelte. »Das tue ich, versprochen. Und nochmals vielen Dank. Sie waren mir eine große Hilfe.«

Der Schupo lächelte zurück.

Maik stieg aus und schlug die Tür hinter sich zu. Es regnete noch immer, sodass seine Haare im Nu nass waren. Der Siedlungsblock, auf den er zuging, hatte fünf Stockwerke. Er war nicht schön, aber er erfüllte seinen Zweck. Als Maik an der Tür ankam, suchte er nach einem Klingelschild mit dem Namen Meyer. Es war die Wohnung, in die Lydia und Anna eingezogen waren. Wegen der Dunkelheit konnte er kaum etwas sehen. Die Lampe über der Tür war kaputt und die Klingeltafel bekritzelt und verschlissen. Schließlich fand er das Schild und drückte auf den Knopf. Es dauerte einen Moment, dann erklang die Stimme eines Kindes. »Wer ist da?«, fragte Anna.

Maik konnte nicht antworten, es verschlug ihm die Sprache.

»Hallo, wer ist denn da?«

Er wollte sagen, dass er es war, der Papa, aber er bekam kein Wort heraus. Stattdessen konnte er die Tränen nicht mehr zurückhalten und schluchzte irgendetwas Unverständliches. Er war am Ende, er konnte nicht mehr.

»Hallo, wer ist da bitte?« Es war Lydias Stimme, die plötzlich durch den Lautsprecher schallte. »Maik, bist du das?«

Es war ihm noch immer nicht möglich, zu sprechen, sein Weinen war der einzige Ton, den er hervorbrachte. Am anderen Ende blieb es eine Weile still, dann ertönte der Türsummer.

***

Die Deckenbeleuchtung im Gang brannte grell. Julia saß neben Kathrin und hielt deren Hand. Sie starrten beide auf die Tür mit der Milchglasscheibe und dem Schild »OP-Bereich – Zutritt nur für Personal«. Jedes Mal, wenn jemand herauskam, zuckten sie zusammen, weil es die Chirurgin sein könnte. Die Operation dauerte nun schon mehrere Stunden, und es war zu befürchten, dass Carla es nicht überlebte. Die Kugel hatte Herz und Lunge verletzt und womöglich noch weiteren Schaden angerichtet. Die Ärztin hatte sich nicht sehr zuversichtlich gezeigt, als sie vor der OP mit Kathrin und Julia gesprochen hatte, aber vielleicht bildete Julia es sich auch nur ein. Sie neigte manchmal dazu, die Dinge zu schwarz zu sehen.

Leonie und Toni saßen am Fenster gegenüber, sie hatten sich ineinander verschlungen und schliefen. Leonie hatte so viel geweint, dass sie völlig erschöpft sein musste. Toni war kreidebleich, die Sorge um Carla stand ihm regelrecht ins Gesicht geschrieben. Carla war wie eine leibliche Mutter für die Kinder, sie waren noch sehr klein gewesen, als Carla und Kathrin ein Paar geworden waren. Jedenfalls hatten sie zu Carla eine wesentlich engere Bindung als zu ihrem Vater, der in Berlin lebte und eine eigene Familie gegründet hatte.

Julia zückte ihr Handy, weil es gesummt hatte. Eine Nachricht von Ruben war eingetroffen, er fragte nach Carlas Zustand. Zu seinem Bedauern konnte er nicht hier im Krankenhaus sein, weil er sich um die Festgenommenen kümmern musste. Es schien ihm schwerzufallen, seiner Arbeit nachzukommen, er war mit seinen Gedanken und Gefühlen mehr bei Carla. Ihr Tod würde ihn treffen, schließlich waren die beiden seit Jahrzehnten miteinander befreundet, auch wenn sie sich zwischendurch für längere Zeit nicht gesehen hatten. Die positive Nachricht des Abends war, dass Maik unbeschadet aus der Ermittlung herausgekommen war, zumindest körperlich. Psychisch schien er angeschlagen, wenn nicht gar traumatisiert zu sein. Ruben hatte mit ihm telefoniert und ihn über den Einsatz in Arnimswalde informiert. Dass Carla angeschossen worden war, hatte er allerdings verschwiegen, weil er Maik nicht zusätzlich hatte belasten wollen.

Julia löste ihre Hand von Kathrins. »Noch im OP«, schrieb sie zurück, und »Ich liebe dich!« mit einem Herz-Smiley.

»Ich liebe dich auch«, kam es wenige Sekunden später zurück, und Julia spürte Wärme durch ihren Körper fließen. Es war gut, dass sie sich wieder vertragen hatten. Sie brauchten sich in diesem belastenden Moment.

»Ich bin mal kurz auf Toilette«, sagte Kathrin, stand auf und verschwand den langen Gang hinunter.

Kurz darauf ging die Tür zum OP-Bereich erneut auf, und die

Ärztin kam heraus. Ihr Blick ließ nichts Gutes erahnen. Leonie und Toni schlugen die Augen auf und sahen gespannt zur Ärztin, die sich eiligen Schrittes näherte.

Julia erhob sich langsam und stellte sich zu den Kindern. Sie wollte nah bei ihnen sein, wenn sie erfuhren, dass es Carla womöglich nicht geschafft hatte.

46

Einige Zeit später

Der Morgen war grau, als die kleine Trauergemeinde an einem offenen Grab stand. Eine Rednerin sprach ein paar mutmachende Worte, dann ließ ein Friedhofsangestellter die Urne hinab. Die Stille, die nun folgte, wurde nur durch das Schluchzen der Mutter unterbrochen. Gelbe Rosen standen bereit, um dem Toten die letzte Ehre zu erweisen, aber es waren zu viele Blumen angesichts der wenigen Menschen, die erschienen waren. Außer der Mutter hatten sich nur noch zwei Männer eingefunden – Kollegen von der Tankstelle, wenn Maik es richtig mitbekommen hatte. Nicht einmal seine rechten Schläger-Kumpel hatten sich herbemüht. Racko wurde so einsam bestattet, wie er gelebt hatte.

Maik hielt sich ein wenig abseits, weil er ein Fremder in dem Grüppchen war. Es war ihm ein Bedürfnis, sich von Racko zu verabschieden, denn er hatte ihn gemocht, auch wenn sie in politischer und sonstiger Hinsicht grundverschieden gewesen waren. Doch es gab auch einen dienstlichen Grund, der ihn hergeführt hatte. Sie hatten noch immer nicht Rückerts Datscha gefunden, zu der Maik mit verbundenen Augen gebracht worden war. Zwar war Rackos Mutter intensiv von der Polizei befragt worden, aber sie hatte sich nicht gerade kooperativ gezeigt; ob sie wusste, wo sich das Grundstück befand, war nicht aus ihr herauszubekommen. Doch für die Ermittlung war es elementar, Rückert zu finden, denn ohne ihn konnten die Fälle nicht aufgeklärt werden. Es hatte sich herausgestellt, dass er derjenige war, der einen Killer beauftragt hatte. Kai Wendland, Hella Gerstenberg, Oguz Demir, Jeta Seferi – so hießen die Opfer, wobei Jeta Seferi noch immer nicht aufgetaucht war, weder tot noch lebendig. Nur Rückert kannte den Mörder, nur er hatte Kontakt zu ihm.

Als die Tankstellen-Kollegen der Mutter kondoliert hatten,

trat Maik an sie heran. Sie war eine gedrungene, übergewichtige Frau, die sich kaum auf den Beinen halten konnte, und ganz in Schwarz gekleidet.

»Mein herzliches Beileid, Frau Rakow«, sagte Maik und reichte ihr die Hand.

»Wer sind Sie?«, flüsterte sie mit tränenerstickter Stimme und erwiderte den Händedruck.

»Mein Name ist Kevin Hässler. Racko und ich, wir … wir haben uns gut verstanden.«

»Ach, Sie sind das!«, sagte sie und umklammerte Maiks Hand. »Er hat so viel von Ihnen erzählt. Dass Sie gekommen sind, freut mich so sehr, dass ich Sie am liebsten …« Weil sie weinen musste, löste sie sich von Maiks Hand und trocknete sich mit einem Taschentuch die Augen. »Würden Sie mir einen Gefallen tun? Ich habe nicht viel Geld, deshalb kann ich keinen Trauerkaffee ausrichten. Würden Sie mich nach Hause begleiten? Bitte. Es würde mir so viel bedeuten.«

»Selbstverständlich«, sagte Maik, der auf eine solche Einladung gehofft hatte.

Das Haus der Rakows war klein und schäbig mit einer schmutzig-brauner Fassade. Es lag an der B 198, die in diesem Abschnitt in Gramzow Prenzlauer Straße hieß.

Brigitte Rakow servierte Kaffee und Kuchen. »Er muss noch ein bisschen auftauen«, sagte sie, als sie sich gesetzt hatten. »Ich habe ihn kurz vor der Beerdigung rausgestellt, weil ich gehofft hatte, danach nicht allein zu sein.«

»Kein Problem, ich habe Zeit«, sagte Maik und sah sich in dem kleinen Wohnzimmer um. Es war einfach eingerichtet mit Möbeln, die noch aus Ostzeiten stammten. Die Stehlampe mit dem gelben Schirm kam ihm bekannt vor. Seine Eltern hatten ein ähnlich hässliches Teil gehabt.

»Er war ein guter Junge«, sagte Brigitte Rakow und verrührte Milch und Zucker in ihrem Kaffee. »Viele hatten Angst vor ihm, weil er so wütend werden konnte. Aber das war nur eine Schutzschicht. Karsten war im Grunde seines Herzens ein ganz

Lieber. Er ...«, sie kämpfte mit den Tränen, »... er war eine Stütze für mich. Seit mein Mann uns verlassen hat, konnte ich auf ihn zählen.«

Was die Mutter sagte, konnte Maik nur bestätigen. Mit Grausen dachte er an seinen Beinahe-Tod und die Waffe an seiner Schläfe. Rackos Gutherzigkeit hatte Maik das Leben gerettet.

»Und trotzdem hatte er nicht viele Freunde«, sagte er, um allmählich auf Rückert und die Datscha zu sprechen zu kommen. »Ich habe nie verstanden, warum, weil er doch eigentlich so ein netter Kerl war.«

»Karsten war sehr in sich gekehrt. Er fühlte sich nicht wohl unter Menschen. Es gab nur wenige, die er an sich rangelassen hat. Chris war einer von ihnen. Aber an Ihnen hat er am meisten gehangen.«

»Ja, wir ... wir waren oft zusammen. Mit anderen habe ich ihn kaum gesehen. Benjamin Rückert spielte noch eine Rolle in seinem Leben. Kennen Sie ihn?«

»Kennen ist übertrieben. Karsten hat mal seinen Namen gesagt, mehr auch nicht. Ich weiß aber, dass sie sich an einem geheimen Ort trafen, er, Rückert und noch andere. Dass mein Sohn keine reine Weste hatte, ist mir schon klar. Was das betraf, war er wie sein Vater. Aber es war seine Sache, ich habe nie nachgefragt.«

»Die Polizei wollte wahrscheinlich wissen, wo dieser Treffpunkt war.«

»Und wie die mich ausgequetscht haben! Herr Hässler, das hätten Sie miterleben sollen. Aber von mir erfahren die nichts. Ich hab meinem Sohn versprochen zu schweigen, und das gilt über seinen Tod hinaus.«

Brigitte Rakow kannte die Umstände von Rackos und Chris' Tod nicht. In den Medien hatte es geheißen, dass sie von einem Unbekannten erschossen worden waren. Dass ein verdeckter Ermittler eingeschaltet gewesen war, hatte die Öffentlichkeit nicht erfahren.

Sie stand auf und schnitt den Kuchen an, eine Zitronenrolle. »Ich glaube, er ist so weit«, sagte sie und verteilte zwei Stückchen auf die Teller. »Hat er mit Ihnen mal über diese Dinge gesprochen?« Sie nahm wieder Platz.

»Nein ... das heißt, ja. Er wollte mich sogar mal mitnehmen zu diesem Treffpunkt, aber dazu ist es leider nicht mehr gekommen. Schade, wir hatten so ein vertrauensvolles Verhältnis. Alles gesagt haben wir uns.«

Maik war ratlos, wie er es anstellen sollte, Brigitte Rakow dazu zu bringen, ihm den Ort zu verraten. Sollte er sie fragen? Aber wie sollte er begründen, dass er es wissen wollte? Aus ihrer Sicht müsste es für ihn völlig unerheblich sein, es sei denn ...

Er aß von dem Kuchen, der innen noch gefroren war. »Rückert war nicht bei der Beerdigung. Er wollte wohl kein Risiko eingehen.«

»Glauben Sie, dass er es war, der meinen Sohn ...?«

»Um Gottes willen, niemals. Rückert und Ihr Sohn waren befreundet. Ich habe nur gerade überlegt, ob ich Rückert mal aufsuchen sollte. Fragen, wie es ihm geht und wie er mit Rackos Tod zurechtkommt. Es muss für ihn genauso schlimm sein wie für mich.«

»Und nun wollen Sie wissen, wo dieser geheime Treffpunkt ist«, sagte Brigitte Rakow und aß von ihrem Stück Kuchen.

»Das wäre hilfreich.«

Sie schwiegen beide, weil Brigitte Rakow nachzudenken schien. »Eigentlich könnte ich es Ihnen verraten«, sagte sie, »was habe ich schon zu verlieren? Mein Sohn ist tot, ihm kann nichts mehr passieren. Aber ich kann es nicht. Es würde mir das Herz brechen. Wenn Sie mitbekommen hätten, wie sehr er mich gebeten hat, dann würden Sie mich verstehen.«

Maik bemühte sich, die Enttäuschung zu verbergen. »Natürlich«, sagte er, »das verstehe ich sehr gut.« Er tröstete sich damit, dass der Kuchen ganz annehmbar schmeckte, obwohl er gekauft war.

»Da fällt mir was ein, ich zeige Ihnen mal was«, sagte sie. »Sie waren ja nie hier, obwohl Sie beide so eng befreundet waren. Kommen Sie!«

Brigitte Rakow stand auf und führte Maik in Rackos Zimmer,

das genau so aussah, wie er es sich vorgestellt hatte. An der Wand hing die Reichskriegsflagge, dazu Poster mit Rockbands wie Kategorie C und Path of Resistance. In einem Kleiderschrank gab es eine Lederjacke, auf der ein Adler abgebildet war, Springerstiefel sowie T-Shirts und Hemden von Lonsdale und Fred Perry.

»Sie können gerne was von seinen Sachen haben«, sagte Brigitte Rakow und schaute mit Maik zusammen in den Schrank. »Ich weiß sowieso nicht, wohin damit.«

Maik zögerte, er wollte nicht unhöflich sein. »Das ist sehr freundlich von Ihnen, vielen Dank. Aber Racko und ich, wir … wir …« Maik sah an sich hinunter. »Schauen Sie mich an! Ihr Sohn und ich haben eine völlig andere Figur. Die Klamotten passen mir einfach nicht.«

»Verstehe«, sagte die Mutter, »aber deshalb habe ich Sie auch nicht hier reingebracht.« Sie zog Maik zu einem Schreibtisch, auf dem allerhand Krimskrams lag, unter anderem ein Foto, auf dem Racko und Chris abgebildet waren. Sie standen an einem Seeufer in der Sonne, strahlten in die Kamera und hatten die Arme um die Schultern des anderen gelegt. »Dieses Bild wurde am Peetschsee gemacht«, sagte sie und gab Maik das Foto. »Bitte behalten Sie es, ich schenke es Ihnen.«

»Danke«, sagte Maik irritiert, denn er wollte das Bild nicht. Was sollte er damit anfangen? Es sich auf den Nachttisch stellen?

»Peetschsee«, sagte die Mutter erneut, und Maik fiel auf, dass sie ihn anschaute, als erwarte sie eine Reaktion von ihm. »Ist Ihnen das ein Begriff?«, setzte sie hinzu. »Der Peetschsee in Oberhavel.«

Maik hatte schon einmal vom Peetschsee gehört, aber warum betonte die Mutter den Namen so? Plötzlich begriff er es, und er hätte Brigitte Rakow am liebsten umarmt vor Dankbarkeit.

Sie bemerkte es und drückte ihn. »Ich wünsche Ihnen viel Erfolg und dass Sie finden, wonach Sie suchen«, sagte sie, und für einen Moment hatte Maik das Gefühl, als ahne sie, dass er Polizist war.

47

Es war so furchtbar langweilig. Lang-wei-lig.

Carla fläzte sich im Bett, die Decke halb auf dem Boden, das Nachthemd verrutscht, während Kathrin Kleidung aus einem Koffer in den Schrank packte.

»Hier ist frische Unterwäsche«, sagte sie, »und Badetücher hab ich dir auch mitgebracht. Ein paar Pullover, falls du dich mal wieder anziehen willst, eine Jeans«, sie hielt die Hose in die Luft, »und ein paar T-Shirts. Schick ist das alles nicht, aber mit Gucci und Fiorucci läufst du ja auch sonst nicht rum.«

Carla konnte sich nicht im Geringsten freuen, denn der Klamottenberg, den Kathrin anschleppte, könnte vermuten lassen, dass sie hier einziehen wollte. Das Gegenteil war der Fall. »Ich will nach Hause.«

»Und ich will einen Sechser im Lotto plus Super 6 und Spiel 77«, sagte Kathrin, als sie einen frisch gewaschenen Bademantel in den Schrank hängte.

Carla hatte das Gefühl, dass ihr das Nichtstun alles andere als guttat. Sie hätte durchdrehen können vor lauter gebremstem Eifer. Ihre Kollegen ermittelten unter Hochdruck nach einem Killer, der noch immer frei herumlief, und sie lungerte untätig herum und starrte Löcher in die Luft. Heilsam war das nicht.

»Ich könnte zu Hause auf dem Sofa liegen. Was macht das schon für einen Unterschied, ob ich hier bin oder da?«

»Und mir mit deinem Gequengel auf die Nerven gehen? Kommt überhaupt nicht in Frage. Dann kannst du mich in die Klapse bringen und die Kinder gleich mit.« Sie holte Tupperdosen aus einer Kühlbox und hob eine nach der anderen an. »Selbst gemachtes Apfelkompott, frischer Kartoffelsalat, da sind kalte Würstchen drin. Und da lecker Schokoladenpudding.«

»Mir egal. Dann gehe ich eben auf eigene Verantwortung. Kann mir keiner verbieten.«

Kathrin knallte die Dose auf den Nachttisch. »Doch, ich. Dann lass ich ein neues Schloss einbauen, damit du nicht reinkommst. Mir reicht das Gewimmer. Du hattest einen Pneumothorax und eine kombinierte Herz-Lungen-Schussverletzung und wirst so lange in diesem verdammten Zimmer bleiben, wie es die Ärzte anordnen. Tu einmal was in deinem Leben, was dir andere vorschreiben.«

Während Kathrin den Koffer zupfefferte, stieg Carla aus dem Bett, schlüpfte in ihre Hausschuhe und tanzte durchs Zimmer, wobei sie mit den Armen wedelte. »Schau her, das Leben pur. Ich hab mich noch nie so gesund gefühlt. Wie eine Elfe schwebe ich durch den Raum.« Dass die Wunde bei jeder Bewegung schmerzte, behielt sie für sich.

Kathrin verstaute die Tupperdosen in einem Schrank. »Für mich sieht das eher aus wie eine Kuh mit Menstruationsbeschwerden beim Seiltanz.«

Carla wurde plötzlich schummerig vor Augen, sie ließ sich auf einen Stuhl fallen. Es war, als würde sie in eine Röhre schauen, das Herz raste, sie hatte es übertrieben.

»Wer nicht hören will, muss fühlen«, sagte Kathrin, einen Arm in die Seite gestemmt. »Und jetzt ab in die Kiste!«

Mit einem Griff unter die Achseln half sie Carla, sich wieder hinzulegen. Uff, wie gut, wieder im Bett zu sein, die kleine Vorführung hatte sie doch arg angestrengt. Als sie sich zugedeckt hatte, klopfte es an der Tür, und Julia kam herein. Sie hatte ihre Umhängetasche um und zwei Kartons in den Händen, einen rechts, einen links.

»Hallöchen«, sagte sie. »Störe ich?«

»Beileibe nicht«, sagte Kathrin. »Ich bin froh, dass du kommst. Dann muss ich mir das Gezeter nicht länger anhören.« Sie küsste Carla auf die Stirn und zog sich die Jacke an. »Bis morgen«, sagte sie, warf Julia einen Luftkuss zu und verschwand.

»Na? Wie geht's dir?«, fragte Julia und setzte sich. »Ich dachte, dass wir eine kleine Dienstbesprechung machen könnten. Du hast ja sonst nichts zu tun.«

»Dich schickt der Himmel, nichts lieber als das.« Carla

drückte einen Knopf, sodass die Lehne summend hochfuhr und sie aufrecht sitzen konnte. »Wie kommt ihr voran?«

»Es gibt Fortschritte. Die Bande hat weitestgehend gestanden. Die Kaltenbergs und Benjamin Rückert sind der Kopf. Rückert hat den Killer engagiert und kennt als Einziger dessen Identität. Wir haben alle Bandenmitglieder überprüft, inklusive der beiden Toten Karsten Rakow und Chris Wolber. Niemand kommt als Täter in Frage, weil alle für ein oder mehrere Opfer ein Alibi haben.«

»Es gibt also noch den großen Unbekannten.«

»Richtig. Was Jeta Seferi betrifft, so hat die Kaltenberg deren Ermordung bei Rückert in Auftrag gegeben, und zwar aus zwei Motiven: erstens, weil die Vermisste eine Mitwisserin war und die Kaltenbergs um fünfzigtausend Euro erpresst hat, und zweitens –«

»– weil Jeta Seferi ein Techtelmechtel mit David Kaltenberg hatte«, ergänzte Carla.

»Exakt. Es muss wohl ein ziemlicher Zeitdruck geherrscht haben, weil Jeta Seferi nach Albanien reisen und Karin Kaltenberg die Sache vorher erledigt haben wollte. Deshalb hat ihr Mann Jeta in die Ferienwohnung gelockt, wo sie am nächsten Morgen an der Bushaltestelle überfallen wurde.«

»Aber ihre Leiche habt ihr noch immer nicht gefunden.«

»Nichts bisher. Bloß, wenn sie davongekommen ist, warum taucht sie nicht auf? Aber gut, das ist ein weiterer ungeklärter Punkt.«

»Was hat die Bande denn überhaupt vorgehabt?«

»Sie wollten die Bundesinnenministerin entführen, die auf einer Tagung zu Migration in Potsdam eine Rede hält. Am Abend ist ein Theaterbesuch in Rheinsberg plus Übernachtung im Hotel ›Schlosshof‹ geplant. Dort wollten sie sie sich schnappen. Wenn du mich fragst, hatten sie vor, sie umzubringen, aber dazu schweigen sich alle aus. Egal. Hauptsache, wir haben sie.«

»Was ist mit Rückerts Datscha?«

»Trara, dazu komme ich jetzt. Halt dich fest, wir haben sie gefunden.«

»Was?«

»Besser gesagt, Maik hat den entscheidenden Hinweis ermittelt. Rückert hat eine Luxus-Hütte am Peetschsee. Natürlich nicht auf seinen Namen, sondern über einen rechtsgesinnten Landwirt, der zurzeit noch überprüft wird. Sieht aber nicht so aus, als habe er was mit der Bande und den Verbrechen zu tun.«

»Lass mich raten: Und Rückert ist über alle Berge.«

»Logo. Drum hab ich dir auch was mitgebracht.« Julia hob einen der beiden Kartons hoch. »Das alles ist Zeug aus Rückerts Datscha. Briefe, Fotos, Notizen, Telefonnummern. Jemand müsste den ganzen Krempel mal durchsehen. Vielleicht findet man Hinweise, wo Rückert untergetaucht sein könnte. Vielleicht gibt es sogar den ein oder anderen Anhaltspunkt, wer der Killer ist. Könnte jemand aus Rückerts näherer Umgebung sein, wer weiß. Wahrscheinlich kommt nichts dabei raus, weil Rückert wohl kaum wichtige Unterlagen zurückgelassen hat. Deshalb hat auch keiner im Team Lust, diesen Job zu machen. Außer dir, dachte ich. Weil du hier sowieso nur dumm rumhängst und nicht weißt, wohin mit dir.«

»So, dachtest du. Dann könnt ihr euch ja glücklich schätzen, dass ich mir den Hintern platt liegen muss.«

Carla war überglücklich, dass sie eine Aufgabe erhielt, und legte sich gedanklich schon mal zurecht, wie sie das Material am besten sichten und nach Daten und Inhalten strukturieren könnte. »Dann her mit den Kartons und raus mit dir, ich muss arbeiten«, sagte sie, und Julia stand lachend auf.

Am späten Nachmittag, als es draußen bereits dunkel war, hatte Carla einen der beiden Kartons zumindest grob durchgesehen. Ihr Bett war voller Papiere. Es waren Briefe darunter, die Rückert von Frauen bekommen hatte. Vor allem eine Lissy Schmidt hatte wohl eine tiefere Bedeutung in seinem Leben eingenommen, aber es lag mehr als zwanzig Jahre zurück. Auch Postkarten waren darunter und Flyer von Ausstellungen und Theateraufführungen, Notizen und ausgeschnittene Zeitungsartikel. Der andere Karton war voller Fotos. Carla stand auf, setzte sich an einen kleinen Tisch und besah sich die Fotos, eines nach dem anderen. Es waren sehr alte Bilder darunter, die Rückert als Kind zeigten, aber auch neuere. Er war ein hübscher Junge gewesen, der auf allen Bildern einen fröhlichen Eindruck machte. Carla fragte sich, wie es sein konnte, dass jemand mit einer anscheinend glücklichen Kindheit solch seltsame Ansichten entwickelte.

Gegen achtzehn Uhr kam eine Pflegerin mit einem Essenswagen vorbei. »Roten oder schwarzen Tee?«, rief sie von draußen. Sie hatte einen südländischen Akzent.

Carla nahm sie nur am Rande wahr. Sie hatte ein Foto gefunden, das sie fesselte. »Ach du dicker Vater«, sagte sie und fasste sich an die Stirn.

»Roten oder schwarzen Tee?«, fragte die Pflegerin erneut, dieses Mal ungeduldiger. Weil Carla nicht antwortete, kam die Frau ins Zimmer, sie war untersetzt und trug einen Pferdeschwanz. »Was ist denn das für ein Durcheinander?«, schimpfte sie. »Zum Essen muss der Tisch aber frei sein.«

Carla packte alle Fotos zurück in den Karton, nur eines behielt sie in der Hand. »Ich hab's gewusst«, sagte sie. »Ich habe es die ganze Zeit gewusst. Verdammt noch mal, warum hab ich nicht auf meinen Instinkt gehört!«

»Was haben Sie gewusst?«

»Holen Sie den Doc. Ich muss hier raus, heute Abend noch.«

»Aber Sie sind doch noch gar nicht gesund.«

»Nun machen Sie schon. Und er soll die Entlassungspapiere gleich mitbringen.«

Als die Pflegerin verschwunden war, griff Carla nach ihrem Handy und wählte Julias Nummer. Jemand musste sie abholen, inklusive des ganzen Zeugs, das Kathrin mitgebracht hatte, und zwar so schnell wie möglich. Gewiss, sie hätte auch Kathrin anrufen können, aber sie hatte keine Zeit für Diskussionen. Der Fall musste endgültig gelöst werden, noch in dieser Nacht.

48

Es war ein gutes Gefühl, wieder in ihrem Büro zu sein, auch wenn sich Carla körperlich schwach fühlte. Dass sie sich auf eigene Verantwortung aus dem Krankenhaus entlassen hatte, wusste Kathrin noch nicht, und Carla hatte auch nicht vor, es ihr jetzt schon zu sagen, sie wollte erst die Ermittlungen abschließen. Das Donnerwetter konnte sie sich auch später noch abholen.

Sie saß in ihrem Drehstuhl, hatte die Schreibtischlampe eingeschaltet und betrachtete das Foto. Es war kurz vor Mitternacht. Sie konnte es noch immer nicht fassen, dass sie von Anfang an den richtigen Riecher gehabt hatte. Zwischen dem Gasthof »Seeblick« und den Verschwörungsleuten gab es eine Verbindung, und zwar nicht nur jene, dass sich David Kaltenberg von Maria Kaiser wahrsagen ließ. Nein, da war noch mehr. Nach der Vernehmung, die in wenigen Minuten stattfand, würden sie hoffentlich schlauer sein.

Als die Tür aufging, dachte sie, es wäre Julia, doch zu ihrer Überraschung betrat jemand ganz anderes das Büro.

»Wieso sind Sie hier?«, fragte Rolf Hallinger und blieb in der Tür stehen. »Ich habe gerade Ihre Kollegin Julia Engel auf dem Flur getroffen.«

»Dasselbe könnte ich Sie auch fragen. Ich dachte, Sie wären in dieser …« Sie hatte eigentlich »seltsamen Klinik« sagen wollen, verkniff es sich aber.

Hallinger schloss die Tür und setzte sich. »Ich bin seit gestern raus. Wollte nur ein paar Sachen aus meinem Büro holen. Sie werden es nicht glauben, aber ich lasse mich operieren. Nächste Woche. Haben der Chefarzt der Hellmann-Klinik und ich entschieden.«

»Das freut mich zu hören. Sie sind also endlich zur Vernunft gekommen.«

»Medizinisch gesehen vielleicht. Aber was die Betreuung

angeht, kann ich nur sagen: ex-zel-lent. In der Klinik steht der Mensch im Mittelpunkt, nicht das Symptom. Ich fühle mich phantastisch, als hätte ich zwei Jahre Urlaub gemacht. Was man von Ihnen sicherlich nicht behaupten kann, wenn ich Sie so anschaue. Entschuldigen Sie bitte, aber Sie sehen grauslich aus. Wieso sind Sie überhaupt schon draußen? Ihre Frau sagte, dass Sie einige Wochen bleiben müssten.«

Carla seufzte laut. »Ich habe mich vorzeitig entlassen. Wir sind gerade im Begriff, den Fall zu lösen.«

»Aha, verstehe. Und da geht nichts ohne Kriminalhauptkommissarin Carla Stach, vermute ich.«

Carla tippte nervös mit ihrem Kuli auf den Tisch, sie wusste nicht, was sie antworten sollte. Hallinger hatte recht, aber sie hatte keine Lust, sich eine Standpauke anzuhören.

Plötzlich wurde die Tür geöffnet, und Julia trat ein. »Wir sind so weit«, sagte sie und warf Hallinger einen Blick zu. »Wer soll die Vernehmung leiten?«

Noch ehe Carla antworten konnte, kam ihr Ruben zuvor. Er war Julia energischen Schrittes gefolgt und platzte ins Zimmer. »Ich leite die Vernehmung«, sagte er. »Der Fall ist Sache des LKA.«

»Nein, ich will, dass Maik und Julia das machen«, sagte Carla. Unter normalen Umständen hätte sie selbst vernommen, aber sie war zu nah an dem Verdächtigen dran. Es musste eine Person tun, die mehr Distanz hatte.

»Das hast nicht du zu entscheiden«, sagte Ruben, und Julia rollte mit den Augen. »Du kannst dich nicht einfach über Zuständigkeiten hinwegsetzen.«

»Verdammt noch mal, Ruben, das ist unsere Sache. Durch Maik konnte der Fall überhaupt erst aufgeklärt werden, und Julia ist die ganze Zeit an meiner Seite. Jetzt lass uns machen.« Die Wunde schmerzte, sie durfte sich nicht so aufregen. »Aber du kannst gerne mit mir mitkommen, das wäre mir sogar lieb.«

»Nun gut«, knurrte Ruben. »Fangen wir an.«

Carla und Hallinger standen auf, während Ruben und Julia aus dem Zimmer eilten.

»Ich sehe schon, ganz die Alte«, murmelte Hallinger vor sich hin.

Carla tat so, als hätte sie die Bemerkung überhört. »Ich wünsche Ihnen alles Gute für die OP«, sagte sie und reichte Hallinger die Hand.

»Und ich gebe Ihnen einen Rat. Schließen Sie den Fall ab und gehen Sie zurück ins Krankenhaus. Wer weiß, vielleicht besuchen wir uns mal gegenseitig, ich liege nämlich auch in Gransee. Dann machen wir einen drauf.«

»Klingt verlockend«, sagte Carla lachend. »Ich überleg's mir.«

Im Vernehmungszimmer hatten Maik, Julia und der Verdächtige an einem Tisch Platz genommen. Eine tief hängende Deckenlampe leuchtete, ringsherum war es dunkel.

Carla und Ruben verfolgten das Gespräch von einem Nebenraum aus durch Spezialglas, das nur von ihrer Seite aus durchsichtig war.

»Ihr Name ist Tino Rosen, Sie sind am 25. April 1996 geboren und arbeiten als Kellner im Gasthof ›Seeblick‹«, sagte Maik. »Ist das korrekt?«

»Ja, das stimmt«, sagte Tino. Er wirkte verstört, blickte ängstlich umher und zappelte mit den Beinen.

»Wir wissen, dass Sie eine Kette mit einer Löwenkralle besitzen«, fuhr Maik fort. »Korrekt?«

»Ja … Meine Mutter hat sie mir geschenkt. Auf dem Sterbebett, als ich noch ein Kind war. Die Kette ist mein Glücksbringer.«

»Und wo ist die Kette jetzt?«

Tino blickte nervös zwischen Maik und Julia hin und her. »Ich habe sie verloren«, sagte er mit dünner Stimme.

»Wissen Sie, wo und wann Sie sie verloren haben?«, fragte Julia.

»Vor drei Monaten etwa. Es ist mir erst am Abend aufgefallen, als ich ins Bett gehen wollte. Ich hatte sie vor dem Schwimmen abgemacht und liegen gelassen, auf einer Badewiese. Als ich nach ihr gesucht habe, war sie nicht mehr da. Entweder hat sie jemand mitgenommen, oder ich hab sie übersehen.«

»Er lügt«, sagte Ruben. »Seine Worte klingen einstudiert.«
Carla hatte den gleichen Eindruck.

»Themenwechsel«, sagte Maik. »Kennen Sie einen Mann namens Benjamin Rückert?«

Tino schüttelte den Kopf. »Nein, nie gehört.«

»Da haben wir aber andere Informationen«, sagte Julia und holte das Foto hervor, das Carla unter Rückerts Bildern gefunden hatte.

Die Aufnahme war vor einigen Jahren im Gasthof »Seeblick« entstanden. Darauf waren Milan Babic, Tino Rosen und Benjamin Rückert zu sehen, wie sie an einem Tisch saßen und lachend in die Kamera schauten. Tinos Kette mit der Löwenkralle war deutlich an seinem Hals zu erkennen.

»An den Namen kann ich mich nicht erinnern«, sagte Tino, als er das Foto betrachtete. »Aber ja, er war mal bei uns im Gasthof, der Abend war wirklich lustig gewesen. Warum fragen Sie, was ist mit ihm?«

»Auf dem Foto sieht es so aus, als würden Sie sich gut kennen«, sagte Maik. »Und da wollen Sie sich nicht an seinen Namen erinnern?«

»Dieser Mann war damals oft im Gasthof, er ist ein Bekannter von Maria und Milan. Mit mir hat er nur ein- oder zweimal gequatscht, an dem Abend zum Beispiel. Aber sein Name … Ich weiß es nicht mehr, wirklich. Und wenn, warum sollte ich es Ihnen nicht sagen?«

Maik zuckte mit den Schultern. »Weil Sie vielleicht etwas zu verheimlichen haben.«

»Was? Nein, bitte, ich schwöre Ihnen, dass ich den Mann vor vielen Jahren mal gesehen habe, danach nie wieder. Ich habe nichts mit ihm zu tun. Bitte, das müssen Sie mir glauben.«

Tino tat Carla leid. Er war ein sensibler Mann, das war ihr schon immer aufgefallen, so empathisch, wie er die Gäste bediente. Sie konnte sich nicht vorstellen, dass er ein kaltblütiger Mörder war. Auch hatte sie plötzlich das Gefühl, dass er die Wahrheit sagte. Die Aufnahme war den Gesichtern nach zu urteilen bestimmt acht oder zehn Jahre alt, folglich war es durchaus möglich, dass Tino der Name Rückerts entfallen war. »Was meinst du?«, fragte sie Ruben.

»Bin mir nicht sicher«, sagte er. »Dass er mit Rückert verbandelt ist, wird er wohl kaum zugeben. Aber wenn er die Wahrheit sagt und wirklich nicht weiß, wer Rückert ist, und das wirkt fast so, dann ist er wahrscheinlich auch nicht der, den wir suchen.«

»Aber wie soll dann seine Kette an die Bushaltestelle kommen?«, fragte Carla. Das Schmuckstück war im Eilverfahren auf Tinos DNA untersucht worden, doch man hatte keine Übereinstimmung gefunden.

Julia blickte ein paarmal zu ihnen rüber, als sei auch sie plötzlich verunsichert.

»Was werfen Sie mir überhaupt vor?«, fragte Tino. »Was soll ich verbrochen haben? Sie durchsuchen meine Wohnung, nehmen mich fest. Was hab ich denn getan?«

»Kennen Sie eine Frau namens Jeta Seferi?«, fragte Maik.

»Nein, wer soll das sein?«

»Maria Kaiser hat von ihr erzählt«, sagte Julia. »Bei dem Fest meiner Chefin. Angeblich hatte sie von ihr geträumt.«

»Ach, *die* Geschichte. Jeta Seferi, okay. Dass sie so heißt, wusste ich nicht.«

Ruben wurde unruhig. »Hättest du mich mal machen lassen«, sagte er. »Ich wüsste, was ich fragen müsste.«

»Was?«

»Ob er die Kette verschenkt hat.«

Carla hatte soeben den gleichen Gedanken gehabt. Sie drückte auf einen Knopf, ihre Stimme schallte im Vernehmungszimmer. »Maik, komm doch bitte mal nach nebenan.«

Maik stand auf und ging zur Tür. »Was ist?«, fragte er, als er hereinkam.

»Frag ihn nach einer Freundin. Oder einem Freund, falls er schwul ist.«

»Wieso?«

»Vielleicht hat er die Kette verschenkt. An jemanden, der oder die ihm nahesteht. Möglich, dass er die Person schützen will.«

Maik boxte sich an die Schläfe. »Scheiße … Da hätte ich auch selbst draufkommen können.«

Dann verschwand er wieder im Vernehmungszimmer und beugte sich zu dem Verdächtigen. »Eines noch, Herr Rosen. Haben Sie eine Freundin?«

Tino schaute Maik verdattert an. »Warum ist das wichtig?«

»Bitte beantworten Sie die Frage«, sagte Julia. »Sie sind ein hübscher Kerl, ich kann mir nicht vorstellen, dass es niemanden in Ihrem Leben gab oder gibt.«

»Nein, ich habe keine Freundin.«

»Einen Freund vielleicht?«, fragte Maik.

»Nein. Warum wollen Sie das wissen?«

»Sie könnten die Kette jemandem geschenkt haben.«

Tino senkte abrupt den Blick, und da wusste Carla, dass sie richtiglagen.

»Wenn Sie mit jemandem liiert sind, dann ermitteln wir das«, sagte Julia. »In Ihrer Wohnung finden wir bestimmt Hinweise, außerdem geben wir die Auflistung Ihrer Handy-Verbindungsdaten in Auftrag. Es wäre besser, wenn Sie uns die Wahrheit sagten.«

Tino stammelte etwas Unverständliches, dann verzog er seinen Mund und fing fürchterlich zu weinen an.

49

Carlas Armbanduhr zeigte sechs Uhr fünfundvierzig an, es war noch vor Sonnenaufgang. Neuglobsow und der Große Stechlin lagen in einem trüben Morgenlicht, über dem Wasser hatte sich eine feine Nebelschicht gebildet.

Carla und Julia hielten vor einem Einfamilienhaus, gefolgt von einer Funkstreife. Weil sich Carla nicht fit genug fühlte, um Auto zu fahren, saß sie auf dem Beifahrersitz, ihr war etwas schwindelig. Ihr gesundheitlicher Zustand verschlechterte sich rapide. Sie brauchte dringend Ruhe und Schlaf. Doch es war ihr ein Anliegen, den Fall persönlich zu einem Abschluss zu bringen, auch auf die Gefahr hin, dass sie bald zusammenklappte.

Sie stiegen aus und schlugen die Autotüren zu. Die Beamten des Spezialeinsatzkommandos müssten jeden Moment eintreffen, um die Verhaftung zu übernehmen.

Auch die beiden Schupos stiegen aus ihrem Wagen. Einer war Henri Pöhl, der Mann mit der lauten Stimme, die andere eine junge Polizistin namens Kerstin Reinschke. Carla kannte sie vom Sehen, sie hatte erst vor Kurzem ihre Polizeiausbildung beendet.

»Dann wollen wir den Laden mal ein bisschen aufmischen«, sagte Pöhl und hatte vermutlich soeben den gesamten Ort geweckt. In der Straße waren die meisten Jalousien noch heruntergelassen, so auch in dem Haus, vor dem sie geparkt hatten.

Carla blickte auf den gepflegten Rasen, den Zierbrunnen und die Plastikrutsche. Unter der Ordnung lauert das Grauen, dachte sie, als ihr Smartphone klingelte. Sie holte es aus der Jackentasche, es war Ruben.

»Wo bleibt ihr denn?«, bellte sie in den Hörer.

»Es gibt ein Problem. Eine Geiselnahme funkt uns dazwischen. Ich muss meine Leute abziehen.« Ruben klang ein wenig heiser.

Julia schien Rubens Worte mitgehört zu haben, sie rollte genervt mit den Augen.

»Das ist nicht dein Ernst!«, sagte Carla. »Wie lange brauchst du, um ein neues Team zusammenzustellen?«

»Etwa drei Stunden.«

In diesem Moment wurde im oberen Stockwerk eine Jalousie hochgezogen, und Hanno Plock spähte verschlafen und im Unterhemd bekleidet aus dem Fenster. Der Überraschungseffekt, den Carla hatte auslösen wollen, war fort.

Sie drückte Ruben weg, ohne sich zu verabschieden. »Wir erledigen das selbst«, sagte sie zu Julia und den beiden Schupos.

In diesem Moment ertönte ein Summer.

Sie öffneten das Gartentor und gingen auf das Haus zu.

»Wir müssen mit Ihrer Frau sprechen«, sagte Carla, als sie dem verdatterten Hanno Plock an der Eingangstür gegenüberstanden. Er trug jetzt einen Bademantel.

»Ist was passiert?«, fragte er, aber Carla antwortete nicht.

»Kommen Sie rein, ich sage ihr Bescheid.«

Carla, Julia und die beiden Schupos folgten Hanno Plock ins obere Stockwerk über einen Flur bis zur Schlafzimmertür. Carla zückte ihre Waffe. »Lasst mich mit ihr allein, aber wartet hier«, sagte sie, während auch Julia ihre Pistole zog und sie mit gestreckten Armen und der Mündung nach unten hielt. Dann schob Carla Hanno Plock zur Seite und trat ein, die Pistole in Schusshaltung.

»Werfen Sie die Waffe weg!«, rief sie, als sie Lene Kaiser am Fenster stehen sah. Sie war nur mit einer Unterhose und einem T-Shirt bekleidet und hielt ebenfalls eine Pistole schießbereit. Carla fuhr der Schreck durch alle Glieder. Es erinnerte sie an den Moment, als sie von Katrina Orlowsky angeschossen worden war, und sie rechnete damit, jeden Moment erneut von einer Kugel getroffen zu werden. Beängstigende Bilder kamen in ihr hoch; wie sie von den Schüssen aus dem Raum geschleudert wurde, am Boden lag und geglaubt hatte, sterben zu müssen. Ihre Beine zitterten, und sie kämpfte gegen ein flaues Gefühl an.

»Verschwinden Sie, hauen Sie ab!«, schrie Lene Kaiser, während sie immer wieder den Kopf zum Fenster drehte, als wolle sie sich vergewissern, dass das Haus nicht umstellt war.

»Sie haben keine Chance«, sagte Carla. »Meine Kollegen sind vor der Zimmertür. Wenn Sie mich erschießen, machen Sie alles nur noch schlimmer.«

Lene Kaiser entsicherte die Waffe, sie schien noch immer unschlüssig zu sein, was sie tun sollte. »Sie haben nichts gegen mich in der Hand«, fauchte sie, ihre Augen funkelten vor Zorn.

»Oh doch, das haben wir«, sagte Carla. »Ich bin mir sicher, dass wir auf der Kette, die wir in Petersdorf gefunden haben, Ihre DNA sichern. Ihr Geliebter Tino Rosen hat sie Ihnen geschenkt, richtig? Es hat keinen Zweck, es zu leugnen. Er hat bereits ausgesagt.«

Hanno Plock, der ebenfalls ins Zimmer gekommen war, schaute fassungslos zu seiner Frau. »Lene. Ist das wahr? Du hast ein Verhältnis mit …?«

»Halt's Maul, du Idiot!«, schrie Lene Kaiser ihren Mann an und wandte sich sofort wieder Carla zu, die Pistole weiterhin im Anschlag. »Sie bluffen doch nur. Sie wissen gar nichts.«

»Da irren Sie sich! Sie haben bei Tino einen Umschlag mit einem Schriftstück deponiert, auf dem Sie Ihre Verbrechen gestehen. Als Lebensversicherung, falls Ihnen Ihr Auftraggeber Benjamin Rückert Ärger machen sollte. Doch Tino war neugierig und hat den Umschlag geöffnet. Von da an wusste er, dass Sie eine eiskalte Killerin sind. Er hat uns alles gestanden.«

Hanno Plock war so entsetzt, dass er den Kopf hängen ließ und weinte. »Lene, das ist nicht wahr«, schluchzte er. »Du bist keine Mörderin. Du kannst niemanden töten, das bringst du gar nicht fertig. Bitte sag mir, dass du unschuldig bist.«

»Sie hatten den Tod verdient, allesamt«, zischte Lene Kaiser. »Weil sie Verräter waren, Feiglinge. Ich bereue nichts.«

Carla konnte sich vor Anstrengung kaum noch auf den Beinen halten, aber sie durfte nicht schwächeln, nicht in diesem Moment. »Sie kennen Rückert von der Bundeswehr«, sagte sie. »Sie waren Unteroffizierin in Berlin, wo auch er gedient hat. Dann haben Sie sich angefreundet und gemerkt, dass Sie die gleichen politischen Ansichten haben. Als Rückert seine verbrecherische Organisation gegründet hat, hat er sich an Sie erinnert – und heuerte Sie an, damit Sie für ihn die Drecksarbeit erledigen. Weil er Ihre Kaltblütigkeit kannte. Und weil Sie loyal sind und er sich auf Sie verlassen konnte. Ihre Schwester hat er als Hellseherin benutzt. Wusste sie es? War sie darüber im Bilde, für wen sie arbeitete?«

»Lassen Sie Maria aus dem Spiel. Sie hat ihm vor vielen Jahren etwas vorhergesagt, das eingetroffen ist. Seitdem hält er große Stücke auf sie. Aber sie ist völlig ahnungslos. Sie weiß nicht, dass Rückert hinter David Kaltenbergs nächtlichen Besuchen stand. Sie weiß überhaupt nichts. Sie ist einfach nur meine dumme kleine Schwester.«

Carla winkte Kerstin Reinschke herein und wandte sich wieder Lene Kaiser zu. »Ich nehme Sie wegen des dringenden Tatverdachts des Mordes an Kai Wendland, Hella Gerstenberg und dem Ehepaar Oguz und Kirsten Demir fest. Sie können sich jetzt etwas anziehen, die Kollegin ist Ihnen dabei behilflich.«

»Bleiben Sie, wo Sie sind!«, schrie Lene Kaiser die Schutzpolizistin an, richtete die Waffe auf sie und linste immer wieder aus dem Fenster, als suche sie nach einer Fluchtmöglichkeit. »Niemand rührt mich an. Verschwinden Sie, alle!«

Julia und Henri Pöhl traten ins Zimmer, ihre Pistolen ebenfalls in Schießhaltung. »Waffe runter!«, schrie Julia.

Lene Kaiser reagierte nicht, sie schien die Ausweglosigkeit ihrer Situation noch immer nicht wahrhaben zu wollen.

»Es wäre besser, wenn Sie Ihre Pistole fallen ließen«, sagte Carla in ruhigem Ton. »Sie haben keine Chance, es ist aus.«

Lene Kaiser verzog das Gesicht, dann senkte sie die Arme und ließ die Pistole los, die klackernd zu Boden fiel. Julia legte ihr Handschellen an, während Henri Pöhl die Waffe aufhob.

Carla widmete sich Hanno Plock, der an der Kommode lehnte, die Augen niedergeschlagen. Dass er nichts von den Verbrechen seiner Frau gewusst hatte, dessen war sich Carla sicher. »Ich muss Sie bitten, heute Nachmittag im Kommissariat zu erscheinen. Wir brauchen Ihre Aussage. Haben Sie jemanden, der sich um Sie kümmert?«

»Danke, ich komme klar«, flüsterte er.

Carla wollte das Zimmer gerade verlassen, da drehte sie sich noch einmal um. »Ach ja, fast hätte ich's vergessen«, sagte sie zu Lene Kaiser. »Was haben Sie mit Jeta Seferi angestellt? Haben Sie auch sie ermordet?«

Lene Kaiser machte keine Anstalten, die Frage zu beantworten, sondern ging zum Kleiderschrank, um sich beim Anziehen helfen zu lassen.

Als Carla in Julias Begleitung am Polizeiauto ankam, stieß sie vor Erleichterung Luft aus. Nicht nur die Anspannung der letzten Minuten fiel von ihr ab, sondern die der vergangenen Wochen. »Das hätten wir geschafft«, sagte sie und stützte sich am Auto ab, weil ihr Kreislauf nicht mehr mitspielte.

»Du siehst blass aus«, sagte Julia besorgt.

»Mag sein. Aber zum Zusammenklappen ist es zu früh.«

Carla war noch nicht zufrieden mit dem Ergebnis. Solange sie nicht wusste, was genau mit Jeta Seferi geschehen war, konnte sie den Fall nicht abschließen, zumindest innerlich nicht. Dass Jeta ermordet worden war, stand außer Zweifel.

Auf der Straße hatten sich zahlreiche Schaulustige versammelt. Lene Kaiser wurde von Pöhl und Reinschke aus dem Haus gebracht, die gefesselten Hände unter einer Jacke, die man ihr übergeworfen hatte.

»Da ist noch etwas«, sagte Carla zu Lene Kaiser, als sie an ihr vorbeigeführt wurde. »Ist denn niemandem aufgefallen, dass Sie ein Verhältnis mit Tino Rosen haben? Schließlich haben Sie seine Kette getragen.«

Henri Pöhl half Lene Kaiser, sich auf den Rücksitz zu setzen, indem er die Hand schützend über ihren Kopf hielt, damit sie nicht anstieß.

»Ich habe die Kette nicht immer getragen«, sagte Lene Kaiser, als sie sich gesetzt hatte. »Nur, wenn ich sie brauchte. Sie war mein Talisman.«

»Verstehe«, sagte Carla. »Sie hatten sie nur bei den Morden an. Ein Glücksbringer also. Nur leider nicht für die Opfer.«

Sie beugte sich zu der Verhafteten, die Autotür war noch

offen. Pöhl hatte inzwischen neben ihr auf der Rückbank Platz genommen.

»Wissen Sie, was ich besonders perfide finde?«, sagte Carla. »Dass Sie die kleine Bea der Gewalt dieser Verbrecher überlassen haben. Bea, Ihre Nichte, die Sie über alles lieben. Wie abgebrüht muss man sein …«

»Mir war klar, dass dem Mädchen nichts geschieht«, sagte Lene Kaiser mit einem Ausdruck von Verbitterung im Gesicht. »Ich hab Rückert gesagt, dass ich den ganzen Laden hochgehen lasse, wenn Bea auch nur ein Härchen gekrümmt wird. Und Sie sehen ja, dass ihr nichts passiert ist.«

»So, glauben Sie«, sagte Carla, holte ihr Smartphone hervor und zeigte Lene Kaiser das Video, das Julia in Arnimswalde aufgenommen hatte. Pöhl reckte seinen Hals und schaute mit. Es war zu sehen, wie Bea weinte und nach ihrer Mutter rief, während ihr Katrina Orlowsky rechts und links eine Ohrfeige verpasste, woraufhin Bea schockiert verstummte.

Lene Kaiser wandte abrupt den Kopf ab, und Carla glaubte, feuchte Augen bei ihr zu erkennen. Aber sie empfand kein Mitleid, nur Verachtung. »Ab mit ihr«, sagte sie zu Kerstin Reinschke, die am Steuer saß, und knallte die Wagentür zu. Kurz darauf fuhr das Polizeiauto los.

»Rückert hat beide Schwestern für sich eingespannt«, sagte Julia, die hinter Carla gestanden hatte. »Die eine als Hellseherin, die andere als eiskalte Killerin. Das war die Verbindung, nach der wir die ganze Zeit gesucht haben.«

Carla ging mit Julia zum Auto und ließ sich auf den Beifahrersitz fallen. Wenn sie zu Hause war, musste sie sich hinlegen. Ihr Mund wurde trocken, und auf ihrer Stirn bildete sich Schweiß. Vielleicht war es ein Fehler gewesen, sich vorzeitig aus dem Krankenhaus zu entlassen. Die Wunde schmerzte, und sie fühlte sich elend und kraftlos. Dabei hätte sie eigentlich froh sein können, dass der Fall gelöst war. Doch es blieb ein schales Gefühl zurück, denn eine Sache war noch immer ungeklärt.

50

Dieser verfluchte Nebel, warum klarte es nicht endlich auf? Leider hatte sich auch die Landstraße als Riesenenttäuschung entpuppt. Obwohl Jeta ihr stundenlang gefolgt war, hatte nicht ein einziges Auto angehalten. Irgendwann vor Einbruch der Dunkelheit war sie resigniert und verzweifelt zurück in den Wald gelaufen, weil sie dort geschützter hatte übernachten können als im Graben neben der Fahrbahn. Aber am Morgen hatte sie die Landstraße nicht mehr gefunden. Es war eine seltsame Welt, in der sie gelandet war.

Nun stolperte sie durch Unterholz und über Wurzeln immer geradeaus in der Hoffnung, an ein Dorf zu gelangen. Zwischendurch hatte sie schon geglaubt, in Polen oder Russland zu sein, wo es viel größere Wälder als in Brandenburg gab. Doch von den Autos, die auf der Landstraße an ihr vorbeigebraust waren, hatten nur wenige ein polnisches Kennzeichen gehabt, die meisten stammten aus Barnim und der Uckermark.

Sie musste einen Moment ausruhen, weil sie erschöpft war, als sie plötzlich einen Ast knacken hörte. Sie schaute sich um und lauschte. Eigentlich war an Geräuschen im Wald nichts ungewöhnlich, doch sie spürte ganz deutlich, dass sie nicht allein war, jemand hielt sich in ihrer unmittelbaren Nähe auf.

Da war es wieder, dieses Knacken, ansonsten war es still um sie herum. Sie drehte sich um die eigene Achse und spähte in alle Richtungen – da glaubte sie, für den Bruchteil einer Sekunde einen vorbeihuschenden Schatten im Nebel bemerkt zu haben. Nun gab es keine Zweifel mehr, dass sie verfolgt wurde, und sie rannte in Panik davon, so schnell sie konnte.

Der Mann, der sie hatte töten wollen, war ihr dicht auf den Fersen. Sie hörte zunächst nur ihre Schritte, wenig später auch seine, wie sie im Laub raschelten und immer näher kamen. Er hatte sie entdeckt, jagte sie. »*Të lutem më lër, nuk të kam bërë asgjë!*«, rief sie. Vor lauter Angst war sie ins Albanische verfallen.

»Jeta«, erklang es hinter ihr. »*Pse po ik nga unë?*«

Jeta stoppte schlagartig und fuhr herum. Die Stimme kam ihr vertraut vor. »Luan, bist du das? Luan?«

Tatsächlich, es war ihr Bruder, der auf sie zugelaufen kam. Seine Gestalt zeichnete sich im Nebel ab. »Jeta! Bleib endlich stehen! Ich tu dir doch nichts!«

Jeta war völlig fassungslos. Wie kam ihr Bruder in diesen Wald? Sie stand wie angewurzelt da und starrte ihn mit offenem Mund an. Er sah gut aus, gar nicht so krank wie die letzten Male, als sie ihn in Albanien besucht hatte. »Was machst du hier, wie kommst du hierher?«, hörte sie sich fragen.

Er war noch außer Atem und lächelte ihr zu. »Endlich! Ich hab dich überall gesucht.«

»Aber woher wusstest du, dass ich in diesem verdammten Wald bin? Was machst du überhaupt in Deutschland?«

»Das erklär ich dir alles später«, sagte er schnaufend. »Erst mal hallo.«

Er umarmte sie, aber sie war so perplex, dass sie sich kaum traute, ihre Arme um ihn zu legen, weil sie fürchtete, ein Geist stünde vor ihr. »Ich verstehe das alles nicht«, sagte sie, und erst als sie ihn drückte, merkte sie, dass er aus Fleisch und Blut war. »Mir kommt das vor wie in einem Traum.«

»Ein wenig ist es auch so«, sagte er, löste sich von ihr und fasste sie an den Schultern. »Komm, ich zeige dir, wie wir hier rauskommen.«

Sie streifte seine Hände von sich ab. »Das kann nicht dein Ernst sein. Ich irre hier seit Tagen rum, und jetzt bist du auf einmal da und willst mir zeigen, wo der Ausgang ist? Als wenn das so einfach wäre!«

Er lachte. »Nun reg dich nicht gleich auf. Ich weiß auch nicht, warum das so ist. Vielleicht, weil ich schon ein bisschen länger hier bin.«

»Ich versteh kein Wort.«

»Schau mal, da hinten, da müssen wir hin!«

Jeta sah in der Ferne einen hellen Fleck am Himmel. Der Nebel schien sich aufzulösen.

Er nahm sie an die Hand, und sie marschierten los. »Wie geht es dir denn überhaupt?«, fragte sie.

»Ganz gut. Sieht man das nicht?«

»Doch, irgendwie schon. Ich hab auch eine Überraschung für dich. Sag ich dir, wenn wir hier raus sind.«

»Nein, sag's jetzt, bitte.«

»Also gut. Ich hab fünfzigtausend Euro. Damit kannst du dich behandeln lassen, hier in Deutschland. Es gibt gute Therapiemethoden inzwischen, ich habe mich informiert.«

»Das ist lieb von dir«, sagte er und küsste sie auf die Wange.

Der Nebel vor ihnen lichtete sich. Als Jeta nach oben sah, erkannte sie ein wenig Blau, es war das erste bisschen Farbe, das sie seit Tagen zu Gesicht bekam.

Luan beschleunigte das Tempo, und irgendwann liefen sie, die Hände fest ineinander verhakt.

»Weißt du, was merkwürdig ist?«, rief Jeta. »Dass ich über eine Landstraße gegangen bin und niemand angehalten hat.«

»Mach dir keine Gedanken«, rief Luan zurück. »Sie können dich nicht sehen.«

»Wie meinst du das?«

»Ich hab auch eine Weile gebraucht, bis ich es kapiert habe.«

Jeta verstand nicht, wovon er sprach, aber es war ihr auch egal. Er liebte es, sie aufzuziehen, das hatte er schon getan, als sie noch Kinder gewesen waren. Sie war einfach nur glücklich, mit ihm zusammen zu sein und endlich aus diesem schrecklichen Wald hinauszukommen.

Je weiter sie liefen, desto heller wurde es am Himmel, und desto intensiver wurde das Licht. Es strahlte eine Wärme und Liebe aus, die Jeta in dieser Form noch nie erlebt hatte. Sie musste laut lachen vor Glück, und Luan stimmte mit ein, es schien ihm ähnlich zu gehen. Alles fühlte sich so unwirklich an, so phantastisch, wie in einem wundervollen Traum.

51

Der Himmel war so verhangen, dass die Autos mit eingeschalteten Scheinwerfern fahren mussten und Carla sich fragte, wie sie das trübe Winterlicht noch bis zum Frühjahr aushalten sollte. Eigentlich hatte sie sich ausruhen wollen und war bereits auf ihrem Sofa eingeschlafen, doch als Julia angerufen und von einer Toten erzählt hatte, die im Wald gefunden worden war, war sie prompt aufgestanden.

Nachdem Julia geparkt hatte, stiegen sie aus. Die Landstraße war abgesperrt, deshalb herrschte kein Verkehr, aber die Fahrbahn war voller Polizeiautos. Lene Kaiser schaute aus dem hinteren Fenster eines BMW, der von Uniformierten bewacht wurde. Sie war hergebracht worden, weil sie endlich gestanden hatte, an welcher Stelle sie Jeta Seferi ermordet hatte. Als sie an ihr vorbeigingen, suchte sie den Blickkontakt zu Carla, aber Carla ignorierte es. Sie hatte keine Lust, der Frau noch einmal in die Augen zu sehen.

Der Weg zum Fundort der Leiche führte mehrere hundert Meter durch dichten Laubwald. Die Bushaltestelle in Petersdorf, wo der Überfall stattgefunden hatte, war ein ziemliches Stück entfernt, sodass sich die beiden Frauen eine lange Verfolgungsjagd geliefert haben mussten.

Als sie bei der Leiche ankamen, war der Rechtsmediziner Dr. Karsten Berkemann bereits zugange. Carla kannte ihn, sie hatte oft mit ihm zu tun. Er hockte vor der Toten und untersuchte sie. Dem Laubhaufen zufolge hatte sie unter einer dicken Blätterschicht gelegen. Gesicht und Körper zeigten starke Verwesungserscheinungen, die Haut war schwarz, nur die dunklen langen Haare waren noch vollständig erhalten.

»Ein Kopfschuss«, sagte Berkemann und zeigte auf ein Loch im Schädelknochen. »Es sieht so aus, als sei sie regelrecht hingerichtet worden.«

Carla ließ ihren Blick durch den Wald schweifen, der von

Uniformierten und Beamten von der Spurensicherung bevölkert war. Zwischen den Bäumen sah sie Uli; er trug eine Damenhandtasche und stapfte auf sie zu. »Die war da drüben, etwa zweihundert Meter von hier«, sagte er zu Carla und Julia, als er bei ihnen angekommen war. »Sie muss sie auf der Flucht verloren haben. Ihre Papiere sind darin. Jetzt müssen wir noch den DNA-Abgleich abwarten, dann wissen wir mit Sicherheit, dass die Tote Jeta Seferi ist.«

»Wie lange liegt sie schon hier, Doc?«, fragte Carla.

Berkemann richtete sich auf. »Frische Luft, es ist kühl – so drei bis vier Wochen, schätze ich.«

Carla dachte, dass Jeta Seferi schon tot war, als sie von ihrer Mitbewohnerin als vermisst gemeldet worden war. Ihre Ermordung hatte sich genau so zugetragen, wie Maria Kaiser es in ihrem Traum vorhergesehen haben wollte. Aber Carla fehlten Kraft und Energie, sich weiterhin mit der Frage zu beschäftigen, ob an Hellsehen und Wahrsagen etwas dran war. Der Fall war gelöst, das war die Hauptsache. Nun brauchte sie Ruhe und eine gute Pflege, um gesund zu werden. Den Tatort konnte sie guten Gewissens verlassen, es waren genügend Beamte vor Ort. »Bringst du mich zurück?«, fragte sie Julia, die neben ihr stand und auf die Tote starrte.

»Wohin, nach Hause?«

»Nein«, sagte Carla.

»Kein Ding, ich bringe dich hin, wo immer du willst.«

Sie verabschiedeten sich von Uli und Berkemann und machten sich auf den Weg zum Auto.

52

Als Lydia mit dem Wagen in die Friedrich-Naumann-Straße einbog, donnerte ein Regionalexpress hinter den Einfamilienhäusern und ihren Gärten vorbei. Maik war überglücklich, wieder zu Hause zu sein. Die Mietwohnung, in der sie übergangsweise gelebt hatten, war zwar in einem ordentlichen Zustand, doch auf Dauer hatte sich Maik in der Gegend unwohl gefühlt. Er hatte sein Haus vermisst, sein Zimmer und die Terrasse zum Garten hinaus.

»Darf ich schon mal aussteigen?«, rief Anna, als Lydia gerade geparkt hatte, und stürzte aus dem Wagen, noch ehe jemand antworten konnte.

Maik und Lydia holten ein paar Taschen aus dem Kofferraum, gingen zum Haus und schlossen die Tür auf.

»Endlich wieder zu Hause!«, schrie Anna und rannte vom Flur ins Wohnzimmer, zurück in den Flur und die Treppe hinauf in den ersten Stock. »Und Papa bleibt jetzt für immer bei uns, juhuuuu!«

Maik schüttelte lachend den Kopf. »Sie übertreibt«, sagte er und küsste Lydia auf den Mund. So verliebt wie im Moment war er lange nicht gewesen.

Kurz darauf vibrierte ein Handy, es war eine Nachricht eingetroffen. Aber weder auf Maiks noch auf Lydias Display wurde etwas angezeigt. Da fiel Maik ein, dass es noch ein drittes Handy gab, es steckte in einer der Taschen. »Nanu!«, sagte er. »Wer schreibt mir denn da eine SMS?«

Er kramte das Telefon hervor, es war jenes, das auf den Namen Kevin Hässler zugelassen war. Maik hatte nicht mehr darauf gesehen, seit er aufgeflogen war.

Die Nachricht war ohne Absender, nur eine Telefonnummer wurde angezeigt. Lydia linste aufs Display.

»Warte, ich les vor«, sagte Maik. »»Hallo, Bulle, dass du überlebt hast, ist ein kleines Wunder, Hut ab. Eigentlich müsste ich dich hassen und bei Gelegenheit abknallen, aber weißt du was?

Schwamm drüber! Wenn ich ehrlich bin: Ich finde dich sympathisch, auch wenn du mich am Ende hast hochgehen lassen. Politisch wären wir uns bestimmt einig geworden, und wer weiß, vielleicht hast du irgendwann mal Lust, für mich zu arbeiten. Du bist ein Kämpfer, und solche Leute brauchen wir. Kleiner Tipp: Hört auf, nach mir zu suchen, ihr kriegt mich sowieso nicht. Herzliche Grüße, dein Benni Rückert.‹ – Dieser Idiot!«, zischte Maik und ließ den Arm mit dem Smartphone sacken.

»Wieso glaubt er, dass ihr euch politisch einig geworden wärt?«, fragte Lydia mit skeptischem Blick.

»Weil ich meiner Vermieterin einen Bären mit Verschwörungstheorien aufgebunden habe und er jetzt meint, dass es ernst war. Er weiß ja nicht, dass ich die Wanzen gefunden habe, die sie bei der armen Frau installiert hatten.«

Lydia zog ein besorgtes Gesicht. »Verstehe. Aber dass er dir schreibt, ist unheimlich«, sagte sie. »Vielleicht kennt er deine Identität, dann sind wir hier nicht sicher.«

Maik umarmte sie. »Mach dir keine Sorgen. Er kennt meine Identität nicht, sonst hätte er die Nachricht auf mein persönliches Handy geschickt. Den Triumph hätte er sich nicht entgehen lassen. Im Übrigen soll er sich mal nicht so sicher sein. Ruben glaubt, dass die festgenommene Lene Kaiser mehr weiß, als sie zugibt. Wir kriegen den Kerl noch. Wollen wir nach nebenan?«

»Und wenn Anna reinkommt?«

»Dann hat sie eben Pech gehabt.«

Maik schob Lydia ins Wohnzimmer, warf die Tür zu und schloss ab.

***

Carla hatte ihr altes Zimmer zurückbekommen. Das frische Bett und der Umstand, dass sie liegen konnte, taten ihr so gut, dass sie sich schon fast wieder gesund fühlte.

Ihr Smartphone vibrierte. Es war Toni, der anrief.

»Hallo, Carla«, sagte er fröhlich. »Du wirst nicht glauben, was passiert ist.«

»Sprich!«

»Glöckchen ist wieder da!«

»Nein!«

»Seine Pfötchen sind ganz wund. Wir glauben, dass er in einen Lieferwagen gesprungen ist und zig Kilometer weit weggefahren wurde.«

Carla kamen die Tränen. »Du glaubst ja gar nicht, wie sehr ich mich freue.« Sie griff nach einem Taschentuch auf ihrem Nachttisch. Zugleich sehnte sie sich danach, bei ihrer Familie zu sein.

»Aber ist das nicht cool, dass er den Weg gefunden hat? So ohne Karte und GPS? Dann sag noch mal jemand, dass Katzen keinen sechsten Sinn hätten.«

Leonie schrie irgendetwas Unverständliches aus dem Hintergrund.

»Wir machen jetzt ein paar Fotos und schicken sie dir. Hat Leonie grade aus dem Off gebrüllt. Und von Mama soll ich dich schön grüßen. Sie besucht dich später noch und bringt ein paar Sachen mit. Mach's gut, ich hab dich lieb.«

Carla legte auf und war überglücklich. Nicht nur, dass die Anspannung der vergangenen Wochen von ihr abfiel, auch schienen sich alle Probleme in Wohlgefallen aufzulösen. Vor allem, dass Maik unversehrt zurückgekehrt war, erleichterte sie.

Sie war gerade eingenickt, als sie wieder geweckt wurde. Jemand trat leise ins Zimmer. Als sie die Augen öffnete, sah sie Maria Kaiser, sie hatte einen riesigen Blumenstrauß dabei. »Ich hoffe, ich störe nicht«, flüsterte sie. »Sie haben so schön geschlafen.«

Carla setzte sich hastig auf und ließ die Lehne hochfahren. »Oh nein, Sie stören überhaupt nicht, ich freue mich, Sie zu sehen.«

Maria Kaiser versorgte die Blumen mit Wasser, stellte sie auf den Besuchertisch und ging zum Fenster, um hinauszuschauen. Sie hatte sich sonntagsfein gekleidet, ganz anders als in ihrem Gasthof. Der Besuch schien ihr etwas zu bedeuten. »Es ist seltsam, aber Sie liegen genau in dem Zimmer, in dem mein Großvater gestorben ist«, sagte sie. »Es war im ersten Stock, ich weiß es noch genau. Erinnern Sie sich, dass ich Ihnen von ihm erzählt habe?«

»Natürlich erinnere ich mich«, sagte Carla und lächelte. »Er war Neurowissenschaftler und hat an ein Leben nach dem Tod geglaubt.«

Maria Kaiser lachte herzhaft auf. »Das dürfen Sie aber nicht meiner Schwester erzählen«, sagte sie. »Aber dass Sie das noch wissen, freut mich.« Dann wandte sie sich vom Fenster ab und setzte sich zu Carla ans Bett. »Hier, wo mein Stuhl jetzt steht, habe ich damals auch gesessen. Und gegenüber war meine Mutter, Lene hat am Fußende gestanden. Verrückt, wie alles mit allem zu tun hat, finden Sie nicht auch?«

»Vielleicht ist es aber auch einfach nur Zufall«, sagte Carla, die der Angelegenheit nicht so viel Bedeutung beimessen wollte. Esoteriker glaubten oft, Zusammenhänge zu erkennen, wo gar keine waren. Bestes Beispiel war Kathrin.

»So kann man es sehen. Aber ich glaube, dass wir alle miteinander verbunden sind. Wir haben eine Aufgabe zu erfüllen, deshalb sind wir hier. Die Menschen, denen wir im Leben begegnen, begleiten uns dabei. Können Sie respektieren, dass ich so empfinde?«

»Das kann ich sehr wohl«, sagte Carla. »Wenn Sie auch respektieren, dass ich eine andere Sicht auf die Welt und das Leben habe.«

Sie lachten beide, es hatte etwas Befreiendes und zugleich Verbindendes.

»Ich bin Ihnen so dankbar«, sagte Maria Kaiser.

»Dankbar wofür?«

»Dass Sie meine Schwester verhaftet haben.«

»Ich verstehe nicht …«

Maria Kaisers Miene verfinsterte sich plötzlich. In ihrem Blick lag etwas, das Carla nicht einordnen konnte. »Ich glaube, dass ich was klarstellen muss«, sagte Maria und senkte die Augen. »Diesen Traum mit der verfolgten Jeta hat es nie gegeben. Ich habe Sie belogen.«

Carla verschlug es die Sprache, ihr schwirrte der Kopf. Maria Kaiser sollte diesen Traum nicht gehabt haben? Aber warum hatte sie es dann behauptet?

»Ich wusste von den Verbrechen meiner Schwester«, sagte sie und sah Carla wieder an. »Tino hat sich mir anvertraut, nachdem er den Umschlag mit dem Geständnis gefunden hat. Es hat ihn fürchterlich belastet, denn er liebt Lene abgöttisch. Milan und ich waren außer uns, als wir davon erfahren haben, es hat uns den Boden unter den Füßen weggezogen. Aber niemand hatte den Mut, zur Polizei zu gehen und Lene anzuzeigen, wir hätten es nicht übers Herz gebracht. Gleichzeitig durfte das so nicht weitergehen, wir mussten etwas tun. Da kam uns Ihr Geburtstagsfest wie gerufen, und wir haben beschlossen, dass ich Ihnen diesen Traum erzähle. Die ganze Geschichte war von A bis Z eine Inszenierung von Milan und mir.«

»Damit ich bei Ihnen ermittle«, sagte Carla. »Andernfalls wären wir Ihrer Schwester vielleicht nie auf die Schliche gekommen.«

»So ist es.«

»Dabei hatten Sie mich fast so weit, dass ich Ihnen geglaubt hätte. Es hat alles so detailliert gewirkt, so echt. Woher kannten Sie Jetas Ohrringe?«

»Aus dem Fernsehen. Ich hab mir oft ihre Sendung angeschaut.«

»Und Lene, wusste sie, dass Sie von den Morden wussten?«

»Nein, wir haben es für uns behalten. Auch Tino hat geschwiegen. Er hat sie die ganze Zeit schützen wollen. Ich glaube, er ist erleichtert, dass er endlich ausgesagt hat.«

Carla war perplex. Nun hatte sie sich wochenlang mit Hellseherei beschäftigt, und am Ende stellte sich heraus, dass es den Traum, der alles ausgelöst hatte, nie gegeben hatte. Was für eine verrückte Situation! »Können Sie überhaupt hellsehen?«, fragte sie.

»Manchmal ja, manchmal nein. Dass Sie angeschossen wurden, wurde mir tatsächlich durch einen Gedanken übermittelt. Ob ein Einfall hellsichtig ist oder nicht, erkenne ich daran, dass es im Körper kribbelt. Und es hat wahnsinnig gekribbelt.«

»Aber ich bin nicht gestorben.«

»Aber Sie wurden angeschossen.«

»Aber ich bin nicht tot. Ihre Eingebung war nicht richtig.«

Carla atmete tief durch. »Und was ist mit David Kaltenberg? Haben Sie wirklich Bilder aus seiner Kindheit gesehen?«

Maria Kaiser huschte ein Lächeln übers Gesicht. »Sagen wir mal so: Wir haben unsere Methoden, um unseren Kunden Informationen zu entlocken. Unsere Arbeit besteht aus Intuition, Beobachtung, Menschenkenntnis und Fakten, die wir heimlich recherchieren.«

Carla rieb sich die Augen. Sie konnte nicht glauben, was sie gerade hörte. Es war genau so, wie sie es immer vermutet hatte. Diese übersinnlichen Dinge zwischen Himmel und Erde, sie existierten nicht. Alles konnte rational hergeleitet und erklärt werden.

Das Vibrieren ihres Smartphones riss sie aus ihren Gedanken. Wahrscheinlich kamen die Fotos von Glöckchen an. Sie öffnete die Augen und sah sich verwirrt im Zimmer um. Es war dunkel, der Abend nahte. Maria Kaiser war nirgends zu sehen, auch der Blumenstrauß nicht, der vorhin noch auf dem Tisch gestanden hatte. Was war geschehen? Carla brauchte einige Sekunden, um zu begreifen, dass sie geträumt hatte, und zwar ausgesprochen lebhaft und wirklichkeitsnah. So, wie es Maria Kaiser im Traum gesagt hatte, so hätte es sich tatsächlich abgespielt haben können. Es war fast so, als hätte sie einen hellsichtigen Traum gehabt. Allerdings bezweifelte sie, dass sie in dem Zimmer lag, in dem Maria Kaisers Großvater gestorben war. Sie wusste ja nicht einmal, in welchem Krankenhaus er gewesen war, Maria Kaiser hatte es nie erwähnt.

Sie sah zum Fenster. Ein heftiger Sturm mit heulenden Böen fegte ums Haus. Nun hatte es auch noch zu schneien begonnen, es waren die ersten Flocken in diesem Jahr. Sie tanzten im Lichtkegel einer Laterne, setzten sich auf die Fensterscheibe und wurden vom nächsten Windstoß wieder fortgeweht. Unterhalb der Laterne, am gegenüberliegenden Gebäude, war ein rundes, bullaugenartiges Fenster angebracht. Carla schauderte bei dem Anblick, es sah im Schneesturm aus wie eine Fratze. Ihr war kalt, trotz aufgedrehter Heizung, und sie deckte sich zusätzlich mit einer Wolldecke zu. Dann griff sie nach ihrem Smartphone und öffnete die Fotos, die ihr die Kinder geschickt hatten.

Danke

Ich weiß nicht, wie es anderen Autoren geht, aber das stille Kämmerlein oder die Schreibstube im Schlossturm sind nichts für mich. Ich brauche den Austausch mit anderen. Daher: ganz lieben Dank an Frank, meinen Mann, für das Gegenlesen des Manuskripts und das »Krisenmanagement«, als ich einmal in der Mitte der Geschichte einen Durchhänger hatte. Vielen lieben Dank an meine Freundin Christine Hübner für die anregenden Gespräche bei der Konzeption der Geschichte. Vielen lieben Dank auch an Kriminaloberkommissarin Claudia Elitok, die den Roman auf die Ermittlungsschritte hin überprüft und die Polizeiarbeit authentischer gemacht hat. Herzlichen Dank an meinen Lektor Carlos Westerkamp für die wie immer hilfreichen Anregungen und Korrekturen. Herzlichen Dank auch an die Agentur Lianne Kolf, insbesondere Simone Hasselmann, ohne die die Carla-Stach-Reihe nicht erschienen wäre. Für die tollen Location-Tipps Arnimswalde und die Schlosssee-Insel in Damitzow bedanke ich mich herzlich bei Dagmar Fuchs und Ivo Ziemann.

Die Hinweise zur Schleyer-Entführung, die Carla und Julia im »Up-Hus« diskutieren, stammen aus dem Text »›Psychic detectives‹ auch in Deutschland? Hellseher und polizeiliche Ermittlungsarbeit« von Dr. Michael Schetsche und Uwe Schellinger, erschienen auf den Seiten der Kriminalpolizei: https://www.kriminalpolizei.de/ausgaben/2007/dezember/detailansicht-dezember/artikel/psychic-detectives-auch-in-deutschland.html.

Richard Brandes
TOD IN DER SCHORFHEIDE
Broschur, 384 Seiten
ISBN 978-3-7408-1254-6

»*Ein vielschichtiger Roman, dessen Konstruktion perfekt ist.*«
Berliner Lokalnachrichten

»*Intensives Krimi-Debüt. Immer wieder schimmert durch, dass Brandes von Haus aus Psychotherapeut ist. Das verleiht dem Plot mit seinen vielen Wendungen und wechselnden Perspektiven eine eindringliche Intensität. Hinzu kommt eine überraschende Auflösung.*«   Frankfurter Neue Presse

www.emons-verlag.de

Richard Brandes
WENN DAS BÖSE NACH BRANDENBURG KOMMT
Broschur, 368 Seiten
ISBN 978-3-7408-1594-3

www.emons-verlag.de